AMOR PLUS SIZE

Larissa Siriani

3ª edição
Rio de Janeiro-RJ / Campinas-SP, 2021

VERUS
EDITORA

Editora
Raïssa Castro

Coordenadora editorial
Ana Paula Gomes

Copidesque
Anna Carolina G. de Souza

Revisão
Raquel de Sena Rodrigues Tersi

Capa e ilustração
Idée Arte e Comunicação

Fonte ilustrada
Marina Borges

Projeto gráfico
André S. Tavares da Silva

Diagramação
Daiane Cristina Avelino Silva

ISBN: 978-85-7686-523-0

Copyright © Verus Editora, 2016
Direitos reservados em língua portuguesa, no Brasil, por Verus Editora. Nenhuma parte desta obra pode ser reproduzida ou transmitida por qualquer forma e/ou quaisquer meios (eletrônico ou mecânico, incluindo fotocópia e gravação) ou arquivada em qualquer sistema ou banco de dados sem permissão escrita da editora.

Verus Editora Ltda.
Rua Benedicto Aristides Ribeiro, 41, Jd. Santa Genebra II, Campinas/SP, 13084-753
Fone/Fax: (19) 3249-0001 | www.veruseditora.com.br

CIP-BRASIL. CATALOGAÇÃO NA FONTE
SINDICATO NACIONAL DOS EDITORES DE LIVROS, RJ

S634a

    Siriani, Larissa, 1992-
       Amor plus size / Larissa Siriani. - 3. ed. - Campinas, SP :
Verus, 2021.
       23 cm.

       ISBN 978-85-7686-523-0

       1. Romance brasileiro. I. Título.

16-33436

                   CDD: 869.3
                   CDU: 821.134.3(81)-3

Revisado conforme o novo acordo ortográfico

A uma Larissa que, depois de uma vida sem espelhos, finalmente conseguiu ver seu reflexo em algum lugar

*I don't wanna be afraid
I wanna wake up feeling
Beautiful today
And know that I'm okay
Cause' everyone's perfect in unusual ways
You see, I just wanna believe in me.**

— DEMI LOVATO, "Believe in Me"

---

* "Eu não quero ter medo/ Eu quero acordar me sentindo/ Bonita hoje/ E saber que estou bem/ Porque todo mundo é perfeito de maneiras diferentes/ Veja, eu só quero acreditar em mim mesma."

PRÓLOGO

CHEGO PONTUALMENTE ÀS CATORZE HORAS, HORÁRIO AGENDADO PELA JORNALISta da revista *Caprichada*. Estamos na praça de alimentação de um shopping na Avenida Paulista, e o movimento está começando a diminuir. Antigamente, eu teria chegado bem atrasada — tinha diploma em atraso e minha especialidade era deixar as pessoas furiosas a partir do quadragésimo minuto de espera —, mas, após quase quatro anos de trabalho sério, eu tinha aprendido uma ou outra coisinha. E uma delas era sempre chegar no horário.

Eu a encontro sentada a uma mesa ainda apinhada de gente, escrevendo em um caderno. Heloísa é o nome dela, se não me engano. Eu a conheci em uma festa da marca para a qual desfilo, e foi lá que, depois de muita conversa, ela me convidou para dar uma entrevista para a revista.

— As meninas precisam conhecer seu rosto — ela me disse. — Mas principalmente a sua história. Imagina quantas garotas por aí não gostariam de ser você, mas nem sabem que é possível!

Eu teria aceitado mesmo que ela não tivesse trabalhado tão duro para me convencer. Marketing pessoal é imprescindível. No entanto, era uma tentação imaginar que outras garotas veriam meu rosto, conheceriam minha história e talvez se inspirassem a batalhar pelos seus sonhos impossíveis, assim como eu tinha feito. Se eu tivesse lido algo parecido durante minha adolescência, não teria sofrido tanto.

— Boa tarde! — falo, assim que me aproximo. Ela ergue os olhos para mim e sorri.

— Maitê, bem na hora! — Ela se levanta e me cumprimenta, apontando para a cadeira à sua frente. — Tudo bem?

— Tudo ótimo, e você?

— Muito bem, obrigada! Foi muito difícil de chegar?

— Não. Eu moro pertinho do metrô, foi bem tranquilo.

Noto suas sobrancelhas se erguendo levemente. O que é? Ela achou que, só por eu ser modelo, teria um carrão de última geração? *Humpf!* Nada disso. Eu tenho carteira de motorista e de vez em quando pego o carro da minha mãe emprestado, mas eu ainda faço muita coisa usando transporte público — ou táxi, quando é a agência que paga a conta. Em uma cidade como São Paulo, o sofrimento do metrô lotado não é nada em comparação ao das horas perdidas no trânsito. Já me atrasei muitas vezes para compromissos de trabalho por causa disso.

— Bom, podemos começar?

— Claro, claro. — Coloco minha bolsa no colo e tento relaxar. Gosto de dar entrevistas, mas sempre fico com medo de dizer a coisa errada.

Heloísa aciona o gravador no celular e o coloca sobre a mesa. Então suspira e dá uma olhada rápida nas perguntas em seu caderno.

— Maitê Passos, o novo nome do mundo da moda — ela diz, e eu sorrio. — A primeira pergunta é: Como você começou?

— Precisei de um empurrãozinho. Sorrio ao lembrar. — Eu nunca tinha pensado em ser modelo. Imagina só, logo eu! Na verdade, eu nem me achava *bonita*. Mas um dia, pra me livrar de uma dor de cotovelo, fiz uma sessão de fotos de brincadeira. Era para ser só diversão, mas elas ficaram muito boas e um amigo meu à época as enviou para um agente de modelos plus size. E aí uma coisa foi levando a outra.

— Que grande olho tem esse seu amigo! — Heloísa brinca. — Você disse que nunca tinha pensado em ser modelo, que não se achava bonita. Problema de autoestima é muito comum na adolescência. Como você superou isso?

— Com o tempo e muita ajuda, tanto dos meus amigos e da minha família como do meu trabalho. Acho que depois que comecei a me ver, a enxergar de verdade quem eu era, refletida nas fotos ou nos desfiles, passei a me sentir melhor comigo mesma.

— E como eram as coisas antes disso? Digo, antes mesmo daquele ensaio de brincadeira? Como você e as outras pessoas te viam?

Suspiro. Faz anos que não penso nisso! Mas hoje já não sinto nenhum incômodo em relembrar os velhos tempos — pelo contrário, acho até engraçado. Vou relembrando cenas remotas de algum lugar perdido na memória e começo a contar...

— É MELHOR A GENTE CORRER, SENÃO A MAITÊ VAI COMPRAR A CANTINA INTEIRA e a gente vai ficar chupando o dedo! — Pude ouvir a voz aguda e desagradável da Maria Eduarda logo atrás de mim.

Fiquei vermelha feito um pimentão, mas não respondi nada. Mas isso não significava que eu não tivesse sentido. Aquele comentário tinha doído tanto quanto todos os milhares de outros que ela soltava na minha direção todo santo dia. Devia ser uma espécie de desafio pessoal para ela, descobrir as palavras certas para me machucar mais fundo. Com o tempo, contudo, percebi que retrucar era inútil; no máximo a deixava mais feliz por ter conseguido me atingir. Fazia muito tempo que eu havia desistido de responder às suas provocações.

Desde que ela tinha entrado na minha turma, quando estávamos na quarta série, a Maria Eduarda me pegava para Cristo. Já estávamos no último ano do ensino médio, e sua necessidade de me pisotear só tinha piorado com o tempo, conforme nossas diferenças aumentavam; éramos tão opostas quanto era possível ser. Enquanto eu havia muito tinha passado da marca dos cem quilos, ela conservava seus cinquenta com perfeição. Seus olhos eram tão castanhos quanto os meus eram verdes, o cabelo loiro tão fantástico e liso quanto o meu era ondulado, castanho e sem vida. Ela passava as tardes fazendo as unhas e assistindo a *Gossip Girl*, enquanto eu preferia roer as minhas vendo *Game of Thrones*. Essas diferenças não seriam nada se ela não fosse uma pessoa tão malvada. Mesmo assim, eu tentava ao máximo não retribuir cada uma de suas punhaladas.

Não que eu não quisesse dar um soco no meio daquele focinho magrelo, claro. Mas, diferentemente dela, a *minha* mãe tinha me dado certa educação.

Esperei que ela e a corja de varetinhas passassem, e só então saí do meu lugar. Mal levantei e tropecei, quase caindo de cara no chão. Os poucos colegas que ainda estavam na sala riram e saíram. Então olhei para meus próprios pés e vi o cadarço desamarrado. Inferno! Gostaria muito de ter um daqueles tênis com velcro em vez de cadarços!

Pacientemente, me sentei e puxei outra cadeira para usar como apoio. Amarrar o tênis era sempre um saco, porque exigia um esforço tremendo para alcançar o pé. Com o tênis amarrado, saí, apagando a luz da sala e fechando a porta atrás de mim.

Encontrei minhas duas melhores amigas, Valentina e Josiane, já esperando por mim no pátio. Eu estava faminta, mas a Maria Eduarda ainda estava na fila da cantina. Por isso, quando a Josi se ofereceu para me trazer algo para comer, rapidamente concordei. Eu já tinha suportado o suficiente por um dia.

— Você está com uma cara horrorosa — a Valentina disse, torcendo o nariz. *Você também*, pensei, mas jamais diria isso a ela. Valentina era uma grande amiga e eu a amava, mas eu nunca teria coragem de dizer que não era uma boa ideia colocar um piercing em um nariz tão grande quanto o dela, ou que ela costumava exagerar no blush. Ela podia ser extremamente inclinada a jogar verdades na cara dos outros, mas eu não.

— Nenhuma novidade nisso — resmunguei, olhando o movimento do pátio sem nenhum interesse. Na verdade, só havia uma pessoa que meus olhos gostariam de encontrar, mas ele não tinha vindo para a escola. Logo, não havia nada para olhar.

— A Duda de novo?

— *Maria Eduarda* — corrigi. Eu me recusava a chamá-la de Duda. Nós não éramos amigas, então não precisava de apelido nenhum para me referir a ela.

— Tá, que seja — Valentina revirou os olhos. — Você precisa mesmo parar de dar atenção ao que ela diz.

Eu estava prestes a responder quando vi a Josi voltando com as nossas coisas, mal conseguindo carregá-las. Um pão de queijo para ela, um refrigerante, um cachorro-quente e dois bombons para mim. A quem eu estava tentando enganar?

— Ela não fala nada de muito absurdo.

— Ela é uma escrota — a Valentina sentenciou com aquela convicção que não abria espaço para discussões, como só ela sabia fazer. — Ela me chama de Pinóquio desde a quinta série. E outro dia ela dispensou um cara só porque ele tinha as sobrancelhas grossas demais. Essa garota é uma mal-amada e se acha a princesa do reino dos perfeitinhos.

— De quem nós estamos falando? — a Josi perguntou, enquanto se sentava.

— Maria Eduarda — respondi, e ela franziu o cenho.

— Uma babaca.

Pausa. E então nós três começamos a gargalhar.

Às vezes parecia obra do destino a Josi e a Valentina terem aparecido na minha vida para me ajudar a sobreviver ao inferno chamado ensino médio. Conheci as duas três anos atrás, durante o campeonato interclasses do colégio. Eu estava no time de handebol, e a Maria Eduarda tinha jogado uma bola na minha cara. Ela tinha jogado com tanta força que fez meu nariz sangrar. Então fui mandada para o vestiário, ela continuou no time e ninguém mais se incomodou em tocar no assunto. Quando entrei no vestiário, com o rosto sujo, o nariz sangrando e os olhos lacrimejando, dei de cara com a Val e a Josi. Na época, eu não tinha ideia de quem eram — elas estavam em outra turma, um ano atrás da minha, e nós nunca tínhamos nos falado. A Josi era negra de cabelos muito escuros e crespos cujo volume ela insistia em controlar com a chapinha, baixa e desproporcionalmente bunduda, que eu nunca tinha visto na vida, e a Val era a Pinóquio, a garota cujo excesso de acne, as sobrancelhas grossas demais e o nariz reto e enorme a tinham colocado no radar da Maria Eduarda.

E eu era a Maitê, a gorda do nono ano, a garota sem amigos. Só que, quando entrei chorando naquele banheiro, nada daquilo fez a menor diferença. Eu era apenas uma garota que estava machucada, chorando e precisava de ajuda. Elas me ajudaram. E me ouviram. E, desde então, eram minhas maiores (e únicas) amigas dentro daquele colégio.

— O que foi que ela disse agora? — a Josi quis saber, mas eu apenas dei de ombros, encarando meu cachorro-quente. Eu estava morrendo de fome e de vontade, mas, só de lembrar a voz irritante daquela garota, já me sentia culpada.

— Quem se importa? Vamos falar de outra coisa? — sugeri, e então mordi meu sanduíche. Maravilhoso, como sempre. O que só fazia piorar ainda mais a minha culpa.

A Valentina, para minha eterna gratidão, puxou um assunto qualquer, e passamos o resto do intervalo conversando. Quando o sinal tocou, eu as acompanhei até a sala do segundo ano antes de seguir para a minha. Eu fazia aquele caminho todos os dias, e pensar que estava na reta final do meu último ano do colégio não me ajudava a sentir melhor. Era horrível estudar praticamente sozinha. Tirando a Val e a Josi, eu não tinha amigos no colégio, muito menos na minha turma. O melhor que eu podia esperar dos meus colegas era que ignorassem a minha existência — e nem sempre conseguia esse feito.

Quando voltei do intervalo, a professora já estava em sala. Ela fazia anotações na lousa e me olhou feio pelo atraso. Eu me sentei, ignorando o olhar dela e de todos os outros. Peguei meu caderno, puxei uma caneta e fiquei rabiscando estrelas no topo da página em branco enquanto a professora escrevia. Quando ela terminou e eu olhei para o quadro, tive vontade de sair correndo.

Três palavras que tornavam minha vida impossivelmente ruim.

Trabalho em dupla

Que maravilha. Mesmo.

Trabalhos em dupla, ou em grupo, eram o pesadelo escolar de uma garota como eu. Se para todo mundo era uma oportunidade de somar esforços e se apoiar nos amigos, para mim era apenas mais uma chance de pagar o mais supremo de todos os micos. Trabalho em dupla era como ser a última escolhida para o time na aula de educação física: você se sente excluído, inútil e incapaz. E ninguém precisa te dizer isso quando todo mundo faz questão de te mostrar. Em desespero, louca para mudar a situação pelo menos uma vez, comecei a procurar com os olhos pela classe.

Em menos de dois minutos, mãos se erguiam com nomes e mais nomes, pessoas formando duplas apenas por meio do contato visual. Até a Carminha, a garota nerd e completamente muda que se sentava na última cadeira da última fileira, encolhida como se tentasse se fundir à parede, já tinha formado dupla. Que inferno! E o pior era que a turma tinha número par de alunos, então fazer o trabalho sozinha nunca era uma opção. Eu ia acabar na mira da professora, que escolheria alguém para fazer o trabalho comigo. Superagradável.

— Certo. Alguém ficou sem dupla? — a professora perguntou. Sentindo o rosto arder, ergui lentamente a mão, ouvindo as risadinhas abafadas daquela menina encapetada. — Mais alguém?

Ninguém se pronunciou. Ela deu uma olhada no diário de classe.

— Bem, Maitê, receio que você terá de fazer o trabalho com o Alexandre, já que ele não está presente e não formou dupla. Não se esqueça de avisá-lo, hein?

Meu mundo parou. Meus olhos de repente escorregaram para a cadeira vazia, na fileira ao lado, onde ele se sentava. Eu faria dupla com o Alexandre. O Alexandre faria dupla comigo.

A professora começou a aula, mas eu simplesmente não conseguia prestar o mínimo de atenção. Ainda estava tentando processar o fato de que *eu faria um trabalho com o Alexandre*. O que queria dizer que eu ia *falar* com ele, e que ele ia ter que falar comigo. Eu e o Alexandre. O Alexandre e eu. Meu Deus, aquilo era muito surreal!

Quer dizer, eu era apaixonada por ele havia, sei lá, anos? Ele tinha entrado no colégio no sétimo ano, e naquela época já era lindo. De lá para cá, tinha se tornado o cara mais gato da escola. Eu vivia só para vê-lo passar, mas nunca, absolutamente nunca, tinha trocado uma única palavra com ele. Eu duvidava até que ele soubesse meu nome.

Eu tinha vontade de pular pela janela e morrer. Como eu poderia simplesmente cutucá-lo e dizer "então, vai ter um trabalho de geografia e você é a minha dupla"? E, pior, como eu conseguiria fazer um trabalho com ele se mal conseguia disfarçar o efeito que ele exercia sobre mim?

Cara, eu estava tão ferrada!

Pelo resto do dia, consegui ignorar as piadas e risadinhas da Maria Eduarda — que, graças ao destino cruel e a professora de matemática, ficou logo atrás de mim no mapa de classe —, mas também consegui ignorar cem por cento do conteúdo da aula. Parecia impossível me concentrar nas explicações quando um abacaxi daqueles tinha caído na minha mão. Eu e Alexandre dividindo o mesmo espaço para fazer um trabalho *juntos*. Nunca achei que isso fosse acontecer! Em outros tempos, eu consideraria isso um golpe de sorte, mas, agora que tinha se tornado real, parecia a pior coisa do mundo!

Digo, era fácil estar apaixonada por ele quando a gente não convivia e ele não prestava atenção em mim. Eu não precisava esconder nada, nem me controlar ou tampouco dizer a verdade, porque ele *não me conhecia*. A situação era totalmente diferente tendo que *falar* com ele. E se ele não fosse com a minha cara, e se não gostasse de mim nem como colega de classe? Pior, e se, depois de conhecê-lo, eu descobrisse que o Alexandre não era o cara supermaneiro que eu tinha imaginado? Eu não ia aguentar uma decepção dessas!

Bufei, tentando afastar aquilo tudo da cabeça. Eu estava sendo ridícula. Era uma porcaria de um trabalho de geografia, pelo amor de Deus! A gente não ia *conviver*. Não viraríamos *amigos*. Tipo, eu, amiga do Alexandre, ah tá! Até parece! Eu teria que contar a infeliz decisão da professora e ele faria um muxoxo. Nós ficaríamos uma tarde na escola fazendo pesquisa, talvez trocássemos alguns e-mails, entregaríamos o trabalho e nunca mais nos falaríamos de novo. Era assim que as coisas funcionavam. Pelo menos na minha vida.

Quando o sinal tocou e eu vi o pessoal se levantando para ir embora, demorei quase cinco minutos para me tocar de que o dia tinha acabado. *Amém!*

Recolhi minhas coisas e, como de costume, saí por último. Como todos os dias, minha mãe estava me esperando do lado de fora com o Lucca, meu irmão pirralho de dez anos, já sentado no banco traseiro, pulando e reclamando que estava com fome.

— Você demorou! Assim a gente vai se atrasar! — minha mãe ralhou, logo que entrei no carro. Ainda estava meio atordoada, então só consegui perguntar:

— Atrasar pra quê?

— Para o médico, ué! — O carro entrou em movimento assim que fechei a porta. — Vou deixar seu irmão na casa da vó Lúcia e a gente sai correndo.

— Médico? Que médico?

Então de repente lembrei que aquele dia era a maldita consulta mensal com a tal endocrinologista que minha mãe tinha me arrumado havia uns três meses, em sua mais nova invenção para tentar me fazer perder peso. *Saco!*

Como sempre, eu não podia reclamar. Quando a mamãe enfiava na cabeça que eu tinha que fazer alguma coisa, havia duas opções: obedecer, ou encarar uma guerra que não se podia vencer e acabar obedecendo de qualquer maneira. Era mais simples para todo mundo se eu apenas acatasse em silêncio ao que ela decidia.

Joguei a mochila no banco de trás e adormeci, remoendo a fome e tudo o que eu sabia que a médica me diria de ruim. Ela e a minha mãe podiam ser irmãs de tão insuportavelmente chatas que eram. Estavam de mãos dadas na incrível missão de tornar a minha vida um inferno *light*.

Despertei com a minha mãe me cutucando com uma barrinha de cereal que não parecia nem um pouco apetitosa. Como eu sabia que só poderia comer quando chegasse em casa, engoli aquele troço rançoso imaginando uma barra de chocolate, sem qualquer esperança de que aquilo fizesse o gosto mudar. Mamãe estacionou em frente à clínica. Nós descemos e logo me acomodei em uma daquelas cadeiras desconfortáveis e gélidas de salas de espera.

A rotina já era uma velha conhecida, mas nem por isso se tornara menos chata: sentar, preencher aquela ficha irritante e esperar por mais ou menos uma hora além do horário em que você deveria ser atendido. Era sempre assim, e toda vez eu ficava irritada. Nunca fui a pessoa mais pontual do mundo, mas esperava que pelo menos os médicos tivessem alguma consideração com horários. Fosse como fosse, esperei, lutando contra o sono enquanto tentava extrair uma leitura labial da TV, que, apesar de ligada em um jornal qualquer, não emitia ruído nenhum.

Então finalmente, com impressionantes quarenta e oito minutos de atraso — além dos quinze que havíamos chegado antes do horário marcado —, fui chamada. Escoltada pela minha mãe, entrei no consultório. A doutora, com seus cabelos ruivos tingidos presos em um coque e aquela falsa cara de boazinha, estava à minha espera. Na real, ela era o Satanás de salto alto, pronta para me arrastar para as profundezas do inferno com sua fita métrica amaldiçoada.

— Tudo bem, querida? — ela perguntou. Assenti, mas não respondi. A mamãe mal tinha fechado a porta quando ela continuou:

— E então, como anda a dieta?

Abri a boca para responder, mas minha mãe foi mais rápida. Eu odiava aquela mania idiota dela de responder quando a pergunta tinha sido claramente dirigida a mim. Mas fiquei quieta, enquanto ela fazia seu discurso.

— Bom, ela teve um certo progresso. Já está comendo salada nas refeições e conseguiu cortar o refrigerante.

— Bom. Isso é muito bom — a médica se animou, anotando qualquer coisa que para mim parecia apenas rabiscos.

— Mas ela se recusa a fazer exercícios. Inventa uma desculpa pra tudo!

— Não é bem assim... — comecei, mas ela me cortou. Pra variar.

— É por aí, sim, senhora! Academia, não quer. Natação, não quer. Dança, não quer. Dar uma voltinha no condomínio com o amigo desocupado, também não.

Tive vontade de soltar algumas palavras bem feias, especialmente sobre ela meter o Isaac no meio daquilo, mas fiquei quieta. A última coisa de que precisava era de um barraco no consultório.

— Eu tento explicar que ela não vai perder peso se não fizer exercícios, mas ela não me escuta.

— Sua mãe tem razão, Maitê — a médica concordou, e eu fiquei me perguntando por que é que a minha mãe não se separava do meu pai e se casava com aquela megera. Elas claramente tinham sido feitas uma para a outra. — A dieta sozinha não resolve! Você precisa fazer algo para acelerar seu metabolismo.

— Tá — murmurei, olhando para baixo.

— Promete que vai tentar?

— Tá.

— Ok! Vamos pesar? Pode tirar a roupa!

Então eu quis me enterrar ali mesmo. Aquela era sempre a parte mais humilhante. Não só porque eu ficava de calcinha, sutiã e meia na frente da médica, mas porque ela fazia questão de anunciar meu peso tão alto que eu tinha certeza de que toda a zona sul de São Paulo podia escutar.

Ainda assim, me despi e subi na balança gelada, que sempre chacoalhava tanto que eu tinha a impressão de que ia cair. Fechei os olhos para não encarar os números, mesmo sabendo que, em poucos instantes, o veredito seria gritado a plenos pulmões.

— Vamos ver... cento e... — Pequena pausa. — Cento e dez quilos e oitocentos gramas! Olha só, um quilo e duzentos a menos desde a última consulta.

Por favor, soltem os fogos de artifício. Perdi um quilo em um mês!

Ela só podia estar de brincadeira, né?

Forcei um sorriso enquanto enfiava o uniforme de volta. Meses de tratamento e eu não tinha perdido nem três quilos ainda. Ela só podia estar maluca se achava que eu ia comemorar uma coisa dessas. Não havia progresso nenhum naquilo. Eu engordaria mais oitocentos gramas só de olhar para o almoço quando chegasse em casa.

Em seguida, vieram as recomendações. Era sempre a mesma ladainha de força de vontade aliada a exercícios físicos e pouca comida. Fiquei aliviada quando enfim deixamos o consultório — ou quase. Minha mãe parecia tão insatisfeita quanto se a médica tivesse dito que eu havia engordado vinte quilos. Preferi nem dar trela para uma nova série de discussões, como as que tínhamos com tanta frequência sobre aquele tópico em particular. Em vez disso, fingi dormir assim que o carro entrou em movimento.

Mamãe e eu nos desentendíamos em relação ao meu peso desde que eu me entendia por gente. Fui uma criança gordinha, apesar de seus esforços para me impedir de comer porcarias, e cresci ganhando peso na mesma velocidade com que ganhava altura. Quando meus coleguinhas de escola passaram a implicar comigo por ser gorducha, as coisas pioraram de vez; me escondi atrás de uma parede de ansiedade e afoguei minhas mágoas em montanhas doces. Já era obesa antes de atingir a puberdade.

Tão logo entrei na adolescência, tiveram início os tratamentos: meses e montanhas de dinheiro gastos em médicos, tratamentos estéticos e dietas revolucionárias. A mamãe era obcecada pela ideia de ter uma filha tão magra quanto ela sempre fora. Em casa, eu era a exceção, e dia após dia ela fazia questão de deixar isso bem claro. Vetava minhas roupas justas, me dava bronca quando repetia o prato e usava a frase "olha lá o que você vai comer" com a mesma frequência com que outras mães pediriam às filhas para não falarem com estranhos. E, se nada disso funcionasse, havia sempre o apelo emocional, o trunfo na manga. "Ninguém vai olhar pra você se continuar desse jeito." Insinuar que eu morreria gorda e sozinha era o ponto alto de qualquer discussão entre nós. Então ela não podia me culpar por não querer mais sarna para me coçar.

Ao chegar em casa, deixei a mochila na sala e troquei rapidamente de roupa enquanto minha mãe esquentava alguma coisa para comermos. O menu do dia era exatamente o mesmo da noite anterior: um bife, um ovo cozido, uma colher de arroz e salada suficiente para manter um cavalo vivo por uma semana. Engoli aquela "monstruosa" quantidade de comida sem sabor, peguei o material e a chave da porta e desci para a casa do Isaac, sem avisar aonde estava indo.

Toquei a campainha menos de um minuto depois, e, em questão de segundos, o Rodney, o maltês irritante da família do Isaac, estava latindo de maneira estridente. Isaac abriu a porta pouco depois, e a praguinha do cachorro tratou de raspar aquelas unhas afiadas nas minhas pernas, enquanto latia e puxava a barra da minha calça de moletom com os dentinhos afiados.

— Achei que você não viria hoje! — o Isaac disse, me deixando entrar. Revirei os olhos.

— Tive médico.

— Que droga. Quer almoçar?

— Sempre!

Isaac morava no apartamento exatamente abaixo do meu desde que tínhamos nove anos. A família dele trocou o sol e a situação financeira ruim que tinham no Rio de Janeiro pelo clima instável e um emprego garantido em São Paulo. Não lembrava exatamente como, mas tínhamos ficado amigos rapidamente. Desde aquela época, quase todas as tardes eu batia ponto na casa dele apenas pela companhia. Éramos melhores amigos um do outro. Não havia nada sobre mim que Isaac não soubesse. E por isso ele sempre me esperava para almoçar.

Assim como na minha própria casa, ali as refeições de um dia se baseavam nos restos da noite anterior. Seus pais trabalhavam o dia todo, então ele tinha aprendido a se virar sozinho desde garoto. Para o menu do dia, teríamos a "Mistureba a la Isaac": um prato extremamente complexo que envolvia uma omelete recheada com qualquer coisa que ele achasse válida dentro da geladeira. Enquanto ele fritava o negócio, fui pegando os pratos e talheres. Eu conhecia a casa do Isaac tão bem quanto a minha, e às vezes até melhor do que ele.

— Como foi lá hoje? — ele perguntou de repente. Desviei do Isaac no cômodo apertado, me espremendo entre ele e o balcão que separava a cozinha da área de serviço para pegar os pratos no armário.

— Lá onde? — retruquei, puxando a porta emperrada com força. Dois copos da prateleira de cima, dois pratos da de baixo. Fechei a porta e olhei para a pia atrás de mim, para checar se haviam talheres limpos no escorredor antes de pegá-los da gaveta.

— No médico, saco! — Isaac passou a primeira omelete para um dos pratos e, sem cerimônia, jogou os ingredientes na frigideira para preparar a segunda, enquanto eu pegava o suco na geladeira.

— Ah, você sabe.

— Sei.

Não falei mais nada. Nem precisava olhar para que Isaac soubesse exatamente o que eu estava pensando, ou o que havia acontecido comigo. Às vezes, apenas uma frase monossilábica bastava.

— Você tá legal? — ele quis saber. Pensei nisso por um segundo enquanto servia o suco nos dois copos.

— Tô.

— Tem certeza?

— Estaria melhor se você acabasse logo de fritar essa porcaria — falei, fingindo irritação. — Quer que eu ensine como faz?

— Você é de uma delicadeza tão sutil que às vezes nem percebo, sabia?

Nós dois rimos, e ele enfim desligou o fogo. Comemos de pé, ali mesmo no balcão da cozinha.

— E aí, o que mais aconteceu hoje?

Senti meu rosto esquentando e me perguntei se estava tão na minha cara assim. Eu havia me esquecido daquilo por um tempo, mas agora tudo estava voltando. Não queria encarar como algo maior do que realmente era, mas eu não conseguia evitar. De repente eu estava pensando no trabalho e no Alexandre e em como diria para ele, *o que* diria para ele... Meu estômago entrou em revolução.

— Tenho um trabalho em dupla de geografia — falei, baixando o garfo. Meu apetite havia desaparecido.

— E daí?

— Adivinha quem é a minha dupla?

Isaac riu e baixou os olhos.

— Coitado! E ele gritou muito?

Atirei um naco da mistureba nele. Isaac não se protegeu a tempo, e o pedaço de omelete desceu por seu rosto até atingir a camiseta limpa. Nós dois gargalhamos. Ele sempre me zoava daquele jeito, mas eu sabia que não era por maldade. Pelo menos ele, não.

— Ele nem estava presente. Nós dois sobramos, aí deu nisso! — expliquei.

— Quero só ver se você vai conseguir fazer um trabalho perto dele! — o Isaac brincou. — Vai ficar toda "ai, Alê, você brilha mais que os Estados Unidos em tempo de globalização!" — ele completou, imitando minha voz. Gargalhei com tanta força que pedaços de comida voaram da minha boca de uma maneira nada elegante.

— "Ai, Alê, seu corpo é mais bonito que o cerrado brasileiro!"

A cada nova gracinha um pedaço de comida que decolava em sua direção. Depois de poucos minutos, eu já estava ofegante de tanto rir, e tanto o Isaac quanto o chão da cozinha estavam repletos de pedaços de omelete recheada. Quem ficou feliz foi o Rodney, que aproveitou para encher o bucho enquanto a gente ria.

— E você, o que tem de novidade? — perguntei, levando a louça para a pia enquanto o Isaac pegava um pano molhado para limpar a gordura do chão.

— Meu pai me deu uma câmera nova.

— Sério? Mas nova pra usar, ou nova pra coleção?

— Nova pra coleção.

— Então deve ser uma velharia caindo aos pedaços.

— *Você* é uma velharia caindo aos pedaços! Mais respeito com as minhas câmeras.

Isaac era apaixonado por fotografia desde criança, uma paixão que havia herdado do pai — embora hoje em dia ele fosse muito mais ligado nisso do que o seu Osvaldo. Além das várias câmeras para fotografar, ele colecionava objetos antigos relacionados à fotografia. Seu quarto era cheio de rolos de filme (alguns que nunca haviam sido usados, outro em cujo negativo ainda dava para ver as imagens fotografadas pelos antigos donos), fotos velhas da família que ele restaurara durante um curso de férias e, principalmente, câmeras. Modelos e mais modelos incrivelmente velhos e caros pela raridade. Seu Osvaldo tinha se tornado especialista em identificar câmeras antigas e arrematá-las para o filho, às vezes por uma ninharia daqueles que não sabiam seu real valor, às vezes por quantias tão altas que eu me perguntava se valia mesmo a pena. Mas Isaac e seu Osvaldo cuidavam de todas elas com tanto amor que estava na cara que não havia nada no mundo mais valioso para eles.

Por isso, quando eu brincava e ofendia sua preciosa coleção, o Isaac só faltava pular no meu pescoço. Era divertido fazer só para observar seu instinto de proteção. Às vezes eu o chamava de *mamãe* só pelo prazer de irritá-lo.

— E o que mais? — perguntei, segurando o riso e enxaguando os pratos.

— Amanhã vou fotografar a Janaína. — Isaac passou o pano de qualquer jeito no chão à nossa volta e em seguida o levou de volta para o tanque. Então se aproximou outra vez, pegou um pano de prato e começou a secar a louça que eu deixava no escorredor.

— Eu conheço? De onde ela é?

— Do meu colégio.

— Humm. E vai ser aqui ou na casa dela?

— Na casa dela.

— Pra aproveitar melhor a luz?

— Isso aí.

Eu dei uma risadinha, mas não achava tanta graça. Sua paixão também acabara ajudando Isaac com as garotas. Eu já tinha perdido as contas de quantas meninas do colégio ele havia "fotografado". Ele nunca me mostrava as ditas fotografias, e eu nunca pedia para ver. Aquele se tornara seu maior charme.

Não que ele não fosse charmoso nem bonitinho. Mas a meu ver ele não era exatamente o que a maioria das meninas procuraria num cara. Isaac tinha o cabelo meio desgrenhado na altura do ombro. Era alto — mais até que eu, que tenho um metro e setenta — e magricela e ainda usava aparelho na parte inferior dos dentes. Tinha um ar meio *geek*, mas, apesar disso tudo, seu rosto não era esquisito como era de se esperar. Ele tinha as maçãs do rosto finas e o nariz nas proporções corretas, a boca era grande, mas de lábios finos e, graças a mim, as sobrancelhas que emolduravam os olhos atentos nunca estavam grossas demais. Quando ele deixava a barba crescer, formando um cavanhaque, ficava até que bem bonito. Ele não precisava daquela desculpinha idiota de fotografia para pegar alguém.

Mesmo assim, ele a usava. E, ao contrário de mim, que no auge dos meus dezessete anos nunca havia namorado e só tinha beijado uma única vez a vida toda, ele tinha uma história nova a cada duas semanas. Garotas do seu colégio, alguém do nosso condomínio que eu não conhecia, uma garota que conheceu no aniversário de fulano, a prima bonita de um amigo. Minha sorte era que o Isaac era extremamente desapegado, senão eu já teria perdido meu melhor amigo para alguma namorada.

Depois que a cozinha estava mais ou menos ajeitada, fomos para o quarto dele. Deitei na cama constantemente desarrumada de Isaac enquanto ele pegava da prateleira superior — onde suas câmeras de estimação ficavam expostas sob uma cúpula de vidro feita sob medida para protegê-las do pó, da umidade, do oxigênio, de raios laser alienígenas, mas especialmente de dedos curiosos — sua mais nova aquisição. Eu era uma das poucas pessoas a quem Isaac concedia a honra de tocá-las; e isso apenas porque ele as segurava enquanto eu as examinava com cuidado. Um toque um pouco mais brutal e ele me arrancaria o fígado.

A câmera era preta e incrivelmente compacta, em comparação com outras pesadas e grandes que ele mantinha ali. Tinha uma espécie de flash em cima, e o metal ao redor da lente era dourado, parecido com um relógio. A máquina parecia bastante gasta e suja e fedia como se tivesse acabado de sair de um túmulo — o que provavelmente era verdade. Mas, convivendo com Isaac, eu tinha aprendido a ver beleza nesse tipo de coisa.

Isaac se sentou na beirada da cama, e eu me ajeitei ao lado dele. Suas mãos seguravam a câmera como se ela fosse um bebê. Tive que chegar tão perto para poder ver direito que meu rosto estava praticamente colado ao dele.

— É uma UR da Leica — ele explicou. O movimento de seu rosto, enquanto falava, fazia sua barba raspar e pinicar o meu. — Fabricada em 1914, mais ou menos. É linda, né?

— É bonita — sorri, tocando de leve o objeto. — Onde seu pai conseguiu?

— No Mercado Livre, acredita? E o cara pediu uma miséria. Essa belezinha não custou nem trezentos reais!

Engoli o comentário de que tinha coisa muito melhor e mais nova que ele podia comprar com quase trezentos reais. Ele viria para cima de mim com aquele discurso: "Você sabe quanto vale uma peça rara?", que eu simplesmente não estava a fim de ouvir pela vigésima sétima vez. Então ignorei.

— Um achado! — eu disse apenas, e ele concordou.

— Pena que não funciona mais. Tá vendo isso aqui? — Isaac apontou o espaço da lente, aquele que parecia um relógio do lado de fora. — Quebraram a lente. Meu pai e eu demos uma olhada e parece que o obturador também já era. Essa vai ficar só na prateleira mesmo.

Ficamos um minuto apenas olhando para a câmera. Então aquela posição torta na qual Isaac estava me forçando a ficar por medo de esticar a droga da máquina na minha direção começou a se tornar realmente incômoda, e eu me deitei de novo.

— Então, qual é a boa de hoje? — perguntei, enquanto Isaac colocava a câmera de volta no altar.

— Que tal você fazer sua lição enquanto eu jogo videogame, e depois eu deixo você brincar com a minha Polaroid — ele sugeriu, já ligando o console. Bufei, mas a perspectiva de ele me deixar tirar algumas fotos sem nenhum "apuramento técnico", como ele dizia, e gastando seu precioso filme de Polaroid me deixou mais animada.

— Fechado.

— Mas você vai ter que me deixar tirar uma foto sua.

— Vai sonhando...

QUANDO ENTREI NA SALA DE AULA NO DIA SEGUINTE, O ALEXANDRE JÁ ESTAVA sentado em seu lugar de sempre, exatamente à minha direita. Em geral eu só o observava de canto de olho e ficava na minha, mas, naquele dia em especial, isso me causou uma revolução estomacal. Os solavancos na minha barriga soaram tão altos que a Maria Eduarda deu uma risadinha e comentou em voz não tão baixa:

— Já está com fome, Maitê? O intervalo é só daqui a duas horas.

Não respondi. E como poderia? Eu me ajeitei em silêncio na minha carteira e fiquei pensando no melhor jeito de contar para o Alexandre que tínhamos um trabalho para fazer juntos.

Decidi que não poderia fazer isso no meio da aula, porque chamaria muita atenção. Mas também não seria uma boa ideia deixar para procurá-lo no intervalo, porque ele nunca estava sozinho — havia sempre um monte de garotos (ou garotas) em volta dele, e eu não estava preparada para os comentários infelizes. Pensei em passar um bilhete para ele, mas a Maria Eduarda com certeza veria e me atormentaria por isso pelo resto do ano. Caramba, o que eu ia fazer?

Então me dei conta de como estava sendo idiota. Eu estava fazendo exatamente o que não queria: tratando algo simples como um elefante branco na sala. Era uma porcaria de um trabalho de geografia, pelo amor de Deus! Ninguém poderia me condenar por querer combinar uma tarde para me livrar logo daquilo. Com o que eu estava preocupada, afinal?

A resposta eu sabia sem nem precisar pensar. Era a reação dele que estava me deixando impaciente e hesitante. A perspectiva de ele simplesmente me ignorar ou me olhar feio estava me deixando louca! Amaldiçoei a hora em que a professora havia colocado meu nome junto com o dele. Nem mesmo fazer o trabalho com a Maria Eduarda seria tão torturante!

Tudo bem, não vamos exagerar, né?

Por fim, decidi que adiar as coisas não tornaria nada mais fácil. Eu falaria com ele assim que o sinal tocasse, no caos entre uma e outra aula. Assim o mundo todo poderia desabar de vez se precisasse. Que se dane!

Quinze minutos depois, o som estridente anunciou o fim da primeira aula. Uma galera se levantou, a professora recolheu suas coisas e o Alexandre se espreguiçou na cadeira. Inclinei o corpo em sua direção para cutucá-lo, lançando mão de toda a minha coragem, quando ele subitamente se virou, como se pressentisse o que eu estava prestes a fazer.

— E aí, tudo bem? Bom dia!

"Bom dia." O Alexandre me deu "bom-dia".

Mexi a boca, mas não tenho certeza se respondi algo coerente. Por alguns segundos agonizantes, encarei o cara perfeito à minha frente: os ombros largos e a estrutura forte, mas sem aquele exagero de quem é obcecado por academia. Mesmo com apenas dezesseis anos, o rosto másculo de queixo quadrado, olhos estreitos, tão verdes quanto os meus, e finas maçãs do rosto cobertas por um início de barba, me fazia morrer de vontade de tocá-lo. Ele mantinha o cabelo raspado baixinho, mas eu sabia que crescia em montes de cachos castanhos. Era difícil me concentrar com *aquilo tudo* olhando diretamente para mim. Então pigarreei, tentando recuperar o controle do meu próprio cérebro.

— Escuta, sobre o trabalho de geografia...

— Era sobre isso que eu queria falar com você — interrompi, forçando um sorriso. Senti meu rosto queimar, e dava para imaginar como eu estava vermelha. Que inferno!

— Ah, então, já tinham me dado um toque sobre isso. — Ele sorriu de um jeito tão receptivo e simpático que me causou arrepios. — Você pode ficar um dia desses até mais tarde pra gente fazer? Aí terminamos mais rápido.

Claro, simpatia tem limite. Ele devia estar louco para se ver livre de mim!

— Humm, é, c-claro, s-sim — gaguejei. — Qualquer dia desses.

— Pode ser na segunda que vem? — ele perguntou, enquanto pegava uma apostila na mochila, do outro lado da carteira. — É melhor pra mim.

— Claro, pode sim — respondi, menos atenta ao que eu mesma fazia do que aos movimentos dele. Fiquei reparando em suas costas largas, apreciando como ele fazia com que algo simples como abrir um livro parecesse uma obra de arte com aquelas mãos imensas. Por fim, me distraí tanto que acabei empurrando sem querer meu estojo para o chão, bem no vão entre as nossas fileiras.

Tentei me inclinar para recolher tudo sem sair do lugar, mas, com o apoio de braço bem do meu lado direito e todo o meu tamanho, era missão impossível. Já pressentia o risinho da mal-amada atrás de mim quando o Alexandre fez as honras e se abaixou, recolhendo todos os meus pertences.

— Combinado segunda, então? — ele disse, colocando o estojo na minha mão.

— Combinado — confirmei, com menos firmeza na voz do que tinha nas mãos.

— Beleza. Valeu, Maitê.

Ele se virou para a frente bem a tempo de perder meu sorriso atônito. Eu tinha conseguido manter uma conversa inteira com o Alexandre (quase) sem gaguejar. Ele não tinha sido um babaca comigo. *Ele sabia o meu nome.* Cada uma daquelas pequenas coisas fazia meu coração explodir em milhões de estrelas de felicidade. Só para variar, foi quase impossível prestar atenção na aula depois disso.

* * *

— Maitê, peraí. Do que você tá falando? Você vai ficar com o *Alexandre* segunda-feira?

A Valentina, é claro, tinha entendido tudo errado. Para o meu alívio, ela não tinha falado muito alto — eu não queria nem imaginar o tamanho do problema que isso poderia me causar se mais alguém tivesse escutado. Bufei e repeti a frase calmamente, enquanto descíamos as escadas rumo ao pátio. O pátio ocupava um amplo espaço logo na entrada do colégio, com uma área coberta onde havia de dez a quinze mesas afixadas no chão, como aquelas de praças de alimentação de shopping, e havia ainda uma área aberta, onde bancos de pedras estavam dispostos sob a sombra de uma árvore bem cuidada. Em um dia típico de agosto como aquele — frio, mas com um solzinho gostoso — era de se esperar que todo mundo preferisse ficar ao ar livre, mas, quando chegamos, boa parte das mesas já estava ocupada.

— Não, louca! Eu disse que nós vamos ficar *na escola* segunda-feira para fazer um *trabalho*. Em dupla. A professora colocou a gente junto. Você não estava escutando nada do que eu falei?

— É que você disse tudo muito rápido! — ela justificou, revirando os olhos.

— Explica essa história direito! — a Josi me interrompeu quando eu estava prestes a retrucar. — Quando foi que isso rolou? Você não contou nada pra gente. E ele já sabe disso?

— Foi ontem, logo depois do intervalo — respondi, vasculhando o pátio com os olhos, à procura de uma mesa na área coberta, já apinhada de gente. — E, sim, ele já sabe. E nem fui eu quem contou.

— E aí? — A Valentina sorriu, animada. Então avistei uma mesa vaga perto da cantina. Geralmente nós nos sentávamos na primeira da frente, porque ficava bem entre o portão de entrada, a saída para os corredores e o banheiro, e não muito longe da cantina, mas alguém já havia ocupado aquele lugar. Apertei o passo para alcançar a que estava vaga antes que outra pessoa fizesse isso, e as meninas me seguiram.

— E aí o quê?

— E aí, quanto foi o jogo do Palmeiras ontem? — ela ironizou, enquanto nos sentávamos. — E aí ele, né? O que ele disse?

— Ah... ele foi simpático. Me deu bom-dia hoje — comentei, distraída por um instante pelo cheiro de fritura no ar. Terça-feira era dia de pastel no colégio. Minha boca salivou só de imaginar.

— Uhuuu, olha só, um progresso! — as duas comemoraram, e eu as chutei de leve por debaixo da mesa.

— Ele só estava sendo legal. Não foi nada romântico. Aposto que assim que a gente entregar o trabalho ele nunca mais vai falar comigo.

— Amiga, você está enxergando as coisas pela perspectiva errada! — a Valentina afirmou, como se soubesse de algo que eu não sabia. Ela sempre adquiria esse ar prepotente quando achava que estava coberta de razão em relação a alguma coisa.

— Ah, é mesmo? Então, por favor, me ilumine!

— É a sua chance de ficar amiga dele! Vocês vão passar umas boas horas juntos. Que outra oportunidade dessa você vai ter?

— E todo amor começa de uma amizade... — a Josi completou, me deixando vermelha. Nesse exato momento, o Alexandre passou por nós. Como se fosse para confirmar o que elas tinham acabado de dizer, ele deu uma olhada e acenou em nossa direção.

— Olha aí o que eu tô falando! O jogo já começou, você só precisa fazer sua parte — Valentina sibilou, e eu chacoalhei a cabeça veementemente.

— Você tem *sérios* problemas se acha que existe alguma chance de...

— Tudo pode acontecer, Maitê! — A Josi deu de ombros, como costumava fazer quando queria apenas opinar, sem apimentar a discussão. — Você só precisa tentar! Quem não arrisca não petisca, não é o que dizem?

Elas tinham enlouquecido. As duas! Segui o Alexandre com os olhos e o vi do outro lado do pátio, na área aberta, cercado de amigos e, claro, de meninas. Ele nunca olharia para mim de outra forma que não a Maitê gorducha que senta na fileira ao lado, a menina que fez o trabalho de geografia com ele. Eu teria o privilégio de desfrutar umas horinhas de sua companhia, mas era só isso. Era ilusão demais achar que poderia dar em alguma coisa.

Quero dizer, aquele era o Alexandre. O Alexandre, com os cabelos castanhos sempre raspados e a pele que parecia constantemente bronzeada, mesmo no inverno. O dono dos olhos esverdeados mais lindos que eu já tinha visto na vida, que se cercavam de ruguinhas quando ele sorria, algo que acontecia com frequência. Ele era o cara mais bonito e popular do colégio, que ficara com a Karen, do primeiro ano, e com a Gê, do segundo, que namorara a Paty da minha sala por quase um ano, e que ficara com a melhor amiga dela, Sarita, três meses depois que eles romperam (embora só eu soubesse disso por ter visto totalmente sem querer numa tarde, no caminho para a biblioteca). Todas absolutamente lindas, magras e legais, ou seja, perfeitas.

E eu era só eu. E definitivamente não era o tipo de garota que conquistaria um cara como ele. Era a menina do escanteio, a que nunca tinha namorado, que dera o primeiro beijo na festa de quinze anos por causa de uma maldita brincadeira de verdade ou desafio. Ele nunca, jamais, ia querer alguma coisa comigo.

Murmurei uma coisa qualquer só para deixar as meninas felizes e mudei de assunto. Quanto menos eu pensasse naquilo tudo, melhor.

* * *

— E aí? — Foi tudo o que Isaac me disse quando abriu a porta, no dia seguinte. Ele parecia cansado, como se mal tivesse conseguido dormir na noite anterior.

— E aí? — repeti, estranhando todo aquele desânimo. Entrei e, enquanto ele fechava a porta, vislumbrei sem querer uma marquinha vermelha de aparência incômoda abaixo da orelha, precariamente escondida por uma mecha de cabelo. — Como foi?

— Como foi o quê? — Ele fechou a porta devagar, e eu cruzei os braços impaciente.

— Ontem, ué! — Revirei os olhos. Isaac tinha essa mania irritante de sempre desconversar quando eu perguntava de alguma das meninas com quem ele saía. Embora nem sempre fosse legal ouvir, eu gostava de saber que pelo menos um de nós tinha uma vida social decente.

— Eu fiz macarrão com brócolis para o almoço, tudo bem? — ele falou, caminhando em direção à cozinha. Bufei e fui atrás dele.

— E eu fiz quinze exercícios de matemática na aula, mas não foi isso que perguntei.

— Não sei o que você quer que eu responda. — Ele abriu a geladeira e levou uma eternidade para tirar uma jarra de suco dali. Isaac parecia decidido a não olhar na minha direção, mas continuei atrás dele, seguindo-o tão de perto que o cheiro forte de seu perfume fazia cócegas em meu nariz.

— Você sabe exatamente o que eu quero que me diga. Quero saber como foi com a... Como é mesmo o nome da menina?

— Janaína? — o Isaac virou de repente e nós quase trombamos. Eu recuei no último segundo. Ele me passou a jarra de suco e foi para o fogão, acendendo uma das bocas para requentar a comida.

— É, isso aí. Você estava animado. E eu não te vi ontem o dia todo, então você deve ter chegado tarde. Me conta!

— Ah, que inferno! — ele exclamou, mas rindo, e as bochechas estavam tão vermelhas que parecia que ele estava febril. — Posso contar enquanto a gente come? Aí pelo menos posso fazer demonstrações com a comida.

— Eca, você é nojento!

— Nojenta é você, querendo saber o que eu faço ou deixo de fazer com as meninas!

— Deixa de ser babaca. Você é meu amigo, não tem nada de mais em me contar!

— Tá. Pega os pratos.

— E aí? — Peguei os pratos no armário atrás de nós e os passei a Isaac, que serviu duas generosas porções de macarrão enquanto eu pegava copos e talheres. Colocamos tudo em cima do balcão, e, quando fiz um gesto para que Isaac desembuchasse logo, ele atirou um pedaço de brócolis em mim. Rodney surgiu do nada pela porta da cozinha, ansioso para devorar qualquer coisinha que caísse do céu dessa vez.

— Você é um saco! — ele comentou, a boca cheia de comida. Não me intimidei pela nojeira.

— É mais fácil contar logo de uma vez como foi a porcaria da sessão de fotografia na casa da menina e eu paro de te encher.

Isaac cutucou a comida sem me olhar, como se estivesse escolhendo as palavras ou pensando no que dizer. Esperei pacientemente até que ele respirou fundo e disse, com um ar derrotado:

— O que você quer saber?

— Ah... — resmunguei, enquanto terminava de mastigar e engolia. — Se foi legal. *O que* vocês fizeram. Se você vai vê-la de novo.

— O que nós *fizemos*? — Isaac riu, mas pude notar que estava ficando vermelho. — Você faz cada pergunta, Maitê. O que você quer, uma descrição poética?

— Ai, credo, não! — Foi a minha vez de rir.

— Sim, foi muito legal, ela é uma menina bacana. E tem um sorriso lindo — e então apontou o garfo para mim, franzindo a testa numa expressão pensativa. — Bastante parecido com o seu, na verdade.

— E... ? — Fiz um gesto com as mãos, convidando-o a continuar. Ele encheu a boca de comida e mastigou um pouco antes de prosseguir.

— E eu fiquei lá a tarde toda. Ela também quis aprender um pouco sobre como a câmera funcionava e tal.

— Que câmera você levou? — eu quis saber. Era possível determinar o nível de importância de uma garota para ele, ou o quanto ele queria impressioná-la, só pelo modelo do aparelho que ele levava quando ia "fotografar" alguém.

— A Cyber-Shot Semi — respondeu, referindo-se a um modelo semiprofissional da Sony que ganhara da madrinha uns três anos atrás, sua máquina mais surrada. Ele a levava sempre que não queria pôr outra melhor em risco, como passeios do colégio ou a shows, por exemplo. Eu me senti meio aliviada, sem nem saber por quê, mas forcei uma cara de desânimo.

— Ela é bonita, pelo menos? — perguntei, e joguei um fio de espaguete para Rodney, que agora estava raspando minhas pernas, implorando por atenção. — A Janaína, quero dizer.

— É. Mais ou menos — ele soou indiferente. — É mais o sorriso mesmo. E ela é meio pentelha.

— Então por que você foi?

— Porque ela tem os maiores peitos que já vi! — Isaac gesticulou, indicando um busto invisível em si mesmo, e eu tive que cobrir a boca para não cuspir enquanto ria.

— *Argh*, você é nojento!

— Sou homem, o que você esperava?

Nós rimos, e então se seguiu aquele silêncio que poucas vezes pairava entre nós. Toda vez que ele saía com alguma menina, eu insistia em saber, mas toda conversa sempre terminava com aquele momento constrangedor em que ninguém dizia nada. Eu sempre me arrependia de ter puxado o assunto, mas acho que em parte precisava monitorar a vida pessoal do Isaac para não ser pega de surpresa. Se surgisse alguma garota importante, eu ia querer saber. Éramos tão grudados que a ideia de perdê-lo para uma namorada qualquer era quase insuportável. Quando acontecesse, eu precisaria estar preparada.

— Não entendo como você consegue sair com uma garota diferente por semana — comentei, num tom de voz baixo. — Você nunca gostou de ninguém?

— Tipo, como você gosta do Alexandre? — ele rebateu, e eu corei.

— Não, tipo... sei lá, alguma coisa real — falei. Por mais apaixonada que fosse pelo Alexandre, eu entendia que aquilo era tão platônico que eu nem saberia o que fazer se houvesse a mínima chance de acontecer algo entre a gente. Era legal dar asas à imaginação, mas fantasiar sobre amar uma pessoa não era a mesma coisa do que sentir pra valer. Eu nunca tinha gostado de ninguém desse jeito. E nem o Isaac, pelo visto. — Querer só aquela pessoa e mais ninguém — completei por fim.

Isaac não disse nada de imediato. Ficou com a cabeça baixa, brincando com os pedacinhos de brócolis no macarrão, perdido nos próprios pensamentos. Depois, como se acordasse de um transe profundo, chacoalhou a cabeça e afirmou com veemência:

— Não, nunquinha.

Revirei os olhos. *Garotos!*

— Mas você ia achar bom se eu tivesse uma namorada? — ele perguntou de repente. — Tipo, ter outra garota além de você pra controlar a minha vida? Já pensou? Alguém pra tentar me tirar de você?

— Ela até poderia tentar — falei, sem pensar direito, só depois me dando conta de como aquilo pegava mal. Para minha infelicidade, Isaac já estava gargalhando.

— Ih, tá com ciuminho, Maitê? — Ele fez um biquinho infantil e apertou uma das minhas bochechas.

— Claro que não! — exclamei, espantando sua mão com um tapa.

— Pode admitir!

— Vai pro inferno!

Comemos em silêncio por mais alguns minutos, eu ligeiramente carrancuda e Isaac ainda com um resquício de risada nos lábios.

— Você bem que podia me dar uma mão pra editar as fotos depois, né? — ele sugeriu, como quem não quer nada.

— Você sabe mexer no Photoshop — indiquei em tom de "se vira", erguendo a sobrancelha, mas sem olhar para ele.

— Eu sou só o Luke Skywalker. Você é a Mestra Yoda da edição — ele provocou. E eu não tive alternativa senão rir e emendar:

— Ajudar você eu não vou. — Ergui a cabeça, e Isaac reprimiu uma gargalhada. — Se virar sozinho você terá que.

— Você é muito cruel! — ele reclamou, pousando a mão no peito em sinal de falsa indignação. — Aquelas fotos realmente precisam da sua ajuda.

— Sinto muito. Não tenho tempo para isso. Tenho o novo layout do site das Directioners BR pra terminar — falei, embora o design do fã-site do One Direction para o qual eu contribuía já estivesse pronto havia vários dias. A verdade era que a ideia de editar as tais fotos incluiria imaginar as circunstâncias em que tinham sido tiradas, e eu não estava com humor para isso.

Isaac não insistiu, e terminamos de almoçar em paz. Só então dedicamos nosso tempo a coisas úteis, como lição de casa e videogame. Não necessariamente nessa ordem.

* * *

Nem vi direito a semana passar. No que pareceu um piscar de olhos, já era segunda-feira. E meu coração parecia querer saltar do peito.

Mal comi naquela manhã, de tão enjoada e ansiosa que estava. Fui para a escola desejando que o dia passasse rápido e devagar ao mesmo tempo. Queria muito acabar logo com aquilo, mas também não conseguia lidar com o fato de que, em algumas horas, seríamos eu, o Alexandre e uma mesa na biblioteca vazia. O simples pensamento me dava vontade de vomitar.

Cara, como eu podia ser tão covarde?

Ele me deu bom-dia assim que sentei no meu lugar na sala, praticamente ao lado dele — algo que ele vinha fazendo desde a semana anterior, quando descobriu que tínhamos um trabalho para fazer juntos. Eu me perguntei quanto tempo mais essa gentileza duraria, e, é claro, me senti uma idiota depois. Não nos falamos mais durante toda a manhã.

Tentei me concentrar em qualquer coisa, mas era como se o meu próprio cérebro estivesse contra mim. Se eu piscasse, se olhasse para o lado por apenas um segundo, ele aparecia, fosse na forma de algum delírio ridículo da minha imaginação, fosse na distração de olhá-lo durante a aula. Eu sabia que estava criando uma tempestade em um copo d'água; não deveria estar sofrendo tanto por algo tão pequeno, mas não conseguia evitar. Cada tique do relógio, indicando que nos aproximávamos do fim do horário de aula aumentava minha sensação de náusea.

E foi quando o sinal tocou anunciando o fim do dia que minha agonia começou de verdade. Eu costumava esperar todo mundo sair, mas, naquele dia, fiz questão de me arrastar como uma lesma, como se não conseguisse achar meu próprio material. Até a professora já tinha se mandado, mas para minha surpresa, quando ergui os olhos, o Alexandre estava ali, a mochila nas costas, não aparentando a menor pressa de ir embora.

— Não precisava ter me esperado — falei, sentindo a garganta arranhar de tão seca.

— Ah, acho que é mais fácil a gente almoçar juntos — ele explicou, dando de ombros. — Precisa de ajuda?

— Não — respondi, meio trêmula, e enfiei rápida e desajeitadamente na mochila o que restava das minhas tralhas.

Descemos lado a lado para o pátio. Estava tão nervosa que meus olhos dançavam, indo disfarçadamente do chão para ele. Ele apenas olhava para a frente, tão tranquilo que dava a impressão de que sempre almoçávamos juntos.

As tardes de segunda-feira no colégio não eram muito concorridas. Não havia atividades complementares, nem treino de time nenhum. Ninguém que prezasse pela própria sanidade faria hora extra em plena segunda-feira. Por isso o pátio estava deserto, exceto pelos funcionários de limpeza. Em quarenta minutos, aquilo ali estaria apinhado de crianças que estudavam no horário da tarde, e seria impossível ouvir até os próprios pensamentos. Por isso, seguida pelo Alexandre, me apressei em comprar alguma coisa para comer.

Fiquei surpresa quando me dei conta de que ele comia mais do que eu: dois salgados, uma lata de refrigerante e um bombom foram seu almoço. Ele tinha o corpo tão perfeito — nem magro demais, nem acima do peso — que imaginei que fosse do tipo enjoado para comer, ou que nunca abusasse das calorias. Eu não podia estar mais enganada. De repente, me senti até moderada.

No minuto em que as primeiras crianças do horário da tarde começaram a chegar fazendo farra, nós subimos em silêncio para a biblioteca. Alexandre nem sequer se incomodou com meu ritmo lento na subida até o segundo andar, me acompanhando no mesmo passo como se não fosse nada de mais. Mas, ainda que tivéssemos subido rapidamente, não faria diferença; assim que chegamos, vi que a porta ainda estava trancada, anunciando que a bibliotecária ainda não reabrira do horário de almoço.

— Bom, o negócio então é esperar — o Alexandre disse inabalável, se sentando no chão bem em frente à porta da biblioteca.

— Pior que não dá pra adiantar nada! — resmunguei. — Nem computador a gente tem.

— Relaxa, vai dar tempo de fazer tudo. — Ele sorriu despreocupado e fez um gesto com a mão, pedindo que eu me acalmasse. — Você tem um horário pra chegar em casa, ou alguma coisa assim?

— Não.

— Então senta aí e relaxa, que vai dar tempo — ele garantiu, dando dois tapinhas no chão ao seu lado.

Meio sorrindo, meio carrancuda ainda, eu me sentei ao lado dele, mantendo certa distância. Surpreendentemente, ele permanecia calmo e inabalável. Era engraçado pensar que, apesar de apaixonada por ele havia tanto tempo, eu não o conhecia. Ele estava tão... numa boa ali. Quero dizer, comigo. Achei que seria o primeiro a reclamar, mas ele não parecia incomodado. Nem um pouco, na verdade.

Então Alexandre puxou o celular do bolso, um modelo relativamente novo, mas já bastante judiado, cheio de marcas de quedas e riscos na tela. Notando meu olhar, perguntou:

— O que foi?

— Humm, é... não é nada — engasguei para responder. Respirei fundo e decidi que, já que eu estava ali, poderia ao menos tentar manter uma conversa decente. — Celular legal.

— Obrigado. Já está meio velho.

— Velho? Detonado seria uma palavra melhor.

— Não sou muito cuidadoso. — Ele girou o telefone na mão, aproximando o aparelho de mim. Alguns riscos eram tão fundos que eu estava surpresa por não terem danificado a tela. *Se o Isaac visse isso*, pensei, *teria um troço*.

— Quem é Isaac? — ele perguntou, e então me dei conta de que havia pensado alto.

— É um amigo — expliquei, dando um sorriso amarelo. — Ele é meio superprotetor com essas coisas, tipo, celulares e tal. Uma vez deixei o telefone do Isaac cair enquanto estava jogando. Ele nunca mais me deixou encostar em nenhum celular dele.

— Que exagerado — o Alexandre riu. — Acho que vou colocar um som. De que tipo de música você gosta?

— Bom... qualquer coisa, eu acho. — Dei de ombros.

— Então peraí que vou colocar um pancadão pra você. — Ele olhou concentrado para o celular, tão sério que me deixou em choque por um segundo.

— Não, não! — quase gritei, e nós dois rimos. — Não tão *qualquer coisa* assim também, né!

— Era brincadeira. Não tenho funk no celular.

— Ufa.

— Em casa sim, mas no celular não.

— Todo mundo tem seu lado obscuro.

Ele riu, e então me entregou o celular, já na lista de músicas.

— Pode escolher.

Olhei surpresa para o aparelho. Ele não se cansava de me deixar boquiaberta? Concordei em silêncio, esperando de coração que meu rosto não estivesse tão vermelho quanto eu estava sentindo e que minhas mãos não estivessem suadas nem tremendo. Antes que eu pudesse selecionar alguma coisa, o aparelho começou a tocar. Eu não reconheci, mas sabia que era rap.

— Você gosta de Eminem? — ele perguntou, quase chocado.

— Não! É o seu telefone que está tocando mesmo! — E devolvi o aparelho para ele.

Alexandre checou o visor e suspirou, parecendo cansado. Em seguida atendeu, meio que a contragosto.

— Alô.

Nem me esforcei para não prestar atenção. Mesmo que eu quisesse, não havia nada em que eu pudesse me concentrar para abafar a sua voz. Por sorte (ou não), não pude ouvir quem estava do outro lado da linha.

— Sim, tô aqui ainda... Não... É... Sério mesmo?

Fosse quem fosse, a pessoa devia ser muito chata. Foram quase dez minutos de conversa em que ele praticamente só respondeu com murmúrios, parecendo cada vez mais entediado. Quando desligou, bufou alto.

— Foi mal — ele se desculpou, e eu dei um sorrisinho meio sem graça.

— Tudo bem.

Tive vontade de perguntar quem era, mas não quis parecer intrometida. De qualquer forma, o momento legal entre a gente tinha acabado, e, antes que qualquer um de nós pudesse fazer algo a respeito, a bibliotecária chegou.

Entramos e nos sentamos, e, por pelo menos meia hora, ninguém falou mais nada que não tivesse referência direta com o trabalho. Mesmo assim, eu me sentia feliz só de estar com ele. As borboletas continuavam ali, fazendo a festa no meu estômago, mas eu quase conseguia ignorá-las agora. Era mais fácil quando só tínhamos que falar de assuntos escolares.

Meia hora depois, seu telefone tocou de novo. Instintivamente, olhei para a bibliotecária, mas, como só estávamos nós dois além dela ali, ela nem se incomodou. Alexandre, em contrapartida, olhou enfezado para o aparelho, com uma cara de quem ponderava se atendia ou se atirava o telefone na parede.

— Você se importa? — ele perguntou, me pegando de surpresa de novo.

— Ah... não, claro que não.

Ele sorriu de um jeito sem graça e atendeu com um gélido "fala".

— Eu não posso conversar agora — ele explicou, após uma curta pausa. Seus dedos tamborilavam a mesa de maneira impaciente. — É, eu tô aqui ainda. Não... Olha só, eu te dou um toque quando eu chegar em casa. Tá bom?

Outra pausa, mais longa dessa vez. Então ele soltou um suspiro pesado. Eu nunca tinha visto o Alexandre tão estressado. Em geral, ele estava sempre sorrindo, sempre feliz. Mesmo quando estava meio doente. Era como se nada pudesse abalá-lo.

Deve ser a mãe dele, pensei, *querendo saber onde ele está ou a que horas vai chegar, talvez pedindo alguma coisa*. Minha mãe tinha dessas de me rastrear pelo telefone também. Uma vez eu tinha ido para a casa do Isaac no sábado logo cedo, e a minha mãe me ligou mais de dez vezes ao longo do dia apenas para saber se eu estava bem, que horas ia voltar e se me importava de ir até a padaria antes de voltar para casa. Mães podiam ser bem irritantes. E, pela expressão dele, a pessoa do outro lado da linha também era.

— Tá. Tá bom. Tchau.

Ele desligou, e eu fingi que não estava olhando. Ele bufou e guardou o telefone no bolso.

— Foi mal — murmurou. Apenas dei de ombros.

— Minha mãe também me liga pra encher o saco, às vezes — falei em solidariedade. Ele riu, sarcástico.

— Preferia que fosse mesmo a minha mãe.

Minha língua estava coçando de vontade de perguntar quem era. Se não era a mãe dele, então quem era? Até onde eu sabia (e eu sempre sabia dessas coisas), o Alexandre não estava namorando ninguém. E eu tinha entreouvido uma voz de mulher ao telefone. Eu estava morrendo de curiosidade, mas não perguntei nada.

Continuamos fazendo o trabalho em silêncio, falando apenas quando tínhamos de responder perguntas um do outro, ou quando alguém precisava de ajuda. Depois de mais ou menos meia hora, o telefone tocou de novo. Impaciente, Alexandre rejeitou a ligação.

Quem estava ligando, contudo, não desistiu. Ligou de novo, e mais uma vez depois dessa. Todas essas vezes, Alexandre recusou a chamada, mas a nossa concentração já estava arruinada.

— Se você não desligar o telefone, ela não vai desistir — afirmei, depois da quarta ligação. Alexandre me olhou parecendo quase envergonhado, e eu senti uma pontinha de satisfação por ter causado alguma coisa nele. Mesmo que não fosse mérito meu.

— Você tem razão — ele concordou, e finalmente desligou o aparelho. — Foi mal mesmo. Eu não sabia que ela... Bom, que ela era...

— Grudenta? — sugeri, e ele riu, concordando com a cabeça.

— É. Não sei onde fui amarrar meu burro.

Então ele *estava* namorando. *Alguém de fora do colégio*, pensei, *caso contrário eu já saberia.*

— Já tentou dizer isso pra ela? — perguntei, sem controlar minha mania de dar palpites. Ele não pareceu se importar.

— Dizer o quê?

— Que você não gosta desse tipo de coisa. Sabe, aquele papo de honestidade no relacionamento e tal.

— Ah, já. — Ele ergueu as sobrancelhas de forma exasperada. — Melhorou bastante. Agora ela me liga só seis ou sete vezes por dia.

Não pude evitar de rir, e Alexandre batucou com o telefone na mesa de um jeito pouco delicado. Imaginei que, se Isaac estivesse ali, teria confiscado o aparelho.

— Você já fez uma coisa e depois ficou se perguntando onde estava com a cabeça? — ele quis saber, de repente. Torci o nariz. Uma vez, quando eu tinha onze ou doze anos, apostei com Isaac que poderia comer cachorro-quente com brigadeiro e não passar mal. Estava errada. Mas eu duvidava que o Alexandre estivesse se referindo a alguma coisa remotamente parecida com aquilo.

De qualquer maneira, assenti com a cabeça, e ele fez uma careta meio desanimada. Então ergueu o celular, chacoalhando-o diante de nós.

— Onde eu estava com a cabeça?

Dei uma risadinha, mais por estar maravilhada com o fato de estarmos tendo uma conversa de cunho totalmente pessoal do que por realmente achar graça.

36

— Então por que você não termina com ela? — indaguei confusa.

— Sei lá.

— Você gosta dela?

Ele demorou para responder. Achei que talvez estivesse pensando em como eu era intrometida e que não merecia resposta — pois foi exatamente *isso* que passou pela minha cabeça assim que fiz a pergunta. Eu estava abusando da sorte. Mas não podia evitar. Agora que ele tinha me estendido a mão, era difícil não querer agarrar o braço.

— Não sei — ele respondeu depois de um tempo, balançando a cabeça e parecendo perdido em pensamentos.

— Então não gosta — concluí, com um leve chacoalhar de ombros. Alexandre franziu o cenho para mim.

— Como assim?

— Se gostasse, não diria "não sei". Se você tem dúvida, é porque não gosta.

Ele sorriu e apontou um dedo para mim.

— Você é boa nisso.

Corei, mas disfarcei baixando o olhar.

— Eu só vejo muito filme romântico.

Por mais alguns minutos, reinou o silêncio. Tentei voltar ao trabalho, mas não consegui. *Você é boa nisso.* Eu poderia morrer agora mesmo e morreria feliz!

Alexandre sorriu, me olhando fundo nos olhos, fazendo meu rosto inteiro arder. Não consegui sustentar o olhar. Rapidamente voltei a encarar o trabalho de geografia, tentando em vão lembrar que era por isso que estávamos ali, afinal.

EU ESTAVA EUFÓRICA E UM POUCO TRÊMULA QUANDO SAÍ DA ESCOLA. O ALEXANDRE me acompanhou até o ponto de ônibus, ainda que sua casa ficasse a uns três quarteirões dali e meu ônibus demorasse uma eternidade para passar. Não voltamos a falar da garota que o atormentara mais cedo, mas também não ficamos em silêncio. De alguma forma mágica, eu e Alexandre tínhamos muita coisa em comum, de gostos musicais a filmes e personagens preferidos.

— Não acredito que você gosta de *Star Trek*! — exclamei pelo que parecia ser a vigésima vez. Porque ainda não acreditava *mesmo*.

— Qual é o problema? — Ele caminhou pela calçada com as mãos nos bolsos da calça. — Não é mais estranho do que *você* gostar de *Star Trek*.

— Por quê? — indaguei, na defensiva.

— Porque você é uma garota. Garotas gostam de... — Ele hesitou, revirando os olhos enquanto pensava. — *Meninas malvadas*. Ou da Hannah Montana.

— Essa série nem passa mais! — Ri enquanto tentava enxergar o letreiro do ônibus que estava se aproximando. Meu colégio ficava em uma avenida de pouco movimento, onde quase todos os imóveis eram residenciais. Só passavam duas linhas de ônibus por ali, que demoravam mil anos para chegar. Aquele ainda não era o meu.

— Que seja. — Ele passou por mim e se sentou ao meu lado no ponto, as pernas agitadas batucando o chão num ritmo próprio. Percebi que ele era incapaz de ficar parado por mais de um minuto inteiro.

— E conhece muito do assunto para um garoto, não acha?

Ele gargalhou alto.

— Eu tenho uma irmã mais nova.

Ah, é verdade. A irmã do Alexandre tinha doze ou treze anos e se chamava Alissa. Claro que eu nunca tinha falado com ela, mas já tinha visto os dois chegando juntos ao colégio.

— Tá bom, vou fingir que acredito nessa desculpinha aí — zombei, e nós rimos de novo. Estávamos no ponto havia quase vinte minutos, mas era como se tivéssemos acabado de chegar. Avistei meu ônibus se aproximando, mas nunca me senti tão tentada a ignorá-lo. Queria ficar mais tempo ali, prolongar aqueles minutos preciosos de conversa enquanto um diálogo entre nós ainda existia. Apesar de o Alexandre ter sido muito legal comigo, eu não tinha plena certeza de que aquilo se estenderia pelos próximos dias. Parte de mim ainda estava certa de que ele dificilmente olharia na minha cara depois daquela tarde, porque era a coisa mais natural de acontecer. Então eu não podia ser julgada por querer que aquele dia durasse o máximo possível.

Mas já estava tarde, quase anoitecendo, e eu estava cansada. Precisava de um pouco de silêncio para digerir tudo e não teria nada disso no dia seguinte, quando a Valentina e a Josi me encheriam de perguntas durante a manhã e, à tarde, eu me apressaria para contar tudo ao Isaac. Então fiz sinal para o ônibus e me preparei para me despedir.

— Bom, chegou — falei, conforme o ônibus ia freando, cada vez mais perto. O Alexandre sorriu, e por um único segundo achei que ele poderia estar quase... pesaroso.

Nããão...

— Beleza. A gente se fala — ele disse, e eu não consegui responder. O ônibus parou, e eu estava dando o primeiro passo para embarcar quando o Alexandre se inclinou e beijou minha bochecha antes de virar e partir.

O motorista precisou buzinar duas vezes para que eu saísse do transe e me lembrasse de subir.

* * *

Ele era legal. Meio nerd. Ele tinha conversado comigo. Tinha conversado *muito* comigo. Ele não me olhou estranho, nem fez piadinhas, e não foi desagradável nem uma única vez.

Ele era melhor do que eu imaginava. E isso era péssimo.

Quer dizer, como eu poderia continuar enxergando o Alexandre como alguém absolutamente fora de alcance quando ele tinha se mostrado tão... *humano*? Normal? Era mais fácil lidar com a paixonite quando eu estava com os dois pés no chão e a possibilidade de ele ser um babaca. Agora era muito, muito pior!

Eu estava completamente encantada. Não achava que fosse possível babar mais por ele do que já tinha babado durante todos aqueles anos, mas ali estava eu, deitada na cama, olhando para o teto, milagrosamente sem fome e petrificada com como meu dia tinha sido perfeito. A segunda-feira mais perfeita de todas. Inimaginável, louca, maravilhosa. E eu tinha apenas *conversado* com ele.

Cara, qual é o meu problema?

Não consegui me desligar disso até a hora de dormir. Continuei pensando no dia e repassando mentalmente nossa conversa em um *replay* infinito até cair no sono. Como resultado, acordei lenta na manhã seguinte.

Cheguei na escola bastante aérea. Atravessei o portão de entrada e subi os três degraus que davam no pátio. Passei tranquilamente por um grupo de criancinhas endiabradas e virei à esquerda, rumo à cantina. Avistei a Josi e a Valentina na mesma mesa de todas as manhãs e então me sentei. As duas pararam o que estavam fazendo e me encararam, mas levei alguns segundos para perceber.

— O que foi? — perguntei, e passei a mão no rosto meio instintivamente, pensando que talvez pudesse ter algo na minha cara.

— Estamos esperando — a Josi disse, erguendo as sobrancelhas de um jeito engraçado.

— *Esperando...?*

— Ah, Maitê, fala sério! — Ela bufou, chamando a atenção de uns alunos que passavam.

— Como é que foi ontem? — a Valentina completou, indo direto ao ponto.

E então tudo voltou. O papo, a simpatia dele, a quase normalidade com que tudo tinha acontecido. Meu coração acelerou só de pensar. E não pude evitar um suspiro, o que fez minhas amigas sorrirem de orelha a orelha.

— Aaaaaahhhh, então deve ter sido bom! — a Valentina exclamou, e eu tive que me controlar muito para não sorrir feito boba.

— Não foi nada de mais... — murmurei, mas aquilo não diminuiu a animação.

— Desembucha logo.

De maneira resumida e em voz baixa, contei sobre a conversa do lado de fora da biblioteca, sobre as ligações no celular dele e sobre o nosso estoque inesgotável de bom papo. O tempo todo, eu olhava em volta para me certificar de que nenhum curioso estava ouvindo, mas ninguém parecia se importar; era terça de manhã, fofocas não eram raras no colégio, e eu não era alguém popular. Depois que acabei minha narrativa, as duas estavam tão animadas que pareciam a ponto de levantar e me aplaudir, como se eu tivesse ganhado a Corrida de São Silvestre ou alguma coisa assim.

— Mas eu não quero me animar — deixei bem claro, antes que elas começassem com os comentários completamente sem nexo. A Valentina sempre se deixava levar pela imaginação, criando expectativas ridiculamente altas, e a Josi acabava entrando na onda. Eu não queria aquilo para mim. — O que aconteceu foi ontem. Ele foi legal e tudo o mais, mas isso não nos torna necessariamente amigos.

— Meu Deus, você é tão pessimista! — Valentina revirou os olhos, batendo a mão com impaciência na mesa. Josi deu de ombros.

— Olha, Mai, eu entendo você e tudo, mas a Val está certa sobre uma coisa: você já deu o primeiro passo — a Josi comentou com seu tom paciente, disposta a ser sempre o meio-termo em todas as discussões. Eu adorava isso nela, essa compreensão. Era muito mais fácil argumentar com ela, porque era a mais razoável de nós três. Sem isso, acho que a essa altura da vida a Valentina e eu já teríamos nos matado, o meu pessimismo sempre batendo de frente com o *superotimismo* dela.

— Como assim?

— Até a semana passada você achava impossível que ele um dia falasse com você. Pelo que você contou, ontem vocês conversaram horrores. Tudo bem, isso não faz de vocês melhores amigos para sempre, mas já abriu uma porta, entende? Você não precisa mais ficar com medo de falar com ele. Vocês já se conhecem, já passaram um tempo juntos.

— Mas isso não quer dizer que vá acontecer de novo — frisei, e a Valentina me lançou um olhar mortal, daqueles capazes de dilacerar alguém por dentro.

— Você é a criatura mais teimosa e pessimista que já conheci na vida! — ela praticamente gritou, atraindo alguns olhares.

— Eu só tenho noção das minhas limitações! — sibilei, fula da vida por ela ter feito metade dos alunos do colégio olharem na nossa direção. Ela balançou a cabeça.

— Não tem, não. Você só se coloca limites demais. — Valentina pousou as duas mãos na mesa e respirou fundo, me dando a ligeira impressão de que estava se controlando para não me bater. Quando voltou a falar, foi com uma calma quase calculada. — Olha só, ele foi *legal* com você. Ele *gostou* de conversar com você. Por que é tão difícil assim aceitar que ele pode gostar de você, cara?

— Porque... — Eu estava prestes a responder, mas me detive antes de dizer mais alguma coisa. Elas jamais entenderiam, por mais que eu explicasse. No mundo mágico da Valentina, era tudo uma questão de querer para fazer acontecer; e, na Josilândia, todo mundo era só paz e amor ao próximo. No mundo real, o meu, as pessoas não eram legais com garotas nerds, gordas e nada populares como eu. Como eu podia explicar que eu não fazia o tipo do Alexandre, ou de qualquer outro garoto? O fato de o Alexandre um dia *olhar* para mim daquele jeito era uma possibilidade tão remota quanto a de conhecer os caras do One Direction. Simplesmente não ia acontecer.

— Ah, meu Deus, olha só pra ela — a Josi comentou de repente, e a conversa felizmente mudou de rumo.

Viramos ao mesmo tempo para olhar, e não precisei procurar muito para descobrir quem era o alvo do comentário. Era uma manhã meio quente, mas nada muito exagerado. Mesmo assim, lá estava a Maria Eduarda entrando com o short da escola já meio coladinho e em um tamanho desnecessariamente pequeno.

— Cara, ela *cortou* o short? — a Josi indagou, fazendo voz de nojo. — O meu não é daquele tamanho!

— O de ninguém é daquele tamanho! — exclamei em resposta. E não era mesmo. O colégio não tinha muitas regras de vestimenta, e o uniforme era, em comparação com o de alguns outros colégios, até descolado. Mas eu tinha certeza de que o short de lycra preto que as meninas em geral usavam *não* era tão curto. O da Maria Eduarda mal alcançava o meio da coxa!

— Essa garota é ridícula! — a Val comentou, por todas nós.

— Mas você tem que admitir que ela tem belas pernas — a Josi afirmou em tom ameno, e, como resposta, só recebeu meu olhar amargo. Falar algo positivo da Maria Eduarda era tão ruim quanto falar mal de qualquer uma de nós pelas costas.

— Ela tem é mania de se exibir — resmunguei. Então o sinal tocou e ninguém disse mais nada.

Maria Eduarda já estava na sala quando entrei. Ela estava conversando com alguém, mas me seguia com os olhos. Às vezes eu achava que tudo que ela fazia era pensando em me incomodar e me deixar para baixo, mas depois refletia melhor e via que me perturbar era apenas consequência — eu não significava mais para ela do que ela para mim, uma pedrinha no sapato que às vezes ela tinha que cutucar.

Mesmo assim, quando me sentei, ela se ajeitou e se empertigou toda, sorrindo enquanto me fitava com aqueles olhos maldosos. Apesar de eu ser um pouco mais alta, sempre tinha a sensação de que a Maria Eduarda me olhava de cima, como se estivesse em algum tipo de pedestal invisível que a acompanhava onde quer que fosse. Talvez fosse seu corpo perfeito e esguio que me dava essa sensação. Apesar de ser um tanto alta, eu era gorda, barriguda, peituda e tinha o quadril largo, o que me fazia parecer quase achatada.

— Bom dia, meninas!

Ouvi a voz dele e senti um arrepio percorrer toda a extensão da minha espinha. Travei, e meu estado de quase pânico foi tão evidente que a Maria Eduarda percebeu e segurou uma risadinha. Então ela foi até o Alexandre e se apoiou na carteira dele enquanto os dois conversavam, em uma mistura de charme e inveja para cima de mim. Alexandre nem olhou duas vezes em minha direção, e meu coração desacelerou conforme eu murchava de dentro para fora.

Não falei nada e procurei não olhar para eles. Ela voltou para o lugar assim que o professor chegou, mas não sem antes fazer uma pausa em frente à minha mesa e me encarar como quem havia acabado de vencer uma batalha.

* * *

Eu havia acabado de chegar ao pátio quando senti uma mão encostando em meu braço, me puxando de maneira gentil. Eu me assustei e dei um pulo. Alexandre ergueu os braços em sinal de paz, olhando surpreso para mim, enquanto eu respirava, ofegante.

— Meu Deus, que susto! — exclamei, embora, depois do showzinho que eu tinha acabado de dar, o comentário fosse desnecessário.

— Foi mal. Eu chamei, mas você não me ouviu — ele se justificou, baixando os braços lentamente. — Tudo bem?

— Tudo, tudo bem, sim — respondi, mas minha mente ainda estava travada no detalhe de que ele estava ali, falando comigo.

No pátio. Na frente de todo mundo. Nunca me senti mais exposta. Nem mais feliz.

— Então, olha só, falei pra você ontem sobre a minha coleção de bonecos do Spock, lembra?

Assenti, incapaz de pronunciar uma palavra que fosse. O Alexandre pegou o celular e procurou alguma coisa, me estendendo o aparelho em seguida.

— Saca só!

A foto no celular era quase tão surreal quanto a estante imaculada de câmeras que Isaac possuía. Embora fosse visivelmente menos bem cuidada, a pequena prateleira abrigava mais de dez bonecos do ilustre Spock em tamanhos e poses diferentes.

— Muito legal! — falei, sem conter um sorriso. Eu sempre tinha imaginado que o quarto do Alexandre era bagunçado, com uma bandeira do time para o qual ele torcia, o Santos, pendurada ao lado da cama e uma pilha de edições antigas da revista *Quatro Rodas* se acumulando no armário. Em vez disso, ele tinha uma prateleira toda dedicada ao melhor personagem de toda a ficção científica.

— Alguns eram do meu tio, mas ele me deu porque a namorada quis dar fim em tudo quando foram morar juntos — ele me contou. — Outros eu comprei ou ganhei. Quando me dei conta, já tinha um monte.

— Minha mãe nunca me deixou comprar esses bonequinhos. Diz que é coisa de menino.

— Bom, meio que é mesmo, né?

— Claro que não! Essa coisa de diferença de gênero é balela. Eu tenho o direito de gostar do que eu quiser!

Ele deu um sorrisinho, mas eu não soube exatamente como interpretá-lo. Então me dei conta de que um monte de gente estava olhando na nossa direção e cochichando. Toda aquela atenção me deixava ansiosa, mas decidi que não ia me importar com aquilo agora; afinal, se não fazia diferença para ele, não havia motivo para significar alguma coisa para mim.

— Bom, vou comprar alguma coisa pra comer antes do sinal — ele disse, e entendi aquilo como um convite para encerrar a conversa. Sorri sem muito entusiasmo.

— Tá bom.

Ele começou a andar, mas parou após alguns passos. Olhou para trás e fez uma careta quando viu que eu continuava no mesmo lugar.

— Você vai ficar aí?

— Não e-eu humm.... — gaguejei, e precisei pigarrear para recuperar minha capacidade de emitir palavras que fizessem sentido. — Eu vou procurar as minhas amigas.

— Ah. Não vai comer nada?

Hesitei. A fila estava relativamente pequena, mas eu não queria estragar o momento com a possibilidade de ele escutar *alguém* me zoando enquanto eu comprava o lanche. Por outro lado, meu estômago estava *mesmo* roncando. O intervalo já estava na metade e eu ia ficar louca de fome se não comesse alguma coisa. Alexandre já tinha almoçado comigo, então não adiantava fingir que comia pouco. Dei de ombros e o acompanhei.

Não sei o que foi mais estranho: chegar à cantina ao seu lado em um horário em que todas as pessoas da escola estavam ali para olhar, ou ele ter me acompanhado até a mesa onde a Valentina e a Josi estavam sentadas, debruçadas sobre uma apostila. Se as meninas ficaram surpresas com a companhia, não demonstraram.

— Oi, oi — o Alexandre disse, sentando ao lado da Valentina, que se empertigou discretamente.

— Alexandre, essa é a Valentina... — Apontei para ela. — E a Josiane. — Indiquei minha outra amiga, enquanto me sentava a seu lado. Ele sorriu, todo simpático.

— Eu não conheço vocês — ele observou. — De que ano vocês são?

— Do segundo B — a Josi respondeu com um sorrisinho tímido. Alexandre ergueu as sobrancelhas, parecendo surpreso, e deu um gole no refrigerante.

— E como vocês se conheceram? — Ele apontou de mim para elas, e nós três nos entreolhamos.

— No campeonato interclasses, uns anos atrás — a Josi resumiu, em um tom de que não tinha sido nada de mais. Alexandre assentiu, enquanto dava uma mordida enorme na coxinha.

— Queria que eles voltassem a fazer esses campeonatos. Era tão divertido — ele comentou, ainda de boca cheia. Valentina franziu o cenho.

— Não era, não! — exclamou indignada. — Todo mundo era obrigado a participar. Quem não é bom em nenhum esporte sempre acaba se ferrando.

— Pelo menos a gente perdia uma semana de aula — a Josi ressaltou, e Alexandre apontou a coxinha meio mordida para ela.

— Essa sim conhece as prioridades! — disse. Ele mastigou por um tempo, e então, intrigado, puxou a apostila para dar uma olhada. — O que vocês estão estudando?

— Hoje temos prova de matemática. — Valentina suspirou. — Tô tentando decorar alguma coisa nos próximos... — Ela consultou o relógio do celular. — Sete minutos.

— Mas é matemática. Não dá pra *decorar* matemática! — o Alexandre comentou, de boca cheia e franzindo a testa.

— Meu bem, sou de humanas. Decorar é tudo o que eu sei fazer — a Valentina replicou, revirando os olhos.

— Você está no segundo ano e já sabe o que quer da vida? — Ele pareceu surpreso, e minha amiga não se deixou abater.

— Por quê? Você não sabe?

— Vou prestar engenharia elétrica. — Eles se encararam por mais alguns segundos, e então Alexandre se virou para mim. — E você, Mai?

— Eu? — quase engasguei ao ser incluída no papo. Era o que geralmente acontecia quando o tópico "carreira" era abordado em qualquer conversa. — Design, eu acho, ou alguma coisa assim.

— Design? — o Alexandre repetiu, parecendo achar a palavra divertida. — Não parece muito com você.

— Ah, a Maitê é a rainha do Photoshop — a Josi saiu em minha defesa, piscando para mim. — Dê uma foto minha para ela, e ela vai me deixar parecida com a Angelina Jolie em dois segundos.

— Que exagero — eu ri. Eu não era *tão* boa assim, embora, devesse admitir, brincar com edição de imagens fosse mesmo meu talento secreto.

— Ah, é? — Alexandre riu. — Tenho umas fotos pra mandar pra você, então, senhora rainha do Photoshop.

Eu ri, pensando que ele era a última pessoa do planeta a precisar de tratamento nas fotos, e continuamos batendo papo até o intervalo acabar. Depois daquilo, não teve Maria Eduarda que me desanimasse. O Alexandre e eu não nos falamos mais durante aquele dia — exceto pelo tchau que ele me deu quando estava indo embora —, mas eu estava feliz como se tivesse ganhado na loteria. Praticamente não comi em casa e, quando desci até o apartamento do Isaac, esqueci de levar meu material.

Mas quem se importa com a lição de casa, afinal?

— Oláááá! — eu quase gritei quando o Isaac abriu a porta. Ele franziu o cenho, me olhando como se eu fosse um ET.

— Tudo bem. Vamos tentar de novo. — E bateu a porta. Eu toquei a campainha com uma paciência inabalável e novamente o Isaac atendeu. Mas, dessa vez, o cumprimentei com menos euforia.

— Me deixa entrar logo! — Passei por ele revirando os olhos, e Isaac fechou a porta com um baque alto.

— Você já sabia que hoje tem pudim de leite de sobremesa? — ele perguntou, coçando a barba malfeita no queixo.

— Quê?

— Sua mãe disse que você pode voltar a comer pizza aos fins de semana? — sugeriu, sem me dar atenção.

— Isaac... — comecei, mas ele me interrompeu antes que eu pudesse continuar.

— Não, já sei! Finalmente seu maior desejo se realizou, e a Maria Eduarda morreu atropelada por um caminhão de verduras! — Ele encenou uma comemoração, e eu sorri.

— Cala a boca! — Dei um tapinha nas costas dele, e Isaac desatou a rir.

— Foi mal, mas você já viu a sua cara?

— O que tem de errado com a minha cara? — Fiz uma careta, tentando instintivamente olhar para o meu próprio nariz, como se eu pudesse enxergar meu rosto sem a ajuda de um espelho.

— Esse sorriso de boba — ele respondeu, mas mesmo a provocação pareceu um pouco carinhosa. — Diz aí, o que foi que aconteceu? Tudo isso é por causa de ontem?

— E de hoje!

— Ah, é? — Ele ergueu as sobrancelhas, espantado, e começou a fazer o caminho para a cozinha. Eu o segui. — Desenvolva.

Isaac começou a resgatar algumas sobras da geladeira, e, enquanto preparávamos o almoço, desatei a falar. Eu estava tão entusiasmada que narrei nossa conversa com a maior quantidade de detalhes que minha memória conseguia fornecer. Eu conhecia o Isaac havia anos e nunca tinha tido nada para contar, nada que tivesse me deixado tão animada a ponto de minha narrativa beirar o teatral. E certamente nada que envolvesse outro garoto. Talvez por isso ele parecesse tão surpreso com tudo o que eu estava falando — era a primeira vez que ele não era o centro do meu dia.

Quando terminei, já estávamos sentados à mesa da sala de jantar, comendo. Quero dizer, o Isaac estava comendo enquanto eu brincava com o garfo e falava sem parar. Eu não havia dado nem três garfadas, mas não estava com fome — os milagres que um coração feliz pode fazer pela gente!

— Que bom que ele foi legal com você — o Isaac comentou, depois de alguns segundos de silêncio. — Digo, que ele *está* sendo legal. Que ele *é* legal. Ah, sei lá. Seria bem tenso você se decepcionar com o cara. Tipo, você o venera há anos.

— Ele é incrível — prossegui, ignorando o quase desprezo que Isaac imprimia à sua voz. — E tão simples! Ele sentou com a gente hoje no intervalo! Quer coisa mais maluca?

— O que tem uma coisa a ver com a outra? — Isaac torceu o nariz enquanto levava um copo de suco à boca.

— Não importa. — Suspirei pela milésima vez. — Queria que esse dia durasse pra sempre.

— Que bom que você está feliz.

Ele sorriu, e nem precisei me esforçar para sorrir de volta. Então o momento passou e o Isaac se levantou, recolhendo os pratos e dizendo:

— E aí, o que você tá a fim de fazer hoje?

— Tô a fim de... — Refleti por um instante, enquanto o ajudava a levar a louça suja para a cozinha. Estava a fim de sair correndo e saltitando, mas não era uma opção. Queria gritar de felicidade, mas seria ridículo. Precisava gastar a energia que a alegria tinha me trazido, mas não sabia bem como. — Sei lá.

— "Sei lá" parece bom — ele brincou, empilhando tudo de qualquer jeito na pia. — Eu topo fazer "sei lá". Mas com uma condição.

— Diga. — Cruzei os braços, esperando algum desafio absurdo ou uma brincadeira idiota. Mas, quando Isaac se virou para mim, parecia cansado.

— Chega de Alexandre por hoje, beleza? Não aguento mais ouvir o nome do infeliz.

— Tá bom — concordei sorridente. Então o peguei pela mão e o conduzi em direção à sala. — Larga isso aí, depois a gente lava. Tenho uma ideia melhor.

— É o que eu tô pensando? — perguntou, e eu o deixei na beirada do sofá enquanto me abaixava diante da TV, onde ficavam os DVDs da família. Não precisei procurar por mais de um minuto até encontrá-lo. Graças a mim e ao Isaac, estava sempre no topo da pilha.

— Provavelmente. — Sorri, esticando o DVD de *Star Trek*.

* * *

Alexandre me deu bom-dia de novo na manhã seguinte.

Dessa vez eu consegui retribuir como uma pessoa normal. Tão logo ouvi sua voz, abri um daqueles sorrisos de orelha a orelha, que ameaçam rasgar a cara da gente, e falei bom dia de volta, sem gaguejar. Não sem esforço, é claro. Talvez um dia eu consiga parar de corar toda vez que ele falar comigo. Definitivamente estava disposta a me acostumar.

Era incrível como meu dia melhorava só de ter trocado duas míseras palavras com ele. Mal ouvi quando, na aula de biologia, Maria Eduarda insinuou que eu poderia ter elefantíase, uma piada tão velha que perdera qualquer possibilidade de me irritar. Não me estressei quando recebi de volta uma prova de matemática e descobri que precisaria tirar no mínimo oito na próxima, se não quisesse ficar para recuperação. Sorri para o relógio quando ele demorou o dobro do tempo para anunciar o intervalo. Nada era capaz de me irritar.

Desci sem esperar todo mundo sair na minha frente, como costumava fazer. Encontrei a Val e a Josi ainda nas escadas, e descemos juntas, trocando confidências e rindo. Eu me sentia leve, alegre, invencível. Havíamos acabado de escolher um lugar para sentar, quando de repente a Josi bateu a mão na testa.

— Ai. Esqueci completamente. Val, preciso de uma ajudinha sua com... — Ela refletiu por um instante longo demais para o meu gosto. — Com aquela lição de física, sabe?

— Lição de física? — a Val repetiu, claramente perdida. De nós três, ela era a mais estudiosa; estava sempre com os deveres em dia e as notas mais altas no boletim. Se ela não sabia de alguma tarefa, era porque alguma coisa muito séria estava acontecendo.

— É, Val. Aquela lição que a professora passou, lembra? — A Josi a encarou de maneira significativa. Eu franzi o cenho, estranhando tudo naquela conversa.

A Valentina olhou para Josi, então para mim e para algum ponto acima da minha cabeça. Foi tudo tão rápido que não tive tempo de me ligar no que estava acontecendo. De repente ela estava concordando veementemente e dizendo:

— Claro, claro, eu tinha esquecido! Vamos lá buscar!

— Mas vocês têm que ir agora? — perguntei.

— A gente já volta, vamos só buscar as apostilas! — a Josi me garantiu, e eu as acompanhei com os olhos enquanto elas seguiam em direção ao corredor.

Um minuto depois, entendi o que tinha acontecido.

Alexandre vinha vindo na minha direção e acabou cruzando com as meninas no meio do caminho. Simpático como sempre, ele parou para cumprimentá-las. Quando ele me alcançou, as palmas das minhas mãos estavam suando e meu coração estava acelerado. Eu torcia para o meu rosto não denunciar o que eu estava sentindo por dentro.

— Onde suas amigas foram? — ele perguntou, puxando a cadeira exatamente ao meu lado para se sentar.

— Humm... lição de física — menti, ciente de que a resposta soava agora tão fajuta quanto tinha soado para mim. Mas pareceu boa o bastante para ele.

— Que droga. — Alexandre cruzou as mãos atrás da cabeça, parecendo extremamente à vontade e alheio ao fato de que a posição não apenas fazia seu perfume se espalhar pelo ar, como também me concedia uma visão perigosa dos músculos de seu braço, e uma visão desnecessária, porém muito bem-vinda, de parte de seu abdome onde a camiseta do uniforme se erguia. — Falando nisso, você já fez o trabalho que ela pediu? Aquele do magnetismo?

49

— Ah... — *Trabalho? Magnetismo?* Eu não sabia nem meu próprio nome. Chacoalhei a cabeça e fechei os olhos depressa, tentando ao máximo não denunciar o fato de que daria tudo para esticar a mão e tocar aqueles bíceps maravilhosos. — Faltam só umas três perguntas. É pra amanhã, né?

— É. Mas tá bem difícil. Não passei nem da metade. Achei que fosse só aquele lance de "os opostos se atraem", mas a coisa tá tensa.

Ri, e estava a um passo de oferecer ajuda quando *ela* apareceu. A Maria Eduarda chegou rebolando, plantou um beijinho na bochecha do Alexandre e me olhou daquele jeito ameaçador que ela reservava especialmente para mim.

— E aí, Duda? — Os olhos dele ficaram passeando entre nós duas, como se esperasse que uma de nós cumprimentasse a outra. Continuei com a cara fechada, mas a Maria Eduarda abriu um sorriso tão meigo que era bem capaz de enganar alguém mais ingênuo, como ele. Só que não a mim.

— Oi, Maitê.

Eu odiava meu nome em sua boca. Odiava a maneira como ela o pronunciava, como se fosse algo nojento. Mas, acima de tudo, odiava que em um segundo ela tivesse roubado a atenção dele, que agora estava sorrindo e olhando para ela.

A física tem razão. Opostos realmente se atraem; era a única explicação lógica para o tanto que essa garota fazia questão de me perseguir.

— A gente tá sentado ali no canto. — Ela apontou para o lugar onde a turminha descolada sempre se reunia no intervalo. — Vamos lá.

— Pode ir na frente que eu já vou — ele respondeu. A Maria Eduarda não pareceu satisfeita, mas deu outro beijo no rosto dele e saiu. Mas não sem antes me lançar o mais venenoso dos olhares por cima do ombro.

Acho que essa batalha era minha.

— Sabe o que eu ia perguntar? Você não tem Facebook? — o Alexandre quis saber. — Procurei você ontem à tarde, mas não achei.

— Ah, eu... — Tinha, mas usava tão pouco que era como se não tivesse. Eu tinha poucos amigos e interesse na rede. Mas todo mundo no universo tinha Facebook, e de repente eu me senti uma idiota, excluída, e tive vergonha de admitir tudo isso em voz alta. — Tenho. Tenho sim.

— Que estranho.

— Depois eu procuro e adiciono você — garanti, já anotando mentalmente que aquela seria a primeira coisa que eu faria assim que chegasse em casa.

— Beleza. — E então, para minha tristeza, ele começou a se levantar. De repente se deteve e sorriu. — Ei, você não quer ir sentar lá com a gente?

Era difícil recusar qualquer convite vindo dele, mas aquele particularmente não me causava nenhuma tentação. Eu não conversava com nenhum dos amigos dele e mal tinha trocado duas palavras com a maioria das meninas do meu ano. Além do mais, tinha o fator Maria Eduarda. Era exigir demais que eu gastasse meus preciosos minutos de intervalo na mesma rodinha que ela. Nem o Alexandre valia tamanho sacrifício.

— Não, obrigada. Eu vou... encontrar uns amigos — menti. Ele deu de ombros.

— Então a gente se vê na sala.

Ele acenou e me deu as costas, desaparecendo entre as dezenas de outros alunos. Não existiam "uns amigos". Sem a Val e a Josi, eu não tinha muito o que fazer. Por sorte, o sinal tocou poucos minutos depois, e pude voltar para a sala de aula um pouco mais contente do que quando tinha saído.

* * *

Desenterrei o Facebook assim que cheguei em casa.

Eu não acessava minha conta havia tanto tempo que tinha esquecido a senha. Precisei passar pelo incômodo de gerar uma nova só para conseguir entrar, e, tendo feito isso, digitei na barrinha de busca "Alexandre Damaceno". Uma lista de opções apareceu. O primeiro na lista era ele.

Acessei o perfil e passei o minuto seguinte roendo a unha, com medo de clicar no botão "adicionar aos amigos". Na foto de perfil, ele estava de óculos escuros e sem camisa. O mural dele era repleto de compartilhamentos engraçadinhos e marcações de amigos. *Stalkeei* tudo sem ter coragem para curtir nada. Por fim, antes que eu resolvesse voltar atrás, subi a tela e o adicionei.

Em apenas alguns segundos, uma notificação avisava que minha solicitação de amizade tinha sido aceita.

Menos de um minuto depois, alguém me chamava no chat.

Alexandre: Finalmente! Tudo bem, Mai?

Ainda levemente boquiaberta, digitei com os dedos trêmulos.

Maitê: Oi! Tudo bem. E você?

Alexandre: Beleza. Cara, eu nunca ia te achar! Vc não tem ninguém da nossa turma no Face! Sabe quantas Maitê Passos existem no mundo?

Maitê: Algumas.

Alexandre: É, algumas. E pra ajudar nem é vc na foto. Khaleesi.

Maitê: Você assiste a Game of Thrones?

Alexandre: Alguém não assiste?

Maitê: Justo. Viu tudo já?

Alexandre: Nem. Comecei tem pouco tempo. Vi só as primeiras duas temporadas até agora. Não me conformo com o Ned Stark!

Maitê: "You know nothing, Jon Snow."

Alexandre: ???

Maitê: Esquece. E o que mais você assiste?

Continuamos em um papo animado sobre *Game of Thrones*, seriados e personagens preferidos a tarde toda. Não vi a hora passar, e, quando percebi, já estava anoitecendo e nós ainda conversávamos. Quando enfim desgrudei do computador para obedecer à minha mãe e ir logo fazer a lição de casa, meu pensamento ainda estava a quilômetros dali, repassando cada frase que trocamos, suspirando pelos cantos da casa.

* * *

Deus tinha resolvido olhar para mim.

Essa era a única explicação que eu podia dar para o fato de tudo começar a dar certo nos dias que se seguiram. Tudo bem, não *tudo*. Mas uma parte importantíssima estava funcionando:

O Alexandre era meu amigo.

Não sei como aconteceu. Não sei se foi de forma gradual ou de uma hora para a outra. Depois daquele intervalo mágico, vieram outros. Todos os dias a gente se falava, nem que por apenas alguns minutos. Às vezes ele se sentava comigo e com as meninas durante o intervalo e nos encantava com seu bom humor e sua capacidade de conversar sobre qualquer coisa. Às vezes ele só passava para dar um oi. E, mesmo me acostumando com aquilo, continuava sendo incrível.

A Valentina insistia em dizer que era destino. Que estava acontecendo exatamente o que ela previra e que eu era uma idiota por não fazer nada a respeito. Segundo suas profecias, o Alexandre tinha visto algo em mim que nunca acharia em nenhuma outra garota e que eventualmente ele se apaixonaria por mim.

Eu tentava fingir que não acreditava em uma única palavra do que ela me dizia e que os sonhos da Valentina eram altos demais. Eu tinha a amizade dele, não queria me iludir mais do que já me iludia todas as noites. Eu havia tratado de enfiar na cabeça que não tinha a menor chance de a nossa amizade se tornar algo maior. Quero dizer, eu estava mesmo desafiando todas as probabilidades só sendo *amiga* dele. O mundo provavelmente explodiria caso... Não, eu não podia pensar nisso, nem por um segundo.

Ele não gosta de mim. Não desse jeito, quero dizer. Como poderia gostar, logo ele?

— Você está falando sozinha? — o Isaac me surpreendeu. Eu tinha esquecido que estava na cozinha da casa dele, supostamente o ajudando a preparar o almoço. Na verdade, estava apenas observando enquanto ele, com os cabelos presos em um rabo de cavalo minúsculo, catava as coisas na geladeira sem nem olhar em minha direção. Eu não estava lá com muita fome, como vinha acontecendo com bastante frequência. Minha mãe estava comemorando, mas eu não tinha certeza se a falta de apetite, ou melhor, o motivo dela, era algo a celebrar.

Já havia se passado dois ou três dias desde a última vez que eu viera para a casa do Isaac. Nas semanas que se seguiram, eu vinha quebrando minha rotina de anos para passar algumas horinhas conversando com o Alexandre pela internet. Mas naquela tarde ele não estaria online. Era dia de treino do time de futsal do colégio. Então lá estava eu, no apartamento do meu melhor amigo. Mas minha cabeça estava totalmente em outro lugar.

— Eu estava? — perguntei, com um muxoxo. Isaac revirou os olhos, com uma impaciência que vinha se tornando cada vez mais comum.

— Alguma coisa do tipo: "ele não gosta de mim" — ele respondeu, confirmando com um rápido, porém incisivo, aceno de cabeça. — Que merda é essa?

— Um mantra. — Bati a cabeça de leve na parede, como se o movimento pudesse tirar tudo aquilo dali de dentro. — Algo que não posso esquecer, nunca.

— Você não acha que tá exagerando, não? — Ele me olhou de canto de olho, enquanto quebrava os ovos para fazer a mistureba. Lá do meu canto, apoiada no batente da porta da cozinha, torci o nariz.

— Você acha?

— Só acho que você tá dando atenção demais pra isso. Pra ele, quero dizer. — Isaac pegou um tomate e o picou grosseiramente, tacando tudo de qualquer jeito junto com os ovos. — Tipo, achei que com esse lance todo da amizade entre vocês você tivesse superado, sossegado, sei lá. Mas agora pelo visto tá muito pior. — Ele misturou todos os ingredientes com uma violência desnecessária, fazendo parte da mistura cair na camiseta. Ele xingou alto e jogou tudo na frigideira. — Nunca ouvi você suspirando alto por nada nem falando sozinha desse jeito.

Havia um tom de irritação e amargura em suas palavras. Fiz uma careta. Era óbvio que o Isaac devia estar de saco cheio daquilo, mas não justificava a grosseria. Qual era o problema com ele, afinal?

— E sabe o que mais? — ele continuou, apontando um garfo sujo em minha direção. Era a primeira vez que ele me olhava nos olhos desde que eu havia chegado ali. — Você não se dá crédito nenhum. Esse cara *poderia* gostar de você. Não tem nada de errado nisso. Você é uma pessoa legal e divertida, e vocês são bons amigos. Isso é mais do que suficiente pra um cara ficar a fim de uma garota, sabia?

— Não é esse o ponto — reclamei. — É que eu não quero criar expectativas, entende?

— Entendo. — Houve uma longa pausa antes que o Isaac voltasse a dizer alguma coisa. Cabisbaixo e muito quieto, ele virou a omelete na frigideira. Aquele era um silêncio preocupante que me fez desejar nem ter tocado no assunto, para começar. Depois de mais de um minuto foi que ele voltou a falar, de novo sem olhar para mim: — Mas não precisa se rebaixar só pra não criar expectativa. Não tem a ver com você não ser boa o bastante, mas com ele ser cego demais pra ver.

Não respondi. Para ele era fácil falar. Isaac sempre tinha tido jeito com as garotas. Ele era fofo, simpático e, mesmo não sendo o cara mais bonito do universo, tinha aquele sorriso contagiante. Ele ganhava qualquer pessoa na conversa. Nenhuma menina lhe dizia não. Mas nenhum cara nunca tinha me dito *sim*.

Embarcamos em mais um silêncio incômodo por um tempo longo demais. Isaac e eu nunca discutíamos ou perdíamos a paciência um com o outro. Todas as nossas picuinhas eram em tom de brincadeira, e qualquer briguinha se resolvia antes mesmo de começar. Ouvi-lo falando comigo daquele jeito tinha aberto uma ferida que começava a arder em meu peito, me fazendo sentir culpada, mesmo ciente de que eu não tinha motivo para me sentir assim. Eu estava prestes a tentar mudar o rumo da conversa, quando Isaac fez isso por mim.

— Vai fazer alguma coisa no fim de semana? — Ele passou a gigantesca omelete para um prato e a dividiu em duas metades. Sorri, admirando nossa sintonia de pensamentos. — Eu queria ir ao cinema.

— O que está em cartaz? — perguntei, aliviada por ver a tensão aos poucos se desfazendo entre nós. Mas então lembrei e fiz careta. — Ah, não, não posso! Tenho um casamento pra ir.

54

— Casamento de quem? — Isaac me passou um prato com a minha metade da refeição e pegou os talheres na gaveta do armário enquanto eu me dirigia para o balcão da cozinha.

— Sobrinha da tia da prima da minha mãe ou alguma coisa assim. Alguém distante da família. — Revirei os olhos, me sentindo exausta antes mesmo de a festa acontecer. — Caraca, eu tinha esquecido completamente. Acho que nem a minha mãe lembra. Ela não comentou nada até agora, e já é depois de amanhã!

— Dá uma de joão sem braço e não vai! — Ele me cutucou com os talheres, um meio-sorriso começando a se moldar em seus lábios. — Vai estrear o novo *Homem-Aranha*.

— Eu seeei! Mas duvido que minha mãe me deixe faltar. Posso apostar que ela vai se lembrar do maldito casamento no minuto em que eu pedir pra sair.

— Diga para ela que eu sou muito mais legal e que você prefere passar o sábado comigo — ele sugeriu, em um tom que não consegui identificar se era brincadeira. De todo modo, eu ri e baixei os olhos para a comida.

— Bem que eu preferia mesmo — respondi, remexendo a mistureba sem muita vontade de devorá-la. Ainda assim dei uma garfada.

— Tá boa? — ele perguntou, apontando o garfo para o meu prato, mas me encarando. Sustentei o olhar pelo que pareceu uma vida inteira, e, quando suspirei e assenti, não estava me referindo à omelete.

— Tá ótima.

* * *

Quando cheguei em casa e vi o convite de casamento sobre a mesa da sala, me dei conta de que qualquer esperança que eu pudesse ter nutrido sobre minha mãe ter se esquecido do tal evento podia ser despejada na lixeira. Eu estava a dois passos do meu quarto quando ela me chamou, e eu segui até ela sem vontade nenhuma. Quando abri a porta, todo o nosso estoque de vestidos de festa estava sobre a cama.

Tremi só de olhar. O mais largo devia ter metade do meu tamanho. Já fazia um tempo desde a última vez em que tínhamos ido a uma festa que pedisse um traje mais formal. Eu havia crescido, para cima e para os lados, e não havia a menor possibilidade de entrar em qualquer um deles. Não que isso fizesse diferença para a minha mãe. Aparentemente a diversão não estava em me ver vestida para uma festa, mas em me observar sufocando em uma roupa sem fechar, botando inúmeros defeitos.

— Eu tinha me esquecido do casamento da Patrícia! — mamãe tagarelou alegremente. — Precisamos decidir o que usar. Vai. Prova esses todos aí e vê qual que serve.

— Mãe, dá uma olhada nesses vestidos — falei. — Agora olha só pra mim. — E ela olhou. — Nenhum deles vai caber.

— Deixa de ser boba, prova logo.

Bufei com impaciência, sabendo que nenhum argumento do mundo poderia desfazer as convicções cegas da minha mãe. Eu me despi e peguei o primeiro vestido, que eu devia ter usado pela primeira e única vez aos catorze anos, na formatura de um primo. Era preto e na altura dos joelhos, sem mangas e fechado no colo, sem decote. Era lindo, tinha um toque meio retrô. Eu lembrava que, apesar de sempre ter sido cheinha, o vestido tinha ficado lindo em mim.

Mas, três anos e muitos quilos depois, a peça estava travada nas minhas coxas. Mamãe torceu o nariz, mas apenas me estendeu o próximo.

Azul-marinho com um rendado mais claro na saia, leve decote em V. Minha mãe tinha usado e depois eu havia usado também, mas isso também já fazia algum tempo. A peça chegou a entrar, mas não fechou. O zíper mal subiu um único centímetro.

— Esse vestido ficava tão bonito em você! — minha mãe disse com pesar.

— Eu falei que não ia servir.

— Tenta este.

Era o último sobre a cama, ou pelo menos o último que me pertencia. Era preto, um pouco mais curto, e eu o tinha usado na colação de grau do meu tio mais novo, havia quase um ano e meio. Parecia ter o tamanho certo, mas eu não estava exatamente esperançosa. Eu o vesti e mamãe tentou fechá-lo.

— Peraí que emperrou — ela disse, mas a pressão que eu sentia dizia o contrário.

— Mãe, não vai subir — protestei, mas ela não me ouviu.

— Vai sim, só está um pouco emperrado. Prende a barriga aí. — E insistiu mais um pouco, fazendo o zíper subir mais alguns milímetros. O tecido espremeu minha barriga.

— Mãe, tá apertado.

— Espera um pouquinho. Está quase lá.

— Mãe...

— Para quieta, Maitê. — Ela puxou o vestido com agressividade. — Você não está colaborando. Segura a respiração.

Segurei, e ela subiu o zíper até o fim.

Não ousei soltar o ar. Eu nunca tinha usado nada tão apertado na vida. Estava me sentindo uma salsicha presa por um cordão, com toda a gordura saindo pelas laterais mais soltas. Meus peitos lutavam para escapar do decote quadrado, meus braços estavam tão travados que, se eu me mexesse, o tecido rasgaria. Não dava para falar, ou respirar, ou pensar demais naquele vestido. Eu suspeitava de que estivesse ficando roxa.

— Viu só, serviu. — Minha mãe deu a volta e veio admirar seu trabalho, colocando as mãos na cintura e sorrindo, satisfeita. — Está muito apertado?

Em resposta, fiz uma careta e um ok irônicos. Para minha sorte, minha mãe compreendia bem meu sarcasmo e teve a feliz ideia de abrir o maldito zíper antes que fosse tarde demais, mas não sem antes fechar a cara para mim.

— Se você fizesse a dieta como a médica manda, todos esses vestidos ainda te serviriam — ela reclamou. — Agora vamos ter que sair para comprar outro às pressas. De novo. Toda vez é a mesma história.

— Não é culpa minha! — protestei, tirando o vestido, e minha mãe soltou um riso abafado, sem o menor resquício de humor.

— Então a culpa é de quem, Maitê? — Ela tomou a peça das minhas mãos e praticamente a atirou sobre a cama. Ela parecia tão decepcionada que imediatamente peguei minhas roupas, doida para cobrir o corpo, esconder dela aquela vergonha. — Minha? Que só tento te ajudar? Por acaso estou comendo e passando os quilos a mais pra você?

— Eu não consigo emagrecer! — exclamei, a voz trêmula.

— Você não *tenta* emagrecer, essa é a diferença! — Ela começou a guardar os vestidos com raiva, e eu me embolei tentando me vestir, controlando a súbita vontade de chorar. — Ontem suas calças estavam apertadas demais. Hoje são os vestidos. Toda vez que você precisa ir a uma festa fica deprimida porque nada fica bom. Você acha que eu gosto de ver você assim?

— Você acha que *eu* gosto? — indaguei. Minha mãe bateu a porta do guarda-roupa com força, de um jeito bastante parecido com o meu quando estava irritada.

— Então faça alguma coisa para mudar! — ela estava praticamente gritando agora. — Não é só para entrar nos vestidos, Maitê! Você faz ideia do mal que esse peso todo pode fazer para a sua saúde? Das doenças que isso pode gerar?

— Tá bom, mãe, já tô sabendo. Vamos parar por aqui? — sugeri, me virando para sair do quarto. Minha tentativa de pôr fim à discussão foi infrutífera, como sempre.

— Isso mesmo. Vire as costas pra mim. Faça de conta que eu não disse nada. A hora que vir como isso está te fazendo mal, vai perceber que eu estou certa — ela continuou, saindo atrás de mim pelo corredor. — Você sempre finge que não ouve, sempre desconversa, e eu jogando dinheiro pela janela tentando te ajudar.

— Eu não *pedi* a sua ajuda! — gritei já do meu quarto, me escondendo atrás da porta entreaberta. — Você que decidiu que eu tenho que emagrecer, você que escolheu como. Ninguém nesta casa me pergunta se eu tô feliz assim!

— Me engana que eu gosto, Maitê! Você acha que eu não noto sua cara feia quando vai provar uma roupa e ela não serve? Quando vamos para a praia e você não quer sair do hotel de shorts? Você está se escondendo cada vez mais e nem ao menos admite!

Affff. Obrigada pela cutucada, mamãe.

A essa altura, eu já estava chorando. Enfiei a cara para fora do quarto por tempo suficiente para berrar:

— Quem sabe se você tentasse me ajudar *de verdade*, em vez de só me colocar pra baixo, eu não precisasse me sentir tão horrível!

Bati a porta do quarto com tanta força que o Lucca, que estava jogando no nosso computador compartilhado, se assustou. Fiquei uns minutos com a cabeça apoiada na porta, chorando em silêncio.

— Mai? Tá tudo bem? — meu irmãozinho perguntou, encostando uma mão no meu braço. Eu me virei e deixei uma mão encostar em sua cabeça, afagando seus cabelos.

Funguei e não consegui responder nada. O Lucca estava acostumado a ouvir as discussões dentro de casa, mas ele não conseguiria entender a profundidade do problema nem se eu explicasse. Não só porque ele tinha dez anos, mas porque ele nunca tinha passado — e eu duvidava que fosse passar um dia — por nada parecido. Ele era magrinho, quase franzino para a idade. Comia de tudo, não gostava de refrigerante, praticava todos os esportes na escola. Ele era o preferido da mamãe. Jamais ia entender como eu me sentia.

— Tá — murmurei, e em seguida fui até o armário.

Dentro de uma gaveta, escondido na caixa onde eu guardava meus recortes de fotos do Harry Styles, ficava meu estoque particular de guloseimas, apenas para emergências. E aquela era uma emergência. Peguei uma barra de chocolate crocante pela metade e dei um bombom para o Lucca, pagamento pelo nosso pacto de que ele não contaria para a mamãe onde ficava meu esconderijo secreto desde que ele sempre ganhasse um chocolate quando eu comesse um. De qualquer modo, aquilo não ia resolver nada. Pelo contrário, eu estava apenas piorando a situação. Era no mínimo irônico que eu me entupisse de doces depois de uma briga feia por causa do meu peso.

Nessas horas, eu me dava conta, com uma pontada dolorosa de tristeza, que a minha mãe estava certa. Eu não gostava *mesmo* de ser assim. Não gostava de não ter o que vestir, de me sentir ridícula em tudo o que eu vestia no corpo. Odiava me olhar no espelho e ver aquela cara gorda me olhando de volta, de ter o mundo todo me julgando porque eu lutava para me enfiar em uma calça tamanho 48. Eu odiava os números na balança e tudo que vinha com eles: a dificuldade para caminhar, o fato de não caber direito na carteira da escola, o bullying, minhas inseguranças. Eu tinha nojo da minha fraqueza, me desprezava pela minha forma. Eu *não estava* feliz.

Mas o que ela e todas as outras pessoas precisavam entender era que eu não estava daquele jeito por escolha. Ninguém acorda um dia e pensa: hum, acho que a partir de hoje vou ficar obeso. Não se trata de uma decisão prática, uma escolha que a gente toma e da qual pode se orgulhar, porque todos os dias pessoas vão rir de você e dizer como você é imperfeita. Pessoas como a Maria Eduarda. Pessoas como a minha mãe.

Eu era desleixada, e sabia disso. Mas não podia ignorar que nem todos os meus defeitos eram culpa minha. Eu gostava de comer, claro, mas também tinha o metabolismo lento e uma pré-disposição a engordar. Era sedentária, sem dúvida, mas nada era mais eficiente em desestimular uma pessoa a praticar exercícios quanto alguém olhando torto, tecendo comentários maldosos, ou ainda a dificuldade que o próprio peso impunha a qualquer atividade física. Ao longo dos anos, eu havia me moldado exatamente na pessoa que todo mundo achava que eu era: a gorda solitária, preguiçosa, que não fazia nada para se ajudar. Eu havia parado de tentar. Na cama, agarrada ao travesseiro, tentei me lembrar da última vez em que minha mãe me fizera um elogio, um dos bons. Ela sempre falava da minha inteligência, elogiava minhas notas, mas nunca comentava minha aparência. Nesse quesito, eu era uma decepção, e, por decepcioná-la, eu acabava decepcionando a mim mesma. Como eu queria ser a filha que a mamãe sempre desejou. Ser uma Maria Eduarda, esguia e linda, o cabide perfeito para todas as roupas, o troféu que minha mãe exibiria para todas as amigas. Mas eu não era aquela pessoa. E, embora ela não tivesse consciência disso, quanto mais minha mãe me rechaçava, mais eu me afastava de ser.

59

NO DIA SEGUINTE, EU AINDA ESTAVA DE CARA AMARRADA. ESCOVEI OS DENTES evitando me olhar no espelho, me vesti tentando não pensar no fato de que o maior número do uniforme da escola, GG, ainda parecia pequeno no meu corpo gigantesco. Me senti péssima por sentir fome, e ainda pior por não conseguir dizer não ao café da manhã. Minha mãe me deu bom-dia e agiu como se a discussão da tarde anterior não tivesse acontecido; ela tinha o hábito de transformar nossas brigas em nada, mas eu não conseguia ser assim. Até olhá-la estava sendo difícil, então resolvi fingir que ela não existia. Não nos falamos durante toda a manhã, e, quando saímos para o colégio, afundei no banco do passageiro, ignorando a tagarelice matinal do Lucca com a mesma facilidade com que ignorava meu pai reclamando do trânsito.

Durante todo o trajeto, repassei mentalmente meu fim de tarde desastroso. Não tinha sido a primeira e dificilmente seria a última vez que nós duas discutiríamos aos berros por questões relacionadas ao meu peso e ao meu descaso com a minha aparência. Todas as vezes, eu prometia a mim mesma que não escutaria, mas sempre falhava miseravelmente. E lá estava eu, chorando baixinho outra vez pelas palavras que sabia que ela não retiraria.

Minha mãe odiava quem eu era. Não *me* odiava, não exatamente, mas repudiava a garota obesa e feia que tinha como filha. Desde os doze ou treze anos, quando comecei a engordar, ela tentava me mudar. Tentava mudar meus hábitos, me dizendo que eu não estava, não *podia* estar bem assim. No fundo, ela não fazia por mal, eu sabia, mas apenas porque considerava *errado* eu ser daquele jeito.

"Você é uma garota bonita demais pra usar 48", ela me dissera uma vez. Uma das inúmeras frases que ela soltava ao acaso, sem se dar conta de como me magoava. As opiniões sempre controversas em que me elogiava e me criticava ao mesmo tempo eram tão frequentes que era de se pensar que eu tivesse criado algum tipo de escudo contra elas. Só que não. Toda e qualquer briga me machucava como se fosse a primeira.

Na maioria das vezes, eu realmente considerava que ela estava certa. Eu *era* gorda, eu *estava* feia, e eu *precisava mesmo* perder peso, qualquer um podia ver isso. Ela tentava justificar pela saúde, mas, toda vez em que ela torcia o nariz para uma blusinha mais justa ou para um jeans que não me servia mais, eu podia ver claramente quais eram seus motivos. Eu estava *ridícula*.

O que a mamãe não entendia era que eu não precisava que *ela* me dissesse aquilo. Eu não precisava que ninguém me dissesse, na verdade. Meu reflexo me lembrava disso todo dia — um dos motivos pelos quais eu tinha "acidentalmente" quebrado o único espelho de corpo inteiro da casa jogando bola com o Lucca dentro do nosso quarto. Aquilo me deprimia. Nunca havíamos comprado outro, e eu me sentia melhor assim. A Maria Eduarda fazia questão de me lembrar daquilo todo dia. Então por que a *minha mãe* também precisava assumir esse papel?

Eu só queria que, para variar, ela me colocasse para cima, me fizesse sentir bem em vez de um enorme desperdício de gordura. Queria que ela não cobrisse cada elogio com cinco críticas, seguidas de seus conselhos sabichões. Queria que ela fosse mais mãe e menos carrasca. O problema não estava no que ela achava, mas na maneira como dizia isso. Precisava mesmo ser tão cruel?

Quando chegamos ao colégio, eu estava com os olhos e o rosto molhados, mas não tinha emitido ruído algum. Desci do carro ignorando o fato de que minha cara devia parecer uma bola vermelha e inchada. Afinal, mesmo em meus melhores dias, eu dificilmente era notada naquele lugar. Mas, para minha completa infelicidade, o Alexandre me interceptou antes que eu pudesse ao menos chegar ao pátio.

— Maitê, eu precisava... — Ele parou a frase no meio quando eu o encarei. Ele estava sorrindo, mas aos poucos seu rosto pareceu murchar e suas sobrancelhas se torceram num ar de preocupação. — Você tá bem?

— Tô sim. Do que você precisa? — menti, louca para mudar o foco da conversa.

Infelizmente, ele não sacou.

— Não é importante — respondeu, balançando a cabeça. — O que aconteceu? Você tava chorando?

Por que é que ele foi perguntar?

Comecei a chorar de novo. Rapidamente escondi o rosto, porque não queria que ninguém me visse naquele estado. Ele me olhou com uma expressão de terror. Então me deu uns tapinhas desajeitados no ombro, o tempo todo olhando para os lados, e, quando percebeu que aquilo não surtia efeito nenhum, me encaixou em um meio abraço esquisito, que meu estado de espírito me impediu de apreciar. Coitado, acho que ele nunca tinha visto uma garota chorar.

Comecei a andar rumo ao banheiro, e o Alexandre me seguiu. Ele segurou minha mochila enquanto eu secava o rosto e assoava o nariz lá dentro. Quando saí, dei de cara com a Maria Eduarda ao lado dele, conversando calmamente. Ao me ver, ela me analisou de cima abaixo, então forçou um sorriso.

— Bom dia, Maitê.

Havia uma carga pesada de falsidade no jeito como ela dizia meu nome, mas não lhe dediquei nada de emoção. Peguei minha mochila de volta e murmurei um oi.

Graças a Deus, ela não levou muito tempo para dar meia-volta e se afastar. Após segui-la com o olhar, o Alexandre se voltou para mim, as sobrancelhas erguidas. Ele parecia temeroso.

— Acalmou? — ele quis saber.

Eu assenti, e pude notar que ele soltou o ar devagar, com certo alívio.

— Ótimo. Vai me dizer o que aconteceu?

— Não foi nada de mais — murmurei cabisbaixa. Ele me deu um tapinha de leve no braço.

— Como não? Você tava morrendo de tanto chorar.

— Foi exagero da minha parte.

— Não parecia. — Ele fez uma pausa, mas, quando abriu a boca para falar outra vez, o sinal tocou. — Você não vai me contar?

— Vamos para a aula.

Ele concordou, e nós subimos as escadas. Fiquei contente por ele se mostrar preocupado, mas não estava exatamente a fim de contar meus problemas mais profundos. Até então a nossa amizade tinha se baseado em gostos em comum, em conversas animadas e momentos alegres. Não sabia se já estávamos no ponto em que compartilharíamos coisas mais sérias — nem se eu queria que fosse assim. O que ele pensaria de mim se de repente eu começasse a me tornar a *sensível chorona*?

Ainda estava refletindo sobre o assunto quando ele estendeu a mão para trás. Demorei a perceber que havia um pedaço de papel entre seu dedo indicador e médio e que ele o estava sacudindo para mim. Desdobrei e decifrei a caligrafia pequena e apertada de Alexandre.

Anda logo, me fala.

Bilhetinhos. Estávamos trocando bilhetinhos. Eu não fazia isso desde o quinto ano, última vez em que tive amigos na sala de aula.

Já disse que não foi nada de mais.

Devolvi o bilhete. Dois minutos depois, ele o estava agitando para mim novamente.

Tem certeza? Falar pode ajudar, sei lá.

Achei aquilo bonitinho e sorri. Mordi o lábio, pensativa, a caneta pairando sobre o papel. Parecia um pouco demais contar para ele o que tinha acontecido — um golpe muito baixo no meu orgulho, no meu amor-próprio que não era lá grande coisa. Já tinha sido ruim o bastante que ele tivesse me visto chorar. Independentemente de como estava sendo fofo comigo (e talvez justamente *por causa* disso), eu não me sentia à vontade para discutir certas coisas. Aquele era um tipo de dilema pessoal demais; definia todas as minhas inseguranças e medos, todos os meus traumas e tudo o que havia de pior em mim. Eu realmente queria que *ele* me visse daquela forma?

Prefiro não falar sobre isso, tudo bem? Quero deixar pra lá.

Devolvi o bilhetinho em um momento de distração da professora.

Então deixa pra lá. Bota um sorriso nesse rosto que você fica muito mais bonita quando tá feliz. :)

Um arrepio percorreu meu corpo e eu me desmanchei na carteira. Ele continuou olhando para a frente, sem ter ideia do que havia acabado de fazer comigo. Meu coração estava apertado em uma felicidade que eu nunca tinha experimentado.

Em vez de responder o bilhete, eu o dobrei com cuidado e o guardei no fundo do meu estojo. Ele tinha acabado de dizer que eu era bonita. *Mais* bonita. Ficava *mais* bonita quando estava feliz.

Morri e fui para o céu. Favor não me salvar.

* * *

Quando o sinal finalmente tocou, pela primeira vez em anos recolhi minhas coisas rapidamente e disparei para o banheiro. Ele estava vazio, exceto por uma cabine ocupada. Nada de estranho, a não ser o fato de que as pontas de um par de tênis estavam saltando para fora da porta, em um ângulo estranho, como se alguém estivesse ajoelhada do lado de dentro passando mal.

Não dei bola logo a princípio. Ocupei a cabine ao lado e fiz o que tinha de fazer. Eu estava lavando as mãos quando ouvi o nítido som de alguém vomitando e meu estômago se agitou de ansiedade e nojo ao mesmo tempo. Bati três vezes na porta.

— Ei, você tá passando mal? Precisa de ajuda?

Sem resposta. Sem um único ruído. Esperei um minuto inteiro, mas a garota do outro lado não disse uma única palavra.

— Tá tudo bem? — voltei a perguntar.

Ela então se levantou, e eu ouvi o barulho da descarga. Ia bater de novo quando a porta se abriu e a Maria Eduarda, magérrima e quase linda, não fosse a palidez do rosto, abriu a porta e me encarou com olhos mal-humorados.

— Sai da frente, baleia.

— *Obrigada, Maitê. Eu estou bem, Maitê* — provoquei, irada e profundamente arrependida de ter oferecido ajuda.

— Eu não preciso da sua ajuda — ela rosnou, sibilando cada palavra como se fosse uma ameaça. Em seguida foi em direção à pia, trombando de propósito no meu ombro. Eu a observei lavar a boca por apenas um segundo antes de sair, desejando furiosamente que ela tivesse descido com a descarga.

* * *

Imperou o silêncio no trajeto de vinte minutos entre o colégio e o shopping. No banco traseiro, Lucca estava concentrado em seu Nintendo DS, enquanto a mamãe e eu seguíamos caladas nos assentos da frente. Eu ainda não tinha esquecido a briga e pretendia falar o mínimo necessário. Felizmente, minha mãe me deixou em paz.

Estacionamos na primeira vaga que avistamos — uma raridade em horário de almoço —, e entramos nos corredores frescos e bem iluminados do shopping. Por não saber exatamente onde estávamos indo e não querer ficar muito perto dela, deixei a mamãe seguir na frente ao lado do Lucca. Passamos pela praça de alimentação e fomos direto para uma loja de roupas de festa. Eu estava morta de fome, mas aparentemente comer na rua não era uma opção.

Qualquer efeito positivo que o leve elogio de Alexandre pudesse ter tido sobre meu dia desapareceu assim que entramos na loja. Nem me preocupei em tentar escolher um modelo. Eu estava superdesanimada em relação à festa e, principalmente, em relação à minha mãe. Fazer compras com ela era sempre um pesadelo. Por isso, em vez de me dar o trabalho de vislumbrar vestidos que jamais poderia usar, me limitei a cuidar do Lucca enquanto ela debatia modelos e tamanhos com uma vendedora.

— Eu vou ter que usar vestido também? — meu irmão me perguntou, brincando com um dos modelos pendurados nas araras. Não tive como não rir. Ele tinha dez anos, mas às vezes parecia ter bem menos.

— Vai, e vai ficar lindo — respondi, dando um tapinha de leve no topo de sua cabeça com uma mão, enquanto digitava freneticamente com a outra no celular.

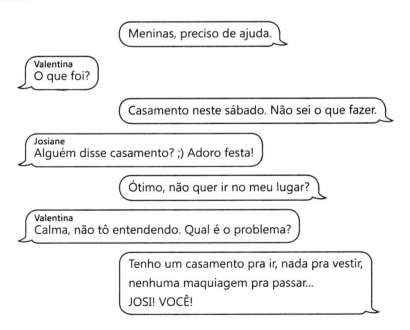

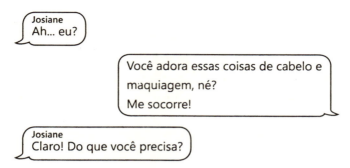

— Prova esse aqui — o Lucca me interrompeu, jogando um vestido horroroso em cima do meu celular, com mil paetês pretos em um tecido cinza que provavelmente não passaria nem nas minhas canelas.

— Acho que não. — Torci o nariz, empurrando o modelito de volta.

— Então esse aqui. — E me passou outro, tomara que caia azul rendado, tão pequeno que só serviria em uma Barbie.

Neguei, impaciente, mas o Lucca não se deu por vencido. Enquanto minha mãe e a vendedora selecionavam a duras penas algumas roupas para eu provar, meu irmão continuava me trazendo vestidos e mais vestidos, de cores, modelos e tamanhos bizarros, pelo simples prazer de me atazanar.

— Se você não parar de me encher o saco, vou te trancar no provador! — falei alto demais. Minha mãe ouviu.

— Maitê, deixa o seu irmão em paz — ela ralhou. — Agora vem provar esses aqui.

Obedeci, ainda digitando no telefone. Entrei no provador totalmente sem vontade enquanto uma enorme pilha de vestidos era colocada diante de mim. Cada um que eu provava era um verdadeiro tormento. Eu odiava vestir roupas de festa — eram sempre muito frágeis, então a gente tinha que ter mãos delicadas (coisa que nunca tive). Dois vestidos depois, e eu já estava com vontade de chorar.

Para piorar, dos nove vestidos que provei, apenas dois entraram, e nenhum desses fechou. Enquanto me livrava do último, ouvi vagamente que aqueles eram os maiores tamanhos da loja. Isso me deixou deprimida.

— E agora, onde vou achar uma roupa para ela? — Ouvi minha mãe perguntar, enquanto tornava a colocar o uniforme. — Você sabe se encontro tamanhos maiores nas outras lojas?

— Acho que para ela você só vai achar em uma loja de tamanhos especiais.

Tamanhos especiais.

Que diabos quer dizer "tamanhos especiais"? Terminei de me vestir e saí como se não tivesse ouvido nada. Eu podia ver a frustração da minha mãe estampada na cara dela, tão gritante e óbvia que minha fome se transformou em enjoo. Enquanto ela conversava com a vendedora, saí e esperei com meu irmão do lado de fora. Minha mãe saiu logo em seguida, não parecendo muito feliz.

— Tem uma loja no próximo corredor que deve ter seu tamanho — ela falou e saiu andando. Sem opção, fui atrás.

A loja a que ela se referia se chamava Plus Shelf. Nunca tinha reparado nela, mas, levando em conta que eu não ia muito ao shopping, não era nenhuma surpresa. Olhando a vitrine, reparei em duas coisas: a primeira delas foi que todas as roupas eram sóbrias e pareciam vir direto do guarda-roupa de uma senhora de setenta anos. A segunda, que todos os manequins eram gordos.

Aquela tinha sido a primeira vez que entrei em uma loja plus size. Eu não fazia ideia do que o termo significava, mas, de uma coisa eu tinha certeza, não havia a menor possibilidade de arranjar um vestido ali que não me fizesse parecer uma velha.

A vendedora que nos atendeu foi simpática, mas pude sentir seu olhar pesando sobre mim. Deixei ela e minha mãe revirarem o estoque enquanto eu tentava me fundir com as paredes. A minha vida já era um desastre social, imagina o que viraria se alguém do colégio me visse dentro de uma loja de roupa para gordos? Quero dizer, eu *era* gorda, mas aquele era um novo tipo de exposição. Até então eu ainda comprava roupas em lojas para gente *normal*. Eu já estava tão enorme assim que precisava usar *tamanhos especiais*?

Depois do que me pareceu um século, minha mãe conseguiu separar três vestidos. Ela me chamou no provador e me mandou vesti-los. No minuto em que coloquei o primeiro deles — que, milagrosamente, fechou com facilidade! — e encarei os outros dois, soube que não usaria aquilo nem que ela me obrigasse.

Abri a porta do provador pronta para causar um escândalo se necessário. O vestido que ela tinha me dado era ridículo. Era cheio de babados e com uma estampa floral que faria com que minha ta-ta-ta-ta-taravó sentisse vergonha alheia. Eu podia ser gorda, mas tinha *dezessete* anos. A loja parecia ser para maiores de noventa.

— Eu não vou usar isso — afirmei categórica. Minha mãe fez uma careta.

— Não ficou bom mesmo. — Ela torceu o nariz, pensativa, o pé batendo com impaciência no assoalho. — Tenta os outros dois.

— Mãe, você *olhou bem* para aqueles vestidos? — indaguei indignada, apontando para as roupas dentro do provador.

— E o que você quer que eu faça? — Ela bateu as mãos nos quadris, exasperada. — Você não entra nos tamanhos menores, e é só aqui que a gente vai achar algo pra você tão em cima da hora!

Afff. Obrigada pelo soco na cara, mãe.

— Eu vou de calça jeans. Vou de canga. Ou simplesmente não vou. Mas *isso aqui...* — Chacoalhei a barra do vestido. — Eu não vou usar!

— Moça, você tem alguma coisa mais jovem? — minha mãe perguntou à vendedora, que refletiu por um minuto com a mão no queixo.

— Bom, se é roupa de festa posso sugerir alguma combinação com legging.

Soltei um muxoxo baixo. Legging era a pior coisa já inventada pela indústria da moda! Apertadas, marcavam até o céu da boca e eram capazes de fazer com que eu parecesse ainda maior.

Mas nem a mamãe nem a vendedora ouviram meu lamento. No instante seguinte, estavam separando pilhas de blusas para usar com legging. E, quando lembrei a minha mãe que eu *não tinha* uma legging, trataram de me arranjar uma. E voltei para o provador.

A calça que elas me deram ficou surpreendentemente boa. Não bonita, mas pelo menos não parecia uma calça de ginástica semitransparente. Em seguida, dei uma olhada nas blusas. Descartei as de malha na primeira oportunidade. Eu era "curvilínea" demais para querer um tecido que evidenciasse meus defeitos.

Dentro daquela cabine minúscula, suada e corada pela agitação do tira e veste de dezenas de peças, evitei olhar para o espelho. Provadores eram o terceiro item na minha lista de motivos para odiar fazer compras, perdendo apenas para: 1) nunca encontrar nada acima do tamanho 42; e 2) sempre ter que contar com a companhia agradável da minha mãe. Era terrivelmente opressor se fechar dentro de um cubículo que mal comportava alguém do meu tamanho, cercada de espelhos por todos os lados. Parecia que as várias versões minhas que me encaravam diziam o tempo todo: "Tira isso, está horrível", "Você está horrível". Há bastante tempo eu havia desenvolvido uma técnica para momentos de necessidade que me permitiam avaliar uma roupa sem avaliar meu reflexo — apenas mais um dos truques para aprender a conviver com quem eu era. Infelizmente, isso não tornava as coisas tão mais fáceis como gostaria.

68

Acabei não saindo do provador. Provei cada uma das dez blusas que minha mãe e a vendedora separaram para mim, me livrando de algumas o mais rápido possível. No fim, a escolhida foi uma verde-musgo, com o tecido cruzando na frente formando um decote V e mangas leves. Não tinha ficado perfeita, dificilmente alguma delas ficaria, mas, de todas, era a melhor. E, se eu não escolhesse logo alguma coisa, seria obrigada a montar acampamento naquele provador, me alimentar de tecidos, tendo só os manequins como companhia e registrando minha solidão em comprovantes de cartões de crédito. Ou, pior, teria que ir ao maldito casamento com uma roupa horrorosa escolhida pela minha mãe.

Já eram quase quatro e meia da tarde quando cheguei em casa. Desci correndo para o apartamento do Isaac, mas ou ele estava dormindo, ou tinha saído. Bufei e voltei para casa sentindo que o dia não tinha valido a pena nem por um minuto.

* * *

Sábado! Dia de dormir até tarde, descansar, ir ao cinema, esquecer os problemas e relaxar o corpo e a mente.

Para os outros, talvez. Para mim, nem tanto.

Naquele sábado, fui acordada muito cedo por uma versão bastante impaciente da minha mãe, que me lembrava de que o casamento estava marcado para a uma da tarde. E que precisávamos sair logo de casa, porque a chácara onde seria a festa ficava bem longe. Levantei resmungando. Teria um dia exaustivo pela frente.

Como minha mãe lembrou do casamento muito em cima da hora, ela não teve tempo de marcar hora no salão de beleza. Então a dona Elisa, uma cabeleireira aposentada do nosso prédio, ia ter que servir. Às nove horas, quando eu ainda estava tomando o café da manhã, ela e a filha invadiram o apartamento e transformaram nossa sala de estar em um salão de beleza improvisado. Enquanto a filha cuidava das unhas da mamãe, dona Elisa dava um jeito no meu cabelo.

Não dei atenção, muito menos palpites, como de costume. Eu não era exatamente ligada em aparência, e, desde criança, nunca havia dito nem mesmo que corte de cabelo queria. A minha filosofia era a seguinte: se ninguém reparava, então não havia motivo para eu me importar. Eu economizava bastante energia mental e tempo. Então ignorei o mundo, deixando as três tagarelando enquanto eu via televisão, sentindo meus cabelos sendo puxados de um lado para o outro.

Depois do que me pareceu uma eternidade, os papéis se inverteram, e dona Elisa foi cuidar da minha mãe enquanto a filha vinha tentar fazer um milagre com as minhas unhas. Quando se sentou diante de mim, imediatamente torceu o nariz, como todas as manicures antes dela.

— Não sobrou muita coisa aí — disse, encarando meus tocos roídos de unha. O que restara deles estava perdido tão fundo em meus dedos gorduchos que era até difícil notar que estavam ali.

— É, é uma mania. — Dei de ombros. Ela suspirou.

— O que você acha de unhas postiças?

— Sou muito desastrada. Não durariam até a festa.

— Certo. Vou tentar fazer alguma coisa, então.

O máximo que conseguiu, contudo, foi fazer com que meus restos de unhas das mãos não parecessem *tão* nojentos e grosseiros. Não dava para passar esmalte quando mal havia unha, mas pelo menos dava para disfarçar o fato de que eu estava a ponto de mastigar a carne dos dedos.

O interfone tocou enquanto eu ainda estava com as mãos ocupadas, já de saco cheio de ficar sentada ali. Ouvi meu pai gritando da cozinha:

— Alguém chamou uma tal de Josiane?

— Eu! — exclamei, derrubando acidentalmente o potinho de água onde meus dedos estavam mergulhados quando me virei para olhar para trás. Tinha combinado com a Josi que ela viria socorrer para eu não ter de me virar sozinha; ou, pior, deixar que a mamãe fizesse tudo por mim.

Minutos depois, a campainha tocou e Lucca abriu a porta para minha amiga baixinha entrar. Ela estava de calça jeans e uma camiseta surrada da Disney e carregava uma bolsa enorme. Ela acenou timidamente para todo mundo que estava ali e me cumprimentou com um beijo no rosto.

— Fica à vontade, Josi — falei, indicando um lugar vago no sofá ao meu lado. — Já tá acabando aqui.

Josi se acomodou confortavelmente em silêncio, e passei a meia hora seguinte reprimindo gritinhos de dor enquanto minhas cutículas eram arrancadas sem piedade. Dei graças a Deus quando a tortura terminou, e logo segui com a minha amiga para o meu quarto.

— Certo. Primeiro me mostra o que você vai usar — ela pediu, enquanto colocava a bolsa na minha cama e tirava dela duas bolsinhas monstruosamente grandes. A roupa que eu havia comprado com a minha mãe alguns dias antes estava num cabide à porta do armário, lavada e passada. Minha mãe não gostava de usar roupas novas sem antes lavá-las muito bem. Josi pegou a blusa na mão, examinando-a atentamente.

— Ok. Obrigada — disse, me devolvendo a peça e voltando sua atenção totalmente para os utensílios de maquiagem. — Eu peguei a base e o pó emprestados da Val, porque o tom de pele dela é mais parecido com o seu. Mas, se você tiver alguma que prefira usar, tudo bem.

— Não, acho que a dela deve dar.

— Tudo bem, então. Puxa uma cadeira.

Puxei a cadeira da escrivaninha, me sentei e esperei, observando Josi separar pincéis, algodão e vários potes e tubos de coisas que eu desconhecia. Ela parecia meio deslocada naquele cenário pré-festa num sábado de manhã. Não que eu não apreciasse a gentileza — na verdade, estava pronta para oferecer minha alma em gratidão pelo favor enorme que ela estava me fazendo. Mas, ao longo dos anos em que nos conhecíamos, tinham sido raras as ocasiões em que tínhamos dividido o mesmo espaço sozinhas.

Não que não fôssemos amigas. Eu adorava a Josi, sua animação e interesse genuínos pela vida dos outros, sua prontidão em ajudar. Ela era uma boa companhia e uma boa companheira também, muito mais gentil e solícita do que a Valentina. Mas eu sabia — e tinha certeza de que ela também — que era a Val quem nos mantinha unidas. Muito antes de eu conhecê-las, as duas já eram unha e carne, e eu só entrei no bonde. Eu me aproximei mais da Val, porque, das três, ela era a mais aberta, a que arrancava os segredos da gente e dava todos os dela em troca. A Josi, não. Ela estava sempre ali, ouvindo, opinando, mas o assunto nunca chegava nela. Para ser justa, eu sabia muito pouco sobre ela. Tinha aprendido a respeitar seu silêncio.

— E aí, quem vai casar? — ela perguntou de repente, se aproximando com um pincel largo e um tubo de creme. — Ergue a cabeça um pouquinho.

— Uma prima de segundo grau, acho — respondi, inclinando a cabeça de maneira obediente. Josi colocou um pouco do creme no dorso da mão, molhou o pincel e em seguida começou a pincelar meu rosto.

— Você não é muito de festas, né? — O pincel roçou meu nariz e tive de me esforçar muito para não fazer uma careta.

— Só vou pela comida — brinquei, e a Josi riu.

O silêncio depois disso era ocasionalmente quebrado apenas pelas instruções dela e algumas perguntas sobre o que ela estava passando em meu rosto.

A Josi tentou me ensinar por alto para que servia cada coisa, mas eu mal conseguia guardar o nome de um item antes que ela passasse para o próximo. Ela trabalhava rápido, tinha as mãos leves, e terminou em menos de meia hora.

— Prontinho — anunciou, sorrindo e se afastando um passo, para admirar melhor sua obra de arte. Então olhou ao redor. — Onde... onde tem um espelho pra você poder ver?

— No banheiro — respondi, já me levantando e saindo do quarto.

Josi me seguiu e se apoiou na parede do corredor enquanto eu entrava no banheiro e encarava meu reflexo. Aquele rosto maquiado parecia de outra pessoa. Com as maçãs do rosto levemente coradas, os lábios brilhando num rosa clarinho e os olhos verdes cintilando sob as pálpebras decoradas com uma sombra nude suave e cílios maravilhosamente curvados, a menina do espelho sorriu, surpresa consigo mesma.

— Nem parece que sou eu — falei, desprendendo o olhar do espelho para encarar a Josi, que também sorria e balançava a cabeça para mim.

— Você se dá muito pouco crédito — ela disse, e então voltou para o quarto, onde começou a recolher suas coisas.

Já passava das onze quando a mamãe anunciou, em um grito impaciente, que precisávamos ir. Pegamos o convite, nossos documentos, celulares e chaves e fomos embora. A Josi se despediu da gente ainda no elevador, negando a oferta de carona dos meus pais, alegando que não queria incomodar, e descendo para o térreo enquanto descíamos para o subsolo, na garagem do prédio.

Meus pais discutiram por conta do atraso durante todo o caminho. Seguimos por aproximadamente uma hora até a chácara onde seria o casamento, e, quando chegamos, já estávamos a um passo de ver a noiva entrando.

A chácara era dividida entre um salão, que ficava em frente ao estacionamento, e uma extensa área verde que terminava em uma piscina. Era ali que um altar muito bonito tinha sido armado, sob a sombra de uma árvore gigantesca, onde um juiz de paz já aguardava para realizar a cerimônia. Os convidados não tiveram tanta sorte; as cadeiras, forradas com tecido branco, dispostas dos dois lados de um tapete vermelho coberto de pétalas de flores, estavam expostas ao tempo, com exceção de umas poucas na primeira fila, onde algumas senhoras estavam sentadas. Como quase todos os assentos já estavam ocupados, nos sentamos na última fila; primeiro o Lucca, então eu, o papai e finalmente a mamãe, na ponta, onde poderia se esticar à vontade para enxergar o que acontecia mais à frente.

72

Casamentos em geral me davam sono. Mas casamentos na hora do almoço eram uma verdadeira tortura. Tínhamos saído de casa sem comer nada, e, à medida que a cerimônia se arrastava, minha agonia só aumentava. O sol tinindo não ajudava meu humor em nada. Lucca, em toda a sua sorte infantil, ficou jogando em seu Nintendo DS, enquanto eu tive de me forçar a ficar acordada. Já o papai, em compensação, parecia estar no mesmo barco que eu, sonolento e suando por causa do calor.

— Acho que vou dar um cochilo — o papai cochichou para mim, afrouxando o nó da gravata. A mamãe lhe lançou um olhar enviesado, e eu cobri a boca para abafar o riso. — Será que alguém vai perceber?

— Eu te acompanho — ofereci, e a mamãe fez um xiuuu tão alto para nós dois que os convidados da frente se viraram para espiar.

Meu pai e eu compartilhamos um sorriso idêntico e ficamos em silêncio. Éramos muito parecidos. Enquanto o Lucca tinha puxado todos os traços da minha mãe — cabelos castanho-claros, olhos escuros, rosto fino —, eu era a cópia do meu pai. Tinha puxado a cabeleira escura e levemente encaracolada dele, bem como os olhos verdes. Meu pai era alto, tinha mãos enormes e o rosto de feições arredondadas, a barba sempre muito bem feita lhe conferia uma aparência bem mais jovem do que seus quase cinquenta anos. A grande diferença entre nós era que ele sabia lidar com a minha mãe muito melhor que eu, um truque que eu ficaria feliz de aprender um dia.

Virei para a frente, mas a disposição das cadeiras e o terreno quase plano não me davam visão alguma dos noivos no altar, então acabei observando Lucca enquanto ele jogava. A cerimônia pareceu durar horas, e, diferentemente do que eu havia imaginado, o alívio não veio de imediato quando acabou. Apesar do casamento e da festa ocorrerem exatamente no mesmo lugar, a única coisa que consegui para tomar foi um copo de refrigerante em temperatura ambiente. Que maravilha.

Papai, Lucca e eu escolhemos uma mesa mais ou menos no meio do salão, enquanto a minha mãe foi tietar a noiva, os pais da noiva, os parentes da noiva e qualquer um que aparecesse na sua frente. Com o estômago dolorido de fome, esperei pelo que me pareceram anos até que um garçom passou com uma bandeja de salgadinhos. Nós três enchemos as mãos. Meu pai e o Lucca podiam ser magros, mas comiam tanto quanto eu.

Mamãe retornou logo que o almoço, que, pelo horário, estava mais para café da tarde, começou a ser servido. O cheiro encheu minha boca de água e meu estômago roncou, implorando. Seguimos para a fila do buffet, antes que ela se tornasse longa demais para a espera valer a pena, e admirei ansiosa os pratos que seriam servidos: canelone, arroz à grega, lagarto recheado, lombo. Até a salada parecia deliciosa. Deixei que os garçons me servissem uma boa quantidade de cada coisa e voltei para a mesa, feliz da vida.

Ignorei o olhar feio que a minha mãe lançou para o meu prato lotado. Ela podia ser capaz de exercer um exímio autocontrole sobre o próprio estômago, mas isso não podia ser menos verdade no meu caso. Eu não comia nada desde o café da manhã e estava faminta. Enquanto ela terminara seu prato e meu pai ainda tentava forçar o Lucca, que tinha exagerado nos salgadinhos, a comer tudo, eu já me encaminhava para a fila pela segunda vez.

— Você não acha que está passando da medida, não? — foi tudo o que ela disse quando voltei com o prato razoavelmente cheio de massa outra vez.

Meus olhos passaram do prato para ela e de volta para o prato. Metade de mim queria comer por pirraça e fome, a outra metade queria jogar a comida longe. Meu apetite foi dando lugar a um nó na garganta, e isso somado ao peso do seu olhar me tirou completamente a vontade de comer.

— Vou dar uma volta — papai anunciou, batendo as mãos no estômago inchado. — Para ajudar na digestão. Vem comigo, Maitê?

Concordei sem de fato assimilar a informação e me levantei. Deixamos o salão, seguindo para o lado de fora, onde as cadeiras já haviam sido retiradas e o altar começava a ser desmontado. Embora houvesse bastante gente ali fumando e conversando, boa parte das pessoas ainda estava na área coberta almoçando. Vi de longe a noiva tirando fotos com a família e tive pena dos pobres coitados, expostos naquele sol quente sem nem ao menos poderem parar para comer. Se um dia eu me casasse, não faria nada de estômago vazio e muito menos ao ar livre.

— Você devia ter terminado de comer — papai comentou, totalmente do nada. Demorei um instante para me ligar sobre o que ele estava falando.

— Ela me tirou a fome — respondi secamente. Papai soltou uma risadinha que mais parecia um fungado.

— É, ela faz isso mesmo de vez em quando. — Ele fez uma pausa, e, quando prosseguiu, o fez com certa cautela. — Não é de propósito, filha. Ela só quer o melhor para você.

— Humm. — Senti os olhos arderem, mas me recusei a chorar. — Ela tem um jeito estranho de me querer bem.

— A sua mãe...

— Não começa, pai! — interrompi, deixando toda a minha raiva fluir em um único grito. — Você não faz ideia de como ela me trata. Você nem está lá pra saber!

Ele ficou mudo. Só de ver a cara dele, me senti imediatamente culpada pelo que havia dito. Mas ele rapidamente voltou ao foco principal da conversa.

— O negócio, filha, é que a sua mãe sempre foi assim, meio neurótica — disse, coçando a cabeça de um jeito bem característico e torcendo o nariz em uma careta pensativa. Nós dois demos uma risadinha tímida. — Ela não consegue dizer aquilo que espera das pessoas. Ela quer que tudo seja feito à sua maneira, mas não consegue virar para alguém e falar isso, como uma pessoa normal. Ela grita e esperneia e faz uma cena enorme até que você entenda o que ela quer de você.

— É assim mesmo — admiti, revirando os olhos, e meu pai sorriu.

— Então você sabe que ela nunca vai deixar de agir assim. Mas isso não quer dizer que *você* precise mudar.

Meu pai pousou as mãos sobre os meus ombros e me forçou a olhar para ele. Depois de uma eternidade em silêncio, ele finalmente me disse:

— Não tem nada de errado com você. Você é a minha menininha linda, e ser gorda ou magra não muda isso. Sua beleza é diferente das outras.

— Uma beleza renascentista — brinquei, fazendo alusão a uma antiga piadinha nossa. Era como meu pai se referia a toda mulher bonita acima do peso. A primeira vez que ele me disse isso, tive uma crise de riso.

— Exatamente. Eles, sim, sabiam o que é bonito!

Rimos, e então voltamos a andar sem rumo e em silêncio, um braço do meu pai passado por cima dos meus ombros. Meus melhores momentos com meu pai eram assim: juntos e sem precisar dizer nada. A companhia bastava.

— Já paguei a taxa de inscrição para a Fuvest, aliás — ele comentou, e fiquei arrepiada só pela menção ao vestibular da USP. — Artes visuais. Tem certeza de que é isso mesmo?

— Eu queria design, mas é o mais próximo disso que a ECA tem a oferecer — respondi, dando de ombros.

— Então por que você vai prestar, se nem é o curso que você quer?

— Adivinha?

— Certo. — E, exatamente como eu, meu pai revirou os olhos. — Quais outras você pretende prestar?

— Não sei. Talvez eu tente alguma particular — suspirei. — Sou só eu, ou parece cedo demais pra pensar nisso?

— Cedo, Maitê? Já estamos em setembro. A hora é agora.

— Eu sei. Mas é coisa demais pra assimilar de uma única vez, sabe?

— Sei. Mas sabe, filha, às vezes é melhor não fazer nada do que começar uma coisa de que você não gosta.

Fiquei remoendo o conselho enquanto caminhávamos. Nunca achei que meu pai fosse me dizer uma coisa daquelas. Ele era do tipo certinho — economista pós-graduado, que me premiava por cada nota alta no boletim. Ele falava comigo sobre futuro e vestibular desde que eu tinha catorze anos. Meu pai tinha essa ideia de que a vida adulta começava na escolha da carreira, e que a faculdade era a coisa mais importante no processo. E de repente lá estava ele, me dizendo que talvez fosse melhor eu não fazer nada.

— Acho melhor a gente voltar, senão vamos perder a sobremesa — ele disse, interrompendo meus devaneios.

— Você disse *sobremesa*?

CHEGAMOS EM CASA ÀS DEZ DA NOITE. PENSEI EM DESCER ATÉ O APARTAMENTO do Isaac, mas estava morta de cansaço e preguiça. Então, enquanto eu ligava o computador, peguei o celular e enviei uma mensagem rápida para ele pelo WhatsApp.

Tá em casa?

Ele tinha visualizado o aplicativo pela última vez há menos de meia hora, então não devia demorar para me responder.

Tirei a maquiagem, troquei a legging e o sapato apertado por uma bela calça de moletom e chinelo e abri o Facebook. Eu não tinha o hábito de entrar no site com frequência. Preferia mil vezes passar horas vendo gifs no Tumblr do que aguentar as imagens compartilhadas e os lamentos na minha timeline. Era o tipo de coisa que me fazia questionar a sanidade das pessoas que eu conhecia. Mas era fim de semana, e eu não tinha nada melhor para fazer. Então, que mal tinha?

A primeira coisa que notei ao fazer login foram as notificações. Eu tinha poucas pessoas na lista de amigos, então era raro ter algo para checar na rede social. Primeiro dei uma olhada nas solicitações de amizade. Nada importante, só uns dois primos que eu não via havia séculos e um cara muito estranho, desconhecido e sem amigos em comum. Recusei o último sem pestanejar e deixei os outros dois em espera.

Então abri a caixa de entrada. E tinha uma mensagem do Alexandre esperando por mim.

Meu coração deu um pulo só de olhar. Nós já tínhamos nos falado pela internet antes, e mais um monte de vezes ao vivo, mas isso não impedia que eu tivesse uma miniparada cardíaca sempre que ele me chamava. Toda vez era um choque. Como se a qualquer momento eu fosse piscar e descobrir que nada daquilo estava de fato acontecendo, que não tinha tido trabalho em dupla, conversas na hora do intervalo, bilhetinhos no meio da aula. Tudo teria sido apenas uma ilusão construída pelo meu coração, cego de amor platônico.

E então me dei conta de que estava cometendo o mesmo erro outra vez, transformando coisas simples em problemas enormes. Decidida a deixar de frescura, cliquei para abrir. Ao lado da foto de perfil, que ele tinha trocado desde a última vez que chequei — agora ele estava de lado e de cabeça baixa, com um boné feio de aba reta que escondia toda a sua beleza —, seguia a mensagem, enviada na sexta à tarde:

Oi, Mai. Tudo bem?
Não sei se você sabe, mas sábado que vem é meu aniversário. Resolvi comemorar juntando uma galera para um churrasco aqui em casa, e quero muito que você venha.
O horário e o endereço estão no evento que criei aqui. Eu te mandei um convite, mas achei melhor avisar de qualquer maneira, porque sei que você não é muito de abrir o Face. Acho bom você aparecer, hein? Não vai ser a mesma coisa sem a sua presença.

Embaixo estava o link para o evento. Cliquei e vi que ele havia convidado praticamente todo mundo da nossa sala, além de mais um monte de gente que eu não conhecia. Se eu fosse, me sentiria um peixe fora d'água, com certeza.

Mas ele tinha me convidado. Ele *queria* que eu fosse. Como eu podia recusar?

Decidi que mal não podia fazer, então cliquei em "confirmar", mesmo ciente de que ainda não tinha me decidido se valia a pena ou não ir. A festa era só dali a uma semana. Tinha tempo para pensar no assunto.

* * *

Estranhamente, dei graças a Deus por chegar mais cedo no colégio na manhã de segunda-feira. Porque isso significava que era bem provável que o Alexandre ainda não tivesse chegado e que eu poderia conversar com a Val e com a Josi sem ele por perto. O que era ótimo, considerando que ele era o assunto principal.

Minhas amigas estavam lá quando cheguei, sentadas no lugar de sempre e conferindo respostas na apostila uma da outra. Elas me deram bom-dia, e, assim que me sentei, olhei para os lados e soltei:

— Tenho uma novidade.

Elas imediatamente largaram o que estavam fazendo. Não era sempre que eu tinha uma novidade.

— Manda — a Valentina disse. Seus olhos curiosos voltados para mim de forma quase feroz.

— Fui convidada pra festa de aniversário do Alexandre.

Gritinhos. Choque e alegria se misturaram enquanto a gente comemorava. Eu me sentia terrivelmente infantil, mas ao mesmo tempo não conseguia deixar de enxergar como uma vitória. Eu tinha mesmo me tornado próxima do Alexandre, mas não me misturava com os amigos dele. Agora era como se ele realmente quisesse me incluir em seu círculo de amigos.

— Ai, meu Deus! — a Josi comemorou aplaudindo. — Posso ir? Por favor, leva a gente junto.

— A festa não é minha — respondi na defensiva. Imaginei se estar lá com elas seria melhor ou pior, e imediatamente me repreendi por ser tão egoísta. — Tenho certeza de que ele vai chamar vocês também — me apressei em acrescentar. A Valentina pareceu cética.

— É *você* a senhora melhor amiga dele agora. Nós somos só... as garotas que ele vê no intervalo — ela afirmou, com sua convicção inabalável. — Mas não importa. Você vai, e isso já está de bom tamanho!

— Vocês acham mesmo que eu devo ir? — indaguei, com uma súbita onda de insegurança. — Tipo, tirando ele, não sou amiga de mais ninguém.

— Se não tá a fim de ir, me avisa que vou no seu lugar! — a Josi brincou, mas a Valentina me olhou séria.

— Você tá de brincadeira, né? — ela disse. — Você esperou a vida inteira por isso, Mai! Que se danem os outros, *ele* quer você lá.

— Só tô com medo de ficar excluída o tempo todo.

— Para com isso agora, tá? Você vai, toda linda e espetacular, nessa festa, vai aproveitar horrores, vai ficar amiga de todo mundo e depois vai contar tudo pra gente, combinado?

Eu sorri, um pouco mais confiante, e suspirei.

— Tudo bem. Tirando a parte do linda e espetacular.

— Às vezes eu me pergunto se você já se olhou no espelho...

Não respondi. Não era uma discussão que valia a pena.

Ao chegar em casa naquela tarde, fui imediatamente checar meu guarda-roupa. A festa seria em uma semana, e eu já estava preocupada com o que vestir. Eu estremecia só de pensar na possibilidade de enfrentar mais uma tarde de compras com a minha mãe — entrar em uma loja de *tamanhos especiais* era uma experiência que eu não pretendia repetir nunca mais na vida. A humilhação tinha sido demais para ser repetida.

Mas eu não tinha nada decente para vestir. Pelo meu medo constante em enfrentar as araras e os provadores dos shoppings, meu armário consistia basicamente em peças fora de moda, surradas ou, para minha tristeza, em roupas que não me serviam mais. Era uma mania idiota da minha mãe que eu tinha trazido para a minha vida meio que sem querer: quando fazia uma limpa em minhas roupas e tirava alguma coisa em bom estado, mas que não me servia mais, ela não jogava fora. Ela colocava tudo em um canto no guarda-roupa dela, dizendo que ia guardar para quando eu perdesse peso. Esse dia, óbvio, nunca chegava — eu ficava mais gorda a cada ano, e a pilha de roupas guardadas, à espera, só crescia. Ela as usava para esfregar na minha cara, dizendo coisas do tipo, "tá vendo? Você já entrou em um manequim 44". Para minha mãe, era um incentivo; para mim, um ataque terrorista.

Mesmo assim, adotei a técnica de maneira quase inconsciente. Parei de tirar do guarda-roupa os itens que não me serviam mais, tanto para não ter que aguentar o mesmo discurso de sempre quanto para ver se o "incentivo" podia valer de alguma coisa. A maioria das peças já tinha sido esquecida no fundo das gavetas, mas tinha uma em especial que eu deixava à mostra, para olhar todo dia e me inspirar: uma calça ainda com etiqueta tamanho 48. Eu a tinha comprado em um dia particularmente feliz em que minha mãe estava toda elogios, e a peça tinha mesmo ficado ótima. Infelizmente, eu priorizava detonar as calças já gastas do que destruir as intactas, e ela foi ficando no guarda-roupa. Quando finalmente precisei dela, a peça já não me servia mais.

Peguei a calça do cabide e a abri na minha frente. Tirei o uniforme e a provei. Ela ainda entrava, mas não fechava por uns bons três dedos de distância. Com uma resignação renovada, decidi que aquela semana começaria uma dieta. Séria, dessa vez. A festa era sábado, e, embora as chances de passar de botijão de gás para modelo de passarela fossem bastante remotas, eu podia pelo menos dar uma desinchada. Eu ia fazer com que aquela calça 48 me servisse.

Por isso, almocei minhas míseras porções e mandei uma mensagem para o Isaac dizendo que desceria mais tarde. Tive que me esforçar para não pensar que setenta por cento do meu estômago continuava vazio e para me convencer de que eu não precisava comer sobremesa. Em um momento extremo depois do almoço, decidi fazer uma loucura.

Fui até o meu armário e peguei todos os doces que estavam escondidos na gaveta, debaixo das fotos do Harry Styles. Duas caixas de bombons, um pacote de bolachas recheadas, uma barra de chocolate começada. Juntei tudo, deixei a barra pela metade em cima da cama do meu irmão e o restante carreguei para o quarto dos meus pais, jogando tudo sobre a cama onde a minha mãe estava deitada, vendo TV.

— O que é isso? — ela perguntou alarmada, sentando tão rápido que pareceu até ficar zonza. Seus olhos passavam de mim para os doces e de volta para mim, seu rosto era a estampa da incredulidade.

— Estavam escondidos no meu armário — declarei, o rosto corando. Minha mãe pegou o controle e abaixou o volume da TV até ficar muda. Ela ia me trucidar por isso. Cruzei os braços, me afastando um passo, só por precaução.

— Isso eu sei — ela disse, me deixando chocada. — Quero saber por que você trouxe isso pra cá.

— Pra você esconder de mim.

Um minuto de silêncio. Mamãe encarou os doces com uma expressão vazia.

— Vou levar a sério agora — falei, e, para mostrar que não estava de brincadeira, sentei na beirada da cama e empurrei todos os doces para bem longe de mim. — Então eu vou sair, e, quando voltar, não quero ver mais nada disso na minha frente, tá bom?

Ela assentiu vigorosamente com a cabeça como se temesse que eu mudasse de ideia. Saí do quarto e fechei a porta, com uma leve sensação de arrependimento no peito. Mas lentamente isso dava lugar ao orgulho. Quem sabe agora pudesse ser diferente. Quem sabe agora eu pudesse realmente mudar. Aos pouquinhos me tornar o que a minha mãe sempre quis que eu fosse e a garota que eu sonhava ser. Não a gorducha que cedia às tentações, mas uma mulher forte capaz de se controlar, uma mulher mais bonita.

É, eu ia conseguir. Dessa vez, sim.

Desci até a casa do Isaac uma hora além do habitual. Quando cheguei, ele estava com os cabelos presos, as mãos molhadas e um pano de prato sobre os ombros.

— Você parece a minha mãe. — Fiz uma careta, e ele me acertou com o pano de prato bem no meio da cara. — Ai, isso dói!

— Malcriada! — ele exclamou, imitando a voz de uma velhinha, e não pude ficar brava com ele. — Sobrou comida. Você tá com fome?

— Não — menti, engolindo em seco. — Não, já almocei.

Isaac estranhou a resposta, mas não disse nada. Em vez disso, voltou para a cozinha, onde parte da louça ainda estava na pia.

— Já que tá aí, põe almoço para o Rodney, vai.

Pacientemente, atendi ao pedido. Fui até o armário com o cachorrinho pulando bem atrás de mim e me esforcei para ignorar as toneladas de bolachas recheadas que dividiam espaço com a embalagem de ração. Coloquei um pouco de comida para o cachorro e fechei as portas do armário rapidamente. "Não pense em comida" era meu mais novo mantra.

— E aí, qual a boa de hoje? — ele quis saber. Dei de ombros.

— Não sei. Eu estava a fim de fazer alguma coisa diferente. Tipo... andar de bicicleta.

Isaac me olhou por sobre o ombro.

— Desde quando você gosta de andar de bicicleta? — perguntou franzindo a testa. Olhei para ele, tentando parecer indiferente. Seu pequeno rabo de cavalo parecia ainda menor que de costume, com alguns fios escapando para os lados, e sua barba estava mais espessa do que da última vez que eu o vira. Caía muito bem nele, mas, por algum motivo, não tive coragem de elogiar em voz alta.

— Eu gosto de andar de bicicleta, só não faço isso sempre — falei, dando de ombros.

— Tá. E desde quando você faz algum tipo de exercício físico que não seja erguer o controle remoto? — Ele fez um movimento exagerado com a mão ensaboada, usando uma colher para ajudá-lo na representação. Cruzei os braços e fechei a cara.

— Isaac, dá pra parar de ser chato? Qual é o problema?

— Só acho esquisito — ele comentou, virando-se novamente para a louça suja na pia. — A minha Maitê não faz exercício.

— A *sua* Maitê está de dieta, lembra? — ironizei o "sua", mas ele não pareceu achar graça. — Com acompanhamento médico e tudo.

Isaac fechou a torneira e virou para mim, as mãos apoiadas na pia. Ele ainda estava com a camiseta branca do uniforme do colégio e tinha se molhado lavando a louça, fazendo o tecido grudar na barriga.

— Maitê, o que é que você não tá me contando? — perguntou, enfim levando meu foco de volta para os seus olhos inquisidores.

Mordi o lábio. Eu nem sabia por que não queria falar nada para o Isaac. Talvez porque ele se tornasse tão subitamente irritante comigo toda vez que o Alexandre era o assunto. Ou por medo de ele implicar comigo e me achar ridícula. Talvez por não querer que ninguém soubesse. Mas nada daquilo fazia sentido. Isaac era meu melhor amigo desde sempre. Eu podia falar qualquer coisa para ele.

— Sábado tem a festa de aniversário do Alexandre — falei calmamente. Olhando para o chão, para a janela, para qualquer lugar, menos para ele. — Aí decidi que talvez fosse hora de levar o regime a sério.

Isaac ficou mudo. Então, ele se virou, terminou de lavar a louça, secou a mão no pano de prato e... jogou o pano na minha cara.

— Você sabe que não vai perder vinte quilos em uma semana, né? — ele disse, de maneira direta e nada gentil. Tentei esconder minha vontade de socá-lo por isso.

— Sei — respondi secamente, atirando o pano de volta.

— Então... pra que o esforço?

— Cara, Isaac, às vezes você consegue ser *tão* escroto! — exclamei, saindo da cozinha pisando duro. — Então, já que eu nunca vou conseguir ficar bonita, pra que perder tempo tentando? É isso? — explodi. — Pra que me cuidar quando ele não vai reparar em mim mesmo?

Ele me alcançou em duas passadas.

— Não, Maitê, não é isso. — Ele me segurou pelos ombros. — Não foi isso que eu quis dizer. Não fala assim.

Mordi o lábio com força, os olhos enchendo de lágrimas. Todas as pessoas do mundo podiam fazer aquilo comigo, menos ele. O Isaac sempre tinha sido o único a me apoiar acima de tudo, a não me criticar nem por um segundo. Eu não podia suportar algo assim vindo logo dele.

— Só tô dizendo que você não precisa mudar quem você é por causa de uma festa. Por causa de um cara — o Isaac disse, a voz extremamente suave. — Você não precisa disso, Mai. Não precisou até agora. Ele não perguntou se você estava de dieta antes de convidar você pra festa, né?

Não disse nada, mas meu coração estava um pouquinho mais leve.

— Mas, se quiser andar de bicicleta, tudo bem, a gente vai — ele continuou, afastando o cabelo do meu rosto com tanta delicadeza que fui envolvida por um arrepio involuntário. — E, se quiser que a gente só coma salada no almoço, tudo bem. Eu dou salada pra você e como lasanha. Eu trago um caminhão de alfafa se você quiser. — Eu ri, e senti a voz dele mudar, ficar mais animada. — Um quilo de tofu. Tá legal? Só não faça isso pelos motivos errados.

Continuei quieta, mas já estava mais calma. Isaac me deu um tapinha no ombro e falou:

— Vai lá pegar sua bicicleta e me encontra na frente do prédio.

Concordei e sai correndo, feliz da vida. Eu realmente tinha o melhor amigo do mundo.

* * *

Passei a semana toda fazendo pequenos sacrifícios.

Começava de manhã, me contentando com apenas um pão de queijo, em vez das gordices habituais no intervalo. Então, no almoço, eu comia apenas o que minha mãe servia e tentava me distrair com a lição de casa para não pensar em como estava faminta. Descia mais tarde para a casa do Isaac, e, quando eu chegava lá, tudo já estava em ordem, como se ele não tivesse almoçado. Nós inventávamos algo novo, e pouco calórico, para fazer todo dia: andávamos pelo condomínio, jogávamos Just Dance no Wii dele (Deus bem sabe como aquilo me deixou detonada), jogávamos bola com meu irmão, e o Isaac até tentou me ensinar a andar de patins, mas eu era muito desengonçada. Não me pesei em momento nenhum, mas na sexta-feira eu já me sentia mais leve.

É engraçado o que acontece na nossa cabeça quando a gente se determina a mudar um hábito muito forte da noite para o dia. A minha determinação me trouxe força, mas também me deixou levemente paranoica. Eu me vi separando as coisas que queria comer em uma pirâmide alimentar mental, pesquisando as calorias dos alimentos na internet. Calculei meu IMC e tentei descobrir quantas calorias teria de ingerir por dia para perder peso.

Para tentar facilitar as coisas, entrei em uma espécie de barganha comigo mesma. Criei uma lógica que funcionava da seguinte forma: se eu deixasse de comer um bife a mais no almoço de terça, poderia tomar um copo de refrigerante na festinha do sábado. Se eu trocasse o cachorro-quente do intervalo na quarta-feira por uma maçã, poderia comer um pedacinho de bolo no fim de semana. Como a minha mãe tinha me ensinado, a gente tinha que dar para receber, e só teria privilégios se fosse digna deles. O regime de agora me garantia os pecados de mais tarde. Eu precisava ser forte.

O sábado finalmente chegou. Não comi o dia todo, vivendo uma espécie de quaresma antes da grande hora. Eu estava tão nervosa que, se resolvesse mandar alguma coisa para dentro, ia acabar devorando as paredes da casa. E não podia deixar que uma semana de esforço fosse totalmente aniquilada por uma tarde de comilança. Tomei o café da manhã e, depois disso, jejum. Apenas água visitou meu estômago.

Então era chegada a hora. Eram seis e meia da tarde, e eu pretendia sair de casa até as oito, no máximo. Fui tomar banho, e cada centímetro do meu corpo estava tremendo. Em seguida, chutei o Lucca para fora do meu quarto para poder me trocar em paz. Peguei a temida calça 48, aquela que não fechava mais. A bendita, odiada e amada calça. Aquela era a hora da verdade, nosso confronto final. Respirei fundo e a vesti, deixando o embate entre mim e o botão por último.

Dei uma olhada no cós. O botão sorria para mim de um jeito bem cínico e desafiador. Eu o toquei, e o frio do metal me deixou apavorada. Aquilo ia fechar. Tinha que fechar. Precisava fechar. Respirei fundo, cerrei os olhos e tentei.

Fechou!

Milagrosamente, o botão tinha fechado.

Mas a calça estava tão apertada que tentar usá-la naquela noite seria pedir para passar vergonha. O botão lutava por ar enquanto tentava se soltar, preso só Deus sabia por quanto tempo, prestes a explodir como uma bomba em um campo de batalha. Senti a dor da barriga pressionada, e lágrimas encheram meus olhos. Demorei mais tempo para tirar a maldita calça do que tinha levado para colocá-la.

Fiquei encarando a peça sobre a cama, desanimada e desmotivada a sair de casa. Que porcaria de desastre ambulante eu era, que não conseguia nem fazer um regime que funcionasse? Mas o que eu havia feito de errado, afinal? Eu tinha mudado todos os meus hábitos durante aquela maldita semana para isso? Quer dizer, a calça tinha fechado, mas não tinha *servido*. Era só isso que eu queria. Era pedir muito?

Olhei para o relógio, e ele me contou que já eram sete e vinte e que, se eu não decidisse logo, não daria tempo. Então me voltei para o armário, que parecia incrivelmente vazio e abarrotado de coisas inúteis. Quis tacar fogo em todas aquelas roupas enormes e horríveis. Meu Deus, o que eu ia fazer?

Era o aniversário do Alexandre. Eu havia esperado por anos que uma coisa daquelas acontecesse. A Valentina estava certa quando brigou comigo, e eu seria mesmo uma idiota se não fosse. Ele tinha me convidado porque queria que eu fosse, porque queria minha companhia em um dia especial para ele. E ali estava eu, sentada na minha cama, enrolada numa toalha, considerando se seria ou não válido deixar de ir àquela festa.

Cara, qual é o meu problema?

Eu me levantei e rapidamente selecionei o que me deixaria com uma cara mais normal, menos feia. Apenas uma calça jeans que servisse, uma blusinha sem mangas e um casaco preto sem graça e meio gasto para jogar por cima. Meus All Stars velhos e sujos, com os desenhos nas laterais que Isaac tinha feito em um dia em que dormi no sofá da casa dele e me esqueci de tirar o sapato. Um lápis no olho só para não ficar com cara de doente. Meu celular, minha carteira, a chave de casa e o presente perfeito que eu tinha batalhado muito para achar.

Isaac tinha razão, o Alexandre não tinha se tornado meu amigo por causa da minha aparência. Ele gostava de mim por quem eu era, e eu não precisava mascarar isso para tentar agradar todo mundo. Havia uma chance, ainda que pequena, de que os amigos dele também pudessem gostar. Não tinha que ser ruim só porque eu não tinha as roupas certas para vestir.

Continuei repetindo isso para mim mesma conforme saía de casa. Meu pai me levou, e, durante todo o caminho, me concentrei nas batidas da música no rádio, no trânsito e em me convencer de que tudo correria maravilhosamente bem.

* * *

A casa do Alexandre ficava em uma rua bem iluminada e arborizada, atrás do Parque do Ibirapuera. Era um sobrado de esquina, que tomava boa parte do quarteirão. O portão era de madeira, completamente fechado, mas dava para ouvir a música e sentir o cheiro de churrasco dali de fora.

Respirei fundo três vezes antes de ter coragem de descer do carro. Combinei um horário estimado com meu pai, mas eu tinha esperança de que a noite fosse tão divertida que acabaria ligando e pedindo para ficar mais um pouco. Afinal, eram nove da noite, e eu tinha dito para ele me buscar pouco depois da meia-noite. Quer dizer, ninguém vai embora assim tão cedo de uma festa, né?

Com os dedos trêmulos, toquei a campainha. Parecia ter muita gente ali dentro. Havia carros estacionados em cada vaga da rua, e me perguntei se todos estavam no mesmo lugar. Minha garganta estava travando de nervoso. Ouvi o barulho da trava no portão e dei um passo para trás.

Não foi o Alexandre quem veio me receber, mas eu sabia quem era. Já tinha visto a mãe dele em reuniões do colégio e eu havia memorizado a forma como os olhos e a boca deles eram exatamente iguais, e como os dois riam de um jeito parecido. Obviamente, ela não me reconheceu, mas tratou de sorrir ao me ver.

— Boa noite, querida. — Ela pousou uma mão no meu ombro e foi me puxando para dentro enquanto acenava para o meu pai. — O Alê está lá dentro, nem ouviu a campainha.

Eu tentei sorrir, mas acho que tudo o que consegui foi parecer meio maluca. Ela não se incomodou. Entrei e vi que a garagem não estava tomada por carros, mas por pequenas mesinhas já ocupadas por pessoas conversando e comendo. A maioria delas eu reconhecia do colégio. Pedro, Eduardo, Coutinho, Débora, Milena, Ítalo, Verinha. Só gente que me ignorava, e que eu tinha aprendido a ignorar de volta. Minhas mãos suaram, grudando no embrulho do presente, conforme eu me perguntava se devia parar para cumprimentá-los. Todos eles me encararam, alguns até sorriram, mas ninguém me disse oi.

Acompanhei a mãe de Alexandre pela garagem até entrarmos pela porta da frente. Então atravessamos a sala de estar — que devia ser metade do meu apartamento —, passamos pela cozinha — incrivelmente branca e bem equipada e que faria minha mãe convulsionar de inveja — e chegamos à área externa, onde o churrasco de fato estava acontecendo.

Quase todos que estavam ali atrás, presumi, eram parentes do Alexandre. Deduzi isso não pela semelhança física, mas porque todos ali tinham trinta anos ou mais. Havia um casal de cabelos brancos que só podiam ser os avós, e, no comando da churrasqueira, estava um cara alto e magricela, que de costas era tão igual ao Alexandre que o identifiquei como seu pai. Mais meia dúzia de pessoas bem mais velhas e que eu não conhecia estavam ali, e num canto, comendo e tomando refrigerante, estava ele.

E, bem ao seu lado, estava a... Maria Eduarda.

Eu sabia que ela viria, claro. Ela jamais perderia uma festa na casa dele. Mas, pelo modo frio e irritadiço com que ela me olhou, estava claro que a Maria Eduarda não esperava que *eu*, e logo *eu*, aparecesse ali. Para a minha felicidade — e completa ruína dela! —, o Alexandre sorriu quando me viu, largando o prato e o copo sobre uma mesinha para vir me cumprimentar.

— Mai, que bom que você veio!

Ele estava lindo, mas isso não era novidade. Estava usando bermuda xadrez, deixando à mostra suas panturrilhas grossas e firmes, e uma camiseta branca sem estampa que parecia pequena demais para o seu tamanho, mas que contrastava muito bem com seu tom de pele bronzeado e colava ao seu torso e aos braços definidos. Eu o abracei com toda a força. Não sabia se era por estar realmente feliz de vê-lo, ou se apenas para aporrinhar a Maria Eduarda.

— Feliz aniversário! — falei, embriagada pelo seu perfume maravilhoso e decidida a tirar o máximo possível de proveito do momento. — Achou que eu não viria?

— Claro que não. Você é minha amiga, não faria isso comigo.

"Amiga." Eu o soltei de imediato. Meu estômago deu uma volta nada agradável e meu ânimo caiu consideravelmente. *E o que você esperava, idiota?*

— Trouxe uma coisa pra você — gaguejei, entregando-lhe o pacote.

— Eu até podia falar que não precisava, mas adoro ganhar presentes — brincou, me fazendo rir e *quase* esquecer o que ele tinha acabado de dizer. Alexandre chacoalhou o embrulho, como se tentasse deduzir o que tinha ali dentro pelo barulho ou pelo peso, mas não havia nada para escutar. Então ergueu as sobrancelhas para mim e, sorrindo, começou a desembrulhar o pacote.

— Cê tá de brincadeira... — eu o ouvi murmurar.

Ele ficou uns dez minutos olhando para o presente quando terminou de abri-lo. Ele estava impassível, então eu não sabia dizer se ele estava feliz ou não. Imaginava que sim, mas não dava para afirmar com certeza. O Alexandre demorou tanto para reagir que comecei a me desesperar. E se ele já tivesse um daqueles e não soubesse como me dizer? E se ele não tivesse gostado?

— Meu Deus, fala alguma coisa! — implorei, já meio histérica. De canto de olho, vi que a Maria Eduarda estava tentando, sem sucesso, dar uma olhada no presente.

— Você sabe o que acabou de me dar? — ele perguntou. Não entendi se a pergunta era retórica ou não, então a respondi:

— Sim, a primeira temporada de *Star Trek*. Eu que comprei. Passei a semana toda tentando encontrar em alguma loja.

— E você sabe há quantos mil anos eu tento comprar isso aqui?

Não respondi. Ele já estava sorrindo e me abraçando, tudo ao mesmo tempo. E ele me agarrou com tanta força que eu literalmente saí do chão por um segundo.

— Como eu vivi tanto tempo sem te conhecer?

Corei, mas, de novo, não consegui dizer nada. Não importava. Ele estava tão feliz que parecia a ponto de sair pulando pela casa.

— Vou guardar isso aqui e já volto. Foi o melhor presente que alguém já me deu! — Ele pousou a mão livre no meu pescoço e lascou um beijo forte na minha bochecha, me deixando paralisada de surpresa. — Valeu mesmo!

Ele entrou e eu fiquei ali parada com cara de boba. A Maria Eduarda me fuzilava de tal maneira que achei que fosse explodir. Mas eu não podia estar menos preocupada. Peguei um prato e fui me servir, porque eu, mais que nunca, merecia.

Conversei mais um pouco com o Alexandre, e ele me apresentou formalmente à sua mãe, ao pai e à irmã, Alissa. Quando ele se afastou para falar com outras pessoas, fiquei conversando com a garota. Enquanto as outras pessoas da minha idade conversavam e interagiam, eu fiquei lá nos fundos da casa, brincando de Stop com ela.

Quando já estava cansada de ceder à imaginação fértil de Alissa, que inventava palavras para não perder o jogo (quem diria que néon é cor no planeta dela!), decidi dar uma volta. Peguei mais um copo de refrigerante e entrei. Tinha gente na sala vendo o final da novela, que disputava com o sertanejo universitário a toda no rádio da garagem. A música me irritou, mas eu não queria mais ficar isolada. Avistei uma cadeira vazia bem ao lado do Alexandre e resolvi ir até lá, tentar conversar um pouco.

Na mesa estavam a Maria Eduarda, sentada do outro lado do Alexandre, o Eduardo, o Coutinho, o Ítalo e a Graziela, que já tinha se formado no colégio, mas era muito amiga do Alexandre. Exceto pelo olhar feio que recebi da Maria Eduarda, ninguém objetou que eu me sentasse com eles. O Alexandre sorriu para mim e estava prestes a me dizer alguma coisa quando *ela* interrompeu.

— Cadê a sua amiguinha, Maitê? Vocês eram tão... inseparáveis!

Sua acidez me fez desejar atirar todo o meu refrigerante naquela cabecinha metida dela. Uma resposta malcriada estava entalada em minha garganta, mas era quase impossível fazê-la sair. Por um lado, eu não queria afastar a já remota possibilidade de o pessoal gostar de mim; por outro, eu tinha que admitir que tinha medo de retrucar uma provocação daquela garota. Ela contava com um arsenal muito mais poderoso que o meu na arte de ofender, e, ao contrário de mim, já tinha a simpatia de todo mundo naquela mesa. Eu só tinha a perder. Então fiquei calada.

— A minha irmã gostou de você, hein? Achei que ela não fosse te largar nunca! — o Alexandre comentou, e eu ensaiei um sorriso, me forçando a tirar os olhos da Maria Eduarda.

— É uma fofa, mas ela não queria mais brincar — respondi, e a Maria Eduarda pareceu se divertir com isso.

— Ela cansou de você? — me perguntou. Meu sangue subiu, mas me controlei.

— Não, ela cansou de perder mesmo. — E, para a minha felicidade, todo mundo na mesa riu.

— Vocês estavam jogando o quê? — o Coutinho quis saber. Acho que era a primeira vez que ele falava comigo que não fosse para me pedir uma caneta emprestada, e estudávamos na mesma sala desde a quinta série.

— Stop. Eu não sou muito boa, mas é sacanagem brincar com uma criança de dez anos.

— Cara, eu odiava jogar isso! Eu sempre travava na hora de falar uma cor.

— Daqueles que quando cai a letra F coloca "ferrugem" na cor, saca? — o Ítalo emendou às gargalhadas.

— Eu detestava quando tinha marca ou nome de carro! — foi a vez de a Graziela falar. — Tipo, *quem* sabe essas coisas?

— Eu sei! — todos os meninos responderam ao mesmo tempo, e ela jogou uma bolinha de guardanapo neles.

— Eu odiava também lembrar nomes de programas de TV — emendei, só pelo prazer de participar do assunto. — Sempre me dava um baita branco e eu esquecia todos os nomes.

Mais gente concordando, discordando, debatendo. Acho que eu nunca tinha participado de uma conversa com tanta gente na vida e estava me divertindo horrores. E o melhor era que ninguém estava me julgando, olhando torto e nem me ignorando completamente, como faziam no colégio. Ali, eu era quase... uma deles. Estava incluída, batendo papo e aproveitando a companhia de todo mundo.

Então eu me orgulhei da minha capacidade de ignorar o embaraço e participar da conversa sem medo de ser feliz, como fazia com o Alexandre. Descobri que eles não eram tão ignorantes e metidos como eu costumava acreditar. Eles só não costumavam sair conversando com todo mundo o tempo todo, mas, uma vez ali, todos me recebiam bem.

Uns instantes depois os garotos começaram a se dispersar e mais meninas se aproximaram. Conforme o assunto foi mudando de tom, todo o meu conforto de antes começou a desaparecer. As conversas variadas sobre filmes, faculdade, futebol e qualquer outro assunto que surgisse deram lugar a fofocas das quais eu não estava por dentro, garotos, roupas, maquiagem, promoções e... dietas. Quando me dei conta, estava sentada entre uma cadeira vazia e uma porção de garotas fofocando a respeito de assuntos sobre os quais eu não tinha o menor interesse em falar.

Em menos de dez minutos bancando a espectadora na conversa alheia, saquei que o namorado da Grazi era um louco machista e ciumento, que a Maria Eduarda gastava mais dinheiro em roupas por mês do que a minha mãe no supermercado, que a Débora já tinha tentado umas seis dietas diferentes desde o início do ano, mas que ainda precisava perder seis quilos (Deus sabe de onde!) e que a Verinha pretendia colocar silicone depois da formatura. Eu me senti totalmente intrusa e fora de contexto. Nada daquilo era da minha conta e não havia uma única brecha sequer que chamasse minha atenção a ponto de eu entrar na conversa.

Disfarçadamente, peguei meu copo vazio e entrei na casa, só para ter uma desculpa para sair daquela mesa. Onde antes estavam os parentes do Alexandre, agora estavam os garotos jogando o que reconheci como Diablo III no PlayStation. Pelo papel de presente rasgado, percebi que Alexandre tinha acabado de ganhar o jogo e já estava estreando. Só ele manuseava o controle, mas os outros assistiam como se vissem a final do Paulistão. Parei a um centímetro de passar na frente da TV.

— Ãhã... — pigarreei para chamar atenção. — Será que posso passar?

Um minuto de completo hipnotismo. Ninguém parecia ter me escutado. Achei que teria de falar de novo quando o Alexandre finalmente pausou o jogo.

— Pode, linda — e me lançou uma piscadela sutil, sorrindo para mim, com todos seus dentes perfeitamente brancos e alinhados à mostra.

Corei, mas tentei disfarçar. Passei rapidamente pela tela e segui meu caminho. Menos de dez segundos depois, o Alexandre me alcançou.

— Que susto! — falei, o coração martelando forte. Eu nem sequer tinha ouvido ele chegar, só senti a mão sobre o ombro.

— E aí, tá se divertindo? — ele me perguntou, mas alguma coisa em seu sorriso ou no tom da pergunta me fizeram estranhar.

— Humm, sim — respondi, torcendo o nariz. Não falei mais nada, apenas esperei que ele desembuchasse. Estava mais do que claro que ele não tinha ido falar comigo por causa *disso*.

— Olha só. Eu queria te perguntar uma coisa — o Alexandre me disse, depois de uma breve hesitação. Meu coração acelerou pela expectativa, e, sem querer, me vi amassando o copo de plástico para me controlar.

— Fala.

Ele olhou para os lados, e então me puxou pela mão até a beirada da escada que levava ao andar de cima, onde estávamos encobertos por uma parede que bloqueava parcialmente a visão de quem estava na sala. Ele se sentou em um degrau, e eu fiz o mesmo.

— Eu tô a fim de uma menina — ele disse, e eu estremeci como se tivesse levado um choque. — E... tenho quase certeza de que ela também tá a fim de mim.

Fiquei boquiaberta por alguns segundos. Por um minuto, ele me pareceu... diferente. Estava me olhando diferente. Falando diferente. Mas não, não podia ser... podia? Deus, como eu queria acreditar que sim!

— Ela... está aqui? — consegui pronunciar, sem saber de onde vinha a minha voz.

— Tá. — Ele sorriu. Alguma coisa naquele sorriso me dizia... Não, não me dizia nada. — Mas não sei se devo ou não chegar nela.

— Por quê? — indaguei, quase num murmúrio. Meu coração batia com a força de um tambor, eu estava suando frio, e, mais do que tudo, queria acreditar que era o que eu estava pensando. Queria acreditar que era possível.

— Porque somos amigos. — Eu congelei, mas ele não pareceu notar. — Não sei como falar que eu gosto dela, entende?

Ai, meu Deus.

Eu havia esquecido como pronunciar as palavras. Havia esquecido que sabia mexer os lábios e transformar o ar em voz. Eu tinha me esquecido de pensar e agir naturalmente e de não bancar a idiota, mas eu não conseguia. Porque o jeito como ele me olhava...

— É só falar — consegui dizer, e tive que tossir para recuperar a voz por completo. — É só chegar nela e falar. Tenho certeza de que ela também deve gostar de você.

— Mas será que hoje... Tipo, com todo mundo aqui...

— Ninguém precisa ver — eu o interrompi, e ele sorriu.

Então veio aquele minuto. Aquele longo minuto em que ninguém falou nada. Ele me olhou de um jeito que eu tive certeza absoluta de que ele ia...

Mas não. Quando ele se inclinou, tudo o que o Alexandre fez foi me abraçar e me agradecer e sair dali tão rápido quanto havia aparecido. Precisei de um instante para me recompor, para clarear as ideias e me dar conta de que estava sendo uma completa idiota.

Não era eu. Claro que não. Como poderia ser eu?

Levantei do degrau e segui até a cozinha. Mas antes resolvi virar por apenas um instante, só para ver aonde ele tinha ido.

Ele não estava na sala. Os garotos continuavam jogando, mas sem ele dessa vez. Então olhei para a janela.

As meninas continuavam sentadas, tagarelando, mas faltava alguém. Faltava... *Não, não, não!*

Lá no canto, perto do portão, o Alexandre e a Maria Eduarda estavam terrivelmente perto um do outro. Os dois estavam sorrindo, e ele estava segurando as mãos dela entre as suas. Ele disse alguma coisa indecifrável. Ela respondeu. Ele falou mais alguma coisa. Ela apenas sorriu.

Então o puxou e o beijou.

Simples assim, como se só estivesse se livrando de um fio de cabelo da roupa. Como se fosse a coisa mais normal do mundo. Ninguém além de mim pareceu notar a cena. Acho que para nenhuma outra pessoa aquilo era algo demais, chocante. Mas, para mim, era pior que um balde de água fria. A maior punhalada que ele poderia ter me dado.

Eu era incapaz de definir o que doía mais, se a decepção por não ser a garota de quem ele estava falando, ou se o nojo mesclado ao ódio porque era *ela*. De todas as garotas do mundo, era bem ela. Eu podia ter aceitado qualquer uma, podia ter lidado bem com o fato de vê-lo beijando outra menina — por quantos anos eu já não tinha visto aquela cena, afinal? —, mas justo a Maria Eduarda?

Não consegui aguentar por muito tempo. Os dois segundos da cena bastaram para me deixar irremediavelmente enojada. Virei de costas e peguei o celular, discando rapidamente o número do meu pai. Ele atendeu no segundo toque.

— Pai, pode vir me buscar? — pedi, torcendo para parecer urgente e firme ao mesmo tempo. Se eu deixasse todo o desespero transparecer na minha voz, meu pai ia achar que eu estava morrendo.

E eu estava. Mas ele não precisava saber.

— Claro, filha. Tá tudo bem?

— Tá... Bom, mais ou menos. Estou com dor de estômago, só isso — menti. Ele emitiu algum som incompreensível do outro lado da linha.

— Sim, certo. Chego aí em meia hora.

Murmurei alguma coisa e desliguei. Meia hora. Eu só tinha que aguentar mais meia hora.

Olhei de relance para o lado de fora. Não sei o que eu esperava — talvez que eles não estivessem ali e que tudo não tivesse passado de um delírio causado por excesso de carne gordurenta. Mas eles ainda estavam lá, grudados, e a confirmação doeu ainda mais do que a surpresa de ter visto pela primeira vez. Lágrimas esquentaram meus olhos, e então resolvi que, se eu tinha de esperar, que fosse trancada no banheiro.

* * *

Não me despedi de ninguém antes de ir embora. Menti para a mãe do Alexandre, dizendo que já tinha me despedido dele, pedi que ela abrisse o portão para mim e fui embora. Não queria saber dele. Não queria ver mais nada. Só queria deitar na minha cama e morrer.

Cheguei em casa aos prantos. Papai achou que fosse a suposta dor de estômago, mas desconfiou quando recusei o remédio. Bati a porta do quarto, deitei na cama e chorei. Chorei até não poder mais. Nunca tinha me sentido tão idiota em toda a minha vida. Agora eu me dava conta de que aquela amizade com o Alexandre era a pior coisa que poderia ter me acontecido. Aquilo tinha me tirado daquela zona de conforto em que eu sabia que nada jamais aconteceria entre nós. Tinha começado a acreditar que tudo era possível, que ele poderia mesmo gostar de mim.

Mas não é assim que o universo funciona. Devia saber melhor do que ninguém que coisas boas não aconteciam com tanta frequência na minha vida. Era impossível que ele se tornasse meu amigo *e* se apaixonasse por mim, dois raios caindo no mesmo lugar. Devia ter me contentado com a amizade que ele estava me oferecendo, mas não, nada disso. Tinha que sonhar mais alto, tinha que querer mais do que podia ter.

Eu era sua amiga, era o que ele tinha me dito. Amiga, amiga e sempre somente amiga. Porque era isso que eu poderia ser, seria só isso para o resto da vida. Eu era *sempre* a amiga, nunca a garota por quem o cara se apaixona. Nunca fui, nunca seria. Devia saber, devia ter consciência disso, devia ter mantido os pés no chão. No que eu estava pensando?

— Mai? — Ouvi meu irmão chamando baixinho. Já era tarde, e eu ainda estava acordada, chorando.

— Oi, Lucca — respondi, fungando. — Desculpa se te acordei.

Ele acendeu o abajur que ficava no criado-mudo entre as nossas camas e espremeu os olhinhos para mim. Tentei limpar o rosto às pressas, mas não tinha muito que eu pudesse fazer para disfarçar.

— Você tá bem? — ele perguntou.

— Tô sim — menti, estampando um sorriso no rosto. Mas o Lucca não se deixou enganar.

— Não tá, não! A mamãe brigou com você de novo?

— Não, Lucca. Não foi nada.

Cobri o rosto com o travesseiro e esperei que ele apagasse a luz de novo. Em vez disso, senti seu peso afundando a beirada do meu colchão e abri os olhos. Meu irmão estava me oferecendo um bombom, tirado Deus sabe de onde, e sorria para mim.

— Chocolate é alegria — ele disse, ecoando um pensamento que eu já tinha dito muitas e muitas vezes em voz alta. Aceitei o bombom, e só então meu irmão apagou a luz, deitou, e finalmente consegui dormir.

* * *

Quando acordei, minha sensação era a de que tinha acabado de pegar no sono. O sol já estava alto, entrando pela minha janela quando senti a mãozinha leve do Lucca me cutucando.

— Mai? — perguntou, em voz baixa. Ergui de leve a cabeça, o bastante apenas para ele saber que eu já estava acordada. — Você tá melhor?

Não respondi. Eu não estava, mas também não queria compartilhar isso com ninguém. Queria continuar ali deitada para sempre e me fundir ao colchão, chorar até que meu corpo todo sumisse. Mas não disse nada disso. Apenas abaixei a cabeça e me agarrei mais forte ao travesseiro.

— Eu trouxe comida — ele disse, apontando para o pratinho com duas fatias de pão cobertas com uma grossa camada de creme de avelã e um copo de leite sobre o criado-mudo. — Eu peguei enquanto a mamãe não estava na cozinha.

Minha boca se abriu, mas estava ressecada e difícil de mover. Precisei molhar os lábios algumas vezes com a língua para conseguir que eles se abrissem o bastante, antes de conseguir responder:

— Obrigada, mas eu não quero comer nada.

— Mas, se não comer, vai ficar magrinha!

Isso me fez sorrir, e resolvi que valia o esforço. Eu estava mesmo com fome, mas minha garganta estava fechada, como se tivesse algo preso nela — um sentimento, um grito esperando para sair. Meu corpo e mente pareciam em conflito, me dizendo ao mesmo tempo que, já que estava tudo perdido, eu podia comer, mas que era por causa dessa gula que estávamos ali agora. Sentei, fungando algumas vezes, e peguei uma fatia de pão, encarando-a com dúvida e cansaço ao mesmo tempo. No final, a fome e aquele imenso vazio em meu peito levaram a melhor; se eu não podia preenchê-lo com felicidade real, podia ao menos ter um momento de alegria comendo alguma coisa gostosa.

— Quer que eu pegue papel pra você limpar o nariz? — o Lucca ofereceu.

— Não precisa.

— Quer chocolate pra colocar no leite?

— Não, vai puro mesmo.

— Quer fazer alguma coisa depois? A gente pode assistir àquele filme que você gosta, que tem as meninas de rosa!

A preocupação dele me deixava feliz e agoniada ao mesmo tempo. Dei espaço na cama para ele se sentar e ofereci uma mordida do meu pão.

— Eu só quero ficar quietinha — falei. — Pode ficar aqui comigo, se quiser. E mais tarde a gente faz outra coisa.

— Tudo bem.

Enquanto eu comia, meu irmão pegou meu celular no criado-mudo e abriu um dos vários jogos que tinha instalado. Ele me explicou as regras enquanto jogava, só para escapar do silêncio. Fingi prestar atenção, mas minha cabeça estava em um completo frenesi. Eu ficava repassando as cenas da noite passada o tempo todo, sem descanso.

Em um acesso de masoquismo, fiquei imaginando o que o Alexandre teria dito a ela. Há quanto tempo isso vinha rolando bem na minha frente e eu não percebi? Será que ele estava apaixonado por ela desde sempre, ou que tinha sido uma coisa espontânea, do nada? Será que eram amigos, como ela às vezes dava a entender? Eu tinha colocado na cabeça que ela se aproximava dele só para me irritar, mas agora me sentia muito idiota por acreditar que eu fosse o centro do universo. O Alexandre era um cara incrível, e não seria nenhuma surpresa se dez em cada dez meninas do nosso colégio fossem secretamente loucas por ele. Eu era. Por que ela não seria?

Mesmo assim, era insuportável pensar que eles tinham se beijado. Repetidas vezes. Que eles tinham ficado de mãos dadas quando fui embora, que tinham conversado aos sussurros. Por que, Deus, *por que* tinha que ser ela? Seria possível que o Alexandre não visse o jeito como ela me tratava, as coisas que ela me dizia? Todo mundo naquela escola já tinha ouvido, ou participado daquelas brincadeiras idiotas. Fiquei me perguntando quanto da nossa recente amizade era real e quanto tinha sido aumentado pelas minhas expectativas. Ele se dizia meu amigo, mas provavelmente estava agora mesmo no telefone conversando numa voz fofa com a garota que infernizava minha vida.

Não estou sendo justa com ele, pensei, por fim. Acima de qualquer coisa, percebi que o Alexandre era um cara *bom*; ele via coisas boas nas pessoas e se apegava a elas. Ele tinha visto algo bom em mim e talvez visse algo bom nela também. Eu não tinha nenhum direito sobre ele ou sobre os seus sentimentos. Não tinha nada a ver comigo.

O que era justamente o que me fazia espiralar pela cadeia de pensamentos dolorosos outra vez.

Terminei de comer, e o Lucca me deu o celular enquanto levava a louça suja para a cozinha. As notificações acusavam dez mensagens de dois contatos, e podia imaginar de quem seriam. Eu não estava com humor para nada daquilo, então coloquei o telefone de lado e voltei a deitar.

Menos de dez minutos depois, a porta se escancarou, e Isaac, ainda com a calça do pijama, entrou. Na hora, foi como se uma onda imensa de alívio me atingisse; era só com ele que eu queria falar, só ele que me entenderia. Eu precisava do meu melhor amigo ao meu lado para me dizer que tudo ficaria bem, mesmo que fosse mentira.

Ele se sentou na minha cama e colocou meu travesseiro sobre o colo sem falar nada. Eu me sentei ao lado dele e apoiei a cabeça em seu ombro, me sentindo ao mesmo tempo esgotada e pronta para chorar por mais uma noite inteira.

— O que aconteceu? — ele perguntou com cuidado. — Eles te trataram mal?

— Não — respondi baixinho, me sentindo uma menininha de cinco anos. Não importava.

— Então o que foi? Seu irmão me tirou da cama às dez e meia da manhã, acho bom ter um motivo decente. — Isaac deu uma risadinha, mas eu não o acompanhei. Estava tentando achar a maneira certa de expressar em palavras o que tinha acontecido. Parecia tão bobo e tão grave ao mesmo tempo. *Eu* me sentia tão boba e tão machucada.

— Ele beijou outra garota — resolvi simplificar, enquanto processava o pior. Só de pensar, aquela imagem horrorosa me vinha à cabeça, os dedos dela envolvendo o pescoço dele, seus lábios grudados, seus corpos tão próximos, o beijo...

De repente, eu queria muito, muito morrer.

— Ah — ele parecia aliviado. Isaac passou um braço pelo meu ombro e me puxou mais para perto, enquanto a mão livre segurava a minha. O abraço dele tinha o estranho poder de fazer com que eu me sentisse em casa, protegida; mas não o suficiente para me impedir de chorar. — Sinto muito.

— Ele beijou a Maria Eduarda.

Um silêncio tenso. Isaac, percebi, estava segurando a respiração. Imaginei que ele estivesse escolhendo com muito cuidado o que ia dizer, assim como eu tinha escolhido as palavras para explicar a situação. Depois de uma enorme pausa, ele soltou o ar e disse:

— Como foi que isso aconteceu?

Contei pausadamente e em detalhes todos os acontecimentos da noite passada, incluindo também as vezes em que me enganei sobre os sentimentos do Alexandre e as vezes em que a Valentina insistia em botar pilha naquela história. Meu resumo completo demorou tanto que, quando terminei de falar, já era hora do almoço. O tempo todo, Isaac ouviu sem se pronunciar. Tudo o que fez foi passar um braço pelo meu ombro e dizer:

— Acho que já disse isso antes, mas esse cara é um idiota. — Eu sorri, mesmo sem querer. Isaac fez uma pausa gigantesca e senti meus olhos pesarem. — O azar é dele que escolheu errado. Vai ficar com a Maria Magrela e se arrepender quando se der conta de que perdeu você.

— Você acha? — murmurei, já inclinada, quase deitada em seu colo. Ele pousou a mão sobre a minha cabeça, tão leve que eu mal podia sentir.

— Tenho certeza. — Eu me aconcheguei e fechei os olhos. Falar tinha me ajudado muito. Agora eu só estava cansada. — Quer que eu saia pra você dormir? Volto assim que você acordar.

— Não. Fica aqui. Eu vou só descansar um pouquinho.

Apaguei.

QUANDO ACORDEI, ME SENTIA BEM MELHOR — NÃO MELHOR DO TIPO "PRONTA PARA outra", mas definitivamente um pouquinho menos triste. Sentei, me espreguicei e só então me dei conta de que Isaac não estava mais lá. Mas o cheiro dele ainda estava em meu travesseiro.

    Decidi que primeiro viraria gente de novo, para só então procurá-lo. Fui tomar um banho e escovar os dentes, mas não sem remoer o tempo todo a noite anterior. O que aconteceu ainda parecia inacreditável, mas algo em mim tinha assentado e eu estava um tiquinho conformada. Repeti para mim mesma que no fundo eu sempre soube que nada além de uma boa amizade poderia resultar daquela história, e que o fato de a escolhida ter sido a — *argh!* — Maria Eduarda não tinha nada a ver comigo. Eu não era o centro do mundo e, de algum jeito, precisava superar.

    Depois de certificar para os meus pais que, sim, eu estava bem, e que, não, não tinha sido nada grave — para eles, talvez —, desci até a casa do Isaac. Dona Sueli, mãe dele, foi quem atendeu quando toquei a campainha. Mulher doce, com os cabelos castanhos escorridos sempre presos em um rabo de cavalo, ela me recebeu com um forte abraço e disse que o Isaac estava no quarto com o pai. Eu me dirigi até lá e entrei sem bater. Os dois estavam debruçados sobre uma nova e maravilhosa câmera profissional. Lado a lado, era impossível negar a semelhança dos dois. Com quase dois metros de altura, seu Osvaldo tinha quase todos os traços que eu conhecia tão bem no rosto de Isaac, exceto o fato de ser completamente careca e usar óculos quadrados de armação fina, quando precisava ler, ou, nesse caso, olhar alguma coisa com mais atenção.

    — E aí, Mai? — Isaac sorriu, desviando completamente sua atenção da câmera ao me ver entrar. — Desculpa ter largado você lá, mas eu estava todo torto e não achei que você fosse acordar tão cedo.

99

— Não tem problema. O que vocês estão fazendo? — Eu me aproximei para ver melhor. — É nova?

— Pra mim, sim. Meu pai comprou de um cara que trabalha com ele.

— Paguei metade do preço original, e não tem nem um ano de uso! — seu Osvaldo disse todo orgulhoso, ajeitando os óculos no rosto. — Só a teleobjetiva que foi meio cara, mas valeu a pechincha. — Ele apontou para as lentes separadas em um canto da cama. Acenei com a cabeça.

— É bem legal. Já testou?

— Não. Tava esperando você chegar — o Isaac respondeu, dando um beliscão carinhoso no meu braço. — Que tal a gente almoçar e ir aproveitar o dia no Ibirapuera?

Olhei pela janela, para o céu azul limpinho, o sol brilhando forte. Era mesmo uma boa ideia. Depois do que tinha acontecido, eu não estava a fim de ficar em casa me lamentando e remoendo ainda mais. Estava pronta para esquecer. Queria sair e ocupar a cabeça e quem sabe dormir melhor à noite. Então eu concordei, e em um pulo ele já estava de pé.

— Então vai se trocar e me encontra no hall, beleza?

— Beleza.

Subi correndo, e dei um susto no meu pai, que estava cochilando no sofá da sala quando entrei. Ele soltou um longo bocejo enquanto se sentava.

— Bom dia pra você! — brinquei, trancando a porta atrás de mim.

— Bom dia! — meu pai retribuiu, coçando a cabeça. — Você está...

— Eu tô bem. — Dei de ombros e lancei um meio-sorriso. — Vou sair com o Isaac, tudo bem?

— O almoço está quase pronto! — Ouvi a mamãe gritando da cozinha. Andei os poucos passos que separavam os cômodos e a avistei no fogão, de costas para mim.

— A gente vai comer fora — avisei, encostada no batente que separava a cozinha do corredor. Mamãe virou para mim por apenas um segundo.

— Onde vocês vão? — ela quis saber, enquanto abria o forno. Um cheiro delicioso de frango assado encheu a cozinha, fazendo meu estômago roncar.

— Comer em algum lugar e depois vamos ao Ibirapuera.

Mamãe ergueu a assadeira cheia de coxas de frango e a colocou sobre o fogão. Em seguida, abriu a porta da geladeira, que ficava exatamente ao lado da porta.

— Você tem dinheiro? — perguntou, enquanto se abaixava para pegar alguma coisa na gaveta de verduras.

100

— Hummm... não — respondi, pensando na grana da minha mesada que eu havia gastado inteirinha com o presente do Alexandre. Meu Deus, onde eu estava com a cabeça para dar uma coisa cara daquelas para ele? No fim das contas, eu havia terminado a noite chorando, e ele agarrado à Maria Eduarda. *Burra, burra, burra.* — Pede para o seu pai. — Ela se levantou segurando três tomates e uma cebola e fechou a porta. — E não volte tarde.

— Tudo bem!

Papai, que não podia evitar de ouvir a conversa em um apartamento tão pequeno, já estava me esperando no meio do caminho entre seu quarto e a sala com a carteira na mão. Depois de pegar o dinheiro, fui trocar de roupa. Estava quente, então desenterrei uma bermuda jeans, coloquei um tênis branco e uma bata florida, peguei a bolsa e os óculos de sol e saí.

Quando desci, Isaac já estava me esperando. Ele estava usando a camiseta do *Guia do mochileiro das galáxias* que eu tinha lhe dado de presente de aniversário alguns anos antes e com a bolsinha da câmera nas mãos. Saímos do prédio discutindo onde deveríamos almoçar. Decidi que, depois de tanta decepção, eu estava a fim mesmo era de me afogar em gordura, então fomos a uma hamburgueria no bairro vizinho, a alguns minutos de ônibus dali.

Já eram quase duas da tarde quando chegamos, mas a lanchonete ainda estava lotada. Foi difícil acharmos espaço para sentar entre tantas mesas cheias de gente, mas, depois de longos minutos de espera, conseguimos. Peguei o cardápio para escolher. Eu estava tão faminta que tudo parecia extremamente convidativo.

Só ouvi o clique da câmera quando já era tarde demais. Baixei o cardápio e rapidamente tentei tirar a máquina das mãos de Isaac, mas ele a ergueu acima da cabeça, e eu não podia alcançá-la.

— Cuidado, é nova! — ele alertou, um sorriso travesso se formando no canto dos lábios.

— Você me pegou desprevenida! — exclamei, rindo sem querer.

— Se eu te avisasse você não ia deixar! — Ele baixou a máquina, mexendo em alguns botões. — Preciso testar a câmera!

— Tem que ser em mim? — Fiz uma careta de desaprovação, e Isaac revirou os olhos.

— Não. — Ele sorriu e ergueu novamente a câmera na altura dos olhos, os dedos ajustando o foco na lente. — Mas eu prefiro testar com você do que alguém me acusar de assédio por sair fotografando pessoas aleatórias sem permissão.

Ele estava sendo ridículo, eu sabia. Mas eu não estava brava. Havia tanto tempo que o Isaac insistia para que eu o deixasse tirar uma foto minha que eu já estava cedendo. Que mal faria? Ninguém veria aquelas fotos mesmo.

— Então tá. Hoje vou ser sua modelo de teste! — brinquei, balançando os cabelos. Isaac tirou outra foto, e foi tão rápido que nem pude me preparar.

A garçonete se aproximou para anotar nossos pedidos, e, em meio à fome, esqueci meus problemas. Pedimos um milk-shake para dividir, e um x-bacon cada um, com fritas para acompanhar. Minha mãe me mataria se visse aquilo, e eu ia gastar tudo o que meu pai tinha me dado.

— Então, como você tá se sentindo? — o Isaac quis saber, colocando a câmera de lado. Respirei fundo e pensei por um instante.

Eu estava um pouco magoada e ainda estava doendo. Minha decepção, sobretudo comigo mesma, ainda era forte demais, e parte de mim não queria aceitar. Mas já estava mais calma, e uma pequena parcela do meu cérebro já estava trabalhando na operação "Você está sendo idiota", quando tentaria convencer todas as outras partes que ainda estavam se lamentando de que eu estava sofrendo por uma coisa que sabia que em algum momento aconteceria.

— Me sinto melhor — respondi com toda a sinceridade. Ele sorriu.

— Que bom... — Ele fez uma pausa, enrolando distraidamente um guardanapo entre os dedos. — Sinto muito que as coisas tenham acontecido desse jeito, Mai. Eu sei como você gosta dele.

— Não tem importância — menti, dando de ombros com uma falsa indiferença. — Digo, ele é meu amigo agora, e é claro que isso muda tudo. Amigos não se apaixonam. Ele nunca vai me ver de outro jeito.

Isaac não respondeu. Desviou os olhos e, por um segundo, apenas encarou a câmera encostada na parede.

— Também não é assim — ele disse, sem me encarar. — Essas coisas podem acontecer. Só não era pra ser dessa vez.

— *Humpf*, tá. E de qual vez vai ser? — Chacoalhei a cabeça, sentindo toda aquela angústia travar minha garganta. — Vou passar o resto da vida esperando um cara me olhar diferente e nunca vai rolar, porque eu não sou o tipo de garota em que as pessoas reparam.

— É sim. — Outra pausa, então ele me olhou com um misto de firmeza e timidez. — Eu reparo em você.

Eu ri, admirando seu esforço em me colocar pra cima. Não era muito, mas surtira algum efeito, e eu me sentia um pouquinho mais leve. Apertei a bochecha de Isaac daquele jeito forte que eu sabia que o deixava irritado.

— Obrigada. Mas você não conta. Você é meu melhor amigo, reparar em mim é sua *obrigação*.

De novo, ele não respondeu. A garçonete voltou, trazendo nosso pedido. Tirei um segundo para admirar a comida antes de me lançar ao ketchup e à maionese e começar a comer. Isaac ainda levou um minuto para tirar fotos minhas comendo, antes de também pegar seu lanche e devorá-lo. Não conversamos sobre nada importante durante a refeição, limitando o assunto a séries, filmes ou aos novos achados do mundo fotográfico do pai de Isaac.

Logo em seguida saímos rumo ao parque, ainda conversando, e com o passar das horas fui quase esquecendo por que estava triste.

Durante todo o dia, andamos e falamos sobre nada em especial. Quando paramos para descansar sob uma árvore em frente ao lago, Isaac me contou que naquele sábado tinha conhecido uma garota no ponto de ônibus em frente ao nosso prédio. O nome dela era Viviane, e, segundo Isaac, além de muito bonita, ela era mais velha. Aparentemente ele a havia ajudado a recolher as coisas depois que a alça da bolsa dela havia misteriosamente arrebentado.

— Aí ela começou a reclamar que só faltava isso, ter que ir pra casa buscar outra bolsa em pleno dia de prova de anatomia e não sei mais o quê... — Isaac se recostou no tronco da árvore e tirou a máquina fotográfica de dentro da bolsinha. — E eu pensei "ninguém no colégio tem aula de anatomia", então só pode significar que ela já está na faculdade.

— E ela te deu papo mesmo assim? — estranhei, e ele deu de ombros.

— Deve ter achado que eu era mais velho. — Ele se ocupou da lente da câmera, testando o foco em várias direções enquanto falava. — E ela não *me deu papo*. A gente só conversou por uns cinco minutos, e depois um pouco mais no ônibus.

— Hum, tá. — Joguei a bolsa no chão e deitei com a cabeça sobre ela, sentindo a grama pinicar sob o tecido da minha blusa. Depois de tudo o que eu tinha passado, a última coisa que eu queria era ouvir sobre a nova conquista do Isaac, mas ele continuou falando, sem nenhuma misericórdia.

— Mas descobri que ela mora no prédio do outro lado da rua. E eu nem precisei dar uma de *stalker* e perguntar.

Torci o nariz, imaginando a possibilidade de Isaac arranjar uma peguete a um raio inferior a dois quilômetros de distância. Um futuro hipotético no qual ele trocaria nossas tardes juntos para atravessar a rua e passar o dia com uma fulaninha qualquer. Ou, pior, que *ela* ficasse enfurnada na casa dele, acabando com a nossa privacidade. A ilusão me encheu de um estranho e nocivo sentimento, e virei o rosto para que Isaac não lesse na minha cara como aquele papo estava me incomodando.

— Queria que fosse fácil assim pra mim também — falei, após um suspiro, puxando as folhinhas da grama com raiva. — Conhecer alguém legal no ponto de ônibus, ou pelo menos ter esse seu jeito de conversar com qualquer um.

— Eu não converso com qualquer um. — Ele fez uma pausa, e ouvi um clique da câmera. — Só com quem eu acho que vale a pena.

Mesmo sabendo que não era verdade, não respondi. Isaac tinha um dom de se comunicar que eu invejava. Ainda que fosse bastante seletivo em relação às amizades (embora eu não pudesse afirmar o mesmo sobre *garotas*), ele era sempre educado e conversava com qualquer um que tentasse se aproximar. Era a minha tábua de salvação em todos os eventos de família em que eu conseguia carregá-lo. Com ele por perto, eu não só tinha companhia como podia me certificar de que, de alguma maneira, eu conseguiria conversar com todo mundo.

— E essa pessoa legal que você tá esperando não vai aparecer num ponto de ônibus — ele continuou, e ouvi mais um clique de sua câmera; o sol em meu rosto me impedia de ver o que ele estava fotografando. — Vai estar debaixo do seu nariz e, quando você notar, vai se achar burra por ser sempre tão desligada.

— Mas não dizem que o amor está onde a gente menos espera? — brinquei, mas Isaac não riu.

— Acho que não. Geralmente está nos lugares mais óbvios.

Pensei nisso por um segundo. Depois de ter quebrado a cara com o Alexandre, eu não confiava mais que esse tal de amor fosse aparecer um dia. De algum modo, ele não parecia se encaixar na minha vida. Era fácil para o Isaac falar. Ele procurava em todos os lugares, com todas as meninas, uma hora ia acabar encontrando.

— Vira pra cá — ele pediu, e eu obedeci. — Agora põe os óculos, joga o cabelo para o lado e ergue um pouco a cabeça.

Mesmo um pouco incomodada, fiz o que ele pediu. Durante vários minutos, Isaac foi me dando instruções ou fazendo comentários e piadinhas ridículas para me forçar a rir enquanto tirava uma foto atrás da outra. Depois de um tempo, esqueci o barulho sequencial dos cliques da câmera. Fiz de conta que nenhuma das centenas de pessoas que passavam por ali estavam olhando para mim e comecei a brincar com o Isaac e sua câmera de um jeito tão natural quanto faria como se não houvesse nada de mais. Fiz poses bizarras, sorri, fiz biquinho, tentei subir em uma árvore. E me senti incrivelmente ridícula e surpreendentemente feliz.

— Xiii, acho que vai chover — comentei, apontando para as nuvens escuras que começavam a encobrir o sol. — Eu não trouxe guarda-chuva, e você?

— Claro que sim. Tá aqui no meu bolso, pego já! — ele brincou, colocando uma das mãos até o fundo do bolso traseiro da bermuda.

— Palhaço. — Revirei os olhos, e então o peguei pela mão. — Anda, melhor a gente ir pra casa.

— Calma aí, calma aí. — Isaac fez força para me deter, me puxando de volta. — A gente não tirou nenhuma foto juntos. Vem cá.

Ele passou um braço pela minha cintura, me pegando desprevenida e fazendo um arrepio esquisito percorrer a minha espinha. Em seguida colou o rosto ao meu e, com a mão livre, ergueu a câmera no alto, mirando nós dois.

— Você consegue? Essa câmera é meio grande — perguntei, enquanto afastava alguns fios de cabelo dele do meu olho. Sua barba rala fazia meu rosto coçar de um jeito bom, familiar.

— Acho que dá. Segura do outro lado — pediu, e eu tentei ajudá-lo como pude, usando uma mão para dar apoio enquanto, com a outra, Isaac se ajeitava para bater a foto.

— Diga xis! — falei, o clique me pegando bem no meio da fala. Eu tinha certeza absoluta de que, de todas as fotos tiradas naquela tarde, aquela seria a pior. Mesmo assim, estava doida para vê-la.

* * *

Na manhã seguinte, eu ainda não me sentia psicologicamente preparada para voltar à escola. A lembrança do que eu tinha presenciado na festa — e que provavelmente voltaria a ver todos os dias — voltou a me assombrar no domingo à noite e mal me deixou dormir. Quando levantei na segunda-feira, eu estava com olheiras fundas e uma vontade enorme de mudar de colégio.

Mas não podia, e lá estava eu. Felizmente, não cruzei com nenhum dos dois logo que cheguei. Estava pronta para abaixar a cabeça e fazer meu caminho de sempre quando alguém disse:

— Bom dia, Maitê!

Era a Débora. Ela e a Verinha estavam conversando bem ao lado do portão, e as duas sorriram para mim e deram um tchauzinho.

— Bom dia — falei, não contendo um sorriso. Elas voltaram a conversar, e entendi a deixa para continuar meu caminho.

E não parou por aí. Quando passei pelo pátio, esbarrei no Ítalo, que me pediu desculpas e quis saber se eu tinha me machucado. Em seguida, ele me deu bom-dia e um beijo no rosto, emendando:

— A gente se vê na aula.

— Finalmente! — A Valentina ergueu as mãos quando me aproximei, numa espécie de agradecimento aos céus. — O que aconteceu com seu celular? Tô mandando mensagem desde ontem e você não responde!

— Eu esqueci de ligar ontem — comentei, enquanto me sentava. Eduardo, sentado na mesa de trás, acenou para mim.

— Pra quem você tá dando tchau? — A Josi estranhou e fez com uma careta, logo que eu retribuí o cumprimento.

— Para o Eduardo — expliquei. Rapidamente e de maneira nada sutil, as duas viraram a cabeça para trás.

— A festa foi boa, pelo visto — a Valentina brincou, sorrindo e voltando a me encarar. Mas sua alegria se desfez ao notar minha expressão. — O quê? Não foi?

Eu não sabia como responder. Por um lado, tinha sido boa porque eu conversei com muita gente, e, aparentemente, fiz novos amigos. Mas depois teve o Alexandre, e a Maria Eduarda, e o beijo. Meu Deus do céu, só de lembrar daquele beijo, meu estômago embrulhava. Eu não estava certa se as coisas boas compensavam as ruins.

Refleti por um instante e resolvi contar uma versão resumida dos fatos em vez de responder à pergunta. Conforme avancei na história, as expressões de Valentina e Josi variaram da mais pura animação ao pior dos choques. Quando terminei, as duas estavam mudas, inexpressivas e perplexas.

— Mai... — a Josi começou, mas foi interrompida pela Valentina, que pegou minhas mãos com força e me disse, com toda a sinceridade:

— É minha culpa, Mai. — Eu ia dizer que ela estava maluca, mas ela não deixou. — Eu fiquei botando pilha. Te convenci de que o cara tava a fim de você. Droga, *eu* mesma tava convencida disso. Se eu não tivesse falado tanto, incentivado tanto...

— Não, não. Não foi culpa sua, Val — afirmei, com a mesma veemência com que ela tentava se desculpar. — Eu escolhi acreditar nisso.

— Quer saber, não é culpa de ninguém — a Josi interpôs, segurando as nossas mãos sobre a mesa. — Não era pra ser, ponto.

— Eu tô me sentindo péssima! — A Val segurou minha mão também, me olhando com tanta culpa que só fez com que eu me sentisse ainda pior.

— Eu também. — Baixei os olhos e apertei a mão das duas com uma força que, eu esperava, passasse algum tipo de segurança. — Mas vai passar, né?

— Vai. Claro que vai — a Josi afirmou, sorrindo para mim. — E, tipo, vocês são amigos. Nada a ver estragar a amizade, né?

— É. Nada a ver. Nadinha.

Cansada do olhar de piedade de um lado e do de culpa de outro, pedi licença e fui ao banheiro. Na verdade, eu só queria me esconder até que o sinal batesse. Estava arrependida de ter lhes contado. A reação das duas só estava me deixando mais para baixo, mas sabia que não poderia esconder nada por muito tempo. Quer dizer, eles estavam *juntos*. Elas iam ver e me questionar em algum momento. Bufei e empurrei a porta do banheiro, torcendo para que estivesse vazio.

Até estava, mas não por muito tempo. Eu tinha acabado de entrar, quando a porta se abriu de novo e vi a Maria Eduarda pelo espelho. Maravilha, Murphy! Muito obrigada mesmo! Minha esperança de que fosse uma feliz coincidência evaporou quando ela se colocou na minha frente, me encarando daquela maneira irritante e metida como só ela sabia fazer. Revirei os olhos, mas não consegui sustentar seu olhar. A única coisa pior do que ter de sair do caminho dela era ter de enfrentá-la.

— A gente precisa bater um papinho — ela sibilou com aquela voz infantil e nojenta.

— Não precisamos, não — respondi, reunindo o máximo de petulância possível. Isso não abalou seu sorrisinho maldoso.

— Ótimo. Então eu falo, e você escuta — ela disse, e então fechou a cara, apoiando uma mão na pia. — Vim avisar que de agora em diante quero você longe do meu namorado.

— Namorado? — repeti, a palavra me doendo nos ouvidos e no coração. *Já? Tão depressa?*

— Você é surda? — Ela ajeitou o cabelo. — Ele está comigo agora. Não quero nenhuma outra garota dividindo espaço comigo. Muito menos você.

— Isso não é uma competição.

Ela sorriu, e seus olhos passaram de mim para nosso reflexo no espelho. Inevitavelmente, segui seu olhar. Era impossível não fazer a comparação imediata. Ela, sempre esbelta, de postura perfeita, cabelos loiros brilhantes. Eu, desa-

107

jeitada, uns cinquenta quilos a mais, o cabelo castanho emaranhado em um rabo de cavalo.

— Tem razão — a Maria Eduarda disse, se inclinando na minha direção, nossos olhos se encontrando no espelho. Suas palavras pareciam navalhas cortando o ar. — Pra ser uma competição, a adversária tem que estar à altura. Olha só pra você. Muito me admira que ele consiga ser seu *amigo*...

Tive vontade de chorar, mas engoli as lágrimas. Em vez disso, olhei diretamente para ela e soltei:

— Não é à toa que você estava vomitando aquele dia. Deve ter muita coisa ruim querendo sair desse seu corpo nojento. Talvez seu coração tenha ido junto com a descarga.

Maria Eduarda retribuiu meu olhar com ferocidade, e então apertou meu rosto com uma das mãos, envolvendo meu queixo com o máximo de força e me deixando completamente embasbacada.

— Não diga que eu não avisei. Fique. Longe. Dele. Ou eu vou fazer da sua vida um inferno.

O sinal tocou, e ela tornou a vestir seu sorrisinho falso. Me empurrou para longe, limpou a mão no short e saiu do banheiro. Assim que me vi sozinha, comecei a chorar.

E o restante do dia foi tão ruim quanto a manhã. Apesar de o Alexandre ter me dado bom-dia — e eu ter respondido, mesmo sob os olhares ameaçadores de sua nova *namoradinha* —, aquele foi o único contato que tivemos. Como se não pudesse ficar pior, eu estava exatamente no meio do caminho entre os dois, sentada logo à frente dela e ao lado dele; logo, todas as vezes que ele olhava para trás (para *ela*), eu notava. Não tinha como *não* notar.

De novo, eu era invisível. Por anos da minha vida, eu só tinha existido naquela sala para responder a chamada e aguentar piadinhas, mas nunca tinha me doído tanto fingir que não existia. Eu me sentia uma intrusa entre um casal de pombinhos, uma pedrinha no sapato dos dois. E queria morrer. Queria sumir, sair daquele colégio para sempre.

Mas ainda estávamos em setembro. Como eu conseguiria chegar ao fim do ano?

* * *

Aquela semana toda passou em um borrão.

Raras foram as ocasiões em que o Alexandre veio falar comigo. Na verdade, raras agora eram as ocasiões em que ele podia ser visto pelos corredores sem a Maria Eduarda enganchada em seu pescoço, como se tivessem nascido grudados. A coisa chegava a um nível tão absurdo que, notei depois de um tempo, eles iam no banheiro ao mesmo tempo e voltavam a se grudar quando saíam.

Não contei a ninguém o que tinha acontecido entre mim e a Maria Eduarda naquele dia, nem mesmo ao Isaac. Em parte, achei melhor não dizer para não me causar mais problemas — temia que, se eu contasse ao Alexandre e ele a questionasse, ela realmente se empenharia em infernizar ainda mais a minha vida —, mas no fundo era porque eu queria esquecer que tinha acontecido. Eu nunca havia me sentido tão impotente nem tão ameaçada. Era melhor voltar à minha antiga política de fingir ser invisível

Mas, se eu esperava me fundir novamente aos tijolos, estava enganada. Eu podia ter perdido um amigo naquela festa, mas conquistei outros tantos. De repente, um monte de gente estava falando comigo. Não era uma coisa gritante, como se todo mundo disputasse minha atenção, mas eu não era mais a garota gorda da quarta fileira que passava o intervalo com duas amigas estranhas do segundo ano. Eu era a Maitê, a quem quase todo mundo dava bom-dia, para quem se perguntava se estava tudo bem e se eu tinha estudado para a prova. O tipo de coisa simples que, depois de me chocar nas primeiras vezes, foi se tornando cada vez mais parte do meu cotidiano.

Conforme os dias foram passando, minha popularidade recém-adquirida foi se tornando mais normal — da mesma forma como eu havia me acostumado à presença constante do Alexandre, eu agora estava me acostumando a ter outras pessoas sempre por perto. Velhos hábitos quase perdidos por descuido, como as idas diárias à casa do Isaac, que eu vinha negligenciando por causa do Alexandre, agora estavam retomados, e era quase como uma vida nova outra vez. A segunda, só naquele ano. E eu não sabia quantas outras transformações seria capaz de suportar.

— O QUE É ISSO? — FOI A PRIMEIRA PERGUNTA QUE FIZ A ISAAC QUANDO ENTREI na casa dele, na quarta-feira. Assim que abriu a porta, ele pegou um pequeno álbum de fotografias na estante da sala e o estendeu para mim.

— São as fotos que a gente tirou aquele dia no parque — disse, trancando a porta.

— Você podia ter me enviado por e-mail. Não precisava ter revelado — falei, os polegares percorrendo a superfície do álbum, sem coragem de abri-lo.

— É só uma parte — ele explicou. — Revelei as melhores pra você.

— Tiveram "melhores"? — brinquei, e ele me deu um cutucão.

— Abre logo.

Sentei no sofá e ele se acomodou ao meu lado. Coloquei uma almofada no colo para servir de apoio e abri o álbum.

Precisei de uns dois minutos para conseguir passar apenas a primeira foto. Tudo bem que as fotos estavam tratadas, e em algumas o Isaac tinha pirado nos efeitos do Photoshop para dar cor ou realce, mas, quanto mais eu olhava, mais me impressionava, porque a garota naquelas fotos era tão... tão...

Bom, era tão *não* eu.

Não só porque eu estava perfeitamente à vontade. Não só porque eu parecia estar tendo o melhor dia da minha vida, quando na verdade estava de coração partido. Ou porque a luz me favorecia, ou o ângulo estava certo, ou ainda porque de algum modo o tom claro das minhas roupas tinha deixado meu cabelo mais escuro e brilhante. Eu tentava a todo custo me convencer de que quaisquer fatores externos eram os responsáveis por aquilo, mas não conseguia.

Porque tudo isso culminava em um único e inimaginável resultado, e, pela primeira vez na vida, eu me via obrigada a admitir: eu estava *bonita*.

Eu estava *muito* bonita.

110

— E aí, gostou? — o Isaac perguntou, me encarando em expectativa. Nem notei que tinha chegado ao fim das fotos e já estava olhando as primeiras de novo. Tinha passado aquele tempo todo vidrada nas imagens e muda.

— Eu... — Tossi, porque minha garganta estava seca, fechada. — Nossa. Nossa.

— "Nossa" o quê? — ele insistiu, me chacoalhando pelos ombros. Fechei os olhos, para abri-los logo em seguida, ainda em choque.

— NOSSA!

— Maitê, dá pra falar se curtiu ou não? — Ele fechou o álbum ergueu meu rosto com delicadeza para que eu o encarasse. Aquilo me tirou do transe.

— Ficaram lindas! — exclamei, abraçando-o em seguida.

— Que bom que gostou. — Ele retribuiu o abraço e bagunçou meu cabelo. — Qualquer hora eu mostro as outras.

— Me mostra agora!

— Agora não dá. — Isaac levantou do sofá, fazendo menção de me puxar com ele. — Tenho prova amanhã. Não quer me ajudar a estudar, não?

— Não.

— Então me devolve as fotos.

Rapidamente escondi o álbum nas costas e fiz careta.

— Chantagista!

* * *

Na semana seguinte, minha mãe me avisou que voltaríamos ao médico.

Estremeci só de pensar na consulta. Desde o meu pseudoregime de uma semana, eu não tinha feito nenhum esforço para perder peso. Mas, embora minha mãe enchesse meu saco todos os dias dizendo que eu não colaborava, eu já estava começando a acreditar que aquela história de dieta não era mesmo para mim. Após uma vida de luta para emagrecer, eu estava mais do que ciente de como meu corpo fazia questão de me contrariar. Para cada cem gramas perdidos eram dois quilos a mais em um fim de semana.

Mas agora era diferente. De alguma maneira, as fotos que o Isaac havia tirado tinham mexido comigo. Eu havia colocado duas delas na porta do meu guarda-roupa, grudadas com adesivos de borboletas: uma minha e do Isaac, na qual só metade de nós apareceu (mas eu tinha adorado mesmo assim, porque nossos sorrisos forçados sempre me faziam rir), e outra só minha, onde eu estava ajoelhada na grama e a luz do sol tinha deixado meu cabelo incrível e iluminado meu rosto de maneira quase angelical. Todos os dias eu abria a porta do armário e encarava aquela foto, me perguntando se eu podia ser *mais* aquela garota e *menos* a Maitê detonada que costumava ver no espelho.

Eu nunca tinha me sentido bonita, bonita *de verdade*. Já tinha me sentido bem, até simpática, mas nunca olhei para mim mesma e pensei que era alguém que pudesse chamar a atenção — pelo menos não por um bom motivo. Desde sempre eu tive por base aquilo que aparentemente todo mundo enxergava de mim: Maitê, a gorducha, a caladona, a desajeitada, a mal-arrumada, a garota que deixa a mãe comprar as próprias roupas, que tem belos olhos perdidos em uma cara torta. Eu estava tão acostumada a todo mundo botando defeito em mim que aquilo tinha se tornado algo natural, parte de quem eu era.

Mas *aquela garota*... aquela garota ali da foto, ela não era assim. Ela não era como eu. Quero dizer, era eu, mas como se fosse uma... versão 2.0! Ou 10.0, na verdade. Uma versão melhorada, destemida, descarada, confiante e incrivelmente maravilhosa. Olhar para ela era inspirador e humilhante ao mesmo tempo: eu queria muito ser como ela, mas não me considerava capaz. Como poderia? Eu nem sabia como ela tinha surgido.

E lá estava minha mãe, me dizendo que eu deveria voltar para a câmara de tortura. Voltar ao consultório frio e opressor daquela médica que, tantas e tantas vezes, tinha me olhado de cima a baixo e feito muxoxos de decepção ao me pesar. Voltar ciente de que ao sair dali me sentiria uma pessoa muito pior do que quando tinha entrado, e que as brigas recomeçariam e aquele pesadelo nunca teria fim.

Mas eu sabia que nada do que dissesse faria minha mãe mudar de ideia, por isso deixei ela me levar. De novo, sentei e esperei pelo que me pareceu uma eternidade até o instante em que ela chamou meu nome.

Assim que entrei, dei de cara com a expressão de falsa simpatia e o coque bem-arrumado da médica. Ela estava sentada à mesa, exatamente de frente para a porta, e não se levantou quando chegamos. Em vez disso, continuou anotando sabe-se lá o que na ficha do paciente anterior enquanto mamãe e eu nos sentávamos nas cadeiras à sua frente, permanecendo em silêncio por um longo minuto antes de falar.

— Boa tarde, querida — disse, enquanto guardava o papel em que escrevia dentro de um envelope pardo e o trocava por outro idêntico, de onde tirou a ficha com meu nome. — E então, como estamos?

— O mesmo de sempre, doutora — mamãe respondeu, me olhando de soslaio. Pior do que a médica usando o plural para falar comigo, era minha mãe entendendo que a deixa de falar era sempre dela. — Nenhum exercício. Nenhum esforço. Não sei mais o que fazer com essa menina.

— Não é verdade... — murmurei, olhando para o colo e cutucando os dedos com meus tocos de unha.

— Bem, vamos ver como você se saiu dessa vez, sim? — A médica se levantou, ajeitando a roupa sempre impecável, já se dirigindo para o canto direito da sala onde a balança me aguardava. — Pode tirar a roupa, Maitê.

Levantei da cadeira engolindo a vergonha. Fui para trás da cadeira da minha mãe, como se isso pudesse impedi-la de olhar para o meu corpo enquanto eu me despia. Então cruzei os braços sobre o peito e segui até a balança, que gemeu sob meu peso.

— Relaxe os braços — a médica pediu, dando leves toquinhos no regulador da balança, e eu obedeci. Fechei os olhos com força, tentando não respirar, como se pulmões vazios fossem milagrosamente me deixar mais magra.

Não sei por que me dei o trabalho. Quando a doutora falasse, seria o mesmo que marcar meu peso em néon dentro do consultório.

— Cento e dez quilos — anunciou, em seu veredicto final, zerando o gordômetro e voltando para sua mesa. — Não foi muito, mas já é um progresso. Manteve o peso do mês passado. Isso é bom.

Continuei sobre a balança, encarando a parede por mais alguns segundos. Cento e dez quilos. Praticamente um filhote de leão-marinho. Não sei de onde ela tinha tirado que aquilo era bom.

— Eu falo que ela não se ajuda. Aí dá nisso — mamãe resmungou, me olhando com decepção enquanto eu tentava me vestir o mais rápido possível. — Mas pode deixar, doutora. Vou colocá-la na linha.

As duas trocaram mais algumas recomendações, e, enfim, fomos embora. Mal tínhamos entrado no carro quando minha mãe se preparou para falar. Eu a interrompi bem a tempo.

— Por favor, será que dá pra não falarmos disso hoje? — implorei, encostando a cabeça na janela do carro.

— E vamos falar quando? Você me ignora. Eu estou só tentando ajudar, filha! — ela disse, já se exaltando e batendo com as mãos no volante. Contive um resmungo. Aquele papo me deixava exausta antes mesmo de começar, mas eu não estava com ânimo para discutir. Estava cansada de tentar fazer com que ela entendesse.

— Eu não vou falar nada, mãe.

— Nem eu. — Sua voz aumentou até que os gritos enchiam cada centímetro do carro. — Não falo mais nada. Se você quiser, coma até explodir. Vamos lá, faça como quiser. Cansei de tentar te ajudar e só levar patada.

Toda a minha vontade de não causar uma briga foi subitamente lançada pela janela. Como ela podia dizer aquilo de mim, que só abaixava a cabeça para tudo o que ela falava? Eu podia não seguir uma palavra, mas nunca tinha agido com ela da maneira como ela agia comigo. Era tão, tão, *tão* injusto!

— Patada? — foi a minha vez de gritar, e me ajeitei no banco para encará-la. Eu estava tão irada que meus olhos marejaram. — Quer saber o que é uma patada? Patada é a sua própria mãe olhar pra você todos os dias e dizer que você tá gorda, que você tá horrível. — Meu tom foi subindo ao mesmo tempo em que eu me empertigava no banco. Mamãe não desviou os olhos da rua à sua frente. — É você me tratar como se eu tivesse cinco anos de idade e fazer meu prato pra não me deixar comer demais. Patada é você não conseguir conversar comigo feito gente. Patada, mãe, é você me fazer sentir um lixo enquanto me obriga a ser algo que *você* quer que eu seja.

Ela não respondeu. Limpei o rosto violentamente com a mão e desliguei o rádio, já inútil àquela altura da discussão. Estava tão nervosa que tinha vontade de socar alguma coisa.

— Eu *não sou* quem você quer que eu seja. Eu não sou, nem nunca vou ser a garota das capas de revista — continuei, com a mão em punho sobre a boca, tão apertada que o nó dos meus dedos começaram a embranquecer. — E quer saber? Eu NÃO LIGO! Eu não *preciso* ser essa garota! Eu tô legal desse jeito. Sou feliz desse jeito, caramba! Eu não quero perder peso, eu não quero mudar, eu quero me sentir bem do jeito que eu sou. Eu quero me sentir bonita. Quero conseguir olhar no espelho e não ter vergonha do tamanho do meu manequim.

Mais silêncio. De repente, era como se tivessem colocado o mundo inteiro no mudo. Eu estava explodindo e nunca tinha sentido uma urgência tão grande em desabafar tudo o que sentia, o que pensava. Talvez assim, aos berros, eu me fizesse ouvir.

— Mas eu *nunca* vou conseguir fazer isso se todos os dias você faz questão de me colocar pra baixo. Eu preciso de uma *mãe*, não de uma carrasca! — solucei, as lágrimas lavando meu rosto. Minha mãe seguia firme, lábios crispados, mãos agarradas ao volante. Eu queria gritar até que ela me olhasse, mas não conseguia mais, então completei, vários tons mais baixo. — E eu não aguento mais isso, então será que dá pra, *por favor*, não falarmos mais de quantos quilos eu peso ou eu deixo de pesar?

O silêncio caiu sobre nós como uma nuvem espessa. Estávamos lado a lado, mas o abismo entre nós duas parecia se estender por quilômetros. Ela não olhava para mim, mas pude ver lágrimas escorrendo por debaixo de seus óculos de sol. Eu respirava profunda e lentamente, sentindo como se eu estivesse vazia, após séculos carregando algo muito pesado. Eu estava feliz por ter colocado tudo aquilo para fora.

Liguei o rádio de novo, me encolhi no banco e virei de lado, encarando a janela em uma posição desconfortável. As lágrimas não paravam de cair e meu peito de doer, mas não havia mais nada a ser dito. Pela primeira vez, a falta de respostas da minha mãe me magoava, em vez de me aliviar. Eu queria que ela reagisse, que dissesse alguma coisa. Que *olhasse para mim*. Mas o melhor que consegui foi uma viagem de carro de quase uma hora sem que nenhuma de nós emitisse uma única palavra e sem que eu conseguisse olhar para ela.

* * *

Fui direto para o apartamento do Isaac quando chegamos, sem nem ao menos passar em casa antes para deixar a mochila. Precisava me acalmar e, acima de tudo, queria uma distância segura da minha mãe. O fato de ela não ter reagido à minha explosão dentro do carro não me garantia que eu não ouviria poucas e boas muito em breve, então, só por garantia, achei melhor me afastar.

— Você demorou hoje — ele disse, sorrindo enquanto abria a porta. Seu sorriso se desfez quando me encontrou de olhos inchados e ombros caídos do outro lado. — O que aconteceu?

Pensei em falar, mas já tinha desabafado o suficiente por um dia. Só de lembrar os gritos dentro do carro, sentia o choro entalar na garganta e as lágrimas se acumularem em meus olhos. Percebendo isso, Isaac me segurou pelos ombros e me puxou para um abraço.

Afundei o rosto em seu peito, me segurando à sua cintura como se minha vida dependesse disso. Só o cheiro dele já me fazia sentir melhor. Isaac beijou o topo da minha cabeça e afagou meus cabelos por um minuto, enquanto eu deixava minhas últimas lágrimas molharem sua camiseta.

— Quer conversar? — ele perguntou, e eu o soltei devagar, limpando o rosto com as mãos. Isaac aparou algumas lágrimas de minhas bochechas com o polegar.

— Não — respondi, com um suspiro. — Quero me distrair.

Enquanto fechava a porta da sala, ele tirou a mochila das minhas costas e a atirou sem cerimônia sobre o sofá. Então fez um gesto abrindo os braços.

— A casa é sua — disse. Só então consegui respirar tranquila.

* * *

Apesar de mais calma, eu ainda não me sentia bem quando voltei para casa, perto da hora do jantar. Depois de subir lentamente cada degrau, fiquei uma eternidade parada na porta, me perguntando se devia mesmo entrar. Queria voltar para a segurança e para o conforto do abraço do Isaac, me dizendo que ficaria tudo bem. Queria ser invisível e poder passar pela minha mãe sem que ela me visse. Mais do que tudo, não queria ter de enfrentar o que estava por vir, porque os estragos sempre são maiores depois de uma tempestade. Eu não fazia a menor ideia de como lidaria com a minha mãe a partir de então, e a expectativa me deixava enjoada. As coisas nunca mais seriam as mesmas. Não podiam ser. Mas e se fossem piores?

A casa estava silenciosa. A TV da sala estava desligada, Lucca estava sentado à mesa fazendo o dever, e, pelo som de panelas e pelo cheiro do arroz no ar, presumi que a minha mãe estivesse na cozinha. A passos hesitantes, andei até parar no meio do caminho entre a mesa, a cozinha e o corredor que levava para os quartos.

— Oi, Mai — o Lucca disse, desviando a atenção dos deveres por um instante.

— Oi, Lucca — retribuí, com um sorriso desanimado. Meu irmão voltou-se para a tarefa, e eu me virei para a cozinha, onde mamãe estava no fogão, de costas para mim. — Cheguei — acrescentei para ela. Se me ouviu, não deu qualquer sinal.

Ela não queria falar comigo? Ótimo. Eu também não queria falar com ela.

Fui para o quarto pisando duro, e peguei uma muda de roupa fazendo muito mais estardalhaço do que era preciso. No banho, tentei relaxar sob a água quente, mas não havia nada capaz de tirar a tensão dos meus ombros. Depois de tudo o que tínhamos — que *eu tinha* — dito naquela tarde, ela ainda se recusava a falar comigo. Como se *eu* tivesse feito algo de errado, falado algo que não devia. Como ela tinha coragem?

Já passava das oito e meia quando eu, ela e Lucca sentamos para jantar. Mantive a cabeça baixa, embora parte de mim quisesse mostrar que aquilo não estava me afetando. Ainda em um silêncio ensurdecedor, mamãe pegou o prato do meu irmão, como sempre, e o serviu da maneira como achava que devia. Em seguida pegou seu próprio prato, serviu e se sentou. Eu continuei estática, olhando para o nada, só esperando.

— Você não vai jantar? — ela finalmente perguntou, após um longo minuto. Olhei para ela, que já estava com o garfo cheio a meio caminho da boca, e percebi que ela não tinha a menor intenção de fazer meu prato, como em todos os outros dias da minha vida.

— Vou... — respondi com cuidado. Então me levantei, peguei meu prato e respirei fundo, curtindo por um segundo aquela sensação de pequena batalha vencida. Era quase inacreditável.

Jantamos em silêncio, quebrado apenas pelo som da televisão ligada na novela, embora ninguém estivesse prestando atenção. Apesar de Lucca e eu comermos muito mais rápido, continuamos à mesa, por respeito à minha mãe. Depois que ela terminou, ele foi para sala ver TV e eu a ajudei a tirar a mesa, como normalmente fazia.

Estava na cozinha, separando a louça para lavar quando ouvi a porta da cozinha se fechando. Virei para olhar e dei de cara com a minha mãe, ainda segurando a maçaneta. Ela estava de cabeça baixa, e vi que, pela primeira vez na vida, estava escolhendo com muito cuidado as palavras que ia usar.

— Filha... — Hesitou, crispando os lábios. Ela soltou a porta e deu um passo em minha direção, cobrindo o rosto com uma das mãos. Ficou mais um instante em silêncio, então suspirou. — Me desculpe.

Acho que nunca tinha ouvido minha mãe dizer aquelas duas palavrinhas; pelo menos não da maneira sincera e aberta como estava me dizendo agora. Ela fazia o tipo orgulhosa que jamais dava o braço a torcer. Até então eu imaginava que pequenas mudanças fossem o máximo que eu conseguiria dela, mas aquilo, *aquilo sim* era algo de cair o queixo. Larguei de vez o que estava fazendo e me virei para ela, deixando minhas mãos molhadas pingarem no piso da cozinha.

— Eu nunca quis magoar, nem colocar você pra baixo — ela continuou, cada palavra abrindo e cicatrizando uma ferida. — Eu achava que, se sacudisse você bastante, você acordaria para o que eu estava querendo dizer. Nunca passou pela minha cabeça que você... que você pudesse...

— Tá tudo bem — murmurei, sem saber ao certo se estava mesmo.

— Eu só quero o melhor para você. — Ela ergueu os olhos para mim, e imediatamente baixei a cabeça, olhando concentrada para a gordura nos pratos sujos.

— Eu sei, mãe. — Foi a minha vez de hesitar. Não queria causar mais nenhuma briga, mas também estava cansada de ficar medindo tudo o que falava pra ela. — Só que às vezes a gente precisa perguntar antes de impor o que a gente acha que é melhor. Eu sei que você é minha mãe e que se preocupa, mas eu preciso de um pouco de espaço pra decidir algumas coisas sozinha. Tipo a minha aparência

— Eu sei, eu sei, eu sei — ela disse, e senti uma necessidade urgente de abraçá-la. E fiz isso, ignorando minhas mãos molhadas, e ela pareceu respirar com alívio. — E daqui pra frente não se fala mais nisso. Eu prometo.

— Obrigada.

Papai abriu a porta da cozinha exatamente nesse instante. Seu semblante cansado se transformou no mesmo instante em uma careta confusa. Cenas de afeto não eram exatamente frequentes naquela casa, muito menos entre mim e minha mãe.

— Humm... — papai pigarreou. — Estou interrompendo alguma coisa?

— Não. — Ela me soltou, e percebi que ela estava chorando. Ignorei como aquilo também me deixou com vontade de chorar e me virei de volta para a pia e para as pilhas de louça suja. — Já vou esquentar a comida.

— Tá bom.

A vida voltou ao ritmo normal. Ninguém tocou mais no assunto.

* * *

Aquela semana se deu em ritmo de pequenas vitórias — não que houvesse a sensação de guerra. Não havia. Mas, assim como minha mãe lentamente se habituava às novas limitações de seu "poder", eu também estava começando a me acostumar com o novo estilo de vida a que estava me propondo. Então, daquele dia em diante, não foi somente a mesa de jantar que ficou diferente. Minha mãe mudou, eu mudei. Íamos pelas beiradas, tateando o novo caminho, mas estava rolando.

Resolvi começar pelos pequenos hábitos que faziam de mim uma pessoa sem qualquer autoestima. Todos os dias de manhã, eu acordava, abria a porta do armário e encarava aquela foto, colada ali meio torta. Eu queria ser aquela garota, a garota linda que sorrira como se dominasse a cena, a garota maravilhosa que eu tinha sido por um ou dois cliques. E eu podia ser, eu sabia que podia.

Então, todas as manhãs, eu fazia alguma coisa para tentar despertá-la outra vez. Um dia decidi prender o cabelo de um jeito diferente. Passei o perfume que eu guardava para ocasiões especiais que nunca chegavam. Arrisquei um pó compacto e um lápis preto nos olhos em outra manhã. Coloquei um brinco mais bonito.

Meu comportamento também mudou. Resolvi que eu não ia mais abaixar a cabeça, em nenhum sentido. Aos poucos, fui corrigindo meu hábito de andar olhando para baixo, tentando ao máximo encarar as pessoas e não me sentir nervosa quando alguém vinha falar comigo. Passei a sorrir mais. Distribuía bom-dias ao chegar ao colégio, para quem eu já conhecia e até para quem eu mal sabia o nome. Parei de me esconder atrás da Josiane na hora do intervalo, e agora eu, ela e a Valentina, todos os dias, pegávamos fila juntas para comprar nossos lanches. Mas passei sobretudo a ignorar completamente a existência da Maria Eduarda.

Não era fácil, claro. Toda vez que eu tentava sorrir, ela estava lá, me olhando de um jeito cínico, insinuando sua superioridade em minha direção. Fazia questão de agarrar o Alexandre na minha frente sempre que podia, e, quando ele se aproximava sozinho para falar comigo, ela surgia do nada e o arrastava na direção oposta. Eu podia ver nos olhos dele o pedido sincero de desculpas, mas no fundo me magoava o fato de ele estar sendo tão fraco. Achei que éramos amigos, pelo menos. Mas estava claro que para ele o mundo girava em torno de sua nova namoradinha.

Na segunda-feira seguinte, contudo, me esqueci totalmente de tudo que tinha me proposto fazer para focar em algo infinitamente mais urgente: o ENEM estava chegando. Com a aproximação do exame, os professores começaram a maratona preparatória, que incluía não só uma quantidade absurda de matérias para revisar e lições para fazer, como um simulado de dois dias uma semana antes da prova. Outubro prometia ser um mês exaustivo.

Quando tocou o sinal para o intervalo naquela manhã, demorei a sair. O professor de história tinha passado um milhão de coisas na lousa, e eu escrevia muito devagar para acompanhá-lo em tempo de aula. Então perdi alguns preciosos minutos de descanso para terminar de copiar a matéria. Quando saí, o corredor estava vazio.

Para não enfrentar o banheiro sempre lotado do pátio, resolvi usar o que havia no final do corredor do primeiro andar. Para a minha tristeza, ele estava ocupado. Já estava dando meia-volta quando o gemido horroroso de alguém vomitando foi alto demais para ser ignorado.

— Ei. — Bati de leve na porta. — Tá tudo bem aí dentro?

Uma pequena pausa de silêncio.

— Tá — ela respondeu lá de dentro. Não reconheci a voz.

— Quer que eu chame a inspetora pra te levar pra enfermaria? — insisti. Ninguém vomitava à toa. Ela não devia estar se sentindo nada bem.

— Não precisa. Já tô melhor.

Eu duvidava seriamente. Ignorando o pedido dela, saí em busca de algum inspetor de alunos. Havia pelo menos uns cinco espalhados pelo colégio, mas era só a gente precisar, e todos desapareciam.

Encontrei uma na entrada do pátio e corri até ela.

— Márcia! — chamei, e a mulher nanica, de uns quarenta e tantos anos e óculos fundo de garrafa me olhou, de prontidão. — Tem uma garota passando mal lá em cima.

— Onde?

— No banheiro do final do corredor. Ela tava vomitando, acho que não tá se sentindo muito bem.

— Vou verificar. Obrigada.

Observei enquanto ela subia rapidamente as escadas. E, de repente, vinda do outro lado do corredor, estava a Maria Eduarda, aparentando estar especialmente mal-humorada.

— Sai da frente, elefante.

Não respondi. Só lhe dei as costas e saí andando.

Quando avistei a Val e a Josi no pátio, vi que estavam sentadas com outra garota do segundo ano que eu não conhecia, todas com a apostila na mão. Eu as cumprimentei conforme me acomodava de frente para a Josi, e esperei pacientemente enquanto elas terminavam de revisar o que quer que fosse. Eu tinha perdido no máximo cinco minutos do intervalo, mas a fila para a cantina já estava quilométrica, e eu estava morta de fome. Mesmo assim, as esperei.

— Ai, chega dessa porcaria! — Valentina bateu a apostila com um estrondo na mesa, sobressaltando todas nós. — Vamos comer. Preciso de açúcar.

— Por favor! — concordei, já afastando a cadeira para me levantar. A Josi fechou a apostila e se espreguiçou por um instante.

— Vejo vocês na sala, então — a outra menina disse, enquanto saía com a apostila nos braços.

— Vocês têm prova hoje? — perguntei, conforme nós três seguíamos para a fila. Mal tínhamos levantado e outras pessoas já estavam tomando a nossa mesa.

— De química — a Josi bocejou, parecendo exausta. — Fiquei até ontem de madrugada estudando, mas tô morrendo de medo, se quer saber.

— Isso aí não é nada. Espera até o ENEM chegar — a Val comentou, com voz amarga. Paramos na fila, e ela olhou para um ponto além de mim. Em seguida, torceu o nariz. — *Aff*, meu Deus. Eles não têm vergonha, não?

A Josi e eu rapidamente nos viramos e seguimos seu olhar. Não demorei muito para entender do que ela estava falando. Na área externa do pátio, perto do muro, o casal vinte do colégio estava se agarrando, ele com os braços na cintura dela, ela pendurada no pescoço dele, ambos envolvidos em um beijo tão intenso que ela estava inclinada para trás. Imediatamente, me virei de volta para a cantina, sentindo o estômago doer, toda a minha fome subitamente desaparecida.

— Agora eu, quando dei *um* beijo no Tiago, só faltaram me expulsar do colégio! — a Valentina comentou, mal-humorada. Tiago era o ex-ficante dela, com quem ela tinha tido um rolo de algumas semanas no ano anterior. Eles foram pegos por um inspetor dando um beijo no corredor entre as salas (ele era do 1º A, e ela, do 1º B na época) e em seguida levados para a coordenação. Depois disso, não demorou muito para terminarem.

— Desnecessário — a Josi concordou, com um suspiro.

— O pior é que agora ela vive pendurada nele! — a Val continuou, tão azeda que parecia que a pegação dos dois era uma ofensa pessoal para ela. — Ele nem fala mais com a gente! Numa hora era nosso amigo, e agora nem olha mais pra nossa cara.

— Vamos mudar de assunto? — sugeri, tentando ao máximo mudar o rumo dos meus pensamentos. A expressão da Valentina deu uma suavizada.

— Desculpa. É que eu odeio muito essa garota, e eu gosto do Alê. Ele merece coisa melhor.

Não pude argumentar contra isso, então não falei nada. Pedi uma coxinha e um refrigerante, e, depois que cada uma de nós pegou seus pedidos, fomos sentar.

— Ah, antes que eu esqueça: sexta tem festa lá em casa! — a Val anunciou, mais animada.

— Ah, é, seu aniversário! — falei, surpresa por ela ter me deixado esquecer. Em geral, a Valentina tagarelava sobre o aniversário dela dois meses antes da data. Por fazer aniversário em pleno 12 de outubro, feriado nacional, ela precisava lembrar todo mundo constantemente de não viajar para não perder a incrível oportunidade de celebrar mais um ano de vida com ela.

— Vocês estão intimadas a me ajudar com os brigadeiros, sem discussão!

— Quem mais você chamou? — a Josi perguntou, e ela fez uma careta pensativa enquanto sugava um gole do refrigerante pelo canudo.

— Ah, o pessoal de sempre — disse, dando de ombros. — Da nossa sala mesmo, só você, a Isa, o Cadu e a Tati. E a Marcela e o Bruno, do 2º B. Pensei em chamar o Tiago, mas, sei lá, a gente não se fala direito, achei estranho.

— Muito estranho!

— E aí tem os meus primos, tios, as meninas do balé, uma galerinha do clube... nada de mais. — Ela deu de ombros, mordiscando a ponta do canudo. — Vai ser no salão do meu prédio, então nem dá pra chamar o mundo inteiro, né?

— Se fosse no salão do *meu* prédio, nós três já teríamos lotado a casa — brinquei, pensando no espaço semelhante a uma caixa de fósforos que meu condomínio dizia ser o salão de festas.

— Pensei em chamar o Alexandre. Você acha muito esquisito? — a Valentina perguntou, e tanto eu quanto a Josi a encaramos meio em dúvida.

— Acho que não — a Josi respondeu com cuidado, e em seguida torceu o nariz. — Mas você acha que ele iria?

— Você quer dizer se eu acho que a namoradinha dele permitiria que ele fosse? — ela retrucou, revirando os olhos. — Sei lá. Mas vale a tentativa. Tipo, a gente era amigo... né? Não vou parecer maluca se convidar, vou?

— Claro que não — garanti, tentando parecer mais tranquila do que realmente me sentia com aquilo. — Vocês dois se conhecem. Além do mais, é seu aniversário, e você tem o direito de chamar até os Demônios da Garoa, se quiser.

— Não dá essa ideia pro meu pai, que é bem capaz de ele chamar mesmo.

* * *

Na manhã de sexta-feira, logo cedo, lá estávamos nós, enrolando brigadeiros na cozinha do apartamento da Valentina. Toda vez que eu ia lá, ficava impressionada com o tamanho. Enquanto o meu "apartamento" mais parecia uma caixa de sapatos, o da família dela era grande o bastante para que o quarto de seus pais tivesse um banheiro próprio e ela e a irmã mais velha não tivessem que dormir no mesmo cômodo. A minha cozinha não tinha metade do tamanho da dela.

— O que vai ter pro almoço? — a Josi perguntou, esticando o pescoço para espiar o fogão. — Eu tô morrendo de fome e não aguento ficar enrolando docinhos sem poder comer nenhum.

122

— Hambúrguer. Ou nuggets. Ou ovo frito. Podem escolher — a Valentina respondeu, levantando para pegar mais granulado.

— Depois que terminarmos aqui, o que mais tem pra fazer? — eu quis saber. Minhas mãos estavam doendo. Já tínhamos enrolado beijinhos, e ainda nem tínhamos chegado na metade de todo o brigadeiro. Ela estava esperando uma multidão, ou alguns eram reservados pra gente?

— Só arrumar as mesas lá embaixo e depois ajeitar a comida, quando minha mãe chegar com os pães de metro — ela respondeu, despejando o granulado colorido do saquinho em um prato. — E aí vocês vão me ajudar a escolher o que vestir.

— Será que a galera vem? — a Josi perguntou, enquanto lambuzava as mãos com margarina. — É sexta-feira, e ainda por cima feriado...

— Espero que sim. — Val fez uma pausa, e olhou para mim de soslaio. — O Alexandre disse que vem...

— Você chamou mesmo ele? — Quase engasguei, e espremi sem querer a bolinha de brigadeiro entre as mãos. — Quando?

— Anteontem. — Ela mordeu o lábio, contendo uma risadinha. — Eu o encontrei sozinho na saída do colégio. Ele ficou superfeliz, disse que vem, sim.

— E a Maria Chata? — a Josi perguntou, traduzindo meus pensamentos. — Ela vem também?

— Se vier, é porque ele não conseguiu se livrar dela, porque eu não estendi o convite pra namoradinhas pegajosas. — Ela fez cara de nojo e pegou um pouco de brigadeiro com mais força do que o necessário. — Muito menos a namoradinha *dele*.

Não falei nada, mas eu duvidava muito que ela viesse. Ou que ele viesse. Se eu bem conhecia a Maria Eduarda, ela não era do tipo que *acompanhava* o namorado aos lugares onde ela não queria que ele fosse sozinho — era do tipo que o proibia de ir. E, considerando a tendência dele de realizar todos os desejos dela, eu realmente não acreditava que houvesse a menor chance de ele aparecer.

— Ia ser legal se ele viesse — a Val comentou, por fim, com um suspiro. — Faz séculos que ele não fala com a gente. Eu sinto falta de quando ele sentava todos os dias na nossa mesa no intervalo.

— Eu também — a Josi concordou, com um muxoxo.

— Eu também — murmurei, e então dei de ombros. — Mas foi decisão dele se afastar, não o contrário.

— No fim das contas, acho que ele não era *mesmo* o cara que a gente imaginava que fosse — a Valentina concluiu, me encarando. Não pude encará-la, pois sabia que ela ainda se sentia culpada, por mais que eu já me sentisse melhor.

— É. Acho que não.

* * *

O dia passou rápido. Apesar de cansativo, foi divertido ajudar na preparação da festinha. Depois de enrolarmos brigadeiro até as costas doerem por ficarmos tanto tempo sentadas, fizemos uma pausa de duas horas e meia para o almoço (quando, além de hambúrgueres, nuggets e ovos fritos, roubamos também uma parte dos brigadeiros como pagamento pelo sacrifício) até que a mãe da Valentina chegou e precisou da nossa ajuda para descarregar o carro. Como ainda era muito cedo para deixar tudo no salão, fizemos algumas viagens de elevador até que tudo estivesse estocado na cozinha.

Ajeitamos rapidamente algumas mesas e cadeiras no salão de festas, que parecia ser maior que o meu apartamento inteiro. E então a Valentina teve a brilhante ideia de descer sua televisão com o Wii, para as pessoas terem algo a mais para fazer. O que parecia uma ideia ótima logo se provou um suplício, quando nós três tivemos que dar um jeito de descer a maldita TV de trinta e duas polegadas até o salão de festas, missão essa que só foi cumprida graças à brilhante ideia da Josi, que sugeriu usarmos a cadeira da escrivaninha como carrinho.

No fim das contas, não sobrou muito tempo para escolher uma roupa para a Valentina. Eu e a Josi nos arrumamos rapidamente enquanto ela tomava banho, e fizemos o melhor possível com os trinta minutos que tínhamos. Quando, enfim, descemos para o salão de festas, alguns parentes e colegas do colégio já estavam começando a chegar.

Acabei me enturmando com o pessoal que eu conhecia da sala da Valentina e da Josi, mas com quem, por falta de convivência, eu não tinha muito contato. Começamos uma disputa singela de Just Dance, que se transformou em uma maratona quando Jefferson, primo da Val, chegou com dois controles adicionais — além da guitarra própria para o Guitar Hero, que eventualmente acabou roubando o lugar das meninas que tinham transformado parte do salão de festas em uma pista de dança.

Eu estava me divertindo horrores quando a Valentina me cutucou no ombro, olhando para os lados e parecendo ansiosa e aflita ao mesmo tempo.

— O que foi? — perguntei. Ela conteve um sorrisinho.

— Sabe o Breno? — ela disse. E eu levei um segundo para me lembrar de quem ela estava falando.

Ah, sim, o Breno. Ele era primo de uma das colegas de sala da Valentina, e os dois, a Valentina e ele, já tinham ficado uma vez, sei lá quanto tempo atrás. Eu estava tão distraída com o Wii que nem tinha percebido que ele estava por ali também.

— Sei, o que tem ele?

— Ele quer ficar comigo de novo.

Um segundo de silêncio. E então gritinhos histéricos.

— Ah, Val, que ótimo! — exclamei, feliz por ela. De certo modo, a Valentina era tão sortuda quanto eu no amor; só tinha ficado com três caras a vida inteira, e no geral não era do tipo com facilidade para se relacionar. E eu lembrava como ela tinha se encantado pelo tal Breno. Era bom para ela.

— Ele está me esperando lá fora, mas preciso de cobertura — ela explicou. —. Se meu pai me vir com ele, tô frita. Você pode quebrar essa pra mim?

Dei uma olhada ao redor, para a intensa disputa no videogame, para a mesa cheia de comida, para as risadas e para o papo que eu estava curtindo tanto. E então para ela, tão animada e aflita ao mesmo tempo, e vislumbrei mentalmente a cena bonita que seria se seu pai, superprotetor convicto e que sempre dizia em alto e bom tom que ela jamais namoraria antes dos dezoito anos, a visse beijando um garoto. Por fim, suspirei e concordei:

— Claro que sim. Vamos sair de fininho.

Foi fácil não sermos notadas. Não apenas o escândalo que o bando de adolescentes estava fazendo ajudou a distrair a atenção de todos os adultos, como muitos estavam ocupados demais comendo e conversando para prestar atenção na porta. Saímos discretamente, e, enquanto a Valentina corria em direção ao local combinado com o Breno, eu fiquei ali na escadinha que saía do salão, de vigia.

Com o longo passar dos minutos, cansei de ficar de pé e me sentei, aproveitando a brisa para espantar um pouco do calor que a maratona de dança tinha me deixado. Nós nem ao menos tínhamos pensado em uma mentira para inventar. Seria bom que ninguém nos procurasse.

Puxei o celular do bolso e vi que o Isaac tinha enviado um monte de mensagens no WhatsApp ao longo das várias horas que passei sem checar o telefone. As cinco primeiras eram fotos dele limpando a coleção de câmeras, com figurino completo de faxineira, incluindo avental e espanador. As outras eram gritos desesperados por atenção.

> Esse feriado tá tão chato que fui obrigado a fazer limpeza só pra ter o que fazer!
> Como tá aí na casa da Val?

> Rouba uns brigadeiros pra mim!!!!!

> Já acabei de limpar. E ainda são duas e meia da tarde... Que saco.

> Que horas começa a festa aí?

> Vou mandar mil mensagens até você responder lá-lá-lá-lá-lá

Dei risada lendo as mensagens, imaginando meu amigo deitado e entediado em pleno feriado, e comecei a digitar uma resposta. Eu tinha perguntado se ele queria vir comigo, mas a Val e o Isaac só tinham se visto duas vezes na vida, então ele não achou uma boa ideia. Agora estava desocupado e carente. Bem feito.

> Você devia ter aceitado quando eu te chamei pra vir comigo.

— Mai?

Olhei em todas as direções ao ouvir o chamado, me levantando rapidamente, até que avistei o Alexandre parado ao pé da escada, olhando para mim com curiosidade. Ele estava maravilhoso como sempre, de calça jeans meio larga nos quadris, e uma camiseta gola V azul-clara que contrastava perfeitamente com a pele morena. Era difícil não suspirar com uma visão daquelas, mas, depois de tudo que já tinha rolado, eu tinha aprendido muito bem a controlar minhas reações perto dele. Então apenas sorri.

— O que você tá fazendo aqui fora sozinha? Tá tudo bem?

— Eu tô legal, eu só... — Por precaução, dei uma olhada mais uma vez ao redor para ver se alguém estava vindo antes de terminar de falar. — Estou de vigia pra Valentina.

— Mas por que...? — Eu o interrompi antes que ele pudesse terminar, apontando discretamente para o meu lado esquerdo, para onde eu vira Valentina correr. Eu não podia vê-la, mas, após uma longa olhada, o Alexandre assentiu.

— Ah, saquei. — Ele riu, e então começou a subir os degraus em minha direção. — Quer companhia? Eu sou bom em ficar de olho nas coisas.

— Ah — minha voz demorou a sair, então pigarreei. — Humm, claro.

Nós dois nos sentamos na escada, um ao lado do outro, de costas para a porta, e por um momento ninguém disse nada. Depois de todo aquele tempo distantes, era meio estranho estar ali com ele.

— Então, quem é o cara? — o Alexandre perguntou, apontando.

— É só um carinha de quem ela gosta. — Espiei por sobre o ombro para ver a situação no salão de festas. Tudo tranquilo. Nenhum sinal de adultos.

— Ah.

O assunto morreu. Eu estava começando a me sentir desconfortável, e não era a única. O Alexandre estava batucando os dedos no joelho, os olhos fixos em algum ponto em seus pés. Respirei fundo e decidi que precisava quebrar o gelo.

— Eu não achava que você viria — falei, e ele sorriu para mim, franzindo o cenho.

— Por que eu não viria?

Eu tinha uma resposta pronta, mas, em vez de dizê-la, preferi retrucar com outra pergunta um pouco menos direta.

— Cadê sua namorada?

— Ela foi viajar com os pais — ele disse, desviando o olhar.

— Áh, sim.

Outra vez silêncio. Estava ficando mais e mais desconfortável a cada minuto que passava.

— Sei que vocês duas não se dão bem — o Alexandre falou de repente, e, quando o olhei, ele estava com um leve sorriso de quem se desculpa. — Mas não quero que as coisas fiquem estranhas entre a gente.

Abri a boca, pronta para despejar tudo o que eu vinha guardando durante aquelas semanas. Que ela tinha me ameaçado no banheiro. Que ela me odiava, e que ela não tinha intenção nenhuma de deixar que ele se aproximasse de mim. Que ele estava deixando que ela decidisse quem seriam seus amigos e que qualquer coisa estranha na nossa amizade era total e inteiramente culpa dele.

Mas, só de olhar, eu percebi que ele já sabia da maior parte do que eu estava prestes a dizer, e não estava feliz com isso. Não havia necessidade de repetir tudo. Então eu apenas sorri, e, com toda a paciência que ainda me restava, falei:

— Então não deixe que fiquem.

Ele não respondeu. Não havia nada que ele pudesse dizer.

— Mas e aí? Você... — o Alexandre começou a falar, mas hesitou. Percebi que ele estava se esforçando para mudar de assunto, embora não soubesse por onde começar. — Tá preparada para o ENEM?

— Mais ou menos. — Balancei a cabeça, reprimindo um sorriso. — Mas o ENEM não é nada, né? Duro vai ser a Fuvest!

— A Fuvest *pra mim* não é nada. — Ele me surpreendeu, e eu arregalei os olhos.

— Sério? Achei que todos os alunos do Brasil prestassem vestibular pra USP. Do jeito que os professores falam, parece obrigatório.

— Não pra mim. — Ele riu, dando de ombros. — Não, eu decidi já tem um tempo que não quero fazer faculdade aqui em São Paulo. No ano que vem eu me mudo daqui.

— Pra onde? — indaguei, meu sorriso desaparecendo. Por maior que fosse a distância entre nós atualmente, a ideia de não tê-lo por perto parecia estranha, errada, até.

— Se tudo der certo, pra São Carlos. — Ele encarou os próprios pés, parecendo pensativo e distante. — Eu sempre quis sair de casa depois que me formasse no colégio. Eu quero crescer, sabe? Ser dono do meu próprio nariz.

— Falou o cara que tem uma coleção de bonecos do Spock — brinquei, e Alexandre bateu seu ombro no meu de brincadeira.

— Qual é?! — Ele riu. — Mas você vai prestar Fuvest? Achei que a USP não tivesse curso de design.

— E não tem. — Revirei os olhos e suspirei. — Mas a minha mãe faz questão que eu tente, então vou prestar artes visuais.

— Artes visuais? — repetiu, tentando parecer genuinamente interessado, mas com um riso escapando pelo canto da boca.

— Nem me fala. — Ri e fiz uma pausa, os pensamentos tomando forma em minha cabeça. Em geral, eu não era de expressar muito minhas frustrações em voz alta, mas, quando dei por mim, já estava falando. — Você tem certeza absoluta do que quer fazer da vida?

— Não — o Alexandre respondeu sem pestanejar, e a simplicidade com que disse isso me fez sorrir, arrancando um sorriso dele também. — É verdade. Acho que não dá pra ter certeza absoluta de nada. — Seu rosto ficou mais sério, e ele desviou o olhar. — E às vezes a gente faz escolhas erradas. É sempre tentativa e erro.

— E o que a gente faz se não for a escolha certa? — perguntei, sem saber se o assunto ainda era o mesmo. Alexandre refletiu por um instante, os olhos fixos em algum ponto no horizonte, até se virar para mim outra vez com uma expressão que eu não soube decifrar.

— Você volta atrás. Repara o erro. Começa do zero — disse. — É o que eu faria.

Incapaz de encará-lo por mais um segundo, baixei a cabeça e fiz uma pergunta qualquer sobre as provas que estavam a caminho na escola. Passamos o resto da noite conversando. Eu tinha esquecido como era legal apenas passar um tempo com ele, falando sobre qualquer coisa que viesse à cabeça. Em nenhum momento seu namoro ou a Maria Eduarda foram mencionados. Eu pude fingir que não havia nada de diferente, embora eu soubesse que na segunda-feira as coisas voltariam a ser como eram, e ele não seria mais meu amigo.

E talvez por isso, quando voltei para casa naquela sexta, meu coração estivesse tão apertado.

BATI À PORTA DO ISAAC ÀS ONZE HORAS NO DIA SEGUINTE. SABIA QUE ELE TINHA acabado de acordar, mas eu precisava mais do que nunca conversar com ele. Mesmo ciente de que, quando se tratava do Alexandre, ele era incapaz de ter a imparcialidade de que eu precisava, eu sentia que conseguiria pensar melhor se falasse para o Isaac sobre os últimos acontecimentos.

Então, quando o seu Osvaldo me deixou entrar — depois de me prender por uns dez minutos na sala, me perguntando da vida, dos estudos, dos meus pais e se eu já estava me preparando para o vestibular (tentei não estremecer com essa, mas foi difícil) —, fui direto para o quarto do Isaac. A porta estava entreaberta, então entrei sem bater.

Ele estava no computador e tomou um baita susto quando eu entrei, fechando rapidamente o que quer que estivesse vendo. Provavelmente tinha achado que eu era sua mãe, entrando do nada. Eu ri.

— Plano de fundo legal — elogiei, apontando para a imagem clássica de praia paradisíaca que enfeitava a área de trabalho do Windows e que ele nunca tinha se dado o trabalho de mudar.

— Putz, que susto você me deu! — o Isaac disse, respirando fundo. — E aí?

— Você não vai acreditar quem apareceu na festa da Val ontem — falei, enquanto sentava em sua cama. Isaac me seguiu com os olhos.

— Quem?

— O Alexandre.

— Mas ele não tinha sido convidado? — perguntou, sem parecer particularmente surpreso, e se virou de volta para o computador, abrindo uma página na internet e digitando qualquer coisa.

— Tinha, mas...

— Então qual é a surpresa?

Foi a minha vez de revirar os olhos. Às vezes eu me perguntava se o Isaac realmente ouvia metade das coisas que eu dizia, ou se só fingia ouvir quando na verdade pensava em câmeras.

— Ele aparecer foi a surpresa! — expliquei irritada, dando um pulinho sobre a cama. — Ele mal fala com a gente agora. E tem mais: ele foi, mas a Maria Eduarda não.

— E isso é bom? — Ele não parecia nem um pouco interessado, ainda navegando na internet. Torci o nariz.

— Isso é...

Pensei por um instante. Eu não sabia se era bom. O fato de ele ter aparecido sem ela em uma única festa não mudava nada. Embora eu não tivesse como saber, minhas apostas estavam todas no fato de que a situação entre a gente não mudaria.

— Não sei — confessei, em um suspiro. — Foi estranho. E na hora foi bom. E ruim ao mesmo tempo. Entende?

— E como... — Isaac esfregou as mãos no rosto, girando a cadeira para me encarar de novo. Ele parecia cansado, mas se esforçou para sorrir. — Agora eu tenho que te contar...

— Tipo, a gente ficou fingindo que não tinha nada de errado, sabe? O que foi muito esquisito — continuei, coçando o queixo. — E ficamos conversando por horas, o que foi incrível. Mas aí eu paro e penso que isso não quer dizer nada, porque amanhã as coisas voltam ao normal, e isso me machuca. Eu sempre soube que ele não seria *meu*, mas não queria perder a única relação que eu tinha com ele.

Silêncio.

— Eu super te interrompi, né? — indaguei, com um sorriso sem graça.

— Imagina. Pode continuar com o muro das lamentações. Quem precisa de notícias felizes mesmo? — ele provocou, enquanto olhava para os dedos antes de mordiscá-los.

— Preciso de notícias felizes — comprei a provocação e afirmei com um muxoxo.

— Precisa nada, você gosta mesmo é de reclamar — ele disse, pegando uma camiseta usada no chão e a atirando em mim.

— Preciso sim. — Peguei a camiseta no ar e a atirei de volta. — Conta logo.

Isaac sorriu, finalmente vencido. Tinha sido rápido. Geralmente eu precisava insistir com voz de criança por meia hora antes de ele resolver abrir o bico.

— Ontem veio um cara aqui em casa, um amigo dos meus pais. — Ele arrastou a cadeira até onde eu estava e se inclinou, pondo as mãos nos meus joelhos. Minhas pernas formigaram com o toque. — Sabe, tipo, jantar, bater papo, jogar baralho, encher o saco e não sei mais o quê.

— Certo — concordei, incerta de como aquilo seria uma notícia feliz para mim.

— E aí eu tava aqui no quarto, dando uma olhada na pasta das suas fotos... — ele continuou, jogando as pernas sobre a cama, bem ao meu lado. Distraidamente, pus uma mão em sua perna.

— Você tem uma pasta com fotos minhas? — perguntei confusa. A simples ideia de Isaac sentado contemplando minhas fotos por nenhum motivo aparente me fez corar.

— E então o Marcelo, esse amigo do meu pai, veio me chamar pra comer — ele continuou, como se eu não tivesse me manifestado. — E ele deu uma olhada de relance nas suas fotos.

Estranho. Muito estranho. Mas eu não disse nada.

— E aí ele quis saber quem você era e de onde eu te conhecia, e a sua idade e tudo o mais. — Ele fez um gesto aberto com as mãos. — E passou metade do jantar falando de você, e de como as fotos tinham ficado boas.

— Isso tá soando cada vez mais bizarro, sabia? — Cruzei os braços, tentando entender aonde aquilo ia chegar.

— Calma que tem mais. — Ele sorriu, tirando as pernas de cima da cama e fazendo sinal para que eu esperasse. Seus joelhos tocavam os meus e ele estava levemente inclinado na minha direção, tão perto que eu conseguia sentir o cheiro de hortelã de seu hálito enquanto ele falava. — Aí meu pai comentou que o Marcelo é agente de modelos. Só que não de *qualquer* modelo. Ele agencia só plus size.

— Modelos plus size? — repeti, franzindo o cenho. Meu coração já batia forte de ansiedade e minha cabeça estava a mil, associando os termos, chegando a uma conclusão impossível.

— É. Modelos gordinhas, saca? — ele explicou, fingindo delinear as minhas formas no ar. Chacoalhei a cabeça.

— Eu nem sabia que isso existia.

— Pois é. Existe. E o Marcelo disse que você tem o perfil, o porte, ou sei lá o quê. — Isaac fez uma pausa, aumentando ainda mais as batidas insistentes do meu coração, que a essa altura pareciam a bateria da Vai-Vai. — E, bom, ele disse que gostaria muito de te conhecer.

— Ele o QUÊ? — quase gritei, e instintivamente cobri a boca com as mãos.

— Ele quer te ver pessoalmente, conversar com você — o Isaac continuou, sorrindo e se divertindo com meu choque. — Ele falou que já tem um tempo que estava em busca de uma garota mais nova pra estrelar algumas campanhas. Parece que modelos mais novas nesse perfil estão em falta.

Engoli em seco, a informação sendo digerida muito lentamente. Eu tinha entendido cada palavra perfeitamente bem, mas era como se Isaac estivesse falando em outro idioma. Cada parte daquela conversa parecia pertencer a um universo paralelo, uma ficção absurda e inacreditável. Por que em que mundo um agente de modelos estaria interessado justamente em *mim*?

— E ele acha que eu sou essa modelo? — Não pude deixar de achar engraçado e soltar uma risadinha. — Isso é... loucura. Eu? Modelo? Cadê a lógica?

— Mai, eu não tô brincando — o Isaac falou sério, apoiando os cotovelos nas pernas, mantendo o rosto a poucos centímetros do meu. — O Marcelo ficou realmente animado. E ele tava falando sério, juro. Ele ficou insistindo pra que eu sondasse você pra saber sua opinião.

— Eu acho isso uma completa piração! — exclamei, cobrindo o rosto.

— Por quê? — o Isaac insistiu, puxando as minhas mãos e me obrigando a olhá-lo. — Você mesma disse que as fotos tinham ficado boas, que você tava bonita nelas.

— Sim! Mas daí a virar modelo? Olha pra mim, Isaac!

E ele olhou. Tipo, olhou mesmo, de um jeito tão intenso e delicado e me estudando com tanta atenção que até corei. E eu o encarei de volta, reparando no cabelo solto, na barba por fazer, nas pequenas sardas do nariz. Eu estava tão perto que poderia contá-las. E me perguntei o que ele via quando olhava para mim. Eu estava longe de ser a garota mais bonita do mundo, mas, quando Isaac me olhava daquele jeito, me sentia capaz de ser.

— Eu olho pra você, Mai. O Marcelo olhou pra você. Só falta você olhar pra si mesma.

Aquilo me acertou como um tapa bem no meio da cara. Mas, ao mesmo tempo, não estava ofendida. Isaac me dissera exatamente o que eu precisava ouvir para botar minha mania de autossabotagem um pouco de lado e pensar nas coisas sob outro ponto de vista.

— Preciso pensar melhor nisso — falei, me levantando. — Mais tarde a gente se fala.

— Tá. Mas pensa rápido — ele respondeu, e eu, já alcançando a porta, me virei, sem entender. — Quarta-feira ele disse que vem aí pra falar com você.

— Você só pode estar de brincadeira... — murmurei enquanto saía.

* * *

Em casa, no meu quarto, peguei as fotos que o Isaac tinha tirado e, olhando para elas, tentei entender o que estava acontecendo com o mundo, aparentemente virando do avesso. Com aquele tal de Marcelo, que só podia estar tirando sarro da minha cara. E comigo, que não fazia ideia do que pensar.

Eu não era o tipo de garota que alguém batia o olho e dizia "modelo". De jeito nenhum. E eu nem sequer tinha tido aquele tipo de aspiração um dia na vida, como a maioria das garotas. Eu ia prestar vestibular para design no fim do ano. E ia seguir o resto da minha vida ciente de que ninguém olhava para mim duas vezes.

Mas, pelo visto, eu estava errada. Se aquilo não fosse uma tremenda brincadeira de mau gosto, alguém *tinha* olhado para mim. Outra pessoa além de mim e do Isaac tinha visto aquelas mesmas fotos e enxergado outra garota — aquela Maitê orgulhosa de si mesma, alegre e exposta. Alguém tinha visto quem eu queria ser e estava botando a maior fé.

Mas a questão era a seguinte: Será que *eu* mesma botava fé? Em mim? Era difícil saber. Eu estava fazendo o possível para mudar, claro, e tentava todos os dias me aproximar mais daquela outra garota, mas ainda não estava pronta para dar tamanho tiro no escuro. Quem ia gostar de uma modelo gorda?

Gorda não. Plus size. Um nome sofisticado para rotular um tipo de mulher que ninguém queria ser. Modelos eram mulheres magérrimas e perfeitas, de rosto delineado, cabides humanos em que tudo caía perfeitamente bem. As mulheres que serviam de inspiração para as garotinhas desde que o mundo é mundo. Eu não era nada daquilo. Ninguém em sã consciência olharia para mim e diria "quero ser igual a você".

Mas então pensei em minha decisão de semanas antes, de não me matar mais para perder peso. Eu tinha escolhido ser eu mesma. E, para ser honesta, quantas garotas que eu conhecia tinham mesmo *qualquer* perfil de modelo? A Maria Eduarda, tudo bem. Quem mais? Eu conhecia garotas bonitas, claro, mas nenhuma que atingisse o endeusado padrão de beleza das revistas de moda.

Todo mundo tinha defeitos. A Valentina tinha aquele nariz que só com uma bela cirurgia plástica teria um tamanho normal. A Josi não lidava bem com o próprio cabelo, e tudo o que ela comia acabava indo para o bumbum. Eu podia contar nos dedos quantas meninas do colégio eram totalmente "perfeitas".

134

E esse "perfeito" de fato existia? Depois do que me pareceram horas de pensamento incessante em meu quarto, comecei a me questionar quanto a isso também. Qual era a graça de ser magra feito uma tábua de passar? Que alegria existia em se privar daquilo que você gosta só para ter um maldito corpo "perfeito"? Quem foi que tinha enfiado na minha cabeça que o certo era ser magra, que ser gordinha não podia ser bonito?

Olhei de novo para as fotos, cujas cores e enquadramentos eu já havia decorado havia muito tempo. Aquela garota nas fotos *era* bonita, independentemente de seus cento e tantos quilos. Ela era sorridente e pra cima, confiante e muito, muito bonita. E ela era *eu*. Por que eu não podia aceitar que mais alguém visse isso? Por que eu julgava tão impossível que outra pessoa enxergasse aquilo que parecia tão claro? E por que, meu Deus, por que *eu* mesma insistia em me convencer de que *eu* estava errada, de que jamais poderia ser bonita?

Deixei as fotos de lado e liguei o computador. Decidi que, antes de me jogar em pensamentos filosóficos, era bom ter alguma informação. Abri o navegador e digitei no Google: "modelos plus size".

Ignorei os links do Facebook e comecei pelos de sites mais conhecidos, que não eram muitos. Uma matéria falava sobre o preconceito e sobre a polêmica gerada por algumas "falsas" plus size nas redes sociais — modelos magras, mas que por terem seios fartos ou coxas largas, caíam na categoria de forma completamente equivocada. Dei risada com algumas fotos, e não consegui deixar de pensar que, se para algumas pessoas *aquilo* era ser plus size, então não havia mesmo espaço para mim no mundo da moda.

Quando os sites maiores não se provaram uma fonte muito boa para o que eu estava procurando, abri um blog que trazia exatamente aquilo que eu queria. Na verdade, o blog inteiro era o tipo de coisa que eu gostaria de ter encontrado havia muito tempo: era feito *por* gordinhas *para* gordinhas. Tentada a clicar nas mais variadas postagens, tentei focar só no que eu estava buscando. Uma das blogueiras tinha feito um especial de posts sobre o assunto, intitulado "Quer ser modelo plus size?". Comecei a ler e não consegui mais parar.

A lista de dicas era imensa. A autora falava de agências não profissionais que arrancavam dinheiro usando o sonho dos outros — e isso me deixou cheia de medo — aos vários tipos de trabalhos e mais variados cachês. Tinha tanta coisa que eu nem sabia que existia! Descobri que algumas mulheres trabalhavam como "modelo de prova", servindo como manequim humano para peças ainda em fase de produção. Os cachês variavam de acordo com o trabalho, mas todos os valores me pareciam altos para algumas fotos e caminhar em uma passarela com uma roupa qualquer. Havia ainda dicas sobre fotos profissionais, tipos de corpo e manequim ideais e mais uma porção de coisas em que eu jamais pensaria.

Salvei o blog nos favoritos para poder dar mais uma olhada depois, e, voltando ao Google, abri um link para o Miss Brasil Plus Size (quem diria!) e outro para uma lista das modelos mais famosas na categoria. Fucei um pouco no primeiro, mas, exceto pela galeria de fotos, não havia muito que fosse do meu interesse. Foi na outra aba que encontrei o que estava procurando.

Aquelas mulheres eram lindas. Deusas. E não como as top models costumam ser, esqueléticas e inatingíveis. Elas eram reais. Fluvia Lacerda, Ashley Graham, Velvet D'Amour, nomes que eu nunca tinha ouvido. Aos meus olhos, eram mulheres muito mais atraentes que qualquer Gisele Bündchen da vida. Tinha algo sobre elas, um magnetismo que fazia com que fosse impossível desviar o olhar.

— O que você tá vendo? — Ouvi o Lucca perguntar, e tomei um susto. Ele estava parado ao meu lado, olhando para a tela do computador.

— Nada — respondi vagamente, rolando a tela e revelando mais fotos de modelos maravilhosas.

— Que moça bonita — ele comentou, apontando para a foto de uma tal Mayara Russi. Ela era realmente incrível; tinha o rosto arredondado, um nariz pequenininho e os cabelos castanhos ondulados. Seus olhos verdes, me encarando da tela, eram quase hipnóticos.

— É mesmo.

— Parece com você — ele falou, e então saiu, distraído com alguma outra coisa.

Olhei de novo para a foto, tentando me imaginar no lugar dela. Tínhamos mesmo algumas coisas em comum — o mesmo formato do rosto, olhos e cabelos parecidos —, mas será que isso fazia de mim uma modelo? O que afinal me separava de qualquer uma das mulheres daquela lista?

Cansada, salvei as abas e fechei tudo, decidindo por ora não pensar mais no assunto.

* * *

Passei o resto do fim de semana pensando nisso, e, quando acordei na manhã de segunda-feira, ainda não conseguia tirar da cabeça o que o Isaac tinha me dito e a enorme oportunidade que ele estava jogando na minha frente. Mal tinha aberto os olhos e já sentia o peso daquilo sobre os ombros.

Passei o dia todo aérea, pensando e repensando nos prós e nos contras e na gigantesca improbabilidade de uma coisa tão boa acontecer justamente comigo. Parecia bom demais para ser verdade. Uma pulguinha me dizia que, se eu topasse, algo daria terrivelmente errado e tudo desmoronaria sobre mim, só para me deixar desapontada e magoada mais uma vez. Mas, mesmo assim, era tão injusto que eu *não* aceitasse. Era como ignorar a sorte batendo à minha porta, implorando para que eu a deixasse entrar. Como eu podia ignorar uma coisa daquelas?

Não contei o que estava acontecendo para ninguém. Quando a Val e a Josi me perguntaram se estava tudo bem, eu assenti e disse que estava apenas cansada. Eu só queria ir para casa, deitar e esperar que uma resposta pronta pipocasse na minha frente. Quarta-feira estava chegando e eu não tinha nada para dizer. Eu nem tinha certeza do que eu mesma queria. Meu Deus, eu nem sequer tinha falado com os meus pais!

E nem sei como falar com eles, pensei, enquanto voltava para casa, olhando de soslaio para a minha mãe. Ela estava bem mais maleável, mas não *tanto* assim. Pior do que ter que dar uma resposta para o tal Marcelo seria ter que explicar aos meus pais aquela situação toda — mesmo porque não adiantava nada *eu* chegar a uma conclusão se eles não concordassem. E eu estava mais do que certa de que eles não concordariam. Simplesmente não pareceria certo para eles deixar sua filhinha se expor dessa maneira.

Quando cheguei em casa, decidi ignorar tudo isso. Tanta preocupação estava me deixando exausta. Tirei um longo cochilo depois do almoço, e mais tarde desci para a casa do Isaac. Nós ficamos jogando videogame até a hora que a mamãe interfonou, me chamando para jantar.

Percebi que tinha alguma coisa errada no momento em que cheguei e todos já estavam à mesa. Estava todo mundo muito quieto, e meu pai me deu um sorriso forçado quando me sentei. Mamãe estava cutucando a comida de cabeça baixa, e Lucca estava dividindo a atenção entre a TV e o prato. A cena seria quase corriqueira se minha mãe não parecesse tão fechada. Alguma coisa grave tinha acontecido enquanto eu não estava lá.

Sentei em silêncio, fiz meu prato e não me atrevi nem a olhar para o lado. Estava mastigando minha primeira garfada quando mamãe perguntou:

— E então, Maitê, tem alguma coisa que você queira nos contar?

Minha garganta se fechou, e precisei pigarrear para conseguir engolir. Senti que estava corando, mas mesmo assim não levantei a cabeça.

— Humm, não. Nada — respondi nervosa, e rapidamente enchi a boca de comida.

— Interessante. Porque hoje, quando encontrei a Sueli no elevador, ela me perguntou se você já tinha uma resposta para dar para o Marcelo, o agente amigo do Osvaldo.

Engasguei tão de repente que quase cuspi tudo no prato. Quando ela tinha encontrado a mãe do Isaac? Eu nem sabia que a minha mãe tinha *saído*.

Meu Deus, eu estava FER-RA-DA!

— Filha, você está bem? — papai me perguntou, dando tapinhas nas minhas costas. Assenti rapidamente enquanto recuperava o fôlego.

— Então eu disse a ela que não, porque o que mais eu poderia dizer, não é mesmo? — mamãe continuou, me olhando de um jeito cínico. — Como eu diria para ela que minha filha não tinha comentado nada comigo?

— Achei que vocês não fossem gostar da ideia! — me defendi, e ela pareceu ofendida. Olhei para o papai, mas ele só estava confuso, seus olhos passando da minha mãe para mim, a testa franzida.

— O que foi que eu perdi, exatamente? — ele quis saber, e mamãe apoiou os cotovelos na mesa e cruzou as mãos em frente ao rosto.

— Vamos lá, Maitê. Aproveite e explique tudo pra mim também.

Suspirei e lentamente expliquei o que Isaac tinha me contado no sábado. Que um amigo do pai dele tinha visto as minhas fotos (e que fotos eram essas, das quais meus pais não tinham nenhum conhecimento). Que ele era agente de modelos plus size, e exatamente o que era isso. Que ele achava que eu daria uma boa modelo, que ele queria conversar melhor comigo. E que eu não fazia a menor ideia se deveria aceitar ou não aquela proposta.

Silêncio na mesa. Tentei voltar a comer, mas a comida já tinha esfriado e eu tinha perdido a vontade. Meus pais processaram toda aquela informação, calados por alguns minutos. Só de analisar o rosto deles, eu podia ver que aquela ideia ia morrer antes mesmo de ter uma chance de se tornar real. E aquilo me deixou realmente para baixo. Então me dei conta de que, em algum momento nas últimas vinte e quatro horas, eu comecei a me animar com aquilo, ainda que estivesse um pouco incerta. Mas de nada importaria quando meus pais abrissem a boca e dissessem que eu estava maluca.

— Então, resumindo, um cara quer te oferecer a oportunidade de trabalhar como modelo? — papai foi o primeiro a falar, cobrindo a boca enquanto terminava de mastigar.

— Modelo plus size — respondi, remexendo a minha própria comida com desânimo. Papai assentiu.

— Mas modelo.

— Bom, sim. — Meneei a cabeça. — Dependendo de como você olhar pra coisa toda.

— E ele é confiável?

— Ah... imagino que sim. Ele é amigo do seu Osvaldo há anos.

Papai ponderou por um instante. Uma amizade não deveria classificar ninguém como confiável ou não, mas era o melhor que eu tinha em mãos.

— E o vestibular, como fica? — mamãe perguntou, e só a menção à palavra me deixou em cólicas. — Você pretende jogar tudo para o alto por isso?

— Eu não vou jogar nada pro alto! Nem sei se isso vai dar certo! — respondi, só então notando que tinha defendido uma posição que eu nem sabia que tinha, como se a decisão já estivesse tomada. Ela não ficou satisfeita.

Crispei os lábios. Eram ótimos argumentos, eu tinha que admitir. Obviamente, eu não tinha levado nada daquilo em consideração. Na minha cabeça, era muito mais simples que isso — aceitar ou não. Uma carreira como modelo ou uma vida inteira como gordinha anônima. Eu havia internalizado todas essas questões e me esquecido de pensar nos aspectos práticos, *adultos* da coisa. Havia tanto em jogo que eu não tinha considerado.

Encarei meus pais, que me olhavam em silêncio aguardando uma resposta, provavelmente imaginando que eu já sabia o que queria. Não podia ser menos verdade. A cada minuto, toda aquela história parecia se tornar mais surreal. Eu não estava segura o bastante para dizer sim, mas algo me impedia de dizer não. Por fim, decidi trabalhar a minha resposta no "talvez".

— Uma coisa não precisaria excluir a outra — falei calmamente, sem nem saber de onde as palavras estavam saindo. — Nada me impediria de prestar vestibular, cursar a faculdade e até de manter outro emprego.

— Certo, mas e o resto? Como vai ser quando você tiver uma sessão de fotos em outra cidade, em outro estado? Ou se marcarem um compromisso no mesmo dia que uma prova? — mamãe atirou as possibilidades sem cerimônia, de maneira fria e calculada. — E a exposição, Maitê? Já pensou nisso? Sua foto em todos os lugares, sua vida de cabeça para baixo. Você ao menos pensou em como isso pode mudar a sua vida?

Pensei. Mas pensei apenas no lado que me interessava.

O clima de repente tinha ficado pesado demais, e passamos vários segundos em silêncio, até que meu pai segurou a minha mão, como costumava fazer quando eu era criança.

— Se você acha que é isso que quer fazer, nós vamos apoiar você — ele disse, sorrindo carinhosamente para mim. — Tudo o que eu e a sua mãe queremos é que você saiba onde está se metendo.

— É isso que você quer? — mamãe perguntou, direta como sempre, com os cotovelos apoiados na mesa e inclinada em minha direção.

— Não sei. Não tenho certeza — confessei com uma careta, escorregando um pouco na cadeira. — Parece bom demais pra ser verdade.

— Por quê?

— Porque meninas como eu não viram modelos.

— Meninas como você é que deveriam virar modelos, se quer saber o que eu acho — ela me surpreendeu, e puxou o próprio prato de volta, enquanto gesticulava com o garfo para mim. — Não aquelas moças de corpo impossível. Pense em quantas meninas olham para essas top models e se sentem horríveis. Você era uma delas.

Aquilo realmente me atingiu. Tudo tinha sido tão centrado em mim que eu havia esquecido que não era a única que me colocava abaixo de um padrão de beleza que alguém tinha tido a cara de pau de inventar. Eu era uma em meio a milhares, talvez milhões, de outras, e alguém estava me estendendo a mão.

— Acho que você tem maturidade suficiente para decidir o que vai fazer da vida, e não sou eu quem vai te impedir — mamãe declarou, fazendo um montinho delicado de arroz sobre o garfo. — Mas pense bem no que você quer para o seu futuro, filha. Se for isso que se imaginar fazendo daqui a cinco, dez anos, então estamos com você.

Dito isso ela se calou e voltou a jantar. Olhei para o meu pai em busca de apoio, e ele me lançou uma piscadela firme, mas que não ajudou muito na missão de me acalmar. Fiquei encarando minha comida apenas por tempo suficiente para decidir que estava enjoada demais para comer, então fui para o meu quarto e deitei.

Lucca apareceu pouco mais de uma hora depois. Vestiu o pijama e saiu no exato momento em que a minha mãe gritava lá da cozinha para que ele não se esquecesse de escovar os dentes. Voltou cheirando a pasta de dente, acendeu o abajur, apagou a luz e deitou. Já estávamos deitados há uns dez minutos em completo silêncio quando ele se virou na cama, olhou para mim e perguntou:

— Você vai ficar famosa?

Eu ri, pensando em como as prioridades eram diferentes na cabeça de alguém de dez anos.

— Ainda não sei nem se vou topar — respondi, também me virando para ele. Por baixo das suas mechas de cabelos claros, vi Lucca franzir o cenho.

— Por que não?

— Você acha que eu seria uma boa modelo? — perguntei, não da maneira condescendente como costumamos pedir a opinião das crianças, mas genuinamente interessada. Lucca deu de ombros.

— Acho que sim. Modelos são bonitas. Você é minha irmã, então você é bonita.

Gargalhei, mas agradeci o elogio. No entanto, a lista de prós do meu irmão não parava por aí.

— E, se você virar modelo e ficar famosa, vai conhecer todo mundo, então eu vou conhecer todo mundo — ele continuou, todo animado. Então ele esbugalhou os olhos e abriu um sorriso enorme. — Você pode me levar pra conhecer todas as Chiquititas!

— Por que não? — falei, entrando na onda dele. Lucca se sentou na cama, incapaz de conter a energia do novo turbilhão de ideias.

— E modelos são ricas, né? Aí você vai poder comprar um monte de coisas! — Ele fez uma pausa, os olhinhos brilhando de alegria. — A gente vai poder ir pra Disney!

— Acho que você só quer que eu vire modelo pra poder me usar — comentei, fingindo estar brava, e o Lucca fechou a cara.

— Não! — ele negou rápido demais, e eu gargalhei pela pressa dele em se redimir. — Só tô falando que ia ser legal.

— É, ia mesmo — concordei, ainda rindo, as imagens da vida perfeita que ele tinha plantado na minha cabeça aos poucos desaparecendo junto com a gargalhada. — Mas, sei lá, acho que não sou do tipo que vira modelo.

Lucca não disse nada e se deitou de novo. Foi só depois de vários minutos, quando achei que ele já tinha desistido e se virado para dormir, que ele rompeu o silêncio.

— Lembra quando eu disse que queria ser jogador de basquete, mas que sou baixinho demais pra isso? — ele perguntou. Sorri para mim mesma. Como qualquer criança na idade dele, Lucca já tinha sonhado com umas quinze profissões diferentes. Sua última obsessão tinha sido o basquete, quando ele resolveu entrar para o time mirim da escola. Mas ele era o menor aluno do time, e seus sonhos tinham virado fumaça ao perceber que precisaria crescer muito para chegar lá.

— Lembro — respondi.

— Você disse que tamanho não é documento e que eu posso ser o que eu quiser. Você também pode, Mai. Você é mais bonita que muita magrela por aí.

Sorri para ele feito a boba que eu era e não falei mais nada. Lucca apagou o abajur, e por fim fomos dormir.

* * *

A quarta-feira chegou rápido demais. Quando acordei naquela manhã, me lembrando imediatamente do que estaria me aguardando à noite, me dei conta de que ainda não tinha uma resposta para dar. Minha mãe sorriu com confiança e me perguntou a que horas o tal Marcelo chegaria. Murmurei que não sabia, incapaz de contar a ela que ainda não fazia ideia do que queria para a minha vida.

Como consequência de minhas súplicas ao tempo, para que passasse mais devagar, o dia fez questão de passar em uma velocidade impressionante. Era como se a cada piscada de olho uma hora tivesse voado. Quando dei por mim, já estava em casa, roendo as unhas de ansiedade, com mamãe insistindo para que eu separasse algo bonito para vestir. Ela tentava não transparecer, mas estava muito mais animada que eu. Eu estava mesmo era apavorada.

Quando o telefone tocou, meu estômago deu um salto mortal. Minha mãe atendeu e gritou que Isaac queria falar comigo. Eu sentia que ia desmaiar de nervosismo. Peguei o telefone do quarto com as mãos trêmulas, ciente do que estava por vir.

— Oi — falei, tão baixo que duvidei que ele me escutasse.

— Mai? Alô?

— Eu... — pigarreei, tentando forçar a voz. — Eu tô aqui.

— Ah, tá. O Marcelo já chegou.

— Humm. Tá.

Pausa. Eu estava tão nervosa que nem conseguia respirar direito.

— Essa é a hora em que você desliga o telefone e desce pra falar com ele, Mai — Isaac brincou, mas não achei graça.

Humm, ok. É... Tô indo.

Desliguei o telefone e o joguei em cima da cama. Então dei uma rápida olhada no espelho. Eu estava usando meu melhor jeans escuro e tinha me forçado a colocar uma sapatilha que, na verdade, estava ameaçando estrangular meus queridos pés. Fiz uma trança para disfarçar o cabelo meio sujo, e botei uma tiara discreta para disfarçar a trança malfeita. Nada de maquiagem, para não denunciar minha total falta de talento. Não era o meu melhor look. Mas ia ter que servir.

— E aí, ele chegou? — Mamãe enfiou a cabeça pela porta entreaberta, e me olhou de cima a baixo. — Não vai passar nada nessa cara, não?

— Não — falei decidida. Ela não discutiu. — Vamos?

— Vamos.

Ela, o Lucca e eu descemos em fila indiana até o apartamento de Isaac. Toquei a campainha e tentei me concentrar em não parecer nervosa. Mais do que isso, tentei, nos poucos segundos que me restavam, conceber uma decisão para aquele maldito dilema. Meu futuro estava logo atrás daquela porta, e eu ainda não tinha decidido se era aquilo que eu queria. E não tinha mais tempo para pensar. Tinha que resolver *agora*.

Foi a Sueli quem nos recebeu. Ela nos cumprimentou, parecendo tão animada quanto minha mãe, e nos deixou entrar. O seu Osvaldo estava na sala acompanhado de um homem que presumi ser o Marcelo, e Isaac estava colocando a mesa do jantar.

Todos os olhares se voltaram para nós quando entramos. Não, não para nós. Para mim. Respirei fundo e sorri, buscando em Isaac a confiança de que precisava. Ele me lançou uma piscadela, largou o que estava fazendo e veio na minha direção. Isaac estava arrumado demais para um jantar na própria casa, usando a bermuda jeans que eu tinha dado para ele no Natal e a camiseta do Capitão América, meu presente em seu último aniversário. Me perguntei se ele teria escolhido as roupas de propósito, ou se fora simplesmente fruto do acaso. Isaac se aproximou e então pousou uma mão nas minhas costas, me causando um curioso arrepio e uma sensação de segurança, ao mesmo tempo.

— Ah, Maitê, boa noite! — O seu Osvaldo se levantou e veio nos cumprimentar. — Marcelo, quero que conheça a Maitê. E essa é a Estela, a mãe dela, e o Lucca, o caçula.

Marcelo se levantou e veio até nós. Ele tinha uns quarenta e tantos anos, era alto e magricela, com fartos cabelos grisalhos e aquele jeito de piadista. Percebi que ele estava claramente me analisando, o que só me deixou mais nervosa.

— É um prazer conhecer vocês, finalmente — ele disse, apertando a mão da minha mãe e depois a minha. — E o Isaac tinha razão. Você é mesmo muito mais bonita pessoalmente.

Olhei completamente em choque para o Isaac, mas ele parecia subitamente muito interessado em levar de volta para a cozinha um potinho de amendoim que estava sobre a mesinha de centro. Engoli em seco e acompanhei enquan-

143

to todos se sentavam nos sofás, seu Osvaldo, dona Sueli e Marcelo no maior, eu e mamãe no menor. Lucca se distraiu ajudando Isaac a pôr a mesa.

— Maitê, acredito que o Isaac já tenha falado com você sobre a minha proposta — ele continuou.

Eu precisei pigarrear para conseguir responder.

— Falou meio por cima.

— Certo. Bom, então vou explicar melhor pra vocês. — Marcelo sorriu para a minha mãe, que parecia incapaz de desfazer a máscara de alegria costurada em seu rosto, e então prosseguiu: — Eu trabalho numa agência especializada em modelos plus size. Você sabe o que é isso?

— Modelos gordas — respondi, e ele deu uma risada contagiante que me fez sorrir também.

— Modelos de tamanhos especiais — ele corrigiu. — Pode não parecer, Maitê, mas há uma demanda no mercado da moda por modelos que saiam dos padrões convencionais. Isso porque a mulher normal não necessariamente segue esse padrão, e há todo um nicho voltado especialmente para moças mais cheinhas.

Assenti, ainda que aquilo não fosse totalmente novidade para mim. Deixei que ele continuasse.

— E, neste mercado, as modelos plus size costumam começar com uma idade um pouco mais avançada, já na casa dos vinte. — Marcelo cruzou as mãos sob o queixo enquanto falava. — Não passa pela cabeça de garotas gordinhas da sua idade que elas poderiam ser modelos. E é por isso que estou interessado em você.

Olhei de soslaio para todo mundo na sala. Os adultos, incluindo minha mãe, olhavam para o Marcelo com um interesse educado. Lucca estava brincando com Rodney entre o sofá e a mesa de jantar, pulando silenciosamente de um lado para o outro. E Isaac distribuía guardanapos sobre a mesa sem prestar atenção ao que estava fazendo, seus olhos passando de Marcelo para mim, como se estivesse se certificando de que eu estava bem.

— Se você aceitar a minha proposta, passarei a agenciá-la. Vamos produzir um fotobook profissional pra você, e eu me encarregarei de conseguir trabalhos que não entrem em conflito com seus estudos — a atenção dele desviou de mim para a minha mãe nesta parte. — É claro que, por ser menor de idade, você vai precisar da autorização da sua mãe e do acompanhamento dela em quaisquer trabalhos que venha arranjar antes dos dezoito anos, mas...

— Ela já tem minha permissão — mamãe o interrompeu. — Deixei a decisão nas mãos dela.

E então todos estavam me olhando de novo. Minha garganta travou. Minha cabeça estava girando. Meu Deus, por que era tão difícil dizer sim ou não?

— E então, Maitê? O que me diz? — Marcelo perguntou, com um sorriso simpático. — Pense bem. É uma oportunidade única. Quantas garotas não gostariam de estar no seu lugar?

Milhares, pensei, mas não disse nada. Milhares de garotas como eu que olhavam no espelho e se achavam imperfeitas. Centenas e centenas de garotas que entravam em uma loja qualquer e saíam cabisbaixas porque não conseguiam encontrar uma calça em tamanho maior que 44. Tantas e tantas garotas que eram humilhadas por meninas perfeitas como a Maria Eduarda, que faziam com que, assim como eu, sentissem que nunca ninguém poderia olhar para elas. Qualquer uma estaria rindo sozinha de estar ali em meu lugar, para poder provar para todo mundo que um dia havia duvidado delas que sim, que eram lindas e capazes e únicas e que alguém tinha visto tudo isso nelas.

E eu estava lá, sentada naquele sofá, muda, indecisa? Que belo exemplo de autopiedade eu estava dando!

— Ok — falei, pela primeira vez me sentindo verdadeiramente confiante. — Tô dentro.

Foi como se de repente o mundo voltasse a girar em seu ritmo normal. Mamãe me deu dois tapinhas de leve na perna, sorrindo para mim. Era a decisão certa. Eu podia sentir.

— Excelente! — Marcelo exclamou, e, de uma pasta escondida atrás dele no sofá, tirou alguns papéis e os passou para a minha mãe. — Essa é uma cópia do contrato que vocês assinarão, e aí tem todos os contatos da agência. Para começar, vamos precisar fazer um fotobook, Maitê. São fotos profissionais, feitas em estúdio, que vão ser seu cartão de visita para apresentarmos às empresas interessadas. É só ligar na agência e marcar o dia mais conveniente. Agora, quanto aos termos do contrato...

Ele continuou dando instruções a mim e à minha mãe pelo que me pareceu uma eternidade, e acabamos ficando para jantar. Algumas coisas eu já esperava ouvir, pelas pesquisas que tinha feito na internet, mas outras eram completamente novas. Enquanto anotava tudo mentalmente, não pude deixar de me perguntar se ele já tinha certeza de que eu aceitaria, ou se chegava com tudo pronto para todas as garotas que abordava.

Independentemente do que fosse, minha vida estava prestes a mudar.

A LISTA DE RECOMENDAÇÕES DO MARCELO ERA ENORME. IA DE COISAS SIMPLES como cuidar bem da minha aparência — desencadeando uma enorme onda de preparativos de emergência da mamãe — até coisas mais complicadas. Eu não poderia emagrecer a partir de agora, pois meu tamanho me garantia o emprego. Mas também não podia engordar descontroladamente. E precisava cuidar da saúde, de forma a não desenvolver doenças que me levassem a precisar perder peso, como diabetes ou pressão alta.

Mesmo sabendo que seria difícil abrir mão de muitas coisas para poder me manter na linha, eu estava disposta a tentar. Se aquele negócio fosse pelos ares, não seria por falta de dedicação. Então deixei a mamãe marcar depilação, cabeleireiro, dermatologista, limpeza de pele, manicure, pedicure e, a novidade da vez, uma nutricionista para me acompanhar. Cada profissional tinha indicação ou aprovação do Marcelo — nenhuma mudança poderia ser feita sem que a agência fosse notificada.

Preferi não comentar com mais ninguém a respeito de minha nova empreitada. Parte de mim não acreditava que fosse dar certo, então o melhor talvez fosse não espalhar a novidade. Além do que eu não precisava de mais estímulos. Minha mãe já estava animada o suficiente para pôr toda a pilha do mundo naquela história. Já na manhã de quinta-feira, ela ligou na agência e agendou minha sessão de fotos para dali a pouco mais de uma semana. Desse jeito, teríamos tempo para preparar uma nova Maitê para as câmeras. E quanta coisa eu tinha para fazer!

Começamos pela limpeza de pele já na segunda-feira seguinte. A clínica de estética era de uma amiga da minha mãe, e, por ser de uma conhecida, ela fez questão que fôssemos até lá. Mas morávamos no Jabaquara e a clínica ficava longe, em Perdizes — um trajeto de pouco mais de catorze quilômetros que pareciam quarenta no trânsito de São Paulo. Para variar, chegamos atrasadas. Entrei direto, e a esteticista me fez deitar numa daquelas macas desconfortáveis. Ela prendeu meus cabelos longe do rosto e começou a trabalhar.

Foi meia hora de olhos fechados e o nariz irritado com o cheiro de Deus sabe quanta coisa que aquela mulher passou na minha cara. Ela ia explicando, mas, quanto mais ela falava, mais eu abstraía. Máscara disso, máscara daquilo, creme não sei do quê, esfoliante de alguma coisa. Eu não sentia a menor diferença. Saí de lá com o rosto quase em carne viva, vermelho e inchado.

Só quando cheguei em casa, mais de uma hora depois, e me olhei no espelho do banheiro que vi o efeito *real* da coisa. Parecia outro rosto. Digo, era o meu rosto, mas estava diferente. Mais iluminado, mais bonito. A minha pele estava tão lisinha que eu tinha o impulso de tocá-la a cada cinco segundos só para sentir a textura. Eu não fazia ideia do que aquela moça tinha colocado ali, mas tinha funcionado! E como!

No dia seguinte, mamãe me levou para a minha primeira sessão de depilação com cera quente. Eu havia sido adepta da boa e velha gilete desde o início da adolescência, mas minha mãe insistiu que eu precisava tirar os pelos na cera, então obedeci. Ela havia me garantido que não era tão ruim quanto parecia.

Obviamente, ela estava mentindo.

— AAAAAI! — berrei alto na primeira puxada. E na segunda. E na terceira.

— Maitê, quer parar de gritar? Olha o vexame! — minha mãe ralhou, cobrindo o rosto com a mão, morta de vergonha. Pude ver que a depiladora, longe de ter piedade, estava segurando o riso enquanto preparava mais uma camada de cera na minha batata da perna.

— Mas esse negócio dói demAAAAAIS! — Fiz menção de sentar na maca, mas minha mãe me segurou.

— Você queria o quê? Para de gritar!

— Por que eu não posso tirar tudo na gilete? — resmunguei, choramingando.

— Porque não. Pode ir se acostumando. — Mamãe me ofereceu a mão, e eu a segurei entre as minhas duas com toda a força do mundo. — Segure firme e fique quieta.

Crispei os lábios, tentando mesmo conter os gritinhos, mas volta e meia deixando escapar um grunhido. Aquilo era de longe a coisa mais dolorosa que eu tinha feito na vida.

A tortura seguiu por uma hora. Não contente em me fazer pagar os pecados puxando todos os pelos na cera de uma vez, a depiladora ainda me atacou com a pinça. Quando finalmente acabou, jurei a mim mesma que, não importava quão bom tivesse sido o resultado, eu nunca mais passaria por aquilo de novo.

Eu estava tão atrapalhada com os preparativos para o fotobook que ignorei quase todo o resto à minha volta. Minha distração foi tamanha que só na quarta-feira, quando o professor de matemática passou a última série de exercícios preparatórios para o simulado do ENEM, eu me dei conta da burrada que tinha feito.

A sessão de fotos era no sábado.

O simulado do ENEM começava no sábado.

Eu estava perdida.

Quando mamãe buscou Lucca e eu na escola naquele dia, deixei cair a bomba logo que entrei no carro:

— Mãe, sábado tem simulado na escola — falei, puxando a porta do carro. — Eu esqueci completamente.

Ela demorou alguns segundos para entender minha preocupação. Quando, enfim, a ficha caiu, me olhou de queixo caído.

— Como você foi esquecer uma coisa dessas? — ralhou, e bateu com uma mão no volante. — Vou ligar hoje e tentar transferir para a semana que vem!

— Semana que vem já é o ENEM! — anunciei, roendo os tocos de unha que me restavam. Ela bufou e engatou a primeira marcha com violência para sair da vaga.

— Até que horas vai o simulado? — perguntou, os olhos focados no retrovisor enquanto saía.

— Das oito até uma da tarde, acho. — Peguei a agenda na mochila para confirmar. — Que hora você marcou lá na agência?

— Duas horas.

— Tá. Então dá pra fazer as duas coisas, né? — indaguei, mais para mim mesma do que para ela, e fechei a agenda com um baque. — Eu não preciso ficar lá até o último segundo, posso sair mais cedo.

— Nem pensar! — Mamãe me olhou de repente, mais brava com aquela possibilidade do que com a chance de eu perder hora na agência. — Você vai fazer esse simulado com calma, e, se não der tempo, paciência. Prioridades, lembra?

Prioridades, prioridades. Era um pouquinho difícil dar mais importância a um simulado, que não valia absolutamente nada, do que à minha primeira

148

sessão de fotos. Mas eu havia garantido aos meus pais que não deixaria aquela história interferir na minha vida escolar, então essa era a hora de provar. Ia ter que dar tempo. Ia dar.

* * *

Na sexta-feira, almocei em casa antes de seguir para o cabeleireiro indicado pela agência. Já devia fazer um ano (ou mais) desde a última vez em que eu *cortara* o cabelo. Logo, não fiquei surpresa quando o cabeleireiro começou a comentar em alto e bom tom como meus fios estavam maltratados e horrorosos. Cada comentário maldoso era seguido de um longo debate entre ele e a minha mãe a respeito do que deveriam fazer comigo, que corte ficaria melhor, o que mais valorizaria meu rosto. Até quis dar uma opinião, mas a verdade era que eu entendia tanto sobre cabelos quanto sobre qualquer outro tipo de cuidados de beleza. Fiz uma anotação mental de pedir sugestões de blogs de moda e beleza para a Josi, para aprender a me cuidar sozinha. Procurei prestar atenção na conversa para vetar qualquer palpite absurdo, tipo corte chanel ou pintar o cabelo de vermelho, mas felizmente os dois pareciam bastante sensatos. Depois do que me pareceu uma vida inteira, começou a ação.

— O que é que vocês estão fazendo? — tive que perguntar, enquanto o cara pegava um potinho para misturar tinta.

— Vamos fazer umas luzes no seu cabelo, filha — mamãe explicou, se sentando em um sofá e escolhendo uma revista para ler. — Fica quietinha, tá?

— Mas vai ficar horrível! — reclamei, seguindo cada movimento dele com os olhos.

— Não vai ficar horrível — o cabeleireiro replicou, parecendo ofendido, e pegou um pente para repartir meu cabelo. — Eu sei o que estou fazendo.

Olhei meu reflexo no enorme espelho à minha frente. Ele começou a separar meu cabelo em várias mechas e prendeu-as com piranhas no topo da minha cabeça. Feito isso, puxou mechas menores e, com o auxílio de um pequeno pincel, melecou meu cabelo com tinta. Encarei o cabeleireiro com desconfiança. Eu esperava mesmo que ele soubesse.

Resolvi fechar os olhos enquanto ele trabalhava. Já que eu não estava decidindo nada, seria melhor que tudo fosse uma enorme surpresa. Acordei quando o barulho e o calor irritantes do secador começaram. Ele puxava as mechas em todas as direções, secando-as tão de perto que eu estava impressionada com o fato de o meu cabelo não pegar fogo. E então terminou.

E eu era definitivamente aquela garota da foto.

Meu cabelo estava incrível. As tais luzes não eram loiras, como eu tinha imaginado, mas em um tom mais claro de castanho que tinha deixado uma cor totalmente diferente e um brilho quase irreconhecível. Em vez de mexer no comprimento, ele havia só dado um corte e arrumado minha franja, agora caída de maneira perfeita sobre o lado direito do meu rosto. Eu nunca tinha me sentido tão bonita.

Já estava pronta para ir embora quando minha mãe lembrou que eu ainda precisava fazer as unhas. Suspirei, mas me sentei de novo sem reclamar, já satisfeita o bastante comigo mesma para aceitar o que viesse. Inclusive a careta de nojo da manicure quando olhou para as minhas mãos.

— Você rói as unhas — ela constatou, observando meus dedos de perto. Revirei os olhos.

— Eu sei.

— Não, quero dizer... você rói *tudo*. — Ela ergueu as minhas mãos pra que eu visse os tocos de unha enterrados nos dedos grossos, cutículas crescendo para todos os lados. — Não tem o que salvar aqui!

— Foi mal — falei, sem saber ao certo se estava pedindo desculpas para a manicure, para as minhas mãos ou para mim mesma.

— Vou colocar unhas postiças, tá bem? — ela disse, retirando de sua cestinha de milagres uma caixinha com várias unhas de plástico. — São bem resistentes, mas você vai precisar se controlar até suas unhas crescerem.

— Tá — concordei, me perguntando o que diabos eu ia roer agora nos meus momentos de nervosismo.

— Vou deixá-las de um tamanho que não atrapalhe, mas, como você não tá acostumada, vai precisar de certo cuidado pra não quebrar — ela continuou, e colocou meus dedos da mão direita em um potinho com água. — E, pelo menos por umas duas horas depois que terminarmos, não mergulhe os dedos na água quente, para a cola não soltar.

— Tá bom.

Voltei ao meu silêncio, e ela começou a trabalhar. Pacientemente, tirou todas as peles horrorosas, e então colou uma a uma as unhas plásticas — que não eram tão incômodas quanto eu pensava — e as cortou e lixou até ficarem de um tamanho bonito e confortável, do tipo que não me abriria um corte se eu precisasse me coçar. E finalizou o trabalho com uma delicada francesinha que eu jamais conseguiria fazer sozinha.

Quando cheguei, fui direto para o apartamento de Isaac. Já tinha um dia inteiro que nós não nos falávamos, eu estava nervosa com as fotos do dia seguinte e agora não podia mais roer as unhas. Eu precisava de ajuda urgente!

Dei de cara com Isaac sem camisa quando ele abriu a porta. Nós convivíamos havia anos, e eu já o vira sem camisa várias vezes, mas dessa vez alguma coisa me fez correr os olhos por ele. Do cabelo despretensiosamente preso por um elástico frouxo, para a camiseta sobre o ombro ossudo, onde pequenas sardas despontavam, então para os braços magros, até enfim me deter na barriga que não costumava ser assim tão sarada — ele estava malhando? Então notei o que estava fazendo e ergui os olhos de volta para seu rosto, torcendo para que ele não tivesse percebido.

Isaac também estava me olhando. Não, olhando não. Ele estava me estudando. Se tinha sido estranho prestar atenção nele, era ainda pior ver que *ele* estava prestando atenção em *mim*. Ele passou tanto tempo me encarando em silêncio que me senti desconfortável. Isaac me olhava tão fixamente que não consegui sustentar o olhar por muito tempo e abaixei a cabeça.

— O que foi? — perguntei, finalmente mexendo na barra da camiseta para controlar o impulso de levar as mãos à boca.

— Você — ele disse, como se aquilo resolvesse tudo. Ele ficou calado com a boca entreaberta por mais um minuto, a mão ainda firme na maçaneta. — Tá diferente — completou, soltando o ar.

— Eu sei — ergui as pontas do cabelo para olhá-las de novo, e de repente não pareciam mais tão incríveis. — Ficou estranho?

— Não! — Isaac balançou a cabeça como se aquela suposição fosse totalmente absurda. — Não, claro que não! — Então olhou para a porta e pareceu finalmente se dar conta de onde estávamos. — Ah, foi mal. Entra aí.

— Eu não posso ficar muito. — Entrei, e Isaac fechou a porta enquanto eu me jogava no sofá. — Ainda tenho umas coisas pra fazer, e amanhã saio cedo. Mas queria te perguntar uma coisa.

— O que é? — Ele se sentou ao meu lado, e joguei as pernas sobre as dele.

— Você pode... ir comigo? Amanhã, quero dizer. Lá, tirar as fotos.

Isaac sorriu.

— Vou poder fotografar também? — ele quis saber, e eu ri.

— Acho que ninguém vai te impedir. — Dei de ombros, e ele pareceu satisfeito. — Olha, sinceramente... Tô apavorada.

— Por quê? É só um book fotográfico, não tem muito segredo.

— Claro que tem! As pessoas vão olhar essas fotos e vão decidir se me contratam ou não. E eu não sei se vou conseguir... — Chacoalhei as mãos, procurando a palavra certa. — Me soltar pra câmera, sabe?

— Você conseguiu aquele dia no parque. — Isaac franziu o cenho e bateu carinhosamente no meu nariz com o indicador.

— Não é a mesma coisa. — Segurei o dedo dele, e de repente Isaac tinha abraçado minha mão inteira com a dele, o que me trouxe uma estranha sensação de formigamento no braço. — Era só a gente aquele dia no parque. Era você atrás da câmera. E eu não estava tentando nada. Não tinha nada em jogo. A gente só tava... se divertindo.

— Então é isso. — Eu olhei para ele sem entender, e Isaac gesticulou na minha direção, as nossas mãos entrelaçadas. — O segredo é esse, Mai. Não tente. São só fotos. Vai lá, se diverte, brinque. Seja você mesma.

— Mas será que é suficiente? Tipo, ser eu mesma? Será que é o bastante?

— Foi suficiente para o Marcelo — ele respondeu, encarando distraidamente nossas mãos unidas. — É o suficiente pra mim.

Meu coração acelerou e eu sorri, sem conseguir olhá-lo nos olhos. Em vez disso, observei o polegar de Isaac fazendo círculos na palma da minha mão, me perguntando em silêncio como todas as outras meninas do mundo podiam sobreviver sem ele. Eu tinha muita sorte por ter o Isaac na minha vida.

— Às vezes eu queria conseguir me enxergar como você me enxerga — falei sem pensar. Isaac não levantou a cabeça, mas vi o sorriso mínimo nos cantos de sua boca.

— Às vezes eu também. — Ele juntou fôlego, como se ameaçando dizer algo mais, mas hesitou por um instante, e então soltou o ar devagar, erguendo os olhos para mim, sorrindo e me enchendo de segurança. — Vai dar tudo certo. Eu vou estar lá, na sua frente, logo atrás da câmera. E você não vai ter com o que se preocupar.

* * *

Mesmo com a insistência de Isaac de que eu estava me preocupando à toa, eu estava muito nervosa quando acordei no sábado. Levantei cedo, comi, tomei banho e me arrumei, tentando parecer o mais apresentável possível. Mas, quando me olhava no espelho, tinha vontade de chorar. De repente toda a minha autoconfiança tinha pulado pela janela.

Saí de casa às sete horas, não me sentindo pronta nem para o simulado, nem para a sessão de fotos mais tarde. O combinado era que minha mãe e Isaac sairiam de casa e estariam na porta do colégio à uma da tarde em ponto. Depois de desejos de boa sorte e recomendações para que eu ficasse tranquila e fizesse a prova com calma, eu estava por minha conta e risco.

Entrei no colégio rápido e sem olhar para os lados. Como era sábado, todos os ânimos estavam exaltados, porque ninguém queria estar no colégio àquela hora e porque tínhamos um longo fim de semana de provas pela frente. Fui para a sala e fiquei tamborilando os dedos na mesa enquanto esperava a tortura começar.

Quando a professora de geografia — nossa fiscal de sala naquele dia — entregou os exames, eu já estava mais do que ansiosa. Eu tentava o tempo todo trazer minha mente de volta para a sala, onde deveria estar, mas ficava pensando no compromisso de mais tarde. Como seria? Eu não tinha ideia do que esperar. Isaac tinha me dito que seriam só fotos, mas era completamente diferente de tudo que eu já tinha feito. Aquilo seria como uma entrevista de emprego. Não iam me querer a menos que eu fosse boa o suficiente.

Olhei para o relógio. Dez horas. Eu ainda precisava encarar setenta das noventa questões do dia. Chegaria exausta ao estúdio, com cara de cansada, e as fotos ficariam horríveis. Minha carreira afundaria antes mesmo de começar.

Respirei fundo várias vezes e tentei me concentrar. Nas horas seguintes, vacilei entre a concentração na prova e os devaneios de nervosismo. Quando dei por mim, já passava do meio-dia e eu ainda tinha quinze questões para responder. Acabei respondendo tudo de qualquer jeito e saí correndo faltando dez minutos para o fim da prova. Minha mãe e Isaac já estavam no carro, estacionado bem em frente ao portão.

Quando mamãe me perguntou do simulado, menti e falei que foi tudo bem. Eu estava um tiquinho arrependida de não ter focado toda a minha atenção na prova, mas não dava para voltar atrás. Então procurei me acalmar durante o caminho. Apesar de o estúdio ficar na Bela Vista, não muito mais do que cinco quilômetros de onde eu morava, pegamos um trânsito infernal, como não podia deixar de ser. E a cada minuto desperdiçado na Avenida Nove de Julho, era um minuto a mais de pânico.

— A gente devia ter saído mais cedo — eu dizia sem parar, ainda que eu soubesse que não poderíamos ter saído mais cedo, mesmo se quiséssemos.

— Filha, saímos com tempo suficiente para ir e voltar do centro. É sábado, nem devia estar esse trânsito todo!

— E São Paulo lá tem dia pra ter trânsito, mãe? — Cerrei as mãos em punho para evitar o impulso de roer as unhas. — Que primeira impressão eu vou passar se chegar atrasada na primeira sessão de fotos? Vou parecer uma irresponsável!

— É só um fotobook — mamãe disse calmamente, enquanto mexia nos botões do ar-condicionado.

— Não importa. O Marcelo vai estar lá. Tudo vai ser avaliado. Se eu chegar atrasada já no primeiro dia, o que isso vai dizer sobre mim?

Para me ignorar, e também me ajudar a acalmar os nervos, minha mãe aumentou o volume do rádio. Tentei relaxar. Ficar estressada só terminaria de arruinar meu dia. Eu ainda tinha vinte minutos, e estávamos perto. Ia dar tempo. Tinha que dar.

Só que quase não deu. Quando mamãe estacionou no prédio onde ficava o estúdio, eram duas horas em ponto. Desci correndo do carro, acompanhada de Isaac, mas ainda tivemos que parar na recepção para fazer um daqueles cadastros irritantes em que a recepcionista pede seu RG, CPF, certidão de nascimento, fator RH, exame do pezinho e, depois de atrasar você por uma vida inteira, ainda fotografa sua cara com uma webcam. Quando finalmente conseguimos entrar no elevador, eu já estava dez minutos atrasada.

A agência ocupava todo o quinto andar do prédio. Em uma sala menor, para a qual segui primeiro, ficava a recepção, e, em outras maiores, ficavam os estúdios. Cheguei à recepção suando frio, e Marcelo já estava lá à minha espera. Antes mesmo que ele pudesse dizer alguma coisa, minha mãe já se adiantou nas desculpas:

— Marcelo, desculpe mesmo pelo atraso. Nós saímos cedo, mas a Nove de Julho está um inferno!

— Tudo bem. A fotógrafa acabou de chegar também. — Marcelo sorriu, e eu pude respirar aliviada. — Isaac. Não sabia que você vinha.

— Eu pedi pra ele vir — falei, e só então me ocorreu que eu nem sabia se seria permitido. Fiz minha melhor cara de cachorro sem dono. — Será que ele pode ficar no estúdio comigo? Se não tiver problema.

— Eu queria aproveitar para pegar umas dicas de fotografia — Isaac se apressou em justificar logo em seguida. Não era totalmente mentira. Se eu bem o conhecia, Isaac jamais sairia de um estúdio fotográfico sem sugar o máximo possível de informações a respeito de tudo.

— Claro, claro, não tem problema nenhum. Agora, Maitê, vem comigo. — Ele colocou uma mão sobre o meu ombro e me puxou para longe.

Deixei Isaac e minha mãe para trás e segui Marcelo até os fundos da recepção, onde havia uma porta que dava para um camarim improvisado, com uma cadeira reclinável e dois espelhos enormes em paredes opostas. Um rapaz de uns trinta e poucos anos, roupas em tons berrantes e cabelos descoloridos, estava à minha espera. Sobre um banquinho, havia uma caixa de ferramentas abarrotada do que eu tinha certeza ser a maior quantidade de maquiagem do mundo. Havia o suficiente ali para pintar a cara de toda a torcida do Corinthians.

— Maitê, esse é o Wesley, e ele é quem vai cuidar de você hoje. — Wesley me deu um sorrisinho rápido antes de começar a separar freneticamente seu material de trabalho. — Wesley, acelera aí que já estamos atrasados, ok?

— Pode deixar — ele respondeu, a voz simpática. Segurei o riso, e fui sentando enquanto Marcelo saía e fechava a porta. — Bom dia, Maitê. Pronta para o seu dia de princesa?

— Pronta — respondi, dessa vez sem conseguir conter o riso. Wesley reclinou a cadeira de leve e ajustou a altura até que eu ficasse em um nível confortável para ele. Então me pediu para fechar os olhos e começou a trabalhar.

É estranho ter alguém maquiando você. Eu podia sentir o que ele estava fazendo e até espiar pelo espelho, mas não tinha ideia de qual seria o resultado. A todo momento, ele me dava instruções do tipo "abra" ou "feche os olhos", "abra a boca", "baixe o rosto". Não sei por quanto tempo fiquei ali, mas quando levantei já estava com torcicolo.

Com a maquiagem pronta, Wesley ajeitou rapidamente meu cabelo, e pareceu meio chocado quando me recusei a alisar meus fios com a chapinha, preferindo deixá-los ondulados, ao natural. Mal tive tempo de me olhar no espelho antes que ele me empurrasse para fora e me levasse para o que chamou de "coxia". De relance, vi que a fotógrafa já estava preparando o estúdio, e que Isaac a seguia de perto como um cachorro farejando os pés da dona.

A coxia era uma saleta apertada e abarrotada de araras e mais araras cheias de roupas, que ficava no meio do caminho entre os estúdios. Tinha tanta coisa ali que ficava até difícil de se mexer sem trombar em pelo menos um cabideiro. Enquanto eu tentava não esbarrar em nada, Wesley foi separando alguns modelos.

— Serão quatro trocas de roupa — ele explicou, enquanto empurrava as peças para olhá-las melhor. — Vai ter que ser rápido, porque o estúdio tem horários reservados. Mas não se preocupe, eu vou ajudar você nas trocas. Agora vai, tira a roupa.

Hesitei. O Wesley era... bom, um *homem*. Eu não tirava a roupa nem na frente das minhas amigas. Como poderia simplesmente me despir na frente dele?

— Maitê, querida, não temos o dia inteiro! — ele ralhou um minuto depois, ao ver que eu ainda não tinha me mexido e bateu impaciente com o pé no chão. — Qual o seu problema, hein? Faço isso todos os dias. Não tem nada aí embaixo que me interesse. Vai, anda logo.

Corei, e, ainda hesitante, comecei a me despir. Wesley foi gentil o bastante para se virar e não ficar olhando, o que já ajudou um pouco. Foi me apressando enquanto me passava as roupas, que eu vestia sem nem olhar direito. Por último, me passou os sapatos.

— Eu vou ter que subir *nisso*? — perguntei, chocada, olhando para a altura dos saltos. Eram maiores do que qualquer um que eu já tivesse usado na vida.

— Florzinha, você quer ou não ser modelo? — Ele ergueu as sobrancelhas perfeitamente delineadas para mim e colocou os sapatos no chão.

— Mas eu não sei andar nisso!

— Então aprenda. E rápido. — Ele me ofereceu uma mão para me ajudar a subir nos sapatos. — Agora calça logo e chispa daqui!

Resolvi que era melhor obedecer antes que ele enterrasse o salto na minha cabeça ou alguma coisa assim. Com certa dificuldade, fiquei de pé. No curto caminho até o estúdio, torci o tornozelo e quase caí. Ele estava certo, eu precisava aprender a andar em saltos como aqueles, ou ia acabar me quebrando inteira na primeira oportunidade.

Isaac foi o único que pareceu notar minha presença quando apareci no ambiente. Ele estava observando a fotógrafa mexer nas luzes, mas parou quando me viu e só ficou me encarando, exatamente como fizera no dia anterior, na porta de sua casa, como se eu fosse a única garota do mundo inteiro que merecesse sua atenção. Segui lentamente até ele, e só então a fotógrafa me olhou e sorriu.

— Bom dia, Maitê. Eu sou a Camila, e vou ser sua fotógrafa hoje — disse, e fiquei feliz por ela ser tão simpática. — Pronta?

Não, eu não estava. Estava nervosa, em pânico, doida para roer minhas unhas postiças até o talo. Meus pés já estavam doendo de andar naquele salto idiota, e eu não tinha me olhado no espelho nem uma única vez desde que chegara. Eu não estava nem um pouco pronta.

Olhei para o Isaac, e ele assentiu para mim. Ouvi sua voz na minha cabeça me dizendo que tudo ia dar certo, que ele estava ali. Decidi que nunca estaria pronta. Então sorri, fiz de conta que estava tudo bem e concordei com a cabeça sem falar nada.

Camila me indicou onde eu deveria ficar. O estúdio era simples e muito quente, ainda que eu conseguisse ouvir o barulho do ar-condicionado ligado. Havia um fundo branco para onde todas as luzes estavam apontadas — que era onde eu deveria ficar — e, atrás de onde Camila estava, uma infinidade de coisas que eu não sabia para que exatamente serviam. Minha mãe estava tão escondida que eu mal podia vê-la. Na minha frente, obscurecidos pelo excesso de luz na minha cara, estavam Isaac, ainda me encarando fixamente e já com a câmera em mãos, e Camila, preparando sua máquina.

— Certo, Maitê. Vamos começar — ela disse, quase em um grito de comando. — Olha pra cá e me dá seu melhor sorriso.

Obedeci, mesmo sem saber exatamente qual era *meu melhor sorriso*. Três flashes depois, e Camila tirou a câmera do rosto, com uma careta insatisfeita.

— Solta os braços, bonita. Para de fazer essa pose de bule de chá!

— Bule de chá? — repeti, aos risos. Ela me clicou no meio da gargalhada.

— É, sabe? Esse negócio aí de colocar a mão na cintura! — Ela imitou a pose de maneira afetada. — Não fica bem em ninguém.

— Tá legal, sem bule de chá. — Soltei os braços, chacoalhando-os ao lado do corpo para tentar relaxar

Mas que diabos eu ia fazer com as mãos agora?

Parecendo notar que sem a técnica do "bule de chá" eu estava perdida, Camila começou a gritar instruções. "Mexe no cabelo." "Comemora alguma coisa." "Quer que a gente conte uma piada pra você rir melhor?" A cada novo pedido eu ficava menos propensa a me soltar.

Então fizemos uma pequena pausa, e a Camila nos mostrou a primeira dezena de fotos na tela de seu computador. Algumas tinham ficado legais, mas não eram nem de perto o que eu esperava ver.

— Vai trocar de roupa que vou pensar aqui no que a gente faz — ela disse, me enxotando para longe.

Voltei para a coxia, e Wesley já estava preparado para fazer a troca de roupa em dois minutos ou menos. Era quase como um pit stop na Fórmula 1.

Quando entrei no estúdio de novo, e me coloquei diante das luzes e do fundo branco, Isaac estava me esperando, a câmera em mãos.

— Roubou o lugar da Camila agora? — perguntei, rindo. Um clique, um flash, tão rápido que nem consegui perceber se tinha vindo mesmo da câmera dele.

— Ela descobriu que sou um fotógrafo muito melhor do que ela — ele se gabou, erguendo a câmera para o rosto.

— Ah, claro! — Outro clique, outro flash.

— É só um treino, na verdade. Nada de mais. A Camila ainda está tentando decidir o que fazer com você. Caramba, olha aquilo ali! — Ele apontou para alguma coisa no teto e eu olhei; mais um clique e um flash. Só então percebi que havia outra lente me fotografando.

— Ah, malditos! Tentando me enganar! — Mais um clique. Camila veio mais para a frente, ajustando o foco da câmera.

— Vale tudo pra você se soltar, bonita! — exclamou, e eu mostrei a língua pra ela. Outro flash.

Olhei para Isaac, fingindo me fotografar. "Vai dar tudo certo", ele dissera. "Eu vou estar lá, na sua frente, logo atrás da câmera."

E ele estava ali. Éramos só nós dois no parque de novo, juntando os pedacinhos do meu coração partido, passando um dia ao sol com uma máquina fotográfica e nenhuma pretensão. Não tinha estúdio, nada de luzes artificiais, não tinha Camila. Era só o meu melhor amigo, dizendo para me soltar e fazer de conta que não tinha nada de mais.

E foi o que eu fiz.

* * *

Implorei para todo mundo para que não falassem mais de "fotos" ou "modelo", ou de qualquer tópico parecido até o fim do dia. Eu estava faminta e exausta depois do que tinha sido uma verdadeira maratona de fotos e trocas de roupa que deram trabalho tanto para mim — que ainda era muito lenta e desajeitada — quanto para o Wesley — cuja paciência era curta e, depois da segunda troca, sugeriu que eu apenas ficasse sentada enquanto ele fazia tudo para mim para que eu atrapalhasse menos.

A verdade era que eu estava surpresa com o quanto aquilo tinha sido cansativo. Imaginava que fosse só questão de ficar bonita e sorrir para a câmera, mas era muito mais que isso. Eram necessários centenas de cliques para se obter uma foto perfeita, e muito mais que um sorriso para montar um fotobook. A sessão havia me esgotado muito mais que o simulado. Só de pensar que, depois de tudo aquilo, eu ainda teria que levantar cedo no domingo para mais um dia de prova, já tinha vontade de chorar.

Quando chegamos, o Isaac foi logo dizendo que descarregaria as fotos para que eu pudesse vê-las quando estivesse a fim. Fiquei grata, pois sabia que as da Camila só ficariam prontas dali um tempo, mas não estava com ânimo para isso agora. Engoli um macarrão instantâneo (apesar dos protestos da minha mãe de que eu precisava me alimentar melhor) e fui dormir. Só acordei duas horas depois.

Quando levantei, a casa estava vazia, exceto pelo meu pai, estirado no sofá da sala, assistindo a um jogo qualquer na televisão. Sentei no chão, apoiei a cabeça no colo dele, e, por algum tempo, ninguém falou nada. Eu adorava como a gente podia só ficar em silêncio às vezes e mesmo assim sermos as melhores companhias do mundo um para o outro. Era reconfortante, em contraste com o barulho interminável da minha mãe.

— E aí, como foi hoje? — ele perguntou por fim, pousando a mão sobre a minha cabeça em um cafuné desajeitado. Suspirei.

— Foi bom, acho.

— Como assim, "acho"?

— Eu não vi as fotos, então não sei se ficaram boas ou não.

— Mas não foi isso que eu perguntei. Quero saber como foi *pra você*. Era o que você esperava?

Pensei nisso por um instante. Eu não tinha definido exatamente um conjunto de expectativas para aquele dia. Nem para a coisa toda, para falar a verdade. Mas tinha algumas ideias sobre o que seria "ser uma modelo", que agora já estavam começando a se perder.

— Não — respondi, lentamente. — Foi cansativo, mas não foi ruim. — Virei de frente para ele, e papai abaixou o volume da televisão. — Não sei, acho que eu tinha imaginado que era só ir lá e tirar umas fotos e pronto, sabe? Só que não foi nada disso.

— Não? — meu pai estranhou. Acho que no fundo as ideias dele eram bastante parecidas com as minhas.

— Não. — Eu ri. — Foi uma loucura. Trocas de roupa, maquiagem, uns saltos tão altos que você nem acreditaria se me visse neles... e tantas, tantas, tantas fotos. Sério, é muito cansativo. Chegou uma hora em que eu não aguentava mais aquela luz na minha cara. E nem durou tanto tempo assim, sabe? Foram menos de duas horas de ensaio. Mas cansa bastante.

— E quando nós vamos ver essas fotos?

— Não faço ideia! O Isaac tirou algumas com a câmera dele. — Dei de ombros e abracei os joelhos junto ao corpo. — Ele ficou de me mostrar, mas não sei se estou a fim de ver.

— Por que não estaria? Depois de todo esse esforço, acho que você tem que ver como ficou.

Torci o nariz e abaixei a cabeça, envergonhada.

— Estou com medo de ter ficado tudo horrível e de tudo isso ir por água abaixo antes mesmo de começar — confessei. Papai riu de mim como costumava rir quando eu era criança e fazia alguma arte, e esticou a mão para cobrir a minha.

— Isso aí, filhota, é completamente impossível — ele garantiu, e estava tão convicto daquilo que me senti tentada a acreditar.

Fizemos silêncio por mais alguns minutos. Meu pai mudou de canal algumas vezes, até encontrar um filme qualquer para assistir. Ele adorava fazer isso, pegar programas pela metade e nunca vê-los até o final. Eu não entendia a diversão, mas ele sempre dizia que uma hora era suficiente para ele se cansar do que quer que estivesse assistindo. Exatamente por isso, ninguém mais conseguia ver televisão com ele.

— Como foi o simulado? — ele quis saber, e eu suspirei.

— Na boa? Um desastre. Não conseguia me concentrar por nada no mundo!

— Nervosismo?

— Também. E preocupação por causa das fotos. Não consegui separar as coisas.

— Precisa aprender a fazer isso. O simulado não vale nada, mas e se fosse alguma coisa importante?

— Eu sei.

— Você tem prova amanhã também?

— Tenho. — Bocejei, desde já cansada só com a ideia. — Mais noventa questões e a redação. E semana que vem tem o ENEM. — Fiz careta de choro. — Posso desistir?

— Nada disso. Não se esqueça do combinado!

Sorri, e não falei mais nada.

Meia hora mais tarde, desci para o apartamento do Isaac. Embora eu ainda estivesse com uma pontinha de medo de ver o resultado, meu pai tinha razão sobre uma coisa: eu tinha dado duro o dia inteiro, o mínimo de recompensa que poderia receber era ver no que tinha dado.

Toquei a campainha, e foi a dona Sueli quem me recebeu. Ela me cumprimentou com um abraço animado.

— Ah, querida, as fotos ficaram ótimas! — ela foi me dizendo, enquanto eu entrava. — Realmente maravilhosas. Você tem talento nato!

— Obrigada — falei, esboçando um sorriso tímido.

— O Isaac tá no quarto mexendo nelas. Vai lá dar uma olhada.

Assenti e me mandei antes que ela pudesse dizer mais alguma coisa. Como sempre, entrei sem bater, e Isaac mal olhou na minha direção, totalmente concentrado na tela do computador.

— E aí, modelete? — brincou, e retribuí a brincadeira com um peteleco em sua bochecha.

— Tô dando muito trabalho no Photoshop? — perguntei, espiando a tela para ver o que ele estava fazendo. No canto da tela do Facebook, uma janelinha com o nome de Janaina Teixeira piscava sem parar.

— Não. Não mexi em nenhuma, na verdade.

— Tava ocupado?

Ele seguiu meu olhar até a tela do computador, direto para o nome piscante. Imediatamente, Isaac minimizou a tela.

— Não — ele respondeu, sem olhar para mim. — Não precisei mexer em nenhuma mesmo.

Eu duvidava seriamente, mas não discuti. Puxei um banquinho que ficava no canto do quarto e me sentei enquanto ele abria a pasta que continha a surpreendente quantidade de 159 fotos.

— Achei que você só tinha tirado algumas! — exclamei chocada.

— Isso porque eu já excluí as que ficaram muito escuras ou tremidas.

— Uau.

— Ok, vamos lá. Preparada?

— Não.

— Tudo bem.

Isaac então pôs as fotos para rodarem em uma apresentação de slides. E, logo na primeira, fiquei de queixo caído.

As fotos de Isaac não tinham ângulos perfeitos, e meu olhar quase nunca estava voltado para elas. Em algumas, ele havia enquadrado Camila me fotografando, em outras tinha captado relances de quando eu estava me preparando para outra sequência de cliques. Mas em todas elas eu estava inacreditavelmente diferente.

Não sabia exatamente o que tinha me transformado da gordinha quietinha no mulherão que eu estava vendo naquelas fotos. Talvez fossem as roupas, tão mais bonitas e mais adequadas para mim do que qualquer peça que eu tivesse no armário. Ou o meu cabelo que caía em ondas sensacionais. Quem sabe não tinha sido a maquiagem espetacular do Wesley que tinha me deixado com rosto de boneca. Ou ainda o meu recém-descoberto talento para fingir que usava saltos havia muitos anos, quando nem sabia como tinha conseguido manter meus ossos intactos sobre eles.

Mas, conforme as fotos foram passando, percebi que absolutamente nada daquilo teria feito a menor diferença se eu não... *dominasse* a cena. É, era essa a palavra que eu estava procurando, desde aquele dia no Ibirapuera com Isaac. Aquela garota dominava a cena de uma forma tão intensa que não dava para tirar os olhos dela. Ela estava completamente confortável ali, como se a câmera não fosse mais que um mosquitinho na parede a observando de longe. Ela sorria livre, e cada pose não era como algo ensaiado, travado, mas um movimento contínuo, leve.

E aquela garota era eu.

— Mai, fala alguma coisa.

Desgrudei os olhos da tela por um instante. Isaac tinha dado as costas para o computador e estava me olhando, as sobrancelhas erguidas e um sorriso, atento às minhas reações e esperando uma resposta.

— E aí, o que achou? — ele quis saber, pousando uma mão delicadamente sobre a minha perna.

Respirei fundo antes de responder, tentando formular tudo numa frase que fizesse sentido. *O que eu tinha achado?* Bastaria que eu dissesse que nunca tinha me sentido tão fantástica? Ou que eu finalmente acreditava que aquele sonho tão distante era totalmente possível? Ou que nunca na vida eu tinha me sentido tão bonita?

— Ficaram ótimas! — falei, por fim. Mas "ótimas" não chegava nem perto da sensação real que aquilo estava me causando.

— Ficaram — ele concordou, cruzando os braços e olhando para a tela por sobre o ombro.

Continuei olhando para as fotos incansavelmente. Não devia ser tão chocante. Era isso que o Marcelo tinha visto em mim, em primeiro lugar. Se ele não achasse que eu era capaz, jamais teria me convidado.

Mas, mesmo assim, era impressionante. Como acordar de um pesadelo que tinha durado toda a minha vida, no qual eu era o patinho feio, e, agora que estava acordada, podia ver que na verdade eu era o cisne.

E, cara, como aquilo era bom.

— Você tava linda — o Isaac comentou, de repente. Soou como um comentário casual, mas ainda assim me fez corar. — Ainda tá.

— Quando foi que eu fiquei bonita assim? — indaguei com um riso, mais para mim mesma do que para ele. — Você sempre foi — ele disse, levando uma mecha de cabelo para trás da minha orelha. — Só precisava de um empurrão-zinho pra enxergar.

Aparei a mão dele no meio do movimento, segurando-a junto ao meu rosto. Sorri, aproveitando aquele sentimento bom e sem nome que se espalhava pelo meu peito.

— Obrigada por me mostrar.

10

QUANDO CHEGUEI AO COLÉGIO NA SEGUNDA-FEIRA, SENTIA COMO SE GUARDASSE um segredo. Um segredo que estava aos olhos de todo mundo, mas que ninguém além de mim conseguia enxergar.

Sentei com a Josiane e a Valentina, como sempre, e tentei terminar meu dever de matemática atrasado enquanto as duas trocavam figurinhas sobre o simulado do fim de semana. Fiquei um tempo tentando me concentrar no cálculo, mas estava inevitavelmente distraída. E então notei que as duas estavam cochichando.

Olhei para cima, e percebi que estavam falando *sobre mim*.

— O que foi? — perguntei, erguendo as sobrancelhas.

— Nada, *femme fatale* — a Valentina respondeu com um sorriso, e eu corei. — Gostei do corte de cabelo.

— Para com isso — pedi, sem um pingo de sinceridade. Era muito bom ser elogiada.

— E a cor! Meu Deus, que perfeita! — a Josi emendou, e fui ficando cada vez mais corada. — E... Maitê, você está usando maquiagem?

Comecei a rir e impulsivamente escondi o rosto nas mãos.

— Vocês estão me deixando com vergonha! — exclamei, e elas riram e puxaram minhas mãos para baixo.

— Vergonha de quê? Você tá linda! — a Josi insistiu, e eu a olhei, agradecida. — O que aconteceu nesses últimos dias que eu perdi?

— O simulado do ENEM — respondi, fingindo não saber do que ela estava falando. Josi riu da minha cara.

— Eu também fiz o simulado, e olha só pra minha cara — disse, apontando o próprio rosto. — Como foi que a gente não viu você assim antes?

— Eu entrei e saí meio correndo da prova. Não falei com ninguém.

— Agora, sério, o que foi que te deu pra rolar esse momento *Extreme Makeover*? — a Val perguntou, erguendo uma mecha do meu cabelo com a mão, e eu suspirei.

— Não sei — menti, mordendo o lábio. — Eu só... olhei no espelho e me dei conta de que precisava de uma repaginada. Queria me sentir bem comigo mesma, sabe?

— E como você está se sentindo?

Meu sorriso se alargou.

— Fantástica.

O sinal tocou, e lentamente recoloquei a apostila na mochila enquanto nós três levantávamos, deixando todos os outros alunos passarem à frente no caminho até as escadas.

— Mudando de assunto... e o simulado? — perguntei, ajeitando a alça da mochila nos ombros.

— Achei fácil. — Valentina deu de ombros, abraçando o fichário contra o peito.

— Fácil pra você, que é a maior CDF — a Josi implicou, revirando os olhos. — Foi um desastre. Se o simulado foi assim, não quero nem ver como vai ser o ENEM de verdade.

— Pelo menos vocês ainda têm o ano que vem — comentei, com uma pontinha de inveja. Apesar de o ensino médio não ter sido exatamente um mar de rosas para mim, eu não estava pronta para me formar. O que vinha depois parecia muito mais assustador.

— Infelizmente — a Valentina resmungou, já alcançando as escadas. — Mais um ano neste inferno! Não aguento mais, quero acabar logo e ir pra faculdade, estudar o que me interessa.

— Calma, Val. Um ano passa depressa. — Josi deu dois tapinhas de leve no ombro da amiga. — Logo, logo, você vai se tornar a...

— Juíza mais jovem da história deste país! — completamos juntas, e então nós três caímos na risada. Valentina sonhava em ser advogada desde criança, e um dia a ideia de ser juíza tinha surgido durante uma conversa sobre carreira, uns anos antes. Ela tinha enchido o peito para falar disso, toda cheia de orgulho e ambição, mas eu e a Josi havíamos transformado tudo numa grande piada interna.

— Vocês vão ver só! — a Val exclamou, apontando o dedo para nós duas. — Vou mandar prender vocês por desacato.

— Mas vai demorar um pouquinho — a Josi brincou, quando chegamos ao corredor das salas. — Tchau, Mai. Boa aula.

— Até mais tarde. — Acenei para as duas e tomei meu rumo para o extremo oposto do andar.

Meu lugar especialmente reservado para o sofrimento já estava lá me esperando, com direito a Maria Eduarda sentada no colo do Alexandre e tudo. Eu estava preparada para os comentários maldosos de todo santo dia, mas dessa vez eles não vieram. Eu já tinha ativado o modo "ignorar" — que consistia em olhar fixamente para a carteira, abafando sons externos e não mantendo contato visual com ninguém, especialmente com a Maria Eduarda —, quando percebi que ninguém estava dizendo nada. Na verdade, estava todo mundo muito quieto.

Quando enfim ergui os olhos, percebi que o sorrisinho de canto que normalmente acompanhava o olhar cruel e zombeteiro dela não estava ali. Em vez disso, ela estava me olhando como se tivesse visto um monstro. Não, um monstro não. Um fantasma. Um paradoxo. Algo completamente impossível. E, da boca meio aberta, não saía nem um chiado.

E, além dela, o Alexandre também estava me encarando. Tipo, muito fixamente. Ele nunca tinha olhado para mim daquele jeito, tão... firme. Sei lá qual é a palavra exata. Ele não piscava, nem se mexia. Ele não parecia estar nem respirando. Os olhos dele pareciam total e inteiramente concentrados em...

Bom, em mim.

— Caramba, o que foi que aconteceu com você no fim de semana?

Olhei para trás, e a Verinha estava mexendo em meu cabelo, sorrindo para mim. Corei de novo, mas não consegui segurar um sorriso em resposta.

— Tava precisando mesmo de um corte — respondi, dando de ombros.

— Você não tinha visto? — Débora se juntou a ela, também olhando admirada para as mechas em meu cabelo. — Eu vi quando ela chegou no sábado, mas não deu tempo de comentar.

— Eu não reparei! — Ela olhou para mim como quem se desculpa. — Dia de prova, né? Sabe como é.

— Sei — concordei, sem me importar. Por fim, Verinha soltou meu cabelo e seguiu rumo à própria carteira.

— Ficou incrível! Quero o número desse cabeleireiro depois! — ela disse, apontando uma unha comprida e vermelha em minha direção.

— Valeu!

Voltei a olhar para a frente. A Maria Eduarda continuava me olhando fixamente, mas agora parecia querer atear fogo em mim com os olhos. As pessoas se sentaram quando o professor entrou, mas notei que o Alexandre precisou ainda de alguns segundos para virar para a frente. Não parei de sorrir pelo resto da aula.

* * *

Voltei ao consultório médico na quarta e quinta-feira daquela semana. Comecei pela nutricionista — uma moça simpática, de no máximo trinta anos e o cabelo estilo black power mais incrível que eu já tinha visto —, que passou quase uma hora conversando comigo a respeito dos meus hábitos alimentares.

A primeira coisa de que me dei conta era que estar proibida de emagrecer não me garantia passe livre para comer o que bem entendesse. Manter o peso com certeza exigiria bem menos esforço, mas eu passaria pela tal da reeducação alimentar de que todo mundo falava.

Minha dieta não era ruim. Exceto pelo fato de que eu não poderia abusar horrores da fritura (adeus, batatas fritas e coxinhas todos os dias!) e deveria evitar tomar refrigerante (o grande suplício daquela história toda), o resto estava até bastante agradável aos olhos. Ainda podia comer massa. Tinha direito a um docinho de sobremesa. Faria pequenas refeições a cada duas horas. Mas teria que me acostumar com coisas de que eu não gostava. Verduras, legumes e muita fruta, essa era a principal recomendação da minha nova dieta.

— Você precisa descobrir jeitos de gostar desses alimentos — a médica tinha me dito. — Seu corpo precisa deles.

Torci o nariz, mas concordei sem me pronunciar. Se eu podia comer chocolate todos os dias, poderia me acostumar com uma alimentação mais saudável.

Eu me sentia bem mais segura para a consulta do dia seguinte sabendo que não teria de passar pela médica que vinha me acompanhando nos últimos meses. Felizmente para mim, minha nova endocrinologista era muito mais simpática. Era uma mulher de talvez cinquenta anos, mas que aparentava ter no máximo quarenta. Era calma e divertida. Quando lhe contei a minha situação, ela pareceu impressionada.

— Você é um caso novo, Maitê! Não tenho muitos pacientes que me procuram porque *não* querem emagrecer.

Sorri. Eu mesma tinha frequentado consultórios médicos por muito tempo à procura da fórmula mágica do emagrecimento. Águas passadas!

Como meus exames ainda estavam em dia, economizei tempo e pudemos partir direto para o plano de ação.

167

— Bom, além da nova dieta, você vai precisar fazer exercícios — ela continuou, após uma rápida análise do meu programa de reeducação alimentar dado pela nutricionista.

— Exercícios? — repeti, com uma careta. — Mas eu não quero perder peso!

— Uma coisa não tem nada a ver com a outra — a doutora me contestou, e eu ergui as sobrancelhas.

— Como não?

— Exercícios físicos são uma questão de saúde, Maitê. Mesmo comendo da maneira certa, você ainda está no quadro de obesidade. E, se não se cuidar, isso pode implicar riscos sérios para a sua saúde, agora ou mais pra frente.

Engoli em seco. Não tinha pensado por esse lado.

— Acho que não deve ser nenhum segredo pra você, mas o peso que você tem na sua idade costuma ser um fator preocupante — ela continuou, pacientemente. — O risco de desenvolver doenças como pressão alta, diabetes ou colesterol alto são muito maiores do que se pesasse, digamos, vinte quilos a menos. Por enquanto seus exames estão todos muito bons, mas não há garantias de que continuarão assim se você não se cuidar de maneira apropriada.

A doutora continuou, dizendo que eu precisaria encontrar uma atividade que me agradasse e encaixá-la na minha vida pelo menos três vezes por semana, uma horinha por dia. Isso não só me ajudaria a manter o peso, como a manter a saúde — afinal, se eu não me cuidasse, em algum momento seria obrigada a perder peso pelo meu bem-estar. Então, mesmo insatisfeita, concordei.

Quando a sexta-feira chegou, eu já tinha praticamente esquecido que aquele fim de semana seria de dedicação exclusiva ao ENEM. Dessa vez, contudo, fui lembrada bem a tempo — tanto pela minha mãe, que havia grudado um papel com a data, a hora e o local da prova na geladeira, quanto pelos professores, todos dedicados a uma revisão de última hora. O sábado ainda nem tinha chegado, e eu já estava exausta.

No sábado pela manhã, encontrei Isaac no hall de entrada do prédio e de lá seguimos a pé para o metrô. Tínhamos dado a sorte de cairmos no mesmo local de prova, e a companhia dele durante o trajeto ajudava a acalmar meus nervos.

— Tá nervosa? — ele perguntou assim que entramos no metrô, e eu ameacei levar as unhas à boca. Velhos hábitos são difíceis de perder.

— Tô — respondi, cruzando os braços em seguida. — Como você consegue ficar tão calmo?

— É só uma prova. Nem vale tudo isso. — Isaac deu de ombros, despreocupado, e então me lançou um olhar enviesado. — A menos que você esteja pensando em tentar alguma federal e eu não saiba.

— Não, não é por isso — suspirei. Ele apontou para um espaço livre no fundo do vagão, e nós nos dirigimos até lá. — É que eu prometi para os meus pais que ia me dedicar, entende? E fiz o simulado de qualquer jeito, mas agora... Isso é real. Depois disso é o vestibular, e aí...

— E aí que não adianta pensar nisso agora. — Antes que alcançássemos os assentos, o trem deu um solavanco quando começou a brecar, e precisei me agarrar à cintura de Isaac para não cair. Ele passou um braço pelos meus ombros e continuou assim depois que nos sentamos. Estar nos braços dele era natural como respirar, mas ao mesmo tempo me dava um estranho formigamento pelo corpo. — Fica calma, ok? Vai dar tudo certo.

— Ok. Vamos falar de outra coisa — sugeri, respirando fundo para me acalmar. — Você começa.

— Tá. Deixa eu ver. — Ele torceu o nariz, pensativo. — Ah, esqueci de contar. Acho que vou fazer um curso de fotografia nas férias. Só que é lá no Rio de Janeiro.

— Quanto tempo? — perguntei, sem esconder um bico de chateação. As férias não tinham a menor graça se ele não estivesse comigo. Toda vez que Isaac ia visitar os parentes no Rio, meus dias perdiam a cor.

— Três semanas. — Ele também não pareceu animado com o veredicto. — Mas é um curso bacana. Tem aula de restauração de fotos antigas e tudo.

— Parece legal — concordei, com um sorriso desanimado. Não queria ser a amiga chata e minar suas chances de estudar algo que ele amava tanto só para tê-lo comigo.

— De qualquer jeito, não sei se vai rolar — o Isaac acrescentou, dando de ombros. — Meu tio ainda tá vendo isso pra mim.

— Espero que você consiga — falei, tentando soar sincera. Eu me sentia péssima pelo egoísmo, não queria desanimá-lo. Queria pedir que não fosse, mas sabia que, se fosse o contrário, ele estaria me apoiando, como sempre. Isaac apertou carinhosamente meu braço e sorriu.

— Vai, sua vez.

— Bom... — Pensei por um instante. — Ah! Vi um spoiler horrível de *Game of Thrones* no Tumblr e preciso saber se é verdade. Você já leu todos os livros, né?

— Os que foram lançados, sim.

— Ótimo.

Enchi Isaac de perguntas pelo resto do caminho, e já estava muito mais calma quando chegamos à Etec onde prestaríamos o exame. A gente se despediu quando chegou a hora da prova e combinamos de nos encontrar na saída, para voltarmos juntos de metrô. Enquanto seguia em direção à minha sala, recitei mentalmente o mantra de "respire fundo e fique calma". Só levava comigo uma bolsinha com três barras de cereal, uma garrafa de água, duas canetas, meus documentos e dinheiro.

Como previsto, foram longas e intensas horas, tanto no sábado quanto no domingo. A prova em si nem estava tão difícil — as quase duzentas questões eram muito mais trabalhosas que complicadas, e, exceto pelas matérias de exatas, eu me saí bem.

Quando Isaac e eu voltamos para casa, estávamos ambos física e mentalmente exaustos. Fiquei me perguntando se toda prova de vestibular era parecida com aquilo, um enorme desgaste emocional que fazia você ter vontade de dormir pelo resto da vida. Eu não tinha a menor curiosidade em descobrir.

Não fizemos mais nada pelas horas que nos restaram no domingo. Eu estava numa boa, jogando Assassin's Creed na casa do Isaac, toda largada com meu pijama de moletom mais confortável, quando o telefone da casa dele tocou.

Nenhuma novidade até aí. Telefones tocam. Na casa do Isaac, aos fins de semana principalmente — quando aparentemente as ligações interurbanas são mais baratas e todos os familiares resolvem se falar — o telefone tocava o tempo todo.

A novidade foi que, dessa vez, o seu Osvaldo abriu a porta do quarto do Isaac e disse:

— Maitê, é pra você.

Parei o jogo e, confusa, levantei para pegar o telefone. Imaginava que fosse a minha mãe, ainda que ela nunca me ligasse enquanto eu estava na casa do Isaac; se ela quisesse falar comigo, podia simplesmente descer um lance de escadas ou interfonar. Mas ela era meu único palpite. Quem mais saberia que eu estava ali?

— Alô? — atendi, cheia de receio, como se o telefone pudesse me morder.

— Maitê, é o Marcelo.

Meu coração disparou, e não soube bem o motivo — se por ele estar me ligando na casa do Isaac, o que por si só já era estranho, ou se por estar simplesmente *me ligando*.

— Oi, Marcelo — falei, olhando para o Isaac com os olhos arregalados. Ele parecia tão surpreso quanto eu.

— Eu liguei na sua casa e falei com a sua mãe. Ela disse que você estaria aí — ele explicou, e tudo fez mais sentido. — Ouça, tenho uma proposta de trabalho pra você.

— Mas já? — eu sorri, e Isaac se levantou, vindo em minha direção.

— O que é? — ele balbuciou, mas não respondi.

— Pois é. — Marcelo riu do outro lado da linha. — É um ensaio para uma matéria em uma revista. Passo mais detalhes depois, mas preciso saber agora se você topa. Já discuti o cachê com a sua mãe.

Legal. O trabalho era meu, mas eu era a última a ficar sabendo do andamento das coisas.

— A sessão é amanhã, às nove da manhã, mas é um pouco longe — ele continuou. — Vai precisar levantar cedo e chegar com certa antecedência. Eu sei que você tem aula, mas conversei com a sua mãe e ela disse que não tem problema. E aí?

— Tô dentro — aceitei, sem pensar duas vezes.

— Ótimo. Sua mãe já tem todos os detalhes, então fale com ela e me ligue se precisar. Até amanhã!

— Até.

Desliguei, e então olhei para o Isaac, que estava me encarando curioso e cheio de expectativa. Fiquei séria por um instante antes de abrir um largo sorriso.

— Tenho uma sessão de fotos amanhã! — gritei, e o abracei.

— Parabéns! — Ele me abraçou de volta. Eu estava tão feliz que não queria soltá-lo. — Viu só? Eu tinha certeza de que ia dar certo.

— Me diz, o que eu faria sem você?

— Não se preocupe. Você nunca vai ter que descobrir — ele sussurrou no meu ouvido.

Eu sorri, e lentamente o soltei. Isaac manteve as mãos sobre meus ombros, o olhar distante. O silêncio no quarto parecia ter um leve ruído de estática e palavras mudas. Sem saber bem por quê, me afastei um passo e Isaac abaixou os braços.

— Olha, eu tenho que subir para falar com a minha mãe! — falei, apontando por cima do ombro em direção à sala. — Mais tarde eu volto, tá?

— Tranquilo, vai lá! — o Isaac assentiu, colocando as mãos nos bolsos da calça.

Acenei um tchau desajeitado, querendo dar o fora dali o mais rápido possível e fechar a porta. Isaac observou enquanto eu me afastava, até que cheguei ao fim do corredor e não conseguia mais vê-lo. Fui para casa e não voltei mais naquele dia.

* * *

Minha mãe me disse que as fotos eram para uma matéria em uma revista, da qual ela não conseguia lembrar o nome. Fora o endereço e o valor do cachê (o dobro da minha mesada!), ela não tinha mais informações. Fiquei surpresa com a facilidade com que ela aceitou que eu faltasse à aula — ela geralmente me arrastava até o colégio mesmo que eu estivesse morrendo —, mas não discuti. Não queria arriscar que ela voltasse atrás.

Acabou que o "um pouco longe" do Marcelo era um eufemismo. O endereço apontava para algum lugar às margens de uma rodovia, e, antes mesmo de eu checar no Google Maps, já sabia que ia demorar uma vida inteira para chegar. Para estar no local às nove da manhã, eu teria de levantar às cinco, contando com o trânsito descomunal que só um início de semana em São Paulo podia produzir. Eu estava ferrada.

Então fiz um esforço para dormir relativamente cedo. Fui deitar às 22h30, mas fiquei brigando com a insônia até depois da uma da manhã. Eu esperava que a mesma ansiedade que me impedia de dormir me acordasse no horário.

Não rolou.

Não sei exatamente o que filtrou a voz da minha mãe e a transformou em um ruído melancólico em meio ao meu sonho. Sei que, se ouvi, não assimilei. Se assimilei, não lembro. Mas, em algum momento, fui acordada aos berros com a notícia de que estava atrasada. Brutalmente atrasada.

Levantei tão assustada que corri e me enfiei debaixo do chuveiro enquanto minha mãe separava minhas roupas e preparava algo que eu pudesse engolir no caminho. Mal tive tempo de me olhar no espelho antes de sair de casa aos tropeços.

Adormeci no caminho, enquanto minha mãe balbuciava uma porção de coisas sobre o trânsito, o mau funcionamento do GPS e minha irresponsabilidade com horários. Acordei com ela me chacoalhando e anunciando que tínhamos chegado. E que eu estava atrasada.

Estávamos no que parecia uma chácara muito ampla e bonita. Havia vários carros parados em frente a uma grande casa de aparência rústica, e mais para o fundo eu via uma equipe montando luzes, tripés e todo tipo de equipamento. Muita gente, muitos equipamentos, tudo muito profissional. Meu estômago revirou, e desejei muito que Isaac pudesse estar ali comigo de novo. Não tinha certeza se conseguiria sem ele.

Eram 9h05 quando saí correndo do carro em direção ao Marcelo, que estava de pé, apontando para o relógio. Torci o nariz, preparada para uma bronca daquelas.

— Maitê, em cima da hora como sempre! — ele falou, me lançando um olhar de reprovação.

— Desculpa! — foi tudo o que eu disse, achando que era melhor não tentar me justificar. Ele assentiu, e apontou para onde eu deveria seguir.

— Estão lá dentro aprontando as meninas. Corre que só falta você.

Dei uma olhada rápida para a minha mãe, que estava alcançando o Marcelo, e saí correndo. Entrei na casa, e vi que o que antes era uma sala de visitas havia se transformado em um imenso camarim. Uma arara de roupas estava em um canto, esperando que as modelos, sentadas em várias cadeiras e tendo cabelo e maquiagem preparados, viessem explorá-la.

Quando Marcelo me falou do trabalho, imaginei que, se houvessem mais modelos ali, todas elas seriam... bem, como eu. Não era o caso. Nem um pouco.

Ali, no camarim improvisado, estavam cinco meninas, todas com aproximadamente a minha idade, de todos os tamanhos, formas e raças. Uma moça negra, de volumosos cabelos cacheados e corpo malhado, se levantava para se vestir; ao lado dela, uma japonesa magricela, da qual eu podia ver os ossos mais saltados, já estava completamente vestida e calçava uma bota; depois, uma loira alta e esguia, com o corpo tão perfeito que até a Maria Eduarda surtaria de inveja, tinha o cabelo arrumado pelas mãos de outra mulher. Todas eram completamente diferentes entre si, e todas indiscutivelmente bonitas.

Acordei do baque inicial quando uma moça de avental me chamou, me mandou tirar a blusa e sentar. Ainda um pouco hesitante, me despi e vesti o roupão que ela jogou na minha direção. Então me sentei e a deixei trabalhar.

Logo de cara me dei conta de que o ritmo ali era outro — muito mais frenético e intenso que o que eu tinha experimentado quando estive no estúdio, dias atrás. A maquiadora trabalhava rápido, e, antes que ela terminasse, já tinha outra pessoa mexendo no meu cabelo. Quando eu estava pronta, ela praticamente me expulsou da cadeira, e segui o restante das meninas até a arara de roupas, onde uma mulher e um cara já designavam a cada uma seu figurino.

Fiquei feliz de perceber que só havia uma troca de roupa para aquela sessão. A má notícia era que as fotos seriam feitas do lado de fora, no sol que já estava ameaçando nos cozinhar, e que eu teria de usar saltos. Muito altos. Na grama.

Eu me vesti, e fiquei admirada com a rapidez de algumas das minhas colegas, me concentrando em não parecer completamente inexperiente naqueles sapatos. Só tive tempo para uma olhada muito rápida no espelho antes de ser apressada para o lado de fora. Mal consegui notar o que estava usando.

O fotógrafo nos deu algumas instruções antes de começar. Seriam feitas várias fotos em grupo primeiro, troca de figurino, e então fotos individuais. O tema, pude julgar pelo cenário alegre e colorido, com uma mesa de madeira e vários pratos com comida (artificial, fomos avisadas) sobre ela, era algo como um piquenique ou café da manhã ao ar livre. Eu me perguntei quem diabos iria a um piquenique de salto, mas não falei nada. Eles deviam saber o que estavam fazendo.

Foi uma manhã longa. Muito longa e muito, muito quente. Tive medo de estar derretendo dentro daquelas roupas e que logo eles fossem obrigados a pedir que eu fosse me trocar, para que as manchas de suor não aparecessem nas fotos. Felizmente, nada disso aconteceu. O que só podia significar que algum milagre estava se abatendo sobre mim.

Depois da primeira hora e meia de pé, sob o sol quente, sorrindo e posando para uma quantidade infinita de fotos, me dei conta de como estava enganada em meus pré-julgamentos daquela profissão. Achava que seria uma coisa rápida. Meia dúzia de fotos e tchau. Achava ainda que seríamos bem tratadas, que teríamos sombra e água fresca, comidinhas à vontade. Achava que poderia me sentar quando estivesse cansada.

Nada disso. Embora houvesse bastante água (quase) gelada para aplacar a sede, nada de sombra para nenhuma de nós. Em vez disso, mais luzes na cara refletidas por aquelas placas insuportáveis de tecido brilhante. Apesar de ser quase hora do almoço e de ter tomado um café da manhã fraco no caminho, não tínhamos mais do que frutas e barrinhas de cereal para comer. E, mesmo depois de quase três horas de pé, nenhuma pausa para descanso. Nem um minutinho para respirar. Fui das fotos para o camarim e de volta para as fotos. Quase chorei de alegria quando acabou.

Entrei, e, enquanto todas as meninas se trocavam, me sentei por um minuto e tirei os sapatos.

— Ah, meu Deus, que coisa boa! — falei, e o comentário saiu mais alto do que esperava. Todo mundo começou a rir.

— Nossa, fala sério, salto alto na grama é uma tortura! — a oriental comentou, e as outras concordaram.

— Pior que meu sapato era um número maior! Tive que encher de algodão pra não ficar saindo toda hora! — a loira confessou, então veio na minha direção. — Você pode abrir o zíper aqui, por favor?

— Claro! — Me levantei para ajudá-la.

— Obrigada. — Ela me olhou por um minuto e sorriu. — Caramba, seu cabelo é incrível! O que você faz pra deixá-lo assim?

— Assim como? — Instintivamente, puxei uma mecha para olhar.

— Esse ondulado bonito. — Ela apontou para o meu cabelo e em seguida para o dela. — Eu tenho que fazer progressiva para o meu não armar!

Arregalei os olhos. Eu nunca ia acreditar que aquele cabelo incrivelmente liso era fruto de progressiva. Mas, antes que eu pudesse dizer alguma coisa, a morena já estava dando conselhos sobre como controlar o volume do cabelo. E, quando me dei conta, todo mundo estava conversando.

Acabei demorando mais tempo que o necessário para me trocar porque a conversa estava muito divertida. Mas, uma a uma, fomos embora, e logo eu também estava a caminho de casa. Foi só então que notei que não sabia o nome de ninguém. Nem para onde iriam aquelas fotos...

* * *

Mais tarde naquele dia, Isaac veio me ver. Eu ainda estava deitada, absolutamente morta e incapaz de me levantar ao menos para comer. Ele entrou no meu quarto sem bater, me empurrou para o lado e se deitou comigo, cruzando os braços sobre o peito.

— E aí, como é que foi lá hoje? — ele quis saber, e eu soltei um longo suspiro.

— Cansativo — soltei. — E meio surreal. Não era bem o que eu esperava.

— O que você esperava?

— Que tivesse comida em algum lugar para as pobres modelos que trabalharam a manhã inteira. — Isaac soltou uma gargalhada.

— Modelos não comem, lembra? Você tem que... fazer fotossíntese. — Ele ergueu as mãos para o teto para demonstrar, fingindo absorver a luz da lâmpada.

— Ah, claro! — Fiz uma careta. — Sou modelo plus size. Preciso de carboidratos pra manter o corpinho!

— Então te mataram de fome. Certo. — Isaac virou de lado na cama, colocando um braço sob a cabeça e o outro junto ao corpo. — O que mais? Tinha outras garotas ou era só você?

Demorei para responder, distraída pela respiração dele em meu rosto e ciente demais da proximidade. Não era como se nós nunca tivéssemos ficado tão perto um do outro antes. Pelo contrário, Isaac e eu éramos bem folgados em matéria de respeitar o espaço do outro. Mas, de uns tempos pra cá, alguma coisa tinha mudado, eu sabia. Eu não tinha certeza do que era, mas nosso "normal" tinha deixado de ser o que era. Eu sentia que estava deixando passar algo fundamental, mas não conseguia precisar o quê.

Suspirei e fechei os olhos, repetindo para o meu corpo se acalmar e para o meu cérebro parar de dar ideias idiotas.

— Tinha mais umas cinco meninas — respondi, cruzando as mãos sobre a barriga.

— Gatinhas? — o Isaac perguntou. Revirei os olhos e ignorei a pergunta.

— Sabe o mais legal? É que eu não me senti deslocada — falei, me lembrando das outras meninas que fotografaram comigo. — Ninguém era do tipo modelete, sabe? Bom, uma sim. Mas todas as outras eram só...

— Normais? — o Isaac sugeriu, e eu assenti.

— É.

— Legal. E pra que eram as fotos?

— Sabe que eu nem me lembrei de perguntar? — foi a vez de o Isaac revirar os olhos para mim, e eu lhe dei um cutucão na barriga. — Eu estava cansada! Isso nem passou pela minha cabeça. Mas é alguma coisa que envolve piqueniques de salto alto.

— Quem vai a um piquenique de salto alto? — Ele franziu o cenho, e soltei uma gargalhada.

— Exatamente.

11

A BOMBA DEMOROU EXATAMENTE UMA SEMANA PARA CAIR.

Nos dias que se passaram, minha vida voltou ao seu ritmo normal de ensino médio. Enquanto eu me desdobrava para estudar para as provas, minha mãe me cobrava empenho na nova dieta e insistia que eu precisava escolher um esporte para praticar. Meu pai preferiu ignorar o papo de "ser modelo" por ora e tinha longas conversas comigo à noite sobre as minhas perspectivas de futuro.

— Não é que eu não acredite que vai dar certo — explicou, sentado à mesa de jantar. — Só que eu acho que você precisa estudar. Ter um diploma, essas coisas. Você não vai ser modelo o resto da vida.

Ele tinha razão, claro. E não é como se eu não tivesse feito planos. Tinha planejado cursar design, algo que combinasse computador com criatividade. Antes.

Mas agora eu tinha novos sonhos e uma nova perspectiva de carreira diante de mim. Papai dizia que não era bom que uma coisa excluísse a outra, mas eu não tinha certeza de como as coisas seriam dali para a frente. Não queria ter que abandonar nada no meio do caminho.

Para provar a ele que eu não pretendia jogar nada para o alto tão cedo na vida, sentei com meu pai diante do computador e passamos a noite toda pesquisando faculdades que oferecem o curso que eu queria fazer. A maior parte delas era particular. Eu me sentia meio mal de impor mais quatro anos de mensalidade à minha família, mas papai insistiu que isso não era problema.

— Tem um monte de faculdade boa. Não vou te obrigar a fazer uma pública se a gente pode pagar. — Ele fez uma pausa, e, quando percebeu que eu não estava muito convencida, acrescentou: — Eu me formei na Mackenzie. Não vou achar ruim se você quiser cursar uma particular.

Aquilo acabou me amolecendo. Acabei me inscrevendo para dois vestibulares, e meu pai foi dormir mais tranquilo.

Nenhum contato do Marcelo veio naquela semana. Minha mãe (que aparentemente tinha se tornado minha empresária) ligou algumas vezes, sondando trabalhos, mas não surgiu nada novo. Supus que devia ser assim mesmo. Eu ainda estava começando, dificilmente ia ter um trabalho por dia.

Passei o fim de semana seguinte estudando para uma prova de matemática que teríamos na segunda-feira. Eu estava exausta só de pensar, mas precisava enfiar a cara nos livros — ainda estava pendurada na matéria, e, se não tirasse uma boa nota, penaria para conseguir uma azul bem no último bimestre. Depois de levar Isaac à exaustão com minha completa inaptidão para cálculos, fui dormir com a cabeça cheia e morrendo de vontade de nunca mais sair da cama. Tive a impressão de ter dormido por uns vinte minutos quando minha mãe veio me acordar.

Pegamos um trânsito desgraçado no caminho para o colégio, e cheguei quando faltavam onze minutos para o sinal tocar. Entrei como geralmente fazia em dias de prova: nervosa, olhando para o chão, mordendo o lábio para controlar o ímpeto de destruir minhas unhas. Passei direto pelas pessoas sem cumprimentar ninguém, completamente absorta no exame por vir.

Cheguei à mesa onde a Val e a Josi estavam e me sentei depois de murmurar um rápido "bom-dia" enquanto pegava minha apostila para uma rápida estudada de última hora. Não reparei que havia algo estranho até ver que as duas estavam me encarando; a Josiane com aquele meio-sorriso que denunciava sua vontade de rir, e a Valentina com uma sobrancelha arqueada.

— O que foi? — indaguei, olhando pra elas e em seguida voltando minha atenção para o livro.

— Não tem nada que você queira contar pra gente, não? — a Valentina perguntou, impassível.

— Humm... não? — respondi, sem erguer os olhos.

— Tem certeza? — a Josi insistiu, e eu balancei a cabeça para logo em seguida encará-las outra vez.

— Do que vocês estão falando?

Elas se olharam por um breve instante, então a Josi tirou uma revista do colo e a estendeu aberta para mim. Eu a peguei, sem entender.

E aí vi uma foto minha ocupando uma página inteira.

O susto foi tamanho que eu engasguei com minha própria saliva. A foto tinha obviamente sido tirada no ensaio da semana anterior — eu reconhecia a roupa, e inclusive me lembrava da pose, que me custara uns quatro minutos parada e uns duzentos cliques do fotógrafo —, mas que agora trazia as palavras "Você é espetacular!" seguidas de um texto de introdução da matéria.

Ainda de queixo caído, dei uma olhada na revista, uma daquelas revistas para adolescente com a Taylor Swift na capa. Depois de encarar minha foto por mais alguns segundos, passei os olhos pela página. Falava sobre autoestima, supervalorização dos padrões de beleza, entre outras coisas. E trazia mais três imagens do ensaio daquela manhã, com grupos das meninas. Mas a única solo era a minha.

— A foto tá linda! — a Valentina elogiou, com uma suave pontinha de ironia. — Conhece a modelo? Queria o autógrafo dela!

— Deixa de ser boba! — exclamei, fechando a revista e ficando vermelha feito tomate.

— Por que não contou nada pra gente? — a Josi reclamou, fazendo bico enquanto pegava a revista de volta. Suspirei.

— Eu nem sabia para onde iam as fotos quando aceitei o trabalho!

— Peraí. Trabalho?

O sinal tocou e eu afundei o rosto nas mãos, agora mais estressada do que nunca.

— Olha, eu juro que conto tudo direitinho — prometi. — Mas por enquanto só quero saber o seguinte: mais alguém viu essa revista?

Elas não responderam de imediato. A Josi abaixou os olhos e fingiu guardar alguma coisa, e a Valentina olhou em volta de maneira nada sutil.

— Algumas pessoas... — ela respondeu vagamente. Estremeci, e só então realmente olhei em volta.

E todo mundo estava olhando pra mim.

Quando digo todo mundo, não é exagero nenhum. É uma maneira educada de dizer que quem não estava me olhando, ou não podia me ver ou tinha acabado de virar a cara quando me viu virar o rosto em sua direção. Agora que eu finalmente estava prestando atenção, notei pelo menos mais uma dúzia de revistas iguaizinhas àquela circulando de mão em mão. As pessoas abriam, olhavam, ficavam chocadas, fofocavam e voltavam a me encarar, sem nem se dar o trabalho de disfarçar. Eu não sabia que sentimento predominava: se o pavor de tanta exposição de uma única vez, ou se a alegria de ser o centro das atenções.

Esperei o pátio esvaziar para ter coragem de subir. Quando cheguei à sala, todos os olhares se voltaram para mim. Hesitei, mas percebi não tinha nada que eu pudesse fazer agora que a fofoca estava se espalhando pelo colégio. Respirei fundo e entrei na sala de cabeça erguida, fingindo muito mais tranquilidade do que sentia de verdade. Sentei, tentando não me encolher na carteira, e tive vontade de morrer quando recebi a prova e me dei conta de que tinha esquecido tudo o que tinha levado tanto tempo para estudar.

* * *

Eu era capaz de gritar de alívio quando chegou o intervalo.

Eu havia demorado para conseguir me concentrar na prova. Passado o baque inicial, os cochichos e os olhares foram diminuindo gradualmente, até todo mundo estar focado exclusivamente no calhamaço de papéis à sua frente. Ainda assim, demorei para me acalmar o bastante para conseguir fazer a prova. E, mesmo depois disso, era como se eu fosse incapaz de determinar as respostas corretas.

Deixei a sala me sentindo exausta e frustrada. Eu tinha estudado tanto, mas era como se todo o conhecimento desaparecesse cada vez que eu lia uma pergunta. Acabei deixando quatro questões em branco, e só consegui resolver as demais porque acabei decidindo que qualquer resposta era melhor do que *nenhuma* resposta. Entreguei a prova certa de que iria dali para a recuperação. Estava tão imersa em meus próprios pensamentos que demorei a perceber que alguém estava me chamando.

— Mai! — Meu coração acelerou quando me dei conta de que era a voz do Alexandre, e parei imediatamente onde estava e olhei para trás. — Opa, alguém tá muito distraída!

Ele vinha pelo corredor, seu sorriso maravilhoso estampado no rosto, lindo mesmo de uniforme. Estranhamente, mesmo após a surpresa inicial, não senti as borboletas no estômago que surgiam como mágica cada vez que o Alexandre falava comigo; sorri de volta, contente em vê-lo, mas sem sentir que meu mundo inteiro estava parando por causa disso.

— Desculpa! Eu não ouvi você — falei, sorrindo de volta.

— Não, tudo bem. — Ele deu de ombros, soltando um suspiro chateado. — Agora que você é famosa, começa a tentar passar por cima dos amigos. Eu entendo.

— Eu não sou famosa — repliquei, revirando os olhos e voltando a andar em direção às escadas.

— Tem uma foto sua numa revista. A escola inteira tá falando de você. Eu diria que isso é ser famosa. — Ele me acompanhou. Uma breve pausa, e então: — A foto ficou muito bonita.

Corei, mas não consegui controlar o sorriso.

— Obrigada.

— Você ficou muito bonita nela. — Alexandre pousou uma mão em meu braço, me fazendo parar, enquanto, com a outra, erguia meu rosto com um toque suave. — A mais bonita, na verdade.

Achei que fosse explodir, mas não soube bem se por causa do elogio ou dele. Pigarreei e murmurei um agradecimento qualquer, sentindo meu rosto queimar como se eu estivesse com febre.

— Não sabia que você era modelo — o Alexandre prosseguiu, como se nem notasse o que tinha acabado de fazer comigo. Fiz um gesto despreocupado, tentando parecer o mais casual possível em relação àquilo.

— Tem um monte de coisas que você não sabe — *agora que vive grudado com a Maria Eduarda*, completei mentalmente. Ele concordou com um leve sorriso.

— Acho que a gente precisa conversar mais, então. Sabe, qualquer hora dessas...

— Humm...

— Oi, amor! Obrigada por me esperar. — A voz irritante da Maria Eduarda preencheu meus ouvidos, e tive que usar toda a boa vontade do mundo para não revirar os olhos.

Eu sabia que ela provavelmente me empurraria da escada por estar falando com o namorado dela de novo, mas dessa vez eu não saí do lugar. Em vez disso, cruzei os braços e forcei um sorriso.

Mas ela não sorriu de volta. Na verdade, fingiu que eu não existia. Abraçou o Alexandre com toda a vontade, pendurando-se em seu pescoço, e continuou falando com ele como se eu nem estivesse ali. Depois do primeiro minuto de reclamações incessantes sobre a prova, decidi que garoto nenhum valia o estresse de ficar na presença dela. Saí à francesa, e ele nem sequer percebeu.

***

— Tudo bem, vamos lá. Pode ir desembuchando — a Val me disse, assim que nos encontramos na fila da cantina.

— Tá bom! — eu ri, e cocei a cabeça, pensando por onde devia começar. — Bom, umas semanas atrás, o Isaac tirou umas fotos minhas lá no Ibirapuera. Sabe, só de brincadeira.

Parei por um instante enquanto fazíamos nossos pedidos. Assim que pagamos, continuei:

— Enfim, os pais do Isaac têm um amigo, Marcelo, que trabalha numa agência de modelos plus size. Modelos gordinhas — expliquei, enquanto a atendente me passava um suco de laranja por cima do balcão. — E por acaso ele viu as fotos que a gente tirou naquele dia, e gostou de mim.

— Olha a Maitê, arrasando geral! — a Josi comentou de brincadeira, abrindo sua latinha de refrigerante. Eu revirei os olhos, mas sorri mesmo assim.

— Resumindo, o Marcelo pediu pra me conhecer. E me convidou pra trabalhar com ele. — Tomei um golinho de suco. — E eu aceitei.

— E seus pais, o que eles disseram? — a Josi perguntou, enquanto procurávamos uma mesa vaga.

— Ah, sabe como é. No começo, ninguém achou uma boa ideia, mas agora acho que eles já estão se acostumando. Inclusive eu.

— Você realmente achou que *não* fosse uma boa ideia? — a Valentina falou, balançando a cabeça para mim. — Meu Deus, se você tivesse me falado, eu teria feito você aceitar em menos de um minuto.

— A Val ia gritar até você assinar o contrato — a Josi emendou, me fazendo rir.

— Claro que ia! Imagina só, deixar uma chance como essa passar! — a Val soltou um suspiro exasperado. — Agora, sério, Mai. Não acredito que você não falou *nada* pra gente esse tempo todo!

— Não é que eu não quisesse contar — expliquei, me sentindo mal por isso. — É que eu estava com medo de me animar muito e não dar em nada.

— Como da última vez? — a Valentina completou, e senti o peso da culpa em sua voz. Eu rapidamente apertei sua mão.

— Eu não disse isso — respondi, na defensiva. — Não foi nada com vocês. Eu só achei melhor não falar pra ninguém enquanto eu não soubesse se ia dar certo.

— Bom, não importa agora, né? — a Josi falou, sorrindo e quebrando um pouco o gelo. — Tipo, deu certo! É isso que importa!

— Eu só fiz uma sessão de fotos. Não sei se isso classifica como "dar certo".

— Cara, você saiu numa revista! — Ela fez um movimento exagerado com as mãos. — É claro que deu!

Sorri, tentando incorporar aquele otimismo, e olhei de uma para a outra.

— Então vocês não estão bravas comigo? — perguntei.

As duas se entreolharam por um instante. A falsa cara séria da Josi me deu vontade de rir, e assim eu soube que estava tudo bem.

— Depende — a Valentina disse, e eu tentei esconder o sorriso.

— De quê?

— Dos modelos gatos que você vai apresentar pra gente agora que é famosa.

— Ah, é claro — comentei, revirando os olhos. — Mesmo porque, depois de um único trabalho, já tá chovendo homem na minha horta. Podem escolher um dos meus admiradores secretos. — Apontei para as minhas laterais, indicando uma horda invisível de rapazes.

— Não sei se você já tem uma fila de admiradores, mas pelo menos um você tem garantido. — Valentina ergueu uma sobrancelha, batendo uma unha na mesa, e fez sinal com a cabeça para um ponto além de mim. — Alguém não está mais dando a mínima pra namoradinha.

Sem me importar em ser discreta, olhei para trás. Alexandre estava sentado algumas mesas atrás de nós, com Maria Eduarda a seu lado, olhando exatamente em nossa direção. Não corei nem me escondi. Apenas dei um sorriso triunfante e voltei o olhar para minhas amigas.

— Pode escrever o que eu tô falando: agora que tá todo mundo te olhando, o Alexandre vai correr atrás de você assim, ó. — Valentina estalou os dedos.

— Será? — Josi franziu o cenho, prendendo o cabelo em um rabo de cavalo alto. — Não acho que o Alê seja esse tipo de cara.

— Eu não acho que ele faria de sacanagem — a Valentina emendou, cruzando os braços. — É mais no sentido de que ele nunca *enxergou* a Mai, e agora tá começando a ver, sabe? E aí vai se dar conta do que jogou fora.

As duas me olharam de soslaio esperando minha reação, mas não falei nada. O que a Val estava sugerindo parecia louco demais, e eu preferia não pensar no assunto. Mais do que isso, percebi que não me importava. Fosse porque parecia muito distante, ou porque eu já tinha perdido todas as minhas esperanças com relação a ele, aquela ideia não me trazia nem mesmo frio na barriga. Era como se estivessem falando de pessoas cuja vida não me afetava.

— Eu não contei pra vocês como foi a sessão de fotos pra revista, né? — indaguei, desviando propositalmente o rumo da conversa. O rosto delas se iluminou.

— Conta! — a Josi pediu, batendo palminhas animadas, e, pelo que restou do intervalo, as distraí com assuntos menos perigosos.

* * *

Naquela tarde, quando abri o Facebook, tomei um susto ao me deparar com trinta e cinco novas solicitações de amizade. Abri cada perfil para me certificar de que eu conhecia aquelas pessoas, mas deixei isso de lado quando me dei conta de que eram todos da minha escola e que de repente se interessavam por mim. A Verinha tinha até escaneado minha foto e compartilhado em meu mural. A imagem já tinha sido curtida mais de sessenta vezes. Eram mais *likes* do que eu tinha em todas as minhas publicações antigas juntas.

Mas foi só no dia seguinte que reparei que as coisas estavam *mesmo* diferentes. Meu estômago ainda dava voltas quando levantei para ir ao colégio naquela manhã, e saí sem nem tomar café. E, assim que cheguei, percebi que minha vida nunca mais seria a mesma.

Começou com os olhares e os sussurros quando desci do carro. Então recebi pelo menos o quádruplo de "bom-dia" que receberia normalmente, no percurso entre a calçada e a mesa das meninas. De repente, todo mundo estava falando comigo. Ao longo daquele dia, recebi sorrisos, abraços, pessoas me chamando para contar uma fofoca, me perguntando como eu estava, elogiando meu cabelo, reclamando da prova do dia anterior. Falei com gente cujo nome eu não lembrava ou nem sequer sabia, gente que costumava me ignorar todos os dias do ano.

A loucura daquela situação só não foi completa porque a única pessoa que não tentou ser legal comigo em momento nenhum foi a Maria Eduarda. Não que eu esperasse. Muito me surpreenderia se ela tivesse se esforçado. Mas não posso negar que foi divertido ter os olhares dela direcionados a mim por inveja e raiva, pelo menos uma vez. Ela tinha perdido o holofote justamente para mim. Eu não podia negar meu sentimento de vitória.

E, embora eu acreditasse que em algum momento todo mundo fosse acabar me esquecendo, isso não aconteceu. Achei que, quando meus quinze minutos de fama acabassem, ninguém mais fosse falar comigo. Mas aparentemente sair em uma revista funcionava como um passe livre para as graças eternas de todo mundo, e, mais de uma semana depois do estouro da minha nova carreira, eu ainda colhia frutos em forma de novos "contatos sociais", como diria a Valentina.

— Quem era aquela? — Val franziu o cenho e me perguntou certo dia, quando as alcancei no pátio. Eu tinha saído da sala de aula batendo papo com a Verinha, e fui me juntar às meninas enquanto ela seguiu para a fila da cantina.

— A Verinha da minha sala — respondi sorrindo enquanto a gente se sentava. — Ela me chamou pra festinha do pijama que ela vai dar na sexta-feira.

— Que bacana! — a Josi comentou, genuinamente animada. — Adoro festa do pijama! A gente precisa fazer uma qualquer hora.

— Né? Faz séculos que não vou a uma! — concordei, antes de morder a maçã que tinha trazido para o lanche. Valentina ainda estava com a cara amarrada, mexendo no celular e displicentemente ignorando nós duas. — Ei — chamei, cutucando seu braço. — Que foi?

— Nada — falou, mas depois pareceu mudar de ideia. A Val nunca resistia a uma oportunidade de falar o que estava pensando. Guardou o celular de volta no bolso da calça e cruzou os braços. — Olha, se você quer saber, acho uma cilada você ficar dando trela pra essa gente aí.

— Posso saber por quê? — retruquei indignada.

— Esse povo não quer realmente ser seu amigo — respondeu impaciente e enfezada. — Querem andar com você porque é famosa. Dá status. Ninguém nem olhava na sua direção antes de você aparecer numa revista! Nem vem com essa de que não é por interesse.

Abri a boca para dizer que ela só estava com ciúmes de não ser mais minha única amiga, mas Josi teve o bom senso de intervir, perguntando qualquer coisa sobre as aulas, e a Valentina se prontificou a responder. O assunto morreu, mas o clima continuou pesando até o sinal tocar — assim como aquela ideia de que todo mundo só estava se aproximando de mim pelas aparências. Era uma realidade triste, e eu custava a acreditar. De certa forma, era como aceitar que a única coisa legal sobre mim agora era meu novo trabalho; ninguém queria ser amigo da *Maitê*, mas da Maitê *modelo*.

E, embora eu soubesse que ela tinha uma pontinha de razão, não conseguia ignorar aquela atenção toda. A sensação daquela vida nova era boa demais. Esperada demais. Eu havia sonhado com aquilo por anos, e agora estava ali, na minha mão. Eu queria aproveitar, saber como era. Queria ter vários amigos, sair, conversar com todo mundo, ser querida, admirada. Eu não podia evitar.

Os convites não pararam com a festa do pijama da Verinha. Alguém me chamou para almoçar depois da aula. Então um cineminha na sexta com a turma. Uma saída para uma lanchonete no sábado. Ir ao shopping com algumas meninas no domingo. E, quando me dei conta, já tinha uma vida social completamente diferente, disputada e concorrida. Tanto que agora falava mais com o meu melhor amigo pelo celular do que ao vivo.

> Eu posso, ou não, ter comprado o DVD da terceira temporada de Game of Thrones.
> Você está oficialmente convocada para uma maratona!
> Amanhã? Partiu?

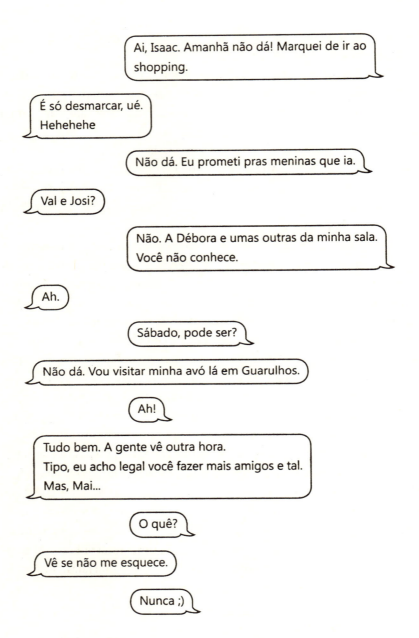

A prova definitiva de que o universo estava do avesso veio alguns dias depois. Cheguei ao colégio no horário habitual, sendo cumprimentada por todo mundo pelo caminho. E até aí tudo bem. Nada de mais. Até chegar à nossa mesa.

Embora eu tivesse estranhado no começo, já estava acostumada a volta e meia ter mais alguém onde antes costumávamos ser somente a Valentina, a Josiane e eu. Com a minha recém-adquirida popularidade, minhas duas amigas também passaram a ser notadas, e agora a quarta cadeira da mesa raramente ficava vazia. Mas já fazia meses desde que aquele assento havia sido ocupado por *ele*.

Alexandre estava ali, rindo e conversando com as duas, como se fosse a coisa mais normal do mundo. De todas as mudanças loucas que tinham rolado nos últimos tempos, a nossa amizade "em stand by" era a única que continuava igual. Porque eu havia conquistado respeito de praticamente todos no colégio, mas não da Maria Eduarda. Dela, jamais. Ela me odiava mais do que nunca, e isso significava que eu estava além dos limites para o Alexandre.

Então o que ele estava fazendo ali?

— Bom dia... — falei, deixando escapar um tom de pergunta na minha voz e na minha expressão. O Alexandre se levantou, me deu um forte abraço e um beijo no rosto e disse:

— Bom dia!

Olhei para as meninas enquanto me sentava. A Josi estava com aquela cara de quem estava morrendo de vontade de rir, enquanto a Valentina só me lançou um olhar de "eu disse".

— E aí? Quanto tempo! — brinquei, inevitavelmente olhando ao redor à procura da srta. Fique Longe do Meu Namorado. Ela não estava em nenhum lugar à vista.

— Pois é, você não fala mais comigo — ele também brincou e beliscou meu braço de leve.

— Deve ser por causa do aviso de "cuidado com a cadela" que você carrega no pescoço... — a Val disse em tom de piada, mas pelo seu olhar ferino eu soube que sua indireta não era nada inocente. Mas o Alexandre não pareceu acompanhar.

— Como assim?

— Bom, a Mai e a sua namorada não são exatamente *amigas*... — ela explicou, revirando os olhos. Alexandre assentiu.

— *Ex*.

Silêncio.

— Desculpa, o *quê*? — perguntei, minha voz soando mais estridente do que gostaria. Senti que poderia engasgar de surpresa.

187

— Ex-namorada — ele disse calmamente, e me encarou de um jeito sério por muito tempo. Sustentei seu olhar por um minuto, dividindo em seguida um olhar confuso com as meninas.

— Humm... — me atrapalhei com as palavras e cocei a cabeça, tentando encontrar o foco. — O que... o que aconteceu?

— Ah. Sei lá. Ela não é... o que eu achava que era.

Ouvi a Josi murmurar um "jura?", seguido de uma risadinha, mas fingi não prestar atenção.

— Ah, é? Por quê?

— A Duda é... — Ele parou e pensou um pouco. Então deu um suspiro abafado. — Difícil. Muito difícil de se conviver. Eu nunca vi ninguém tão complexada!

— Complexada? — repeti, franzindo o cenho. Alexandre passou uma mão pelo cabelo, já grande o bastante para formar pequenas ondinhas castanhas em sua cabeça.

— Ela conta calorias, Mai. Tipo, literalmente. Ela *conta as calorias* do que vai comer. — Ele abaixou o braço e ficou batendo com as mãos nos joelhos. — Não dá pra sair com ela, porque, se eu tiver fome e quiser parar pra comer, ela cria caso. Não dá pra tentar ajudar, senão ela faz um escândalo. Não dava mais pra suportar, entende?

Eu assenti e tentei pensar em algo legal para dizer. Poderia fingir que sentia muito, mas não seria verdade. Eu não estava nem um pouco triste por ele. Mas também não estava exatamente feliz. Eu só estava... confusa.

— Mas são águas passadas! — Ele abriu um sorriso enorme, que imediatamente me contagiou. — E aí, como vai a vida?

Continuamos conversando como se nada tivesse mudado. Sentia como se tivesse sido sorteada para receber um prêmio enorme — eu estava contente por ter ganhado, mas não fazia ideia do que fazer com aquilo tudo, agora que estava ao meu alcance. Apesar da confusão, não pude evitar sentir um gostinho doce de vitória. Finalmente, a vida tinha escolhido a mim.

* * *

Estávamos em casa em uma segunda-feira à noite quando a mamãe me fez A Terrível Pergunta.

— Maitê, já decidiu o que vai fazer no seu aniversário?

A Terrível Pergunta era feita pelo menos uma semana antes do meu aniversário. Todos os anos era a mesma ladainha. Eu dizia que não queria nada, minha mãe insistia para que eu fizesse alguma coisa. Eu respondia que não queria, ela batia o pé. Ela programava uma festa, me dizia para chamar meus amigos. No fim das contas, éramos eu, Isaac, Valentina e Josi no meio de um monte de velhos da minha família.

Mamãe não entendia que eu simplesmente *detestava* comemorar meu aniversário; não pela data, mas porque não havia sentido em fazer uma festa quando as únicas pessoas que estavam ali eram as que tinham obrigação de estar. Eu não tinha amigos para chamar. A única vez em que tentei fazer uma festa sem adultos (no meu aniversário de quinze anos), acabei alugando o salão do prédio para a humilhante quantidade de dez pessoas: eu, meus três únicos amigos, dois conhecidos do Isaac do condomínio e quatro primos. A festa acabou duas horas depois de começar.

Mas naquele ano era diferente. Eu estava prestes a completar dezoito anos, e nunca imaginaria que a perspectiva de uma festa fosse me deixar realmente animada. Pela primeira vez na vida, eu era *popular*. Eu saía, tinha amigos, conversava com um monte de gente. Se eu fizesse uma comemoração e chamasse todo mundo, eles *viriam*. Eu tinha certeza. Então por que não?

Decidi que o modo mais prático de me organizar seria agir como qualquer adolescente normal e criar um evento no Facebook. Foi o que fiz, e já na segunda-feira comecei a selecionar as primeiras pessoas que gostaria de convidar.

O problema é que não me preocupei com nenhum tipo de configuração de privacidade. Eu estava crente que, apesar de tudo, ninguém se interessaria por uma festinha de aniversário, mas não podia estar mais enganada. Passei dois dias sem checar a página, e, quando o fiz, pessoas desconhecidas tinham sido convidadas, e eu já tinha mais que o dobro de confirmações que previa ter. De repente, a coisa saiu completamente do meu controle.

O que era para ser uma festinha no meu apartamento virou uma festança no salão de festas do condomínio. Descartamos a ideia dos lanches caseiros e encomendamos salgados, docinhos e o bolo e nos preparamos para estocar refrigerante. A Operação Festa de Aniversário transformou meus dias em uma loucura, mas eu não poderia estar mais feliz.

Todo dia eu lembrava que tinha me esquecido de alguém e acrescentava mais um nome à lista. Acabei decidindo que, já que um monte de gente estava se convidando mesmo, então eu poderia chamar o resto do mundo que não faria diferença. Não era como se *todos eles* fossem aparecer. Mais da metade, eu tinha certeza, ia dar uma desculpa esfarrapada e não iria. Desde que as pessoas mais importantes estivessem lá, eu me daria por satisfeita.

Digitei com uma mão enquanto almoçava. Faltavam três dias para a festa, e eu já estava morta de ansiedade.

> Vocês vêm no sábado, né?
> Josi, vou precisar dos seus talentos de maquiagem de novo!

Josiane
Claro, Mai! Vou levar as coisas e te deixar ainda mais gata ;)

Valentina
Até parece que eu vou perder!
Meio mundo confirmou no Facebook! Vai ser épico!

> Aposto que nem um terço desse pessoal vai dar as caras.

Valentina
Não subestime o poder da fama, Maizinha!
Você é famosa agora.

Josiane
Mai!
Tenta convencer o Isaac a levar a Polaroid?
Sempre quis mexer em uma *-*

E foi então que eu me dei conta. Eu não tinha chamado o Isaac! Com toda a correria e os preparativos e a minha total falta de tempo, a gente não se via havia quase cinco dias. E Isaac e eu não tínhamos o hábito de falar ao telefone — nos víamos quase todos os dias, então não tinha necessidade. Não tinha me ocorrido ligar para ele, pois, em algum lugar em minha mente confusa, eu tinha a certeza de que já havia falado com ele. Porque o natural seria que Isaac fosse o primeiro a saber, não o último. Ele era meu melhor amigo. Ele sempre sabia de tudo.

E, mesmo assim, eu o havia esquecido.

> Peço sim.

Respondi, o garfo pairando a meio caminho da boca. Como eu podia ter me esquecido dele? Como?

Afastei o prato e deixei o celular na mesa, me sentindo o pior dos seres humanos. Esquecer o Isaac era uma ofensa maior para mim do que eu imaginava que seria para ele. Eu me sentia uma amiga terrível que havia cometido um erro imperdoável, mas Isaac provavelmente levaria tudo numa boa, depois de me dar uma ou duas alfinetadas sobre como eu o tinha deixado de lado e acabaria me perdoando. Pelo menos, eu esperava que sim.

Roxa de vergonha, joguei fora os restos do meu almoço, lavei a louça e depois fui direto para a casa dele. Apertei a campainha várias vezes antes de ele vir abrir a porta, o tempo todo tentando ensaiar alguma coisa para dizer, lutando para não roer minhas unhas até o talo. Quando Isaac enfim apareceu, me pegou de surpresa, com o polegar na boca, murmurando comigo mesma.

— Oi! — falei, tentando disfarçar a vergonha. Decidi que seria melhor se ele acreditasse que a festa tinha sido uma decisão repentina e que ele tinha sido o primeiro a ser avisado. Isaac ficaria muito magoado se soubesse que eu havia me esquecido dele.

— Mai? — ele disse num sussurro, muito surpreso.

— Humm, é! — falei, com uma careta. Era tão estranho eu aparecer ali sem avisar? Eu fazia isso praticamente todos os dias nos últimos... sei lá, dez anos?

Entrei, como sempre, sem ser convidada. Passei por ele e já fui logo dizendo:

— Então, como meu aniversário é no domingo, resolvi comemorar no sábado. Eu sei que não sou muito de festas e tal, mas esse ano pensei "por que não? É meu aniversário de dezoito anos", então a gente alugou o salão do prédio e... Isaac, o que foi?

Ele estava parado ainda com a porta entreaberta, e, enquanto eu falava, não tinha olhado nenhuma vez para mim. Estava com os olhos fixos em alguma coisa por cima do meu ombro.

Então olhei para trás. E tomei um baita susto.

Tinha uma menina parada ali. Uma garota mais ou menos da minha altura, pele morena jambo, seios enormes e os olhos mais incrivelmente verdes que eu já tinha visto. Seu cabelo estava preso de um jeito desengonçado, como se ela tivesse feito o coque às pressas. Ela estava descalça, super à vontade e vestindo short e uma blusa de alcinhas muito mais curtos que o clima julgava necessário. Ela parecia meio em choque, meio envergonhada, parada entre a cozinha e a sala com aquele olhar que dizia "quem é essa?", quando na verdade quem deveria estar fazendo essa pergunta era eu.

E aí olhei para o Isaac e vi que havia uma câmera em sua mão. Não qualquer câmera. A Polaroid que a Josi tinha me implorado para pedir emprestada para ele. Aquela antiquíssima que ele só havia usado duas vezes. Ambas comigo.

Quando finalmente entendi, quis abrir um buraco no chão e me enfiar dentro dele. Abri a boca para falar alguma coisa, mas estava totalmente sem voz. Foi a garota quem rompeu o estranho silêncio que dominou o ambiente, me dando um beijinho no rosto e dizendo:

— Oi, prazer. Sou a Janaina.

Janaina. Ele tinha me falado de uma Janaina uma vez, não tinha? Mas como... Quero dizer ele nunca... Não na casa dele. As meninas não vinham para a casa dele. Ele ia até a casa delas.

— P-prazer — engasguei ao falar. — Eu sou a Maitê.

— Ah! — Ela sorriu. — É aquela sua amiga modelo de quem você estava me falando outro dia, mô?

Mô? Mô? Mas que diabos...

— É, é ela. — Isaac limpou a garganta, o rosto mais vermelho que eu já tinha visto na vida, ainda com a porta entreaberta. — Então, Mai, você estava falando...

— Eu.... ah... — Olhei de um para o outro, desnorteada. Eu não fazia a menor ideia de por que tinha ido até lá.

— Do seu aniversário? — ele sugeriu, fechando a porta cuidadosamente.

— É... — Foi a minha vez de pigarrear. — É. Meu aniversário. Sábado. Oito horas. Lá no salão.

— Claro, vamos adorar ir! — foi a tal da Janaina quem respondeu.

Vamos? Foi mal aí, srta. Maiores Peitos Que Já Vi Na Vida, mas quem foi que falou com você?

O silêncio durou uma eternidade, se alastrando como uma nuvem de gás tóxico, ameaçando me sufocar. Queria dizer a ela que o convite só se estendia ao Isaac, mas, em nome da boa educação, não falei nada. Olhei da tal Janaina para o Isaac, esperando que ele se tocasse e fizesse as honras de dispensá-la por mim, mas percebi que aquilo não estava nem remotamente perto de acontecer. Isaac ainda olhava para nós duas com uma cara perdida, a mão na maçaneta. Minha garganta fechou. É claro que ele não ia desconvidar a menina.

Era *a mim* que ele estava desconvidando, da casa dele.

Desnorteada, forcei um sorriso, andei em direção à porta, murmurei um "a gente se fala" e saí.

— Mai! — ele me chamou, quando eu estava a caminho da escada. Olhei para trás, e ele tinha fechado a porta atrás de si.

— O quê? — perguntei, soando mais rude do que gostaria. Tentei desvendar sua expressão, mas não consegui.

— Eu... — ele soltou um resmungo de frustração. — Te explico mais tarde. Pode ser?

— Você não tem que me explicar nada — falei, mas não era verdade. Minha mente gritava, exigindo uma resposta que fizesse sentido para o que eu tinha acabado de presenciar, de ouvir.

— Preciso sim. Você é a minha melhor amiga.

Assenti lentamente. Uma mão invisível agarrava meu coração, apertando-o até desfazê-lo em cinzas, transformando a tristeza em dor física. Quando voltei a falar, foi com a voz embargada e incerta.

— Passo aqui amanhã, então — falei, e ele concordou em silêncio. Entrou e bateu a porta. E eu voltei para casa com uma estranha sensação de perda.

12

— CALMA AÍ, FALA MAIS DEVAGAR. TINHA UMA *O QUÊ* NA CASA DELE? — A Valentina perguntou, fazendo careta. Eu tinha acabado de chegar ao colégio, louca para desabafar os ocorridos da tarde anterior, e tinha contado tudo para elas tão rápido que não era surpresa nenhuma que não tivessem entendido; nem eu entendia o que estava acontecendo.

— Uma peituda. — Me inclinei sobre a mesa, escondendo o rosto entre os braços. — Uma maldita vadia peituda.

— Mai, peraí, não tô entendendo. — Foi a vez de a Josi torcer o nariz, coçando a cabeça. — Volta para o começo, vai. Você foi até o Isaac ontem...

— Convidá-lo pra minha festa de aniversário. É... — Um gosto ácido subiu à minha boca e voltei a me endireitar na cadeira. Josi me fazia sinal para continuar, mas Val me olhava com certo desgosto.

— Cara, não acredito que você chamou o Isaac *depois* de todo mundo! — exclamou, e o peso da culpa quase massacrou a raiva que eu vinha cultivando nas últimas horas. Quase.

— Eu esqueci, tá legal? — me defendi, direcionando mesmo sem querer toda a minha raiva para elas. — Enfim, aí eu cheguei lá e ele não queria me deixar entrar...

— Porque tinha uma vadia peituda lá dentro? — a Val sugeriu, e eu acenei positivamente.

— Exato. — Pus a mão sobre a boca, contendo palavras, gritos de raiva. Só de lembrar a cara de sonsa daquela garota, minha vontade era de virar a mesa. Não, virar *todas* as mesas do pátio. E depois virar a mesa da sala de jantar do Isaac. Em cima dele.

— Tá, e quem é essa menina? — a Josi indagou por fim. A pergunta de um milhão de dólares. Eu estava me perguntando exatamente a mesma coisa desde então.

— Não faço ideia. Ele não me falou nada — comentei, e a raiva deu lugar à frustração e à tristeza. — E ele estava usando a Polaroid, acreditam?

As duas franziram o cenho, obviamente confusas sobre o que diabos a Polaroid tinha a ver com aquela história. Não me dei o trabalho de explicar que aquela era a câmera mais antiga e mais querida de Isaac, a máquina que, depois dele e do seu Osvaldo, só eu tinha tido permissão de segurar. Não falei que Isaac não gastava as melhores câmeras com qualquer uma e que aquele era o sinal mais evidente do Apocalipse. De repente, eu não era mais a única — meu posto de Polaroid estava sendo dividido, disputado com outra garota qualquer.

E ele nem sequer teve a coragem de me contar!

— Eu tenho certeza de que ele ia contar pra você, Mai. Só não deu tempo.

— Aí é que tá, ele me falou dela. Uma vez. — Suspirei, me lembrando e contando de meses atrás, quando ouvi o nome da tal Janaina pela primeira vez. Vi Alexandre passando pelo pátio, há algumas mesas de distância, e virei o rosto. — Só que não parecia nada sério. Como ele pôde não contar pra mim? Achei que a gente fosse... — A palavra "amigos" ficou presa na minha garganta e se recusou a sair, de repente dura demais. Felizmente, as duas entenderam.

— Quer saber a minha opinião? — a Valentina perguntou, e me surpreendi por ela ter feito daquilo uma oferta. Geralmente ela apenas disparava as coisas, sem se preocupar com quem aquilo atingia. Eu realmente *não* queria a opinião dela, mas sabia que uma hora ou outra ela falaria, então assenti. — Acho que ele te conhece bem demais e não falou nada porque sabia que você ia ter esse chilique.

— Eu não tô tendo chilique nenhum! — exclamei na defensiva. Olhei para Josi, em busca de apoio, mas ela encarava o próprio caderno com um falso interesse, claramente preferindo qualquer coisa que não a obrigasse a escolher um lado naquela discussão. — Não estou! — insisti, sabendo que era inútil e infantil.

— Mai, fala sério. Olha só pra você. — Valentina cruzou os braços e assumiu aquela expressão típica de "você sabe que tenho razão". — Sei que você gosta do Isaac, mas você sabia que em algum momento isso podia acontecer. Você nunca fez nada pra impedir.

— Porque eu nunca precisei! — rebati, reparando tarde demais que tinha perdido completamente a capacidade de me defender daquelas acusações absurdas. — E eu não *gosto* do Isaac. Quero dizer, eu não... — Balancei a cabeça, procurando sentido no que estava pensando, no que estava dizendo. Era como se tudo tivesse virado de cabeça para baixo da noite para o dia, e eu fosse a última a notar. — Não é isso. Eu só tô puta porque aquela garota é uma folgada. Ela se convidou pra minha festa, acredita?

— Tá. — Val se inclinou sobre a mesa na minha direção e entrelaçou os dedos. — E o que você quer fazer? Separar os dois?

— Eu... — Minha voz desapareceu, e eu pisquei algumas vezes, pensativa. Era isso que eu queria? Um diabinho sussurrava ao meu ouvido que garota nenhuma, sobretudo uma piriguete peituda, merecia o Isaac, e que eu tinha que dar um jeito nisso. Mas um anjinho muito irritante argumentava que aquilo não fazia sentido. Eu não podia decidir o que Isaac fazia da vida dele. Eu estava sendo ridícula. Estava agindo como se ele fosse...

Não, eu não podia ir por aí. Afastei o pensamento, apavorada com aquilo. Então balancei a cabeça para Valentina, respirando fundo e tentando ficar calma.

— Não. Eu não tenho nada a ver com isso — falei, e instintivamente bati a mão do meu lado esquerdo, como se pudesse espantar o diabinho imaginário que estava colocando todas aquelas ideias perversas na minha cabeça. — Eu fiquei surpresa. Só isso.

— Claro. — Val ergueu uma sobrancelha para mim, e analisou distraidamente as próprias unhas. — O que quer que te convença.

Decidi não perguntar aonde ela queria chegar.

* * *

Depois da aula, mamãe buscou Lucca e eu na escola, e almoçamos todos juntos na casa da minha avó. Lá deixamos meu irmão e fomos para nossa primeira aula de hidroginástica.

Desde minha última visita a um consultório médico, eu vinha postergando a hora em que precisaria fazer alguma atividade física. Não tinha saco para isso, mas sabia que nenhuma mudança adiantaria se eu não colaborasse. Então eu precisaria ceder.

A ideia da hidroginástica tinha sido da mamãe. Duas vezes por semana, para começar. E, mais para a frente, poderíamos acrescentar mais alguma. Mas por enquanto estava bom. E ela ainda faria as aulas comigo, olha só que beleza. Eu não ia precisar me sentir sozinha.

Fiquei feliz pela mamãe estar pegando leve comigo, mas o fato de ela estar me acompanhando não resolveu muito o negócio de "não me sentir sozinha". A verdade foi que, quando chegamos à piscina, notei duas coisas: a primeira era que havia muita gente na aula; a segunda, que eu era a mais jovem do grupo.

E, por "mais jovem", eu quero dizer a única jovem. Éramos eu, mamãe, duas mulheres que deviam ter entre trinta e quarenta anos e uns cinco ou seis idosos. Tentei não me sentir deslocada com isso e fiquei perto da minha mãe o tempo todo. Mas, aparentemente, uma turma cheia de pessoas mais velhas era a melhor coisa que podia ter acontecido para ela. Minha mãe estava extremamente amigável, conversando com todo mundo, rindo. Nunca me senti mais abandonada.

A tal hidroginástica até que era legal. Um monte de boias e exercícios divertidos dentro da piscina. E o lado bom de uma turma cheia de gente muito mais velha que eu era que ninguém estava me julgando pelo meu peso, condição física e por quaisquer dificuldades que eu pudesse ter com algum exercício. Não importava o quão ruim eu estivesse, sempre teria um velhinho com osteoporose pior do que eu. E nada faz a gente se sentir tão bem quanto perceber que tem alguém em uma situação mais deplorável. No fim da aula, eu estava até sorrindo.

Estávamos no vestiário, secando o cabelo e trocando de roupa, quando mamãe pareceu, enfim, notar que eu também estava ali.

— E então, tudo certo para a festinha no sábado? — ela perguntou, enquanto passava hidratante nas pernas.

— Tudo, mãe. Aliás, você comprou os refrigerantes? — Tirei a toalha do cabelo, passei um creme de pentear e comecei a desfazer os nós de baixo pra cima, como o cabeleireiro tinha me ensinado. Parecia demorar o dobro do tempo, mas era muito mais eficaz.

— Seu pai vai trazer amanhã e já deixar na geladeira do salão de festas.

— Ok.

Silêncio.

— Você se lembrou de chamar o Isaac, filha? — ela perguntou de repente, enquanto se vestia. Não sabia se dava graças a Deus por ter lembrado *antes* dela, ou se só morria de vergonha por até a minha mãe ter se ligado no fato de que eu o havia esquecido.

— Claro, né, mãe — respondi, naquele tom de "se liga".

— Foi só uma pergunta. — Ela hesitou por um instante, me olhando pelo enorme espelho que cobria a parede sobre as pias. — Você não tem ido muito à casa dele. Achei que estivessem brigados.

— Não. É que... — E então dei a primeira justificativa que me veio à cabeça.

— É que eu acho que ele tá namorando.

Eu me arrependi assim que falei, e fechei os olhos com força para impedir as lágrimas de aparecerem. Eu estava me esforçando para não pensar no assunto desde que encerrei a conversa com as meninas, naquela manhã. Eu nem sabia se era verdade, para começar, e já era incômodo o suficiente sem que a minha mãe ficasse me perguntando. Mas agora era tarde, e aquela enxurrada confusa de sentimentos estava solta outra vez: a culpa e depois a raiva, a tristeza e a decepção. O que diabos estava acontecendo comigo?

— Sério? — Mamãe ergueu as sobrancelhas, espantada. — Com quem?

— Uma garota do colégio dele — falei azeda. — E eu não sei se eles tão mesmo namorando. Eu fui lá ontem falar com ele, e ela tava lá. E ele não me contou nada. Acredita?

— Ah, filha. Não acredito! — Sua voz parecia ecoar meu choque, e isso só me inflamou a falar mais.

— Não acredito que ele simplesmente *escondeu* isso de mim! — Atirei a escova de cabelo com força na bolsa, e me senti uma idiota por isso. Do que eu estava falando? Isaac não tinha me contado nada porque eu não ia à casa dele havia dias! Como eu esperava saber de tudo?

Em contrapartida, morávamos no mesmo prédio, e, com a mesma facilidade com que eu podia descer até seu apartamento, ele podia subir até o meu. Se fosse o contrário, eu ia querer que ele fosse o primeiro a saber. Ia querer conversar com ele, saber sua opinião. Isaac nunca tinha namorado ninguém, e agora preferia não dividir isso comigo? Por quê? Ele tinha medo de que eu não aprovasse a namoradinha folgada dele?

Mamãe veio até mim e calmamente terminou de arrumar minhas coisas, enquanto eu continuava de cara fechada e braços cruzados, remoendo a raiva. Quando terminou, ela pousou uma mão sobre meu ombro, com uma delicadeza atípica. Ficamos um minuto ali, paradas, nos olhando pelo espelho. Mamãe não disse nada, mas abriu um sorriso que me dizia que ia ficar tudo bem. Não acreditei naquilo nem por um segundo, mas, de alguma forma, sua certeza me ajudou a ficar mais calma.

Recolhemos nossas coisas e pegamos o Lucca no caminho para casa. Quando cheguei, estava dolorida, morta de fome e de péssimo humor. Fiz um lanche e fui para o quarto, ignorando deliberadamente o combinado com Isaac de ir até a casa dele. Se ele tinha alguma coisa para me contar, que viesse me procurar. Do contrário, eu preferia ficar sem saber.

* * *

Devia ser meu inferno astral atingindo seu ápice, porque as coisas não melhoraram a partir daí.

Todos os dias, junto com a chuva de solicitações de amizade e notificações no Facebook, surgiam mais e mais confirmações para minha festa de aniversário. Quem não tinha marcado presença pela internet, me garantia pessoalmente que estaria lá. Eu já calculava mais de cem pessoas e estava começando a ficar desesperada!

— Onde eu vou enfiar toda essa gente? — perguntei para Josi e Valentina, durante o intervalo na sexta-feira. Estávamos sentadas no chão, na área descoberta do pátio, e eu tinha acabado de receber mais quatro confirmações no evento do meu aniversário no Facebook. — O que eu vou dar pra esse povo comer?

— Esse é o preço da fama — a Josi brincou, mas desfez o sorrisinho tão logo percebeu que eu não estava achando graça. — São apenas números, Mai. Aposto que nem vai tanta gente assim, e você está se preocupando à toa.

— Será? — Mordi o lábio e olhei para Valentina, sentada ao lado de Josi. — O que você acha, Val?

— Bom... — Ela hesitou, me lançando um olhar demorado de quem ponderava se eu queria *mesmo* saber a opinião dela. Por fim, deu de ombros. — Eu acho que vai todo mundo e mais um pouco. Todo mundo te conhece agora. É tipo ter uns quinze minutos de fama na festa da gordinha famosa.

— Val! — a Josi a repreendeu, e eu joguei a cabeça para trás, apoiando-a no muro.

— Desculpa, mas é verdade — minha amiga continuou. — E quer saber? Acho ótimo. Vai ser a festa do século!

Festa do século. Oh, céus. Isso não parecia nada bom.

— Oi, Mai. — Alexandre parou bem na minha frente, fazendo sombra em meu rosto, e se abaixou para me dar um beijo. — Oi, meninas.

— Oi, Alê — a Val o cumprimentou animadamente. — E aí, você vai no sábado?

— Não perderia por nada desse mundo. — Seu olhar se demorou em meu rosto, mas seu sorriso era incapaz de me contagiar, então não respondi. Ele se levantou. — A gente se vê na aula.

Observamos enquanto ele se afastava em direção a um grupinho de amigos, e abracei os joelhos. Nunca na vida imaginei que um dia Alexandre estaria animado para ir a uma festa minha. De alguma forma, aquilo não me fazia sentir nem um pouquinho melhor. No máximo, mais enjoada.

— Você já escolheu o que vai usar amanhã, Mai? — a Josi perguntou em um tom animado.

— Não — respondi com um suspiro pesado. — Nem tive tempo pra pensar nisso.

— Ah, nada disso! — a Valentina se intrometeu, se inclinando para poder me enxergar. — Você é a aniversariante, tem que arrasar!

— Sim! — a Josi emendou, me balançando pelo braço. — E de salto! Linda, diva e poderosa!

— Tudo bem! — concordei, me deixando contagiar pelo entusiasmo delas. O sinal tocou, e me apoiei no muro para levantar. — Amanhã vocês podem ir mais cedo lá pra casa pra me ajudar, tá?

— Combinado!

Então falei que as duas podiam seguir em frente e entrei no banheiro das meninas. Grande erro. Eu já devia ter aprendido a não ir sozinha. Depois de tantos encontros desagradáveis, devia ter me ligado de que aquele já tinha se tornado o cenário perfeito das emboscadas dela para mim. Mas não pensei em nada disso antes de entrar. Só me toquei quando já era tarde demais, e a Maria Eduarda estava encostada na pia, de braços cruzados, à minha espera.

Travei ainda na porta, mas não consegui me convencer a virar as costas e sair dali. Parte de mim queria, precisava enfrentá-la. Então entrei, a passos lentos e hesitantes, e fiquei de frente para ela, preferindo olhar para o reflexo de suas costas no espelho do que para os seus olhos de fato.

Ninguém disse nada de imediato. Por um instante, tive a falsa esperança de estar a salvo. Mas não rolou.

— Eu te avisei pra ficar longe dele — ela disse, sua voz soando baixa, entrecortada.

— O quê? — indaguei confusa. Uma veia saltou em sua têmpora.

— Eu falei pra você ficar longe do meu namorado — ela repetiu, e só então entendi o que estava acontecendo ali. *Alexandre*. Era por causa do Alexandre.

— Ele não é mais seu namorado — tive coragem para dizer, mas não o bastante para manter minha cabeça erguida.

Resposta errada. A Maria Eduarda foi se aproximando de mim com o braço erguido, me forçando a recuar até ficar contra a parede. Eu podia jurar que ia apanhar. E, quando a olhei, ela estava tão incrivelmente transtornada que toda a minha coragem desapareceu, e eu me senti minúscula.

Mas, quando a palma de sua mão veio de encontro ao meu rosto, me surpreendi com sua falta de força. O impacto mais me assustou do que machucou, verdade seja dita. Era como se ela tivesse fingido um tapa para, no último segundo, desistir e só me bater de leve.

Olhei assustada para ela e vi uma Maria Eduarda completamente fora de si, aos prantos, com a boca aberta em um rosnado e a mão já voltando para me desferir mais um tapa, que protegi usando o braço. Mas ela não ia parar por aí. Continuou me enchendo de tabefes fracos enquanto gritava:

— Por que você tem que ficar com tudo? — Ela desistiu dos tapas, e então seus dedos se enrolaram em meus cabelos, e mesmo sua pouca força fez meu couro cabeludo doer. — Meu namorado, meus amigos, meus sonhos, tudo?

— Para com isso, sua maluca! Eu não tirei nada de você! — Tentei alcançar a cabeça dela, mas ela era muito mais hábil em se desviar das minhas investidas do que em me bater de fato. Então gritei por ajuda e tentei tirar suas mãos de mim, mas ela me agarrava e me balançava para todos os lados, decidida a não me largar.

— O que você tem que eu não tenho? Me diz? Por que todo mundo te acha perfeita e me vê como lixo?

Finalmente, consegui me livrar dela. Segurei seus punhos com toda a minha força até que ela abrisse os dedos e a empurrei para longe. Só então eu a vi de verdade.

A Maria Eduarda diante de mim era completamente diferente da garota que eu costumava ver, temer e até invejar. Ela não estava ali, nem no olhar — agora enlouquecido e irado —, nem na pose — os ombros caídos, encolhida, com as mãos cobrindo o rosto —, e menos ainda no corpo.

Eu tinha passado tanto tempo sem me preocupar com ela e aprendendo a gostar de mim que tinha deixado de olhá-la pelos corredores. Então agora só podia ficar me perguntando quando aquela garota alta, esguia, com o corpo perfeito e o cabelo sedoso tinha se transformado naquela menina magrela, quase quebradiça.

Tudo nela estava errado. As canelas estavam tão finas que eu podia apostar que, se as chutasse, quebraria um osso. Eu podia ver os ossos e as veias sob a fina pele de seus braços. O rosto pálido parecia o de um cadáver, fundo nos olhos, as maçãs do rosto bem marcadas. Os cabelos estavam sem vida, armados, mal cuidados. Ela parecia um esqueleto naquele uniforme, agora largo em absolutamente todos os pontos.

Olhar para a Maria Eduarda foi mais assustador do que escutar todos os absurdos que ela estava dizendo. O que diabos tinha acontecido com ela? Como alguém podia ficar daquele jeito?

— O que aconteceu com você? — eu falei, me aproximando sem nem me dar conta.

— VOCÊ ACONTECEU COMIGO! — ela berrou e veio para cima de mim de novo. Dessa vez, eu a segurei.

— Você... você... olha só pra você! — balbuciei, em choque.

— É tudo culpa sua! Você roubou tudo...

— Para! — Eu a balancei de leve, como que chamando-a de volta para a realidade. — Para com isso! Você precisa de ajuda!

Maria Eduarda me encarou, sua expressão dura se desfazendo. Achei que ela finalmente estivesse caindo em si, mas estava enganada. Maria Eduarda piscou lentamente, olhando para o vazio, e cambaleou para trás, se apoiando na parede. Então tentou se mover na minha direção, mas perdeu o equilíbrio. Ela estava mesmo caindo, mas era no chão, desacordada

— Duda! Duda! — chamei, segurando-a pelo braço para tentar mantê-la de pé. Ela mais parecia uma boneca sem vida nos meus braços, mas ao mesmo tempo parecia um chumbo, me forçando para baixo. — Duda, pelo amor de Deus! — Eu a chacoalhei, dei tapinhas leves em seu rosto, mas nada funcionava. Meu coração disparou ainda mais. *Eu* tinha causado isso? Será que ela estava certa e era mesmo culpa minha? E se ela... — SOCORRO! — gritei então, sem saber o que mais poderia fazer. — SOCORRO!

Ouvi passos rápidos e instruções sendo dadas no pátio e, menos de um minuto depois, um inspetor abria a porta do banheiro. Não lembro se ele me perguntou alguma coisa, nem o que respondi. O mundo parecia diluído naquele instante horrível, e eu não conseguia prestar atenção em mais nada. Éramos só eu e ela ali, dois opostos, ironicamente unidos.

Ele se abaixou e tirou Maria Eduarda do meu colo como se ela não pesasse mais do que um pacote de açúcar. Eu fui atrás quando ele abriu a porta do banheiro e correu com ela para a enfermaria. Eu me esqueci da aula, dos professores e da antiga Maria Eduarda, que costumava infernizar meu dia a dia. Não importava mais. Fui proibida de ficar na enfermaria, mas, quando voltei para a sala, meu dia já estava acabado. Eu só queria sentar e chorar.

Não respondi quando me perguntaram onde eu estivera, e precisei de muita força mental para ignorar os cochichos que surgiram quando um inspetor veio buscar o material da Maria Eduarda. Eu era a única que sabia o que tinha acontecido, mas comentar aquilo com alguém me parecia errado. Tinha sido horrível. Eu me arrepiava só de lembrar. As fofocas tratariam de se espalhar sem a minha ajuda.

Não consegui me concentrar em mais nada até o fim das aulas. Fui para casa me sentindo péssima, de alguma maneira culpada pelo que quer que tivesse acontecido a ela.

Mas o que *tinha* acontecido, afinal? Em que momento Maria Eduarda tinha sido abduzida e trocada por um clone malfeito? Há horas eu vinha me perguntando a mesma coisa, tentando entender. Ela estava destruída. Ela estava... magra. Não o magro perfeito que busquei a vida toda, mas magérrima, esquelética. Como alguém chegava a esse ponto? Como *ela* tinha ficado assim, fraca a ponto de desmaiar, e ninguém tinha percebido?

Essas perguntas me perseguiram a noite toda, e, quando acordei no sábado, estava sem o menor pique para festejar. Toda a minha animação tinha se esvaído. Eu sentia como se estivesse dando uma festa no dia do enterro de alguém — era descabido e de mau gosto ficar feliz em um dia desses. Mas eu já tinha centenas de confirmações, quilos de comida estocada, e não podia simplesmente cancelar tudo aos quarenta e cinco do segundo tempo.

Além do mais, por que é que eu estava em um luto tão profundo por alguém que só me infernizara a vida toda? Se fosse o contrário, ela jamais deixaria a própria festa de aniversário de lado para se preocupar comigo. Eu não devia nada a ela. E não tinha nada que eu pudesse fazer agora, certo? Eu merecia aproveitar meu dia.

Então passei as horas seguintes cuidando das unhas, das sobrancelhas e dando uma geral no cabelo. Enquanto isso, meus pais arrumavam o salão do prédio e se ocupavam dos comes e bebes. Quando voltei para casa, já passava das quatro da tarde, e fui direto para o banho. Estava me trocando quando a Valentina e a Josiane chegaram em casa.

Com a trilha sonora do novo álbum do One Direction (presente das duas para mim), elas me ajudaram a escolher o que vestir enquanto batíamos papo. Acabei optando pela legging que eu havia usado no casamento, junto com uma blusa preta sem mangas, com decote em formato de coração. Daria meu mundo por sapatilhas, mas Valentina insistiu para que eu usasse um par de botas de salto perigosamente alto que permanecia em meu armário, sem nunca ter sido usado, havia um ano. Eu estava tendo bastante sucesso em minha missão de ignorar todos os acontecimentos da sexta-feira, quando a Val resolveu tocar no assunto.

— Você sabe o que aconteceu com a Maria Chata ontem? — ela perguntou.

— Ouvi dizer que ela passou mal, que saiu da escola de ambulância e tudo.

Eu estava fuçando no armário, de costas para elas, e por isso elas não conseguiram ver na minha cara o mal que aquela pergunta me fez. Meu silêncio, contudo, me denunciou.

— Mai? Você me ouviu? — ela insistiu, e precisei respirar fundo duas vezes antes de me virar.

— É verdade — respondi, baixo demais.

— O quê?

— É verdade — repeti, mais alto. — Ela passou mal mesmo. Eu... tava lá.

Sentei na cama do Lucca, de frente para as duas, e pensei no que exatamente deveria dizer. Ou como. Eu nem sabia por onde começar.

— Ontem, depois que vocês foram pra aula, eu fui ao banheiro e ela tava lá — expliquei, apertando as mãos para conter o impulso de roer as unhas. — E, quando entrei, ela me disse umas coisas horríveis. Falou que eu tinha roubado o namorado e as amigas dela. Ela gritou um monte de absurdos e... tentou me bater.

— Meu Deus! — A Josi cobriu a boca com as mãos, parecendo horrorizada. Val me encarava em choque, de queixo caído.

— Mas ela não me machucou nem nada! Na verdade... — A lembrança fez com que as palavras travassem em minha garganta, e precisei tossir para continuar falando. — Ela tá tão fraca que foi quase ridículo. Vocês repararam como ela tá magra?

— Como se ela deixasse passar despercebido... — a Valentina comentou, amarga.

— Não, eu quero dizer tipo *doente*. — E, no momento em que falei, percebi que aquele era o termo que eu vinha procurando. — Não é magra do tipo bonito. Ela é só pele e osso!

— Uma vez eu a ouvi dizendo para uma menina da sua turma que queria perder dez quilos, mas achei que era brincadeira — a Josi comentou, parecendo acordar para a realidade. — E um dia ela falou pra alguém vomitar quando comesse demais. Sabe, tipo, "vomita, boba", como se ela fizesse isso sempre.

Foi aí que a minha ficha caiu. Quantas vezes eu mesma já tinha ouvido a Maria Eduarda vomitando no banheiro, achando que ela estava passando mal? Eu havia ignorado isso, assim como todos os sinais de que tinha alguma coisa errada com ela. E parece que eu não tinha sido a única. Todo mundo tinha visto, mas ninguém tinha notado.

Ninguém disse nada pelo que pareceu uma eternidade. Terminei de me vestir, mas, mais do que nunca, o clima tinha acabado. Nem One Direction conseguia me animar agora. Ficamos em silêncio até a hora em que alguém bateu à porta do meu quarto. Fui até o computador e pausei a música.

— Oi, mãe — falei, sem abrir a porta.

— É o Isaac, Mai. — Eu gelei. Uma breve pausa, e então ele perguntou: — Posso entrar?

Não, não podia. Na verdade, eu nunca tinha precisado tanto dele, nem queria tanto ficar longe. Uma vida inteira de desastres tinha se abatido sobre mim naquela semana, e eu estava cansada. Além do mais, aquela não era a hora nem o lugar para conversar com ele sobre... tudo. Tanto a Valentina quanto a Josi já conheciam o Isaac, mas eu simplesmente *não queria* ter aquela discussão na frente delas. Meu dia já estava horrível, a semana toda tinha sido uma droga, e agora isso. Por que ele não podia ter só chegado na hora da festa, como todo mundo?

Então repreendi a mim mesma por estar pensando assim. O Isaac não era *todo mundo*. Ele era... *o Isaac*. E eu estava sendo idiota. Abri a porta do quarto, mas, em vez de deixá-lo entrar, fui eu quem saí. Por um minuto, ficamos apenas parados um na frente do outro, eu encostada na porta, ele apoiado na parede do corredor, perto o bastante para os meus pés descalços tocarem na ponta dos tênis dele.

— E aí? — falei, sem muita emoção. Eu me entretive lendo os dizeres da camiseta dele ("não sou nerd, só sou mais esperto que você") para não ter que encará-lo.

— E aí? — ele devolveu. Olhou nos meus olhos por um segundo, então disse: — Você tá bonita.

— Obrigada.

— Cortou o cabelo?

Automaticamente coloquei a mão em uma mecha e assenti. Eu tinha tirado só dois dedos do comprimento, o suficiente para que praticamente ninguém notasse que tinha algo diferente. Mas ele sempre notava. "Olhar de fotógrafo", foi o que ele tinha me dito uma vez para justificar. "Atento a todos os detalhes."

— Então... fiquei esperando você lá ontem — ele comentou, como quem não quer nada. Fiquei calada, olhando para o chão pra que ele não conseguisse ver a verdade estampada em meu rosto. — Aconteceu alguma coisa?

— Não — menti, rezando para não estar tão vermelha quanto eu sentia que estava. Já tinha repassado tudo com as meninas, não ia conseguir falar mais uma vez. Queria esquecer.

205

— Ah. Saquei. É que, como você disse que ia, e não apareceu, eu pensei...

— Você podia ter subido — interrompi bruscamente. — A distância é a mesma, sabia?

Isaac se deteve boquiaberto, as palavras morrendo na garganta, e então balançou a cabeça concordando. Eu não queria transformar nada daquilo numa briga, mas, de certo modo, me sentia bem em deixá-lo se sentir levemente culpado.

— Foi mal. — Ele fez menção de tocar em meu braço, mas desistiu no meio do caminho e baixou a mão.

— Eu sei que eu não tenho sido a amiga mais presente do mundo, mas... — Cruzei os braços, sentindo alguma coisa explodir dentro de mim. — Poxa, Isaac. Você podia ter me contado que tava namorando.

— É muito recente, não deu tempo de...

— Eu nem sabia que você tinha saído com ela de novo! — continuei, nem percebendo que ele tinha falado. — Aí eu chego na sua casa e a garota tá lá. Se eu soubesse que as coisas estavam nesse pé, teria ligado antes. Eu sou sua melhor amiga, Isaac. Eu tenho o *direito* de saber dessas coisas!

— Mai, não é que eu...

— E, olha, sei que ela é sua namorada e tal, mas desculpa, que folga. — Bati as mãos no colo, exasperada, olhando de maneira acusatória para Isaac. — Sair *se convidando* pra minha festa, na maior cara de pau? Eu nem conheço a garota. Vocês obviamente não estão juntos há muito tempo. O que ela tá achando?

Silêncio, e eu fechei a cara, emburrada, olhando para o chão. Então Isaac desatou a rir.

— O que foi? — perguntei azeda. Ele segurou o riso antes de responder.

— Desculpa, Mai, mas você precisava ver a sua cara. Isso tudo é ciúme da Jana?

Odiei aquilo. Odiei o jeito como ele disse o nome dela, odiei o jeito como riu da minha cara, mas, principalmente, odiei o ciúme — o fato de estar sentindo, que ele percebesse e que se achasse no direito de me condenar por isso.

— Não estou com ciúmes — respondi seca. — Só não gosto da atitude da *Jana*, e não gosto que o meu melhor amigo esconda coisas de mim. Eu divido tudo com você, Isaac. Só queria que você fizesse o mesmo.

Ele assentiu em silêncio, mas ainda parecia com vontade de rir. Quando viu que minha cara não estava melhorando, afagou meu braço e disse:

— Ei, desmancha esse bico. Não quero ficar brigado com você.

— Nem eu com você. Mas você não facilita — admiti cabisbaixa. No fundo, já estava mais calma, mas ainda não queria dar o braço a torcer.

— Tá. Foi mal. De novo. — Ele suspirou e mexeu no meu cabelo, me fazendo perder o foco por um instante. — Eu queria contar, mas as coisas aconteceram muito rápido. Prometo que depois te conto a versão completa, pode ser?

— Tá — murmurei, dando de ombros e fingindo não me importar. Isaac me abraçou, e senti minhas defesas sendo derrubadas, uma a uma. Se havia alguém capaz de resolver qualquer problema com um simples gesto, era o Isaac. Um abraço dele era capaz de parar guerras com a mesma facilidade com que parava meu coração.

— E sobre ela ser folgada... realmente não foi legal — ele concordou, ainda me abraçando. Fiquei feliz por ele não conseguir me ver sorrindo. — Mas você não disse nada na hora, então ela vem. Espero que você não fique chateada.

— Não vou ficar — menti. Isaac me deu um beijo demorado no rosto e então me soltou. Eu ainda podia sentir o perfume dele em minha pele.

— Nos vemos na festa.

Observei Isaac se despedir da minha mãe e sair, e só então entrei no quarto. As meninas, que estavam cochichando, pararam no segundo em que bati a porta atrás de mim, e ficaram me olhando, na expectativa.

— Que foi? — perguntei. Elas se olharam.

— Nada — a Val respondeu.

Melhor assim.

* * *

Eram quinze para as oito quando as pessoas começaram a chegar. Teoricamente, só podíamos ficar até a uma da manhã no salão de festas. Mas, assim que percebi a quantidade absurda de pessoas que começava a se acumular porta adentro, vi que havia uma grande possibilidade de alguém chamar a polícia por causa do barulho.

Eu tinha descido meu aparelho de som e colocado um pen drive com algumas músicas, mas algum dos meus convidados resolveu que minha seleção musical de pop, rock, eletrônico não era das melhores e tomou as rédeas da situação. Ouvíamos agora uma adorável mistura de psy, funk e sertanejo universitário, seguindo uma lógica incoerente e verdadeiramente repulsiva.

— Mai? — Senti alguém me cutucando no ombro e virei, dando de cara com a Verinha, acompanhada de mais cinco desconhecidos. — Parabéns! — ela exclamou de maneira estridente, enquanto me puxava para um abraço.

— Obrigada — respondi, com toda a simpatia possível. As caixas de som berravam alguma coisa sobre "novinhas", mas ninguém além de mim parecia se importar.

— Essa aqui é a Verônica, minha irmã. — Ela apontou para uma garota muito alta, de cabelos curtinhos castanhos e óculos redondos de armação grossas. — E o namorado dela, Caíque. — Um rapaz consideravelmente mais baixo que a tal irmã, a barba farta e cabelo comprido passando da altura dos ombros. — Ah, e essas são as minhas amigas, Tatiana, Fernanda e Karina.

— Muito prazer — disse educadamente. Tentei sorrir, mas pelo canto do olho vi alguém chegando com quatro engradados de cerveja e entrei em pânico. — Tenho que resolver um negócio, gente, fiquem à vontade.

Deixei todos eles falando sozinhos e corri para o freezer. Dois garotos que eu nunca tinha visto na vida estavam retirando todo o refrigerante e substituindo por cerveja. Eu me sentia a Lindsay Lohan em *Meninas malvadas*, quando a festinha da personagem se transforma em um evento catastrófico, lotado de gente que ela não tinha convidado, e ela não faz ideia de como controlar a bagunça.

— Você quer uma breja? — um dos garotos perguntou, quando me viu ao lado do freezer.

— Não — falei um pouco alto demais. Ele franziu o cenho para mim.

— Eu quero uma! — Eduardo surgiu de algum lugar de trás de mim. O garoto lhe passou uma latinha, que ele abriu e deu um longo gole. Eu tinha quase certeza de que aquilo era proibido por alguma lei brasileira, mas não podia simplesmente dizer para ele *não* fazer. Todo mundo ia rir da minha cara.

— Ah, Mai! É você! — Eduardo finalmente notou minha presença e me puxou para um abraço rápido. — Feliz aniversário!

— Ah, você que é a aniversariante? — O garoto do freezer sorriu para mim. Ele até que seria bonitinho com sua roupa de skatista e os cabelos loiros sobre os olhos, se não estivesse entupindo meu freezer com bebidas alcoólicas proibidas para mais da metade dos meus convidados. — Parabéns!

Depois dele, outras pessoas desconhecidas vieram me parabenizar, claramente seguindo o fluxo, já que eu tinha certeza de que a maioria nem sabia que se tratava de uma festa de aniversário. Aparentemente, a Verinha não tinha sido a única a se achar no direito de convidar outras pessoas para a *minha* festa. A cerveja se esgotou em minutos, mas isso não foi motivo de preocupação; logo apareceram mais engradados, garrafas e sacos de gelo. Boa parte do refrigerante continuava ali, intocada.

Andei de um lado para o outro, parando brevemente para conversar (e conhecer!) com as pessoas, agradecer pela presença, receber as felicitações e ser uma boa anfitriã. Depois de um tempo, eu já nem sabia quem eu tinha cumprimentado ou não, e meus pés ardiam dentro das botas idiotas que eu tinha inventado de usar. Estava mais estressada do que nunca, e ainda não tinha visto nenhum dos rostos que eu queria ver. A Valentina e a Josiane tinham se perdido na multidão. O Alexandre não tinha chegado, nem o Isaac com a garota a tiracolo. Dezenas de pessoas que deveriam ser minhas amigas estavam ali, mas eu trocaria todas elas por apenas um dos meus amigos de verdade.

Como eu havia previsto, o minúsculo salão de festas do prédio não tinha sido o bastante para comportar toda aquela gente, e as pessoas tinham se espalhado por outras áreas do condomínio. Vários garotos tinham invadido a quadra, e agora jogavam futebol com uma latinha amassada no lugar da bola. A parede ao lado do salão de festas havia se tornado um verdadeiro beijódromo, e uma fila de casais disputava o prêmio de Melhor Pegação em Público. No playground, um bando de marmanjos escalava os brinquedos sem o menor cuidado. Se eles quebrassem qualquer coisa, o prejuízo ia sair do meu bolso — sem contar o sermão que eu ia escutar.

— Ei! — Tentei andar mais rápido em direção a eles, mas aquelas botas ridículas estavam machucando meus pés. — Desçam daí!

Ninguém pareceu me escutar, então tentei chegar mais perto. Meus saltos afundaram na grama do parquinho.

— Gente, por favor! — gritei. — Desçam daí, senão o síndico vai me matar!

— Mai?

Virei para trás na intenção de pedir ajuda para pôr um fim naquela palhaçada e dei de cara com o Alexandre. Ele estava lindo como sempre, de bermuda branca, camiseta verde gola V e sorriso perfeito no rosto, segurando uma sacola branca, sem nenhuma inscrição.

— Tá tudo bem? — ele quis saber, franzindo a testa diante da minha expressão desesperada.

— Eles vão quebrar tudo! — exclamei, apontando para os garotos no playground. — E aí eu vou ter que pagar a conta!

— Calma aí.

Alexandre passou por mim e foi até os rapazes. Não sei quais foram as palavras mágicas que ele usou, mas, um a um, eles foram descendo dos brinquedos e voltaram para o salão de festas.

— Obrigada! — falei, sorrindo aliviada.

— Considere esse o seu primeiro presente de aniversário — ele falou, e, sem rodeios, me envolveu pela cintura em um abraço apertado. — Parabéns! — acrescentou, sussurrando ao meu ouvido.

— Valeu — respondi, ignorando o breve arrepio. Alexandre não parecia querer me soltar nunca mais, por isso tive que empurrá-lo de leve.

— E agora, o seu presente de verdade — e, de dentro da sacola, tirou uma enorme caixa embrulhada em papel vermelho vibrante, com direito a laço dourado no topo e tudo. Eu sorri.

— Eu ia falar que não precisava, mas não é verdade — brinquei, pegando o presente. — Obrigada, Alê!

— Não tem de quê.

— Vou colocar lá dentro junto com os outros. Não some.

Eu me virei para entrar, mas ele me segurou pela mão. Não pelo punho, não pelo braço. Pela mão.

— Não, espera — ele disse. — Abre agora. Quero ver sua reação.

Virei calmamente, e ele não me soltou. Em vez disso, andou comigo até um banquinho perto do playground. Sentamos, e meus pés pulsaram em agradecimento! Então eu comecei a abrir o embrulho, muito bem colado por um milhão de pedaços de fita adesiva nas laterais.

— Culpe a minha mãe! — Ele riu, quando viu minha agonia para abrir.

Abri a caixa, e dentro dela havia dois outros pacotes. O de cima, menor, em papel de presente prateado, era visivelmente um CD. O de baixo, quase do tamanho da caixa, estava embrulhado em um papel de presente branco de bolinhas vermelhas. Lancei um falso olhar de desconfiança para o Alexandre e abri o primeiro.

Era um CD da Hannah Montana, e eu desatei a rir. Não acreditava que ele ainda se lembrava daquela nossa primeira conversa, tantos meses atrás.

— Esse é o presente de sacanagem. — Alexandre riu comigo, e então pegou o CD e o papel amassado da minha mão. — Só queria ver se você ainda lembrava.

— Claro que sim! Não acredito que *você* se lembra disso!

— Como eu podia esquecer? — ele comentou, analisando atentamente todo o meu rosto até grudar os olhos nos meus. Sustentei aquele olhar enigmático e profundo, que me fez arrepiar da cabeça aos pés. Eu não sabia o que era, mas havia algo diferente ali. Então ele fez sinal para que eu abrisse o outro presente, e eu abaixei a cabeça.

Precisei de ajuda para tirá-lo de dentro da caixa. Ao erguê-lo, balancei para tentar decifrar o conteúdo pelo barulho, mas não pude escutar nada. Coloquei o presente no colo e, cada vez mais curiosa, procurei o melhor jeito de abri--lo. Quando encontrei uma brecha no papel, puxei e rasguei. E emiti um gritinho de surpresa.

— Não acredito que você fez isso! — falei, com as mãos na boca, o embrulho meio rasgado no colo. Alexandre riu.

— É usado. Eu encontrei num sebo e juntei dinheiro pra te dar.

— Não importa! É... *inacreditável*!

No meu colo, estava o box completo, com todas as temporadas de *Friends*.

Em alguma das nossas conversas, eu tinha mencionado como era apaixonada por aquele seriado. Já tinha visto e revisto todos os episódios na TV, incansavelmente, mas nunca tinha conseguido juntar dinheiro para comprar os DVDS e poder assistir quando quisesse. Era um sonho de consumo que eu imaginei que compraria no futuro, com meu próprio salário. Mas agora não precisava mais.

— Obrigada, obrigada, obrigada! — agradeci, o abraçando com força. A caixa permanecia no meu colo, me incomodando enquanto eu o abraçava.

— Você me deu o presente mais incrível do mundo no meu aniversário — ele sussurrou ao meu ouvido, suas mãos me afagando gentilmente as costas. De novo, ele parecia não querer me soltar. — Era justo que eu devolvesse na mesma moeda.

— Agora é sério — eu disse enquanto me afastava. — Não precisava.

— Precisava sim — Ele riu e tocou meu rosto. O toque me pegou desprevenida e me paralisou por inteiro. De uma hora para outra, eu mal conseguia respirar.

Estávamos perto. Tipo... muito perto. Eu não tinha me dado conta antes porque não estava prestando atenção. Minha cabeça estava ocupada com a festa, com o descontrole e com aquele presente incrível. Mas, embora não estivéssemos mais abraçados, o braço do Alexandre continuava sobre os meus ombros, e eu estava inevitavelmente próxima dele, a uma distância tão mínima que eu podia sentir sua respiração.

E aquilo me deixava apavorada.

— Mai... — ele sussurrou. O hálito dele cheirava a chiclete de hortelã.

Naquele segundo, tive certeza do que estava vindo. E só queria pedir a ele que parasse imediatamente e não dissesse uma só palavra. Porque eu não queria ouvir. Eu não queria, não queria.

— Mai... Mai... — Ele respirou fundo. Eu queria fazer o mesmo, mas estava... travada. Completamente travada. — Como eu fui cego...

— P-por quê? — murmurei. Mas não queria saber a resposta.

— Porque sempre tive a menina mais incrível do mundo bem na minha frente e nunca olhei pra ela.

Não respondi. Minha boca estava seca. Meu coração batia tão rápido e tão forte que parecia capaz de saltar para fora do corpo. E a minha cabeça zunia.

— Mas agora eu olho — ele continuou, e senti sua mão em meu rosto. *Envolvendo* meu rosto. — E eu vejo. E eu só...

Alexandre não continuou. A frase morreu ali, incompleta. Mas não havia alívio nesse silêncio. Eu o vi se aproximando, chegando tão perto que eu podia sentir seu nariz tocando o meu, ver o brilho de seus olhos, sentir de perto seu perfume. Muito delicadamente, seus lábios tocaram os meus. Alguma coisa me pedia, gritava que eu o interrompesse, mas ignorei os avisos. Eu tinha esperado a vida toda por isso, não tinha?

Em um segundo, o pequeno selinho se transformou em um beijo de verdade, e nossos dentes se chocaram na primeira tentativa. Eu tentei parar, mas Alexandre não se incomodou e foi em frente. Embora o hálito dele cheirasse a hortelã, sua boca tinha um gosto amargo, esquisito. Alexandre babava demais, e me beijava com a intensidade de quem tentava desentupir uma pia, me fazendo implorar por um pouquinho de oxigênio. E aquilo não era bom.

Eu só tinha sido beijada uma única vez na vida. Na ocasião, não tinha sido sequer um beijo consentido, quanto mais desejado. Tinha sido um desafio estúpido e um erro colossal, que resultou em uma das piores experiências da minha vida.

E eu estava, com todas as minhas forças, tentando me convencer de que era por isso que aquele beijo parecia tão ruim. Que era porque eu não sabia o que estava fazendo, que era culpa do meu trauma. Porque, tipo, era *o Alexandre* me beijando. Eu havia sonhado com isso durante anos. Deveria ser incrível. Um sonho.

Mas não era.

Não consegui me controlar. Ele mal tinha começado a me beijar quando o empurrei, apenas longe o bastante para que sua boca desgrudasse da minha. Ele me olhou parecendo surpreso, então torceu o nariz.

— Desculpa. — Ele tirou o braço do meu ombro e descansou a mão sobre a minha.

— Não, não tem problema — falei, desviando o olhar e querendo desesperadamente tirar minha mão (e meu corpo todo) dali, mas sem conseguir tomar coragem para levantar.

— É que... eu achei que você gostasse de mim, Mai. — Ele delicadamente puxou meu rosto com uma mão, me forçando a encará-lo.

— E eu gosto — mas, no instante em que disse isso, percebi que não estava sendo sincera. Nem estava mentindo. Eu só... não sabia mais.

— Então? — Alexandre fez uma careta confusa, e eu me ajeitei para me afastar um pouco dele.

— É que... é um pouco confuso — expliquei, e soltei um suspiro pesado. — Eu gostava de você, Alê. Muito. Por muito tempo. Mas aí nós ficamos amigos, e teve a Maria Eduarda, e tudo ficou tão, tão estranho!

— Entendo.

— Eu só... eu preciso pensar. Pode ser?

Ele pegou minha mão e a beijou, sorrindo em seguida.

— Claro, Mai. Eu vou estar aqui.

Sorri de um jeito nervoso e me levantei.

— Obrigada pelo presente — agradeci, e saí dali o mais rápido que pude.

13

SEGUI PARA O SALÃO OLHANDO PARA OS LADOS, PREOCUPADA QUE ALGUÉM TIVESSE visto a cena desastrosa que tinha acabado de se desenrolar ali. Estava com a nítida sensação de que todo mundo estava apontando e cochichando a meu respeito. Quanto tempo até a fofoca se espalhar? Minutos? Horas? Fazia mesmo diferença?

Comecei a procurar freneticamente pelo Isaac. Já eram quase onze da noite e ele morava *no mesmo prédio* que eu, então era impossível que ele ainda não tivesse chegado. Isaac teria a resposta para o meu problema — ele sempre tinha. Então avistei sua cabeleira, minha luz no fim do túnel, parada perto da entrada do salão, e comecei a desviar das pessoas. Quando o alcancei foi apenas para me dar conta de que ele estava ocupado. Parei onde estava, a respiração acelerada pela adrenalina e a ansiedade dos últimos minutos. Mais do que nunca, eu queria pegar meu melhor amigo pela mão, sentar no quarto dele e contar tudo o que tinha acontecido enquanto jogávamos Little Big Planet. Mas a mão dele já estava ocupada com a mão de outra garota, e a boca colada à dela de uma maneira como eu nunca tinha visto e, agora eu percebia, nunca queria ter visto Isaac fazer.

Não sei por que fiquei parada ali, olhando aquela cena. Cada segundo aumentava a minha dor, e, mesmo assim, eu não podia deixar de olhar. Era o Isaac, o *meu* Isaac, beijando outra garota. Eu me perguntei se por acaso eu não teria bebido algum refrigerante batizado, ou batido a cabeça, ou caído na toca do Coelho Branco da Alice e vindo parar em um mundo sem pé nem cabeça, porque aquilo não fazia nenhum sentido.

Quero dizer, ele tinha dito que eles estavam juntos. Era isso que namorados faziam, certo? Casais se... beijavam. Na frente de todo mundo. Na minha frente. Agarrados e colados e esquecendo que existia um mundo à sua volta que não estava minimamente interessado em ver aquela nojeira. Gente que só queria separar os dois aos gritos e dizer para terem o mínimo de vergonha na cara e que o que estavam fazendo era errado e impróprio e jamais deveria se repetir. Mas ninguém estava dizendo nada; era só eu, e eles não podiam me ouvir arfar. Eu duvidava que pudessem me ouvir mesmo que eu gritasse.

Aquilo só serviu para me deixar ainda mais abalada. Baixei a cabeça e passei direto pelos dois. Voltei para o salão, já profundamente arrependida de ter tido aquela ideia idiota de festa, para começar. Coloquei meu novo xodó junto com os outros presentes em um cantinho protegido e estava procurando alguma sobra de comida quando alguém me puxou pelo braço.

Era a minha mãe. O que só podia significar que eu estava ferrada.

— Maitê, de onde surgiu toda essa gente? — ela gritou, em meio à música alta. Eu não sabia se ficava com vergonha de a minha mãe ter aparecido na minha festa de calça jeans velha e chinelinho de pano, ou se morria de medo do problema que sua visita certamente significava.

— Eu não sei! Eu não convidei todo esse povo! — me apressei em justificar. Mamãe só pareceu mais furiosa.

— Tem noção de quantas reclamações eu já recebi por causa desse barulho? — ela gritou, e eu tinha certeza de que, apesar da música, todo mundo estava escutando. — Você tem uma hora pra acabar com essa festa antes que eu desça aqui e faça isso. Fui clara?

Nem respondi. Balancei a cabeça rapidamente e assisti enquanto ela ia embora. Só então entrei em desespero.

Saí perguntando pela Valentina e pela Josiane por todos os lados. Tinha tanta gente que, por um minuto, imaginei que encontrá-las ali seria tão difícil quanto achar agulhas em um palheiro. Mas, no fim das contas, elas estavam no lugar mais óbvio: sentadas em um canto do salão, fofocando com seus copinhos de refrigerante na mão, enquanto todo mundo enchia a cara e dançava.

— Meninas, SOS! — falei, me sentando ao lado delas.

— O que foi? — Josi imediatamente se inclinou em minha direção, atenta e pronta para ajudar.

— Minha mãe desceu e me passou o maior sermão. Ela disse que quer todo mundo fora em menos de uma hora — expliquei rapidamente, olhando delas para o salão lotado em completo desespero. — Então preciso de ajuda!

— O que a gente pode fazer?

— Josi, você vai até os meninos do som e pede pra abaixarem pra podermos cantar parabéns — pedi, e ela concordou, já se levantando para ir em direção ao rádio. — Val... não sei. O que a gente pode fazer pra tirar essa galera daqui?

— Dizer que chamaram a polícia? — ela sugeriu com uma careta. Aquela era só uma dentre as dezenas de possibilidades ruins do que eu poderia dizer.

— Quer saber? Fala qualquer coisa — concordei, pondo as mãos sobre as têmporas. Toda aquela confusão tinha me dado dor de cabeça. — Pede ajuda para o Alexandre.

— E para o Isaac? — ela indagou, os olhos estreitos em desconfiança.

— Pode ser. — Senti um enorme nó se formando em minha garganta e engoli em seco. — Só... tira esse povo daqui!

Ela também se levantou para cumprir sua missão, e tirei alguns minutos para respirar. Minha cabeça estava girando. Eu só queria que aquela noite terminasse!

Então de repente a música parou, e a Josi surgiu de algum lugar me arrastando para a mesa onde o bolo permanecia intacto (embora todos os docinhos tivessem desaparecido). Ela acendeu as velinhas e puxou o "Parabéns pra você", entoado aos gritos de dezenas de pessoas que eu não queria ali. Forcei sorrisos, posei para as fotos, distribuí pedaços de bolo.

Lentamente, as pessoas que eu conhecia vieram se despedir. O alívio de ver aquele salão se esvaziando era tanto que nem perguntei para a Valentina o que diabos ela tinha dito para convencer todo mundo a cair fora tão rápido.

— Mai? — Ouvi Alexandre me chamando. Estremeci, e a lembrança do beijo fez meu estômago revirar. — Vim dar tchau. Meus pais chegaram.

— Ah. Certo. — Fui até ele, parado na porta do salão de festa, sem ter coragem de olhá-lo nos olhos. Em uma noite, tínhamos retrocedido meses. Nunca achei que fosse me sentir tão esquisita perto dele de novo, e lá estava eu, querendo me enfiar em um buraco.

— Então... tchau — ele disse, e pude perceber que a situação parecia estranha para ele também. Alexandre fez menção de me abraçar, mas eu recuei sem nem me dar conta do que estava fazendo, e ele desistiu. Em vez disso, se inclinou e beijou minha bochecha. — Até segunda.

— Até — murmurei, e esperei ele se afastar para voltar para dentro.

Eu achava que tinha tido aniversários ruins. Achava que o fato de ser socialmente excluída era o que atrapalhava tudo. Mas eu estava enganada. Aquela festa tinha sido um desastre. A pior ideia, a pior festa e o pior aniversário.

E o Isaac nem sequer estava ali comigo. Ele tinha sumido, evaporado. Até as pessoas que não me conheciam tinham se despedido de mim, e ele não. Não o vi chegar e não o vi sair. Ele tinha preferido não falar comigo. Justo hoje.

— Feliz aniversário — a Josi disse, segurando minha mão. Mal passava da meia-noite (o que significava que só era meu aniversário de verdade havia uns doze minutos), e restávamos apenas eu, ela e a Valentina sentadas no chão, descalças no meio da sujeira pós-festa. Eu dei um sorrisinho murcho para ela.

— *Nunca mais* dou uma festa — declarei. A Valentina revirou os olhos.

— Por que não? Essa foi a *melhor* festa que já fui! — exclamou sarcasticamente.

— Foi um desastre. — Soltei um longo suspiro, e, por alguns segundos, nós três ficamos em silêncio. Então dei uma risadinha. — E sabe o que é pior? O Alexandre me beijou.

— O QUÊ? — as duas gritaram praticamente ao mesmo tempo.

— Quando foi que isso aconteceu? — a Josi perguntou, puxando meu braço animadamente.

— Onde? — a Val emendou, boquiaberta. Não sabia dizer se ela estava feliz ou simplesmente chocada.

— E por que "pior"? Essa não devia ser tipo a melhor parte da sua noite? — a Josi continuou, franzindo o cenho para mim.

Mordi o lábio. Estava tão confusa *e cansada e chateada*. Não queria discutir aquilo agora. Mas eu sabia que nenhuma das duas me deixaria em paz enquanto eu não falasse, então era melhor contar tudo de uma vez.

— Era — respondi lentamente. Fiz uma pequena pausa e então continuei: — Mas não sei. Foi estranho. Eu não me senti... *bem*. Sabe o que eu quero dizer?

— Não — a Valentina respondeu curta e grossa. A Josi olhou feio para ela e foi mais delicada.

— Achei que você ainda gostasse dele, Mai.

— Eu também! Mas... sei lá. Acho que não gosto mais.

Elas não disseram nada, e agradeci em silêncio por isso. Não estava com cabeça para pensar naquilo agora. Queria deitar e dormir, levantar no outro dia e correr para a casa do Isaac para: a) perguntar por que diabos ele tinha sumido; e b) pedir socorro. Era só dele que eu precisava agora.

Val abriu a boca para falar alguma coisa, mas pareceu pensar melhor e acabou se calando. Então Josi soltou um suspiro curto, e resolveu levar a conversa para uma direção menos tortuosa.

— Menina, sabe que a Débora deu um escândalo com aquele namorado dela aqui hoje? — comentou displicentemente. Eu sorri, grata pela informação inútil.

— Ah é? O que aconteceu? — perguntei sem nenhum interesse.

— Bom, ele tava superchapado, pelo que falaram — ela explicou, com uma careta que dizia "essa gente é maluca". — E aí parece que ele deu em cima de uma garota e ela viu, sei lá. Só sei que o barraco foi feio, ela até deu um tapa na cara dele.

— Como é que eu não vi nada disso? — perguntei, mais para mim mesma do que para elas. Valentina riu.

— Xiii, amiga, você não sabe metade do que aconteceu aqui hoje!

— Então me falem. Quero saber como foi a minha festa.

As duas seguiram relatando fofocas, barracos e beijos que viram durante a festa, me divertindo e me distraindo dos meus problemas com isso. Meia hora depois, o pai da Josi chegou e elas foram embora. Tranquei o salão de festas e subi, morta de cansaço e de desânimo. Acabei desabando na cama sem nem tirar a maquiagem. Amanhã seria outro dia. Aquele, graças a Deus, tinha chegado ao fim.

* * *

Levantei mais cedo do que esperava na manhã seguinte. Eu ainda estava bêbada de sono, com os pés inchados e doloridos, e com a maquiagem espalhada no rosto, nas mãos e na roupa de cama. Parecia um filhote de panda que acabara de tomar uma surra.

Tomei banho e em seguida fui procurar o que comer. Estava preparando meu café da manhã quando papai apareceu.

— Bom dia, aniversariante! — ele disse com um sorriso tranquilo, me abraçando. — Feliz aniversário, filhota.

— Obrigada, papai — respondi, e ele me soltou.

— Como foi a festinha ontem? — ele quis saber, enquanto pegava a chaleira para esquentar a água do café. Abri a boca, mas só fiquei parada, sem dizer nada. Não sabia se respondia com sinceridade, ou se apenas falava o que ele queria ouvir. Optei por fugir da pergunta.

— Muita gente ligou aqui? — indaguei com uma careta de preocupação, a mão pousada sobre a porta da geladeira. — A mamãe desceu lá no salão pra falar que estavam reclamando.

— Algumas — ele murmurou vagamente, enquanto pegava coador e filtro. Fechei os olhos, já antecipando o que viria.

— Foi muito ruim?

Papai me olhou de soslaio, e eu podia ver que ele não queria arruinar meu dia com uma má notícia e uma bronca. Mas meu dia já estava arruinado e dificilmente poderia piorar. Então ele suspirou e disse:

— Recebemos uma multa — e, após uma breve pausa, completou, deixando os apetrechos do café de lado e se apoiando na pia. — Bastante salgada.

— Ah, que inferno! — praguejei, dando um tapa na geladeira que só serviu para deixar minha mão dolorida. — Eu vou pagar essa multa, pai.

— Para com isso, filha. Era a sua festa de dezoito anos — ele fez um gesto de "deixa para lá", pegou o pote de café e começou a colocar algumas colheres de pó no coador. — Eu e sua mãe podemos sobreviver a uma multinha de condomínio.

— Mas não é justo! Foi tudo minha culpa — insisti, pegando o leite e o requeijão.

— Vamos fazer o seguinte — papai veio até mim e colocou ambas as mãos nos meus ombros. — Depois conversamos sobre isso. Aproveite o seu dia!

Ele me deu um beijo no rosto e voltou a fazer o café. Agradeci em silêncio por ter sido ele, e não a minha mãe, a me contar. Se eu bem a conhecia, o fato de ser meu aniversário não amenizaria nem um pouco a bronca. Não contei ao papai, mas sabia que, querendo ou não, a grana daquela multa sairia do meu bolso. Afinal de contas, era a minha mãe quem recebia meus cachês e controlava todo o meu dinheiro. Eu não tinha dúvidas de que a multa seria descontada do meu salário.

Depois de comer, voltei para o quarto e liguei o computador. Olhei primeiro os e-mails cafonas que meus tios tinham me mandado com cartões de aniversário em gifs animados. Respondi educadamente e então abri o Facebook, rolando infinitamente a página pelas dezenas de votos de feliz aniversário em suas nada criativas variações. Respondi algumas, mas decidi que não estava com pique para aquilo. Fui verificar as notificações.

Já havia fotos da festa no perfil de algumas pessoas. A maioria, percebi, nem sequer me incluíam. Vi fotos de alguns colegas, de gente rindo com cara de bêbada, de marmanjos fingindo brincar no playground, e então...

Uma foto minha beijando o Alexandre.

Senti meu corpo inteiro anestesiado pelo pânico. Eu sabia que muita gente tinha visto e que muito provavelmente todos comentariam, mas não esperava que a invasão de privacidade chegasse àquele nível. Não contente em ter tirado uma foto nossa, ainda tinham marcado nós dois na maldita publicação. Era muito pior do que eu podia imaginar.

Fechei a janela e desliguei o computador. Além de estar me sentindo pior do que nunca, a foto tinha trazido o problema de volta: o Alexandre estava a fim de mim. E, em teoria, isso deveria ser recíproco. Só que não era. Eu achava. Eu não sabia direito o que pensar. Eu só estava... confusa.

Acima de tudo, a questão era que eu não conseguia acreditar. Apesar da declaração, e da ceninha romântica e de tudo ter sido (quase) tão perfeito quanto deveria ser, eu sentia falta de um elemento essencial: sinceridade. Era difícil encarar os sentimentos dele como honestos. Digo, não muito tempo atrás, ele tinha se declarado apaixonado por outra garota. E tinha uma namorada antes dela. E eles só tinham terminado havia alguns dias, e de repente ele tinha se descoberto apaixonado por mim?

Era estranho e surreal. Para piorar, eu não conseguia deixar de me perguntar se tudo não tinha uma relação direta e indissociável com o fato de eu ter me tornado modelo. Tinha sido *mesmo* uma grande mudança na minha vida, tanto interna quanto externamente. Eu não me vestia, não me arrumava e não me comportava mais da mesma maneira. E havia sido necessária uma mudança *desse tamanho* para que ele percebesse que, no fundo, *sempre* tinha gostado de mim?

Não me cheirava bem. Não parecia certo.

Eu estava frustrada por não conseguir entender o que estava acontecendo na minha própria vida e precisava de Isaac. Depois de tudo o que tinha acontecido entre a gente — a briga, a reconciliação, e depois... nem conseguia lembrar sem ter vontade de vomitar —, eu não sabia em que termos estávamos. Ele tinha chegado à festa sem falar comigo e ido embora sem se despedir. Era meu aniversário, já passava das onze da manhã, e ele não tinha me ligado nem mandado nenhuma mensagem. Se eu não descesse até a casa dele para desabafar, pelo menos precisava ir até lá para entender o que estava acontecendo. Mais do que isso, eu disse a mim mesma, se eu não tivesse Isaac, não teria mais nada. Precisava engolir meu orgulho, meu ciúme e minha raiva e conversar com ele.

Esperei até uma da tarde para descer até o apartamento dele, ciente de que Isaac acordava tarde aos domingos. Eu estava nervosa, sofrendo por antecipação sem motivo, quando bati à sua porta. Flashes da noite passada e do beijo dele com aquela fulana insistiam em se repetir em minha cabeça, mas eu dizia a mim mesma que não podia cobrar nada dele. Não devia. Não era da minha conta.

— Maitê! — a mãe dele, dona Sueli disse, abriu a porta, e me deu um abraço. — Parabéns, querida!

— Obrigada — respondi, meio desanimada, retribuindo o abraço.

— Tudo de bom, viu? Que Deus te ilumine, minha linda. A sua vida está apenas começando. — Ela me soltou, por fim, mas não me abriu caminho.

— Valeu! O Isaac tá aí?

— Ele tá no quarto, pode entrar. — Ela deu um passo para o lado. Fui logo entrando. Dei um oi rápido para o seu Osvaldo, sentado à mesa, ainda almoçando, e então bati à porta do quarto do Isaac, me sentindo estranha. Eu nunca batia, mas dessa vez parecia rude entrar sem me anunciar.

Isaac abriu a porta, e sua expressão mudou quando me viu. Foi uma mudança sutil, como se ele estivesse trabalhando muito para disfarçar, mas estava lá. O olhar dele me transmitia uma enxurrada de emoções desconexas: alegria, tristeza, ressentimento.

— Oi — eu disse, juntando os braços atrás do corpo por não saber o que fazer com minhas próprias mãos.

— Oi — ele respondeu em um tom desprovido de emoção, quase seco. Reparei que ele não estava de pijama, como eu esperava, mas totalmente vestido, de bermuda e camiseta, e a aparência de alguém que tinha acordado com as galinhas. Ou nem sequer dormido. Ele não fez qualquer menção de me abraçar ou de me desejar feliz aniversário. E aquilo doeu; o choque que se espalhava pelo meu corpo todo não bastava para anestesiar a dor no peito, tão intensa quanto se Isaac tivesse me dado uma facada.

— Posso entrar? — pedi, abaixando a cabeça. Parte de mim sentia que estava mendigando atenção, mas eu não conseguia simplesmente ir embora. Não sem resolver aquilo primeiro.

Isaac demorou um tempo longo demais ali, parado na soleira da porta, olhando para todos os lados para não ter que me encarar. Por fim, acabou se afastando e sentou na cadeira da escrivaninha enquanto eu entrava. Fechei a porta atrás de mim, tentando ignorar como tudo gritava para que eu fosse embora dali. O quarto de Isaac sempre tinha sido um espaço seguro e familiar, mas agora parecia alienígena. Eu não era mais bem-vinda ali, dava para sentir. Engoli tudo em seco e me sentei na cama dele.

— Eu não vi você ir embora ontem — comentei, tentando manter o tom de voz neutro. — Eu te vi... uma hora. Mas aí minha mãe apareceu e depois você sumiu.

— Você estava ocupada — o Isaac respondeu, as mãos cruzadas sob o queixo. Os olhos fixos em algum lugar na parede, a expressão fechada como um céu em dia de tempestade. Levei um segundo para entender.

— Você viu — senti as bochechas arderem e abaixei o olhar, as mãos suando e o coração batendo forte. Queria dizer que eu também o vira beijando aquela garota, mas não parecia mais importante. A simples ideia de que Isaac tivesse presenciado aquela cena era insuportável.

— Eu vi — ele confirmou, e não consegui definir emoção nenhuma em sua voz.

— Nem sei como aconteceu — falei, erguendo a cabeça, louca para explicar o que *realmente* tinha acontecido. — Foi só...

— Não, Maitê, fica quieta — o Isaac me interrompeu bruscamente, e eu me detive, chocada. — Eu não quero escutar, tá legal?

— O quê?

— Não quero ouvir você falando desse cara de novo. Já deu. — Ele levantou e afastou a cadeira com força. — Ele te beijou, então problema resolvido, certo? Você finalmente vai ficar com seu príncipe encantado, e eu finalmente vou poder partir pra outra.

— Mas o que... você... — Olhei para ele, a boca ainda aberta de choque, tentando entender de que diabos ele estava falando. — Isaac, pelo amor de Deus! Você tá com ciúme? Quer dizer que você pode sair pegando um monte de meninas e eu...

— Caramba, como você pode ser tão burra às vezes? — ele me interrompeu outra vez, soando incrivelmente irritado. Mais irritado do que nunca. Ele nunca tinha falado comigo daquele jeito.

— Por quê? — perguntei. Ele não respondeu. Só ficou encarando o chão, o rosto escondido de mim por uma chuva de cabelos. Eu também fiquei de pé e dei um passo na direção dele. — Do que você tá falando, Isaac? Será que dá pra ser direto? Mas que droga!

— "Pegando um monte de meninas", é isso que você acha? Bom, mas adivinha só, Mai? As fotos? São *só fotos*! — ele estava quase gritando. Instintivamente, eu me afastei, sentindo toda a lógica que mantinha o mundo de pé desmoronando a cada batida acelerada do meu coração. — Nunca aconteceu nada entre mim e aquelas meninas! A Jana foi a primeira e a única!

— Mas você sempre falava...

— Não! Eu *nunca* disse *nada* que confirmasse suas teorias malucas. Foi você quem concluiu tudo sozinha. Eu só deixei que você pensasse o que quisesse.

— E por que diabos você fez isso? Eu sou a sua melhor amiga! — gritei, tudo fazendo cada vez menos sentido. Isaac deu uma risada que o fez parecer um maníaco.

— EXATAMENTE! Minha. Melhor. Amiga. E só! — explodiu. — Eu tentei de tudo, mas você nunca me viu de outra forma. Então tentei te deixar com ciúmes.

A surpresa me deixou completamente sem fala. Isaac sentou de novo, a cadeira gemendo com o movimento brusco, mas agora ele me encarava com uma intensidade que chegava a doer, respirando profunda e ansiosamente. O rosto dele estava tão vermelho que, por um segundo, imaginei que ele estava tão fora de si que poderia me dar um soco na cara.

— Eu tô apaixonado por você — ele continuou, tão baixo que sua voz não era mais que um sussurro. Suas palavras eram como o som da Terra partindo ao meio. — Eu sou apaixonado por você desde... sei lá! Desde sempre. Nunca quis mais ninguém, e nunca tive coragem de falar isso pra você.

Achei que eu fosse explodir. Queria chorar. Queria desabar. Meu corpo inteiro estava tremendo, e eu não conseguia... eu não podia... Não dava para acreditar no que eu estava escutando. Não podia ser.

Mas ali estava. E, pela primeira vez em todos aqueles anos de amizade, eu olhei pra Isaac e *vi*. Eu o vi. E vi a sinceridade e a profundidade de todos aqueles sentimentos estampados em cada centímetro de seu rosto enquanto ele me encarava — exatamente o mesmo olhar que me lançava desde que havíamos nos conhecido. E agora eu finalmente entendia.

— E ontem, quando eu vi você beijando aquele cara, eu... eu pirei. Porque podia ser eu. Porque *era pra ser eu*. Eu estive aqui o tempo todo e você nunca me viu, Maitê! — Ele soltou uma risadinha de cansaço e deu de ombros, encarando o teto. — Mas acho que isso não importa mais agora, né? Eu tenho a Jana, e o cara dos seus sonhos finalmente está a fim de você. Eu não tenho a menor chance. Mas pelo menos agora você sabe.

Isaac se levantou, abriu a porta do armário e tirou de dentro dele um presente que tinha sido cuidadosamente embrulhado, mas que agora estava amassado e com uma das pontas rasgadas. Ele o encarou por um minuto e então o entregou a mim.

— Eu ia te dar ontem, mas eu fiquei muito puto e acabei voltando com ele pra casa — explicou, enquanto eu pegava o presente com as mãos trêmulas. — Feliz aniversário.

Segurei o presente e rasguei o que restava do embrulho com um nó imenso tomando conta da minha garganta. Era um scrapbook do tamanho de um álbum de fotografias, e a imagem da capa era uma foto nossa que eu havia toscamente tirado com a Polaroid, rodeada de frases que não consegui ler direito, com recortes de flores, estrelas e corações. Só li um "amo você, Mai" no canto da capa. Aquilo bastou.

Meus olhos passaram do presente para ele e de volta para o presente, mas eu não conseguia dizer nada. Na verdade, eu duvidava seriamente que fosse capaz de voltar a falar um dia. Minha cabeça estava girando e até ficar ali, olhando para ele com a boca entreaberta, estava se tornando uma missão impossível.

E, quando enfim consegui emitir um som, saíram as piores palavras que poderia ter escolhido dizer:

— Preciso ir.

Eu não queria magoá-lo. Só precisava de um tempo para processar aquela onda de informações. Mas, ao ver a decepção mais que óbvia no rosto de Isaac, eu sabia que havia me expressado mal.

Ainda assim, fui embora, agarrando o scrapbook junto ao peito. Ignorei dona Sueli quando ela tentou falar comigo, e deixei a casa de Isaac tão rápido quanto tinha entrado. Subi correndo as escadas, como se assim pudesse fugir do que tinha acabado de acontecer. Abri a porta de casa com as mãos trêmulas e fui direto para o quarto. Todo o meu corpo parecia estar no piloto automático, programado para me levar para o lugar seguro mais próximo. Deitei e encarei o teto, tentando absorver o impacto do que estava acontecendo.

Meu melhor amigo estava apaixonado por mim.

E o cara dos meus sonhos estava apaixonado por mim.

E aparentemente eu não estava apaixonada por ninguém, porque não fazia ideia de como me sentia em relação aos dois.

Queria dizer que isso tudo me fazia sentir maravilhosa e desejada. Afinal, eu era incrivelmente sortuda, não é mesmo? Sempre fui a garota invisível, aquela em quem ninguém reparava — meses antes, eu não tinha reclamado com Isaac exatamente sobre isso? Quando na minha vida eu poderia imaginar que não só um, mas *dois* caras incríveis estariam a fim de mim?

Mas a verdade era que eu me sentia a pessoa mais azarada do planeta. Isaac e Alexandre pareciam representar dois universos completamente distintos. Um era porto seguro, conforto e familiaridade. O outro era ilha deserta, arriscado, caminho de mistérios. Se eu escolhesse um, perderia o outro para sempre, disso eu estava certa. Qualquer que fosse o caminho, não teria volta.

Eu estava *tão* ferrada!

14

O ISAAC GOSTA DE MIM.

O *Isaac gosta de* mim.

O *Isaac* gosta *de mim.*

O Isaac gosta de mim.

Cada vez que eu repetia aquelas palavras em minha mente, elas pareciam menos reais. Era como se minha vida fosse uma enorme peça de teatro e eu estivesse lendo minhas falas.

Continuei agarrada ao scrapbook por horas, deitada em minha cama. Tudo estava de cabeça para baixo. Eu procurava desesperadamente um sentido para o que estava acontecendo comigo. Até então, eu achava que minha festa de aniversário tinha sido o ponto alto de loucura que minha vida poderia atingir. Já tinha sido desgraça e piração suficientes, que aquela tinha sido minha cota.

E agora... isso.

Meu estômago estava totalmente embrulhado. Como eu tinha sido tão burra? Isaac, aquele tempo todo... Ele nunca tinha me dito nada... e eu nunca tinha percebido...

Só de pensar em como eu o havia feito sofrer! Por experiência própria, eu sabia que, muito pior que ter certeza de que o sentimento do seu crush não é recíproco, é ter que ouvi-lo falar sobre outro — e a única coisa ainda *pior* do que isso era *vê-lo* com outra pessoa. Ele tinha guardado aquilo para ele, e eu o havia magoado. Se ao menos eu soubesse antes...

O quê?, me perguntei. *Se eu soubesse antes, então o quê?* Eu não sabia dizer. No momento, eu só tinha certeza de que a ignorância era muito menos devastadora. Saber dos sentimentos do meu amigo só tinha servido para me afastar dele e me deixar confusa. Eu o tinha perdido.

Deitada ali, comecei a ponderar sobre meus próprios sentimentos. O que *eu* sentia pelo Isaac? Não sabia definir. Como se eu tentasse enxergar por um vidro sujo, meus sentimentos estavam embaçados em algum lugar atrás de uma janela fechada, e eu não conseguia — e, precisava admitir, não queria — alcançá-los.

Eu sentia ciúmes dele, era verdade. Mas Isaac e eu éramos amigos havia tantos anos! Era normal que eu fosse um pouco... protetora, não? Possessiva até. Pessoas agiam assim com seus melhores amigos, não querendo dividi-los com mais ninguém. Isso não significava nada.

Inferno! O que eu ia fazer? As coisas nunca mais seriam as mesmas. Isaac estava puto, e eu estava confusa; nós dois estávamos magoados. Seria o fim de nossa amizade de uma vida inteira? Estremeci só de imaginar. Quando aquele pensamento me ocorreu, decidi que precisava levantar, me ocupar e parar de remoer aquilo tudo, antes que ficasse maluca.

Guardei o scrapbook sem abri-lo. A verdade era que eu não queria ver o que Isaac tinha feito para mim. Não queria pensar no cuidado da escolha de palavras, nos sentimentos depositados ali, não queria ficar me perguntando no que ele estaria pensando enquanto fazia o presente. Coloquei-o com todo o cuidado no fundo de uma gaveta e decidi que o abriria quando e se estivesse pronta.

O dia do aniversário acabou sem que mais nada de especial acontecesse. Atendi a dezenas de ligações de parentes distantes, ignorei veementemente a porcaria do meu Facebook, deitei e encarei o teto por horas à procura de uma resposta. Fui dormir cedo, implorando a Deus para que aquele dia acabasse logo.

* * *

Assim que entrei no colégio, percebi que minha segunda-feira não seria nada melhor.

Fui cumprimentada e abraçada pelo meu aniversário, recebi as desculpas dos poucos que não foram à festa e caminhei pelo que parecia ser um infinito corredor de cochichos e fofocas. Sabia exatamente o que todo mundo estava comentando, e isso só deixou tudo muito mais irritante. Minha vida não era da conta de ninguém. Mas aparentemente só eu achava isso

Sentei em silêncio à nossa mesa de sempre. Valentina e Josiane, que estavam conversando, se calaram assim que viram minha cara.

— Eu... — comecei a falar, mas me detive. Não sabia como dizer. Não conseguia pronunciar aquilo em voz alta.

As duas apenas me olharam em expectativa. Meus lábios tremiam. Eu me arrependi por não saber fingir que estava tudo bem.

— O que foi, Mai? Tô ficando preocupada! — a Valentina exclamou, e me balançou pelo braço.

Tomei fôlego e fechei os olhos. Dizer aquilo para alguém era como assinar um atestado de que era real.

— O Isaac... se declarou pra mim.

Fiquei esperando uma reação enorme. Gritinhos de choque, mãos cobrindo bocas, olhos arregalados, qualquer coisa. Mas, em vez disso, elas se olharam por um longo minuto e me lançaram uma expressão de desinteresse.

— O quê? — perguntei, embora achasse que não era eu quem devia estar dizendo aquilo. Josi torceu o nariz e a Val suspirou antes de falar:

— O *que* o quê?

— Como assim? Vocês me ouviram? O Isaac disse que...

— Que gosta de você — ela completou. Olhei de uma para a outra sem entender, e a careta da Josi se intensificou.

— Ah, Mai, não é por nada, não, mas... era meio óbvio, né? — ela falou, e foi o meu queixo que caiu.

— Pra quem?

— Pra todo mundo! — Então a Valentina emitiu um rosnado de frustração.

— Eu nunca comentei nada, porque você vivia falando dele como *seu melhor amigo* pra cá, *melhor amigo* pra lá, então cheguei à conclusão de que você não queria enxergar — ela disse, revirando os olhos. — Mas tava na cara que o Isaac sempre foi caidinho por você.

— Exatamente — a Josi concordou, me olhando com certa compreensão. — E por um tempo eu achei que você também gostasse dele. Sei lá, o comportamento de vocês dois é tão... tão...

— Estranho — a outra completou. Balancei a cabeça, confusa.

— Estranho como? O Isaac é meu amigo desde que sou criança, e sempre foi desse jeito!

— Eu sei, Mai. E pra você parece natural assim. — Josi sorriu e estreitou os olhos, numa clara careta de desconfiança. — Mas sério mesmo que você nunca, *nunquinha*, notou que o Isaac sentia alguma coisa por você?

Não respondi. Eu não sabia o que dizer. Durante as últimas horas, tinha analisado nossos anos de amizade de trás para a frente à procura de evidências que eu pudesse ter ignorado. Mas, agora que sabia da verdade, meio que *tudo* tinha se tornado suspeito.

Resmunguei de frustração e abaixei a cabeça sobre a mesa por um instante.

— Eu só queria que ele tivesse me contado antes... — falei, sentindo todo o cansaço da noite mal dormida pesando sobre meus ombros. — Eu nunca quis fazê-lo sofrer. Me machuca tanto pensar em como ele possa ter sido magoado por minha causa sem que eu percebesse...

— Não adianta ficar pensando nisso agora, Mai. — A Josi esticou o braço sobre a mesa pra alcançar a minha mão. — Como vocês estão? Você e o Isaac, digo.

— Não faço ideia! — respondi, querendo chorar ali mesmo. — Foi horrível! Horrível! Ele me viu com o Alexandre, e eu não sabia. Por isso ele sumiu da festa. Aí quando fui até a casa dele ontem, ele simplesmente jogou tudo na minha cara!

— E o que você fez?

— Fiquei em estado de choque. — Hesitei por um minuto, as lembranças de nossa conversa deixando um gosto amargo em minha boca. — E fui embora sem dizer nada pra ele.

Minhas duas amigas me encararam em silêncio. Elas sabiam tanto quanto eu que aquela tinha sido a pior atitude a ser tomada em uma situação como aquelas. Mais do que tudo, eu queria voltar no tempo e ser capaz de falar alguma coisa para o Isaac. Qualquer coisa, desde que não fosse sair daquele jeito que havia saído. Ele devia me odiar agora.

— E pra piorar tem essa do Alexandre também! — continuei, cobrindo o rosto com as mãos e contendo um grito frustrado. — O que eu faço? — perguntei, por fim, e olhei para elas desejando que alguma das duas tivesse uma solução perfeita para o meu caso. Que elas me dissessem que eu podia resolver.

Mas, principalmente, que fossem capazes de me dizer como eu me sentia. Porque eu mesma achava que jamais conseguiria fazer isso.

— A gente não pode te dizer isso, amiga — a Josi foi quem respondeu, dando de ombros. — É você quem precisa decidir. Mas quer uma dica?

— Por favor! — pedi. Queria uma dica, um guia, um manual de sobrevivência. Melhor ainda, queria todas as respostas da vida.

— Dá um tempinho longe dos dois. — Ela deu dois tapinhas amigáveis na minha mão e sorriu de leve. — Acho que o que vale não é aquele que fizer você suspirar quando estiver perto. É o que dói quando está longe.

— Vou tentar — murmurei, sabendo que acabaria seguindo o conselho dela. Por um lado, Isaac provavelmente não queria falar comigo. Por outro, eu nem conseguia olhar na direção do Alexandre. Se ela estivesse minimamente certa, dos males o menor.

Mas que "menor" seria esse, eu não fazia ideia.

***

Maria Eduarda não apareceu durante os primeiros dias naquela semana, e, eu imaginava, provavelmente não daria as caras por pelo menos mais alguns dias. Demorou até que alguém fizesse o primeiro comentário a respeito dela. Mas, quando ele veio, a fofoca se tornou muito mais importante que qualquer festinha que eu pudesse ter dado.

— Será que é dengue? — a Débora comentou durante a aula de matemática na quarta-feira. — Ouvi falar que rolaram uns casos pelo bairro...

— A Gabi do 2º B jurou pra mim que os paramédicos fizeram massagem cardíaca nela — a Verinha disse em seguida, parecendo muito mais preocupada com o estado das próprias unhas do que com o peso do que estava dizendo. — Disse até que usaram aquele desfibrilador.

— Será que ela tem algum problema cardíaco e não contou pra ninguém?

— Ela tava supermagra, vocês não acham? — uma terceira menina acrescentou, a primeira coisa verdadeira que pude ouvir naquela conversa. Débora riu.

— Queria eu estar magra que nem ela — disse, e voltou a atenção para o professor.

Passei o resto da aula pensando naquilo, tentando comparar a Maria Eduarda que eu tinha visto — esquelética, doente, fraca — com a imagem que as outras garotas faziam dela. Houve um tempo em que eu gostaria de ser magra como ela, mas, depois de vê-la naquele estado, sabia que não tinha nada de bom para ser almejado ali. Seria possível que ninguém percebesse, que eu fosse a única a ver como aquilo era maluco? Será que o mundo inteiro considerava *aquilo* bonito?

O assunto já estava quase esquecido quando, na última aula da quarta-feira, a professora de biologia escreveu as palavras BULIMIA e ANOREXIA no quadro. Ela esperou até que todo mundo tivesse virado para a frente e lido o quadro. O silêncio foi aos poucos se instaurando, e logo só conseguíamos ouvir o som das pás do ventilador. A professora coçou a cabeça e suspirou antes de começar a falar.

— Quando eu tinha a idade de vocês, eu queria participar de um concurso de beleza — ela disse, e algum garoto no fundo da classe assobiou para ela. —

Não era nada de mais, mas eu queria muito ganhar. Quando fui fazer minha inscrição, um dos organizadores disse que eu precisava perder pelo menos cinco quilos para participar. E me enxotou de lá assim, sem mais nem menos.

Franzi o cenho. A professora Eva não era exatamente o que eu chamaria de *gorda*. Ela era alta, quase da minha altura, tinha longos cabelos tingidos de um ruivo bem escuro e era cheinha, bonita. Tinha curvas. Fazia mais o estilo Marilyn Monroe que o Maitê Passos. Isso agora em seus quarenta e tantos anos. Se era bonita hoje, ela devia ser um arraso quando era mais nova.

— Quando saí de lá, aquilo ficou na minha cabeça — ela continuou, andando de um lado para outro da sala. — Me olhei no espelho e concordei com o cara. E aí eu jurei que ia perder aqueles cinco quilos e ia me inscrever no ano seguinte, e que ia ganhar. Então entrei num regime que uma amiga me recomendou: eu só poderia tomar sopa por duas semanas, e perderia aqueles quilos numa sentada.

Estremeci só de pensar. Eu odiava sopa. Ainda bem que ninguém tinha dado aquela ideia de jerico para a minha mãe.

— Depois dessas duas semanas, eu me olhei no espelho e percebi que aqueles quilos que eu tinha perdido não eram suficientes. Apelei para outra dieta. E outra, depois dessa. Eu fazia de tudo, mas não conseguia emagrecer por nada nesse mundo. Parecia que cada vez que eu me olhava no espelho, eu estava maior do que antes.

A carapuça me serviu como uma luva. Teria vontade de rir, se não fosse uma sensação tão sufocante. Parecia que ela estava contando minha história — só que com menos visitas ao consultório médico e mais dietas malucas.

— Até que um dia, eu passei muito mal e fui para o hospital. Eu estava desnutrida. Na época, estava pesando uns quarenta quilos — ela concluiu, e a **tensão pareceu se multiplicar por mil pela sala.** — Naquele tempo, não existia nome para a doença que eu tinha. Não era tão comum quanto é hoje, então os médicos não sabiam como tratar. Trataram meu corpo, mas precisei de anos para curar minha mente.

Ela bateu no quadro, debaixo de onde tinha escrito ANOREXIA em letras garrafais. Um arrepio imenso percorreu minha espinha. Já tinha escutado essa palavra antes, mas nunca tinha associado a nada nem a ninguém real. Parecia longe de mim. Nunca me interessei porque sempre fez parte daquele monte de coisas que a gente acha que nunca vai nos atingir, nem a ninguém próximo.

Pelo visto, eu estava errada.

— A minha sobrinha uma vez riu enquanto via uma reportagem sobre meninas anoréxicas e disse que só alguém muito burro morreria de fome por vontade própria — a professora disse, e percebi que aquele mesmo pensamento já tinha me ocorrido. — Mas a verdade é que essas duas doenças aqui... — Ela voltou a bater com a ponta do giz no quadro. — Têm um jeito muito curioso de agir. E elas podem acontecer com qualquer pessoa. Aqui nesta sala, nesta escola, na família de vocês.

Dito isso, ela perguntou quantos de nós achavam estar acima do peso. Fiquei chocada com a quantidade de pessoas que ergueram a mão. Praticamente todas as meninas e pelo menos um terço dos garotos da sala. Então ela quis saber quantos já tinham apelado para dietas extremas, ou tratamentos milagrosos para perder peso. Quase todos os meninos abaixaram a mão, mas mais da metade das meninas permanecia com os braços erguidos. Por último, ela perguntou quantos de nós gostariam de mudar algo no próprio corpo, se pudessem.

Todas as mãos foram ao alto. Até a do Alexandre, que eu sempre considerei a pessoa mais perfeita e confiante do universo; ele me olhou de soslaio e abaixou os olhos de maneira envergonhada. Nem uma única pessoa deixou de se pronunciar. E, de repente, como se fosse uma competição, todo mundo começou a anunciar suas imperfeições em voz alta.

Aos poucos, as vozes foram morrendo. Eu continuava em choque, olhando em todas as direções. Passei anos achando que era a única que me enxergava cheia de defeitos, endeusando os outros, e acabou que todo mundo ali era tão ou mais complexado do que eu. Tinha gente falando em plástica corretiva, em defeitos invisíveis na pele, em anos de progressiva por odiar o cabelo. O meu peso deveria ser o mais gritante, mas eu era de longe a pessoa menos incomodada comigo mesma na sala. Aquilo era absurdo.

— Agora quero que vocês peguem uma folha e desenhem a si próprios — instruiu, então. — Não precisa ser um desenho perfeito, mas quero que desenhem como vocês se veem. Puxem setas para tudo que gostariam de mudar e escrevam por quê. Coloquem seus nomes e depois entreguem para mim.

Puxamos os cadernos todos ao mesmo tempo. Encarei as linhas da folha, o lápis a uma altura segura, pensando em como desenhar. Eu não tinha certeza do que devia fazer. Achava que me via de maneira honesta agora, que tinha aprendido a abraçar meus defeitos e a reconhecer minhas qualidades; mas será que reconhecia mesmo? Quão sincera eu estava sendo comigo mesma? Era fácil falar que era feliz daquele jeito quando tantas coisas vinham colaborando para isso. Mas, se eu pensasse bem, se eu me analisasse friamente, ainda diria que preferia não mudar?

Puxei uma seta da barriga do meu eu desenhado, e escrevi "eu seria magra, se pudesse". Já tinha algum tempo que eu tinha aceitado aquela parte de mim, mas não queria dizer que fosse mais fácil hoje do que era antigamente. Toda a parte ruim de ser gordinha continuava ali — dificilmente achava roupas legais do meu tamanho, os bancos do metrô ou do ônibus ainda eram pequenos para mim, e muita gente ainda sugeria que eu "seria muito bonita se fosse magra". Aquilo nunca ia deixar de me incomodar, eu só estava aprendendo a lidar melhor com tudo.

Desenhei outra seta, dessa vez vindo das minhas mãos. "Queria ter dedos e unhas mais bonitos." Era uma coisa mínima, mas me pareceu tão válido quanto qualquer outro defeito. Meus dedos eram curtos e gorduchos, e as minhas unhas, mesmo quando não roídas, se perdiam neles. Minha mãe tinha dedos finos e unhas enormes inquebráveis. Sempre quis ter mãos como as dela.

Depois de muito considerar, percebi que não tinha muito mais que eu gostaria de mudar. Meu peso sempre tinha sido meu maior problema. Assinei a folha com meu nome e entreguei à professora.

Quando todos já tinham feito o mesmo, ela começou a redistribuir os papéis de maneira aleatória pela sala.

— Vocês vão receber os papéis dos seus colegas, e quero que escrevam o que acham bonito neles e comentem os defeitos que cada um apontou em si mesmo. Depois vocês vão receber seus desenhos de volta. Dúvidas?

Ninguém se pronunciou. Todos estavam muito quietos. Ela continuou distribuindo os desenhos, e, algum tempo depois, uma folha de caderno veio para a minha mesa. Era o desenho da Verinha. E era ridículo.

Ela era um palmo mais baixa que eu e uma das meninas mais bonitas da sala. Tinha os cabelos lisos, na altura do ombro, que pintava de vermelho desde o oitavo ano. Era magra, mas não do tipo vareta; tinha busto e o bumbum levemente empinado.

Mas, segundo seu desenho, ela gostaria de perder dez quilos e fazer uma redução de seios. Ela não gostava do formato do próprio nariz e achava que as coxas eram grossas demais. Ah, e ela achava que tinha orelhas de abano. Tive vontade de chorar vendo aquilo, e na hora comecei a escrever. Apontei cada característica invejável e tratei de desfazer todos os defeitos que ela colocara em si mesma.

Entreguei o desenho para a professora e esperei. Fiquei imaginando o que meus colegas estariam vendo em si mesmos e nos outros. Era possível que o nosso pensamento fosse assim tão deturpado? Será que o espelho mentia para todo mundo que desse ouvidos a ele?

Faltavam só dez minutos para o fim da aula quando a professora começou a devolver os papéis a seus donos. Enquanto os devolvia, tornou a falar.

— Não precisam mostrar isso pra ninguém, se não quiserem. Só vou pedir que todo mundo reflita sobre o que virem e sobre o que disseram de vocês.

Recebi meu desenho, mas não o olhei de imediato. Ainda não estava preparada.

— A essa altura, eu acho que todos já sabem que uma colega de vocês foi hospitalizada na semana passada — ela continuou, apoiada na própria mesa. — A Maria Eduarda teve um problema parecido com o meu, e por isso a direção do colégio resolveu organizar algumas palestras. Então amanhã, no lugar das últimas três aulas, vocês vão se encontrar com um pessoal que vai poder explicar melhor o que são essas doenças e como são tratadas. Até lá, quero que pensem no seguinte: como se veem é um reflexo do que são, ou do que gostariam de ser?

Ninguém disse nada. O sinal tocou, parecendo acordar todos nós de um sonho.

— Boa tarde, pessoal.

* * *

Carreguei o desenho comigo o dia inteiro, mas não consegui me convencer a ver quem o recebera e o que escrevera. Não queria fazer aquilo sozinha. Precisava conversar com alguém sobre o que tinha ouvido naquela aula. Não, não com alguém. Com *ele*.

Cheguei da escola e troquei de roupa correndo. Estava no modo automático, pronta para fazer meu caminho de todas as tardes, até lembrar que eu e Isaac não estávamos nos falando havia três dias. Fazia mesmo tão pouco tempo? Parecia uma eternidade. Era horrível precisar falar com ele e saber que ele não estava ali. Isaac era meu porto seguro desde que eu conseguia me lembrar. Em algum momento naqueles anos todos, tínhamos feito um juramento silencioso de que um jamais abandonaria o outro. E eu tinha estragado tudo.

Isaac aguentou meus amores e desamores, minhas paixões platônicas, meu sofrer por pessoas que não me mereciam. Ele me perdoou quando fiz coisas estúpidas, me apoiou quando resolvi me jogar de cabeça, esteve ao meu lado nos melhores e nos piores momentos da minha vida. Era minha culpa que aquilo estivesse acontecendo com a gente? Eu não sabia dizer, mas meu coração pesava.

Como Isaac estaria agora? Depois de ter me falado tudo o que tinha para falar, será que o próximo passo seria... me esquecer? Era de se esperar que sim, especialmente depois da minha reação. A essa altura, ele já devia estar enfiado na casa da tal Janaina sem nem se lembrar da minha existência e de tudo de ruim que eu tinha trazido para a vida dele. Eu queria me convencer de que era melhor desse jeito, que Isaac merecia ser feliz com alguém, mas era impossível pensar naquilo sem ficar irritada. Não queria associar a felicidade dele justamente àquela garota folgada. Ele merecia mais. Isaac merecia o mundo.

Foi só no fim do dia, depois de vagar pela casa me sentindo exausta e solitária, que minha mente voltou para o colégio e peguei o desenho que tinha feito na aula de biologia. Eu o tinha dobrado e enfiado debaixo do meu travesseiro, e já era tarde quando resolvi olhá-lo. Acendi a lanterna do celular e desdobrei a folha com cuidado.

Quem ficara com o meu desenho foi o Mateus, um garoto da minha turma com quem eu nunca tinha trocado mais do que duas palavras. A letra dele era um garrancho meio difícil de decifrar, mas ele tinha escrito bastante coisa. Puxou duas setinhas do meu rosto e escrevera "acho seus olhos bonitos, e você tem um sorriso legal". Embaixo do meu comentário sobre as unhas, ele dissera "nunca reparei nas suas mãos, mas acho que você não devia dar bola pra isso". E então, abaixo da setinha que vinha da minha barriga, ele disse: "Eu te acho linda. Eu vi aquela foto sua na revista, e achei show".

Eu ri enquanto lia. Era tão bobo e simples, mas ao mesmo tempo era tudo que eu gostaria de ouvir de vez em quando. Dobrei o desenho e o guardei de novo, me sentindo muito mais leve enquanto fechava os olhos para dormir.

* * *

Passei a quinta-feira toda pensando na Maria Eduarda.

Não podia evitar. A palestra parecia gritar o nome dela. Desde o momento em que nos juntamos às outras turmas do ensino médio no auditório, até o instante em que eu saí do colégio, eu a via em todos os lugares. Ela me ameaçando no banheiro. Desmaiando na minha frente. Emagrecendo até desaparecer.

A intervenção organizada pelo colégio incluía um médico, uma psicóloga e uma "sobrevivente". Era assim que ela se intitulava, como se tivesse voltado de uma guerra. Quando chegou a vez dela de se dirigir a nós, explicou por quê.

— Eu lutei contra a anorexia por mais de cinco anos. Ia e voltava do hospital o tempo todo. — Com um clique, o telão do auditório se encheu com uma foto do que, aparentemente, era ela. Mas estava esquelética; dava pra ver cada osso debaixo da pele, e os cabelos estavam ralos e quebradiços. — Essa sou eu com vinte anos. Eu pesava trinta e poucos quilos na época. Quase morri. Então, sim, eu sou uma sobrevivente.

Cada palestrante ilustrou suas falas com vídeos e fotos horríveis de casos reais. Era impossível não olhar cada uma daquelas imagens e associá-las à figura frágil de Maria Eduarda. Quanto mais informação eu recebia, mais minha garganta parecia travar.

— Noventa por cento dos casos de anorexia e bulimia acontecem com mulheres — o médico disse. — A maior parte, garotas da idade de vocês. E, dessas, quase vinte por cento morrem por consequência.

— É difícil determinar o que causa esses transtornos — o psicólogo emendou. — Nem toda menina que quer emagrecer se torna anoréxica, e é complicado traçar uma linha que separe a força de vontade da obsessão. Pode ou não estar associado a outros transtornos. A diferença essencial é que o paciente se alia à doença. Ele não sabe a hora de parar e não consegue admitir que existe um problema. Quase sempre, são os parentes próximos que obrigam essas pessoas a procurar ajuda, muitas vezes à força. O tratamento leva anos para se concluir e envolve não só o trabalho de psicólogos, nutricionistas e endocrinologistas, como o uso de antidepressivo e outras drogas que auxiliem na melhora do quadro.

Estremeci só de pensar. Era a Maria Eduarda, mas poderia ter sido eu. Eu, que passei a vida inteira brigando com a balança, tinha todos os motivos para um dia decidir não comer mais. O que a tornava diferente de mim? Nós tínhamos exatamente o mesmo problema de autoimagem, só tínhamos... *resolvido* de maneiras diferentes.

Aquilo me deixava enjoada. Histórias de meninas que pararam completamente de comer, e outras que vomitavam com tanta frequência que não precisavam mais forçar a garganta. Inúmeros casos de garotas que morreram de inanição, e tantas outras que conviviam com os vários efeitos colaterais de anos vivendo sob o peso da anorexia e/ou da bulimia. Porque, aparentemente, elas podiam andar juntas. Um mal não bastava.

Quantas Marias Eduardas não perdiam a vida todos os dias por uma mentira que o espelho contava?

Saí da palestra sentindo aquele monte de informações me esmagar e mais preocupada do que nunca. Cheguei em casa decidida a fazer uma coisa que imaginei que nunca faria: peguei o telefone e disquei o número da Maria Eduarda.

Eu tinha seu telefone por causa de um projeto de feira de ciências, quando ela tinha feito parte do meu grupo. Nunca achei que fosse precisar, mas tinha anotado mesmo assim. Quem diria que um dia eu estaria esperando na linha, torcendo para ter notícias dela. O mundo dá mesmo muitas voltas.

Não foi ela quem atendeu, e sim sua mãe. A conversa foi rápida e, menos de cinco minutos depois, eu já sabia que ela estava melhor e que já estava em casa e que poderia passar para visitá-la na próxima tarde. Desliguei já com o endereço anotado, e aquela constante sensação de que o mundo tinha virado do avesso e esquecido de me avisar.

* * *

— Então... É aqui? — mamãe perguntou, estudando o prédio de cima a baixo. Era sexta-feira, e estávamos prestes a desvendar o Mundo Secreto de Maria Eduarda. Meu estômago embrulhava só de pensar.

— É aqui — respondi, tocando o interfone. — Vamos ao apartamento 1304. Maitê e Estela — anunciei para o porteiro, quando ele atendeu. Um minuto depois, ele nos deixava entrar.

Mamãe e eu atravessamos o hall em silêncio, e, pela milésima vez, me perguntei o que diabos eu estava pensando quando achei que aquilo era uma boa ideia. Mas era tarde para voltar atrás.

— Então quem é essa Maria Eduarda? Eu conheço? — mamãe quis saber, quando o elevador chegou e abriu as portas.

— É uma menina da minha turma — respondi vagamente, enquanto apertava o botão para o décimo terceiro andar. Não queria ter que explicar que nós duas não éramos próximas, nem muito menos amigas. Levantaria questões nas quais eu não queria pensar agora.

— E o que ela tem? — insistiu, enquanto ajeitava o cabelo, admirando seu reflexo no espelho do elevador.

— Eu não sei — repliquei, ignorando meu reflexo. Parecia errado admirar meu reflexo enquanto ia visitar uma garota que tinha sofrido tanto pela própria imagem. Fiquei feliz em me ver livre de perguntas quando o elevador parou e abriu as portas novamente.

Foi a minha mãe quem se adiantou para a porta do apartamento 1304 e apertou a campainha. Esperamos em silêncio. Mamãe calmamente mexendo no próprio celular, eu apertando as mãos para não roer as unhas até ouvirmos o barulho de chaves do outro lado. A mulher que nos atendeu não era nada do que eu imaginava que a mãe de uma garota como a Maria Eduarda seria. A vida toda tinha pensado nela como uma madame frescurenta, de nariz mais empinado que a filha, o tipo de mulher que, aos quase quarenta anos, gosta de se vestir como alguém de vinte. Quero dizer, ela *tinha* que ter tirado aquela pose de algum lugar, se espelhado em alguém, certo? Fazia sentido.

Mas a dona Íris não podia ser menos parecida com a filha. Estava usando uma calça jeans toda rasgada nos joelhos, um avental sujo na cintura e uma camiseta da Disney que parecia ter uns duzentos anos. O cabelo castanho tinha pelo menos uns três dedos de raiz grisalha, e ela usava óculos com a espessura de uma garrafa de vinho, o que fazia seus olhos dobrarem de tamanho. Em suma, ela parecia muito mais ser *minha* mãe do que da Maria Eduarda.

— Maitê? — ela perguntou, tão retoricamente que nem me dei o trabalho de responder. — Pode entrar, querida!

Murmurei um "com licença" e entrei, analisando a casa, enquanto mamãe e dona Íris trocavam apresentações e cumprimentos. Não se parecia com a mansão da Barbie que imaginei que Maria Eduarda vivesse. Era só um apartamento normal, com uma sala modesta, uma infinidade de porta-retratos sobre o móvel da TV e quadros de flores abstratas que pareciam ter sido comprados numa feira de artesanato. Tudo muito comum, sem brilho.

— A Duda está lá no quarto — dona Íris falou, e, quando dei por mim, ela já estava saindo da sala. Eu me apressei em segui-la, mas mamãe não nos acompanhou.

— Ela sabia que eu vinha? — perguntei baixinho, antes que ela batesse à porta. Dona Íris franziu o cenho, como se fosse uma pergunta absurda.

— É claro que sim. Ela ficou muito feliz quando soube.

Eu estava prestes a perguntar se a pancada na cabeça da Maria Eduarda tinha sido muito forte, mas antes que eu abrisse a boca, ela já estava dando três toques leves na porta, colocando a cabeça para dentro e dizendo:

— Filha, a Maitê chegou.

E então me deu licença para entrar.

Respirei fundo e tentei sorrir de um jeito que não parecesse que eu estava à beira de um colapso, o que, logicamente, não deu muito certo. Entrei de cabeça baixa e encostei a porta antes de conseguir me forçar a olhar para ela.

Maria Eduarda estava sentada na cama, coberta por um edredom lilás, com as costas contra a parede cor-de-rosa, cheia de adesivos de flores e borboletas.

237

O quarto parecia cercado de espelhos — havia um de maquiagem sobre a cômoda em frente à cama, um enorme na parte de trás da porta, e uma fileira de pequenos vitrais decorando uma parede. A TV estava ligada, mas o volume estava tão baixo que era impossível escutar alguma coisa. Ela parecia esquelética, doente e inegavelmente deprimida.

Achei que o silêncio entre a gente fosse durar uma vida inteira, mas não foi o que aconteceu. Ela se ajeitou na cama, para abrir espaço, e então falou, numa voz muito calma e fraca:

— Senta.

Sentei. Com alguma distância dela, admito, mas simplesmente porque a situação toda já era estranha o bastante. Limpei a garganta para procurar a voz que subitamente havia deixado meu corpo e perguntei:

— Como você tá se sentindo?

— Melhor — respondeu, com um dar de ombros quase imperceptível. — Obrigada por ter vindo. Quase ninguém veio.

Meu queixo caiu e o choque me silenciou por alguns segundos. Ela estava... me *agradecendo*? E, como assim, "ninguém veio"? Ela era a garota mais popular da escola!

— De verdade, Maitê. Obrigada — ela continuou, e, quando a olhei, vi que tinha lágrima nos olhos. Eu nunca a tinha visto chorar. Eu nem sabia que ela tinha essa *capacidade*. — Você não precisava ter feito nada disso depois do jeito como tratei você.

— Esquece isso... — murmurei, mas no fundo eu concordava com ela. Maria Eduarda balançou a cabeça, lágrimas e mais lágrimas correndo pelo rosto.

— Não! Eu fui... eu... — Um soluço e uma pausa. Tive o ímpeto de abraçá-la, mas não havia intimidade, então me contive. — Eu não mereço que você seja tão legal comigo. Não merecia que você me ajudasse aquele dia na escola. Eu falei coisas absurdas pra você. Por que... por que você me ajudou mesmo assim?

— Porque era o certo — respondi sem pensar, e sabia que aquela era a mais pura verdade. — Porque você precisava de ajuda. Que tipo de pessoa eu seria se não te ajudasse?

— Você seria eu.

Queria dizer que ela estava sendo muito dura consigo mesma e que as coisas não eram bem por aí, mas eu sabia que seria forçar demais a barra. Nós não éramos amigas, a despeito da trégua do momento, e eu não tinha obrigação de amenizar nada pra ela. Sentia pena da Maria Eduarda pelo sofrimento que estava passando, mas não tinha nenhuma intenção de apagar por completo o inferno que minha vida tinha sido desde que ela cruzara meu caminho. Era pedir demais.

— Desculpa, Maitê — ela murmurou, e, mesmo sentindo que ELA estava sendo totalmente sincera, não consegui aceitar. — Eu sei que não agi certo. Eu tô tentando melhorar. Espero que algum dia você possa me perdoar.

— O que aconteceu depois que levaram você pra enfermaria? — perguntei, só pra quebrar a tensão e mudar de assunto. Ela pareceu aceitar de bom grado.

— Fui para o hospital. Fiquei lá até ontem à tarde — a Maria Eduarda contou, olhando para algum ponto muito interessante do edredom. — E agora vou fazer tratamento — e, antes que eu pudesse perguntar, completou. — Anorexia e bulimia nervosa. Disseram que eu tive sorte, que quarenta e quatro quilos já é extremo. Não sei como, se eu ainda me sinto imensa.

— Bobagem. Você tá... — Eu me detive, sem saber ao certo como continuar. Queria dizer algo bacana, elogiá-la de alguma maneira, fazer com que ela se sentisse um pouco melhor em relação a si mesma. Mas o que eu poderia dizer? Que ela estava bonita, bem, saudável? Que era uma pessoa legal? Nada disso era verdade, e não faria bem algum mentir. Então apenas sorri e meneei a cabeça. — Você vai ficar bem. É isso que importa.

Felizmente, foi essa a hora em que a dona Íris apareceu, trazendo uma bandeja de comida.

— Hora do lanchinho, filhota!

Ela colocou a bandeja em cima do criado-mudo e o arrastou até estar na frente da Maria Eduarda, que soltou um suspiro pesado. Eram dois grandes copos de suco de laranja, um pratinho com torradas, um pote de requeijão, uma maçã e uma pera, além dos talheres. Dona Íris se sentou do outro lado da filha, com uma mão sobre a perna dela e um sorriso carinhoso no rosto.

— Eu tô meio enjoada, mãe. Não posso comer mais tarde? — Maria Eduarda fez uma careta. Dona Íris não vacilou.

— Nada disso. De duas em duas horas, lembra?

Ela bufou de um jeito e pegou uma torrada. Olhou para ela por algum tempo antes de colocá-la de volta no prato.

— Não posso — falou, e virou a cara.

— Você precisa comer — a mãe insistiu.

— Isso aí é carboidrato, mãe! — ela explodiu, e eu me assustei. — Sabe quantas calorias tem uma torradinha dessas? Desse jeito eu vou virar um balão!

Então ela cobriu a boca com as mãos trêmulas e começou a chorar.

— Desculpa. Desculpa — sussurrou, e assisti sua mãe com os olhos enormes cheios de lágrimas, forçar um sorriso para ela.

— Tudo bem, meu amor. Um passinho de cada vez.

— Vamos fazer assim? — eu intervi, surpreendendo até a mim mesma. — Começa por isso aqui — e peguei a pera e dei pra ela.

— Eu não... — Ela se afastou da fruta, se encolhendo na cama como se corresse de algo radioativo.

— Uma pera desse tamanho aí deve ter no máximo quarenta calorias — continuei, fazendo um gesto despreocupado, ainda com o braço estendido. — Você vai gastar isso só de ir e voltar do banheiro, então nem vai fazer cosquinha. E, se fizer você se sentir melhor, enquanto você come a sua pera, eu como a sua maçã, que é mais calórica. O que você acha?

Ela olhou para mim, inexpressiva e em silêncio, por quase dois minutos antes de aceitar a oferta. Então, com um esboço de sorriso, levou hesitantemente a pera até a boca e deu uma mordida pequenininha. Satisfeita, mordi a maçã.

Deus do céu, como eu odeio maçã! Frutinha mais sem gosto do inferno! Por que eu estava fazendo aquilo mesmo?

Ela engoliu e fez uma careta de dor. Sua mãe apertou a mão dela, em sinal de encorajamento.

— O médico avisou que ia doer — falou, e não contive em perguntar:

— Por quê?

— Ela passou muito tempo sem comer e forçando o vômito. A garganta dela está ferida, então dói para comida passar — me respondeu sem pestanejar. Assenti, quieta, e continuamos comendo.

Fiquei por lá mais meia hora depois que a Maria Eduarda terminou de comer. Não falamos sobre nada mais pesado, mas o clima ainda me incomodava muito. Só conseguia pensar em como devia ser horrível viver dentro da cabeça dela.

Quero dizer, ela era perfeita. Rodeada de amigos, magra, popular, podia ter qualquer garoto que quisesse. Ela era, desde sempre, a imagem daquilo que eu gostaria de ter sido e nunca fui. E mesmo assim era incapaz de enxergar tudo aquilo. Tinha jogado fora o corpo bonito que todo mundo elogiava, correndo atrás de uma boa forma que só existia para ela. Tinha quase se matado, e pra quê? Por alguns quilos a menos? Por uma imagem mais bonita no espelho?

Eu queria entender, queria mesmo. Queria compreender que tipo de absurdo deve se passar pela cabeça de alguém para achar que aquilo que ela estava fazendo era bonito, saudável. Era tão surreal que uma garota tão bonita como a Maria Eduarda pudesse ser tão... danificada por dentro. Sempre a tinha achado tão segura, mas podia ver agora que sua incerteza sobre si era grande o bastante para deixá-la à beira do abismo. Graças aos céus por alguém ter percebido a tempo — por *eu* ter percebido, me corrigi mentalmente. Se não fosse aquele dia infeliz no banheiro da escola, ela poderia...

Eu me arrepiei só de pensar. Quando me olhei no espelho aquela noite antes de dormir, agradeci a Deus por ser quem eu era.

15

— ENTÃO, COMO ESTÁ AQUELA SUA AMIGA? — MINHA MÃE PERGUNTOU NA MANHÃ de sábado. Estávamos as duas na cozinha, ela fazendo café, e eu procurando o que comer.

— Bem — respondi vagamente. Lembrar da Maria Eduarda naquele estado deplorável tinha diminuído consideravelmente meu apetite. — Melhor, eu acho.

— Humm. — O cheiro inebriante do café dominou a cozinha quando mamãe despejou parte da água quente sobre o coador. — Fiquei um bom tempo conversando com a mãe dela ontem.

— E...? — Peguei a caixa de leite e a manteiga na geladeira e deixei no balcão enquanto pegava o saco de pão. — O que ela falou?

— Que ela está melhor. Ganhando peso. — Mamãe pegou uma faca na gaveta e passou para mim. — Disse que a menina chegou a pesar quarenta quilos. Dá pra acreditar? Como deixou chegar nesse ponto?

Realmente, pensei. Como alguém chegava àquilo? Mesmo depois de tudo o que tinha ouvido e aprendido durante as palestras na escola, eu ainda me perguntava isso. Vê-la só tinha feito piorar tudo para mim, porque eu podia entendê-la; eu sabia exatamente o peso esmagador da autoimagem e como uma pessoa era capaz de se punir por isso. Mas nunca tão longe. Nunca achei que alguém seria capaz.

— E aí eu fiquei pensando... — Ela hesitou por um segundo e então suspirou. — Que poderia ter sido você.

Fiquei sem palavras. Mamãe estava com o olhar distante, fingindo estar concentrada no café. Queria dizer alguma coisa que quebrasse o gelo, falar que não era comigo, que jamais poderia ter sido, mas não parecia honesto. A verdade é que agora eu enxergava que Maria Eduarda e eu não estávamos tão distantes assim uma da outra. Depois de tudo que eu já tinha visto e escutado, não duvidava que pudesse ter acontecido comigo. Ou com qualquer um que eu conheça.

— Eu sei que forcei a barra com você. Mais de uma vez — mamãe prosseguiu; o café completamente esquecido agora. — Eu te disse coisas horríveis e fui cruel quando tudo que você precisava era do meu apoio. E, depois de ter ouvido a mãe daquela menina ontem, eu...

— Ah, mãe... — Fui abraçá-la. Ela afagou meus cabelos enquanto me abraçava de volta. — Tá tudo bem. Você achava que tava ajudando.

— Mas piorei tudo, filha. E se por minha causa você tivesse...

— Mãe! — Eu me afastei, mas ainda a segurei pelos ombros. Seus olhos estavam marejados, e precisei me esforçar muito para manter a voz firme. — Para de se torturar! Já foi. Você errou. Todo mundo erra.

— Mães não deveriam errar com os filhos. — Ela abriu um sorriso triste e beijou minha testa antes de me soltar. — Eu tenho sorte por ter uma filha como você, Maitê.

* * *

Já fazia uma semana desde o meu aniversário. Uma semana desde que meu mundo tinha explodido. Sete dias sem Isaac nem Alexandre na minha vida.

Ficar longe do Isaac vinha sendo uma tortura. Durante toda aquela semana eu tinha me perguntado se ele já teria me perdoado. Se *eu* já havia me perdoado. Se ele um dia falaria comigo outra vez. E se havia algo a perdoar, afinal. Eu continuava vendo o Alexandre todos os dias, mas quase sempre de longe. Sem que eu precisasse pedir, ele me deu o espaço de que eu estava precisando para pensar.

Por que gostar de alguém tinha que ser tão complicado? Parece que a gente tem mania de querer sempre quem vai dar mais trabalho para o nosso coração. Eu tinha passado anos da minha vida suspirando pelo Alexandre, para depois ele me decepcionar e acabarmos naquela situação esquisita. E o Isaac tinha se apaixonado por mim, sua melhor amiga, que a vida inteira nunca tinha percebido os sentimentos dele.

Seria muito mais fácil se eu gostasse do Isaac. Ele nunca me decepcionaria. Isaac era leal, companheiro, gostava das mesmas coisas que eu, mas também fingia gostar de outras tantas que eu detestava só para me atazanar. Ele sabia me fazer rir e sempre encontrava um jeito de me colocar pra cima, mesmo quando eu estava no fundo do poço. Isaac sabia identificar meu humor pelo meu tom de voz, adivinhava minhas perguntas antes de eu dizê-las em voz alta e nunca era orgulhoso demais para pedir desculpas, ainda que estivesse certo. Como alguém poderia *não* gostar dele?

Cara, como ele me faz falta!

Em um impulso, digitei o número dele no celular e apertei o botão Ligar. Aquela situação era ridícula, e eu não aguentava mais. Precisava escutar o Isaac me dizendo que não me odiava e que tudo ia ficar bem. Queria contar o que tinha acontecido naquela semana e ouvir qualquer coisa que ele quisesse dizer. Meu Deus, eu podia até mesmo suportar que ele me contasse sobre a Janaina se isso significasse que tudo estava esquecido. Qualquer coisa pelo meu Isaac de volta!

Mas o telefone tocou, tocou, e ele não atendeu. Talvez ele não estivesse perto do telefone, mas, se eu bem o conhecia, ele estava jogando videogame com o celular sobre a mesa de cabeceira. Então meu melhor palpite era que ele *não queria* mesmo me atender. Não ainda. Não depois de tudo.

Continuei tentando fazer contato durante toda a tarde de sábado. Sentei no sofá e disquei seu número tantas vezes que meus dedos já estavam com a marca dos botões do telefone. Lá pela décima ligação frustrada, papai apareceu, me trazendo um potinho com duas bolas de sorvete de flocos.

— Valeu, pai. — Sorri, aceitando o agrado. A vida sempre ficava mais bonita com sorvete de flocos.

— Para quem você está tentando ligar? — ele perguntou, se sentando ao meu lado.

— Pro Isaac — eu disse, enchendo a boca com uma colherada, e o gelado fez minha cabeça doer.

— Aconteceu alguma coisa com ele? — Ele franziu o cenho, misturando seu sorvete com a cobertura. Ele tinha a estranha mania de primeiro esperar o sorvete derreter para depois começar a comer. — Por que você não vai até lá?

— Acho que ele não quer me ver. — Cutuquei a massa com a colher, procurando um milagre em meio aos pontinhos de chocolate perdidos no mar de baunilha.

— Vocês brigaram? — ele insistiu, e eu dei de ombros.

— Mais ou menos.

— Filha, assim fica muito difícil te ajudar.

Suspirei e encarei meu pai por um instante, indecisa sobre lhe contar ou não o que de fato tinha acontecido. Eu e o papai nunca tínhamos falado sobre *garotos*. E eu não queria começar agora, principalmente quando o *garoto* em questão era o Isaac. Tinha até medo do tipo de conselho que ele me daria.

Mas, por outro lado, ele sempre estava do meu lado, não é mesmo? E ele parecia tão prestativo e atencioso...

— O Isaac se declarou pra mim — sussurrei o mais baixo que pude, para que nem a minha mãe nem o Lucca pudessem escutar.

— E por isso vocês brigaram? — ele perguntou, sem parecer impressionado. Será que todo mundo desconfiava menos eu?

— Não foi exatamente uma briga. Mas a gente não tá se falando.

— Entendo. Mas e você?

— Eu o quê?

— Você gosta dele? — Meu pai ergueu as sobrancelhas, de um jeito extremamente parecido com o que eu faria. — Digo, do jeito como ele gosta de você?

— Não quero estragar nossa amizade — falei, percebendo um segundo depois que aquilo não era resposta para a pergunta que o papai me fizera. Ele pareceu perceber o mesmo que eu e meneou a cabeça devagar.

— Acho que vocês deviam conversar — afirmou, como se resolvesse os mistérios do mundo.

— Eu também. — Suspirei, lançando um olhar enviesado para o telefone da sala. — Mas ele não me atende.

— Então vá até lá. — Papai indicou a porta com a cabeça. — São só dois lances de escada, sabe?

— E eu chego lá e falo o quê? — Meu desespero fez minha voz sair alta e estridente demais, e tive que me controlar. — O que eu posso dizer pra ele depois de tudo o que ele me falou?

— Diga o que está sentindo. Ou que você não sabe o que está sentindo. Ou não diga nada. — Papai pousou uma mão sobre o meu joelho e o apertou de leve. — Mas faça alguma coisa.

Não respondi. Continuei tomando meu sorvete, encarando o nada e dando por encerrada a sessão de terapia com o papai.

* * *

No dia seguinte, acordei desanimada. Chequei o celular só para ter certeza de que não havia ligações perdidas, nem mensagens não lidas, então tomei café da manhã e me joguei no sofá da sala, na companhia do meu novo box de *Friends*. Eu não tinha tido tempo de desfrutá-lo durante a semana, então já era hora. Coloquei um DVD aleatório da segunda temporada e fiquei assistindo, tentando me animar.

Lucca apareceu e me fez companhia durante mais ou menos uma hora, antes de brigarmos pelo controle remoto. Eu ganhei quando ameacei esconder seus jogos preferidos de computador. Ele se enfiou no quarto. E então apareceu a minha mãe, que anunciou que visitaria uma amiga, e, horas depois, veio meu pai, me chamando para andar de bicicleta com ele e com o Lucca. Recusei o convite, e, antes da hora do almoço, já estava completamente sozinha em casa.

Deixei o DVD rodando e fui arranjar algo para comer. Esquentei o macarrão que estava havia dois dias na geladeira, piquei um tomate e fritei um hambúrguer. Era o melhor que eu podia fazer sozinha. Levei tudo para a sala e me esqueci da vida com Ross, Rachel, Chandler e companhia. E, por isso mesmo, tomei um baita susto quando a campainha tocou.

Eu já sabia quem era antes mesmo de levantar do sofá para atender a porta. Meus pais tinham a chave de casa. Só havia uma pessoa que tocaria a minha campainha sem antes passar pela portaria: Isaac.

Minhas mãos começaram a suar e meu coração já estava ameaçando sair pela boca quando segui até a porta. Não fazia ideia de por que ele estava ali, nem por que tinha decidido falar comigo agora, mas estava muito feliz e aliviada por isso. Girei a maçaneta e abri.

Isaac, que até então encarava os próprios pés, com o cabelo comprido cobrindo parte do rosto, ergueu os olhos para mim. Talvez fossem todos aqueles dias sem que nos falássemos, ou a saudade batendo, ou vai ver toda aquela situação entre a gente tivesse mudado a forma como eu olhava para ele, mas Isaac parecia diferente. Mais alto, magro, as linhas do rosto mais definidas. Ele ainda era o mesmo — bermuda, All Star e camiseta gasta com estampa do Darth Vader —, mas tudo tinha mudado. Isaac não era mais meu, e eu temia que jamais seria de novo.

Ele parecia tão nervoso quanto eu, se remexendo de maneira impaciente no hall. Por uma eternidade, ficamos em silêncio, ele no corredor e eu dentro de casa, separados não por uma porta, mas por um muro invisível de sentimentos mal resolvidos. Meu coração queria fugir do peito e gritar. Por fim, sustentar o olhar dele passou a ser uma missão impossível.

— Eu... t-tentei te ligar — gaguejei, minha voz travando na garganta, e encarei meus pés descalços.

— Eu sei — ele disse, e me matou ao completar: — Eu não quis te atender.

246

— Isaac, eu...

— Não, Mai... — ele me interrompeu, erguendo a mão. — Me deixa falar.

Assenti, então me afastei, fazendo sinal para ele entrar. Isaac fez que não com a cabeça e continuou onde estava. Não insisti.

— Olha, eu não tinha o direito de ficar bravo com você — ele falou, cruzando os braços, e percebi que ele estava evitando me encarar. — São meus sentimentos, você não sabia, e eu sei que você nunca faria nada pra me magoar de propósito. Você não tem nenhuma obrigação de querer alguma coisa comigo. Então me desculpa por gritar com você.

Queria dizer algo, mas não sabia como. Milhares de pensamentos me passaram pela cabeça, disputando por atenção e me deixando maluca. Tudo o que eu conseguia entender era a tristeza em seus olhos e aquela distância se estendendo onde antes só havia amizade. Companheirismo. Amor?

— Mas você entende por que eu não consigo mais, Mai? — E, ao ouvir isso, lágrimas me vieram aos olhos. Precisei cobrir a boca com a mão para me conter. — Por que precisei me afastar? Entende que não consigo mais ser só seu amigo?

— Isaac...

— Não, olha — ele me interrompeu novamente. Ele fez menção de tocar meu ombro, e meu coração disparou só com a possibilidade, mas mudou de ideia no meio do caminho e baixou o braço de novo. — Eu não tô te cobrando nada, ok? Mas agora, *neste momento*, não posso mais conviver com você todo dia e fazer de conta que tá tudo bem. Você não faz ideia de como foi difícil pra mim até hoje, então... acho que é melhor a gente ficar como está.

— Então nós... não somos mais... amigos? — perguntei, e senti a primeira lágrima caindo. Eu me apressei em limpá-la antes que Isaac percebesse. Ele esboçou um sorriso sem nenhuma alegria.

— Claro que somos. Sempre seremos. Você não viu o que escrevi no scrapbook?

— Eu... ainda não abri.

— Mas o dele você abriu — disse, o sorriso morrendo enquanto apontava para algum ponto sobre meu ombro. Segui seu olhar até o sofá, onde estava a caixa com os DVDs de *Friends*, e um episódio ainda rodava na televisão. Que inferno!

— Bom, eu tenho que ir — o Isaac disse de repente, e isso só serviu para me deixar ainda mais desesperada. — A Fuvest é na semana que vem, tenho que estudar.

— Eu também — soltei, na esperança de que ele sugerisse que estudássemos juntos.

Era ridículo, eu sabia. Mesmo assim, doeu quando ele tentou sorrir para mim, claramente ignorando a deixa.

— A gente se vê, Mai — ele disse, e me deu as costas em direção à escada.

— Isaac! — chamei. Ele não olhou para trás. — Eu não quero te perder... — completei, mas não havia mais ninguém ali para me escutar.

***

Na segunda-feira, cheguei desanimada ao colégio e mal conversei com as meninas. Sentei, observando o pátio, e só despertei quando ouvi uma voz familiar e estranhamente suave atrás de mim:

— Posso sentar com vocês?

Com o susto, quase tombei da cadeira. Olhei rapidamente para trás, e vi a Maria Eduarda, em sua aparência frágil e fraca, me olhando com certa expectativa.

— Humm... é... pode?

Para disfarçar o tom de pergunta, retirei minha mochila, que ocupava a única cadeira vaga, e a deixei sentar. Maria Eduarda parecia cansada e não conseguia encarar nada além do chão. Olhei para Josiane e Valentina, e as duas carregavam aquela expressão de "mas que diabo" no rosto.

— Ah... — Abri e fechei a boca várias vezes, tentando me recuperar do choque. — Você tá... legal?

— Sim — ela respondeu, assentindo com a cabeça, sem olhar para mim. — Só meio envergonhada.

— Por quê?

— Tá todo mundo me olhando — ela sussurrou, e vi lágrimas brotarem em seus olhos. — E já devem saber. Então vão ficar comentando e...

— Não pensa nisso, não — a Josi interrompeu, com seu típico sorriso tranquilizador. — Não tem ninguém olhando. Vai ficar tudo bem.

Sorri para ela, agradecida, e vi que Valentina também estava se esforçando para ser simpática. Ela tratou de puxar um assunto aleatório, em uma tentativa de tirar o foco de Maria Eduarda, mas era inútil. Eu podia vê-la se encolher na cadeira, distraída pelos próprios conflitos.

— Duda! — uma vozinha esganiçada exclamou atrás de mim. — Ah, meu Deus, você voltou!

Cris, uma garota da nossa turma que costumava ser unha e carne com Maria Eduarda, se inclinou de maneira espalhafatosa para dar um abraço apertado na amiga. Duda sorriu, como se o fato de alguém vir falar *com* ela em vez de falar *dela* fosse algo a ser comemorado. Cris puxou uma cadeira e se juntou à nossa mesa, ignorando completamente a Josi, a Val e eu.

— Como você tá? Eu fiquei tão preocupada! — ela disse, agarrando o braço magro de Duda.

— Eu tô bem — a Maria Eduarda respondeu, e acho que nunca acreditei menos numa mentira do que naquela. Maria Eduarda estava longe de estar bem; qualquer um que a olhasse saberia.

— O que aconteceu? Disseram que você foi parar no hospital! — Cris pôs as mãos no rosto de maneira afetada. — O pessoal tem falado cada coisa...

— Quem falou? Perguntaram por mim? — Duda se inclinou na direção da amiga, ansiosa por informações. Troquei um olhar significativo com as meninas; será que ela não notava como aquela conversa estava *errada*?

— Claro, sua boba!

— *Ele...* perguntou por mim?

Cris se calou e eu abaixei o rosto, com medo de que o meu rubor me denunciasse. Ela estava perguntando do Alexandre, claro. Então ela não sabia — do beijo, da festa, de nada? Isso significava que talvez eu tivesse que contar? Estremeci só de pensar, e, não pela primeira vez, me arrependi de ter deixado Alexandre me beijar. Tinha sido um erro em dezenas de sentidos diferentes.

— Se quer saber, acho que ninguém que mereça seu tempo ia esperar você voltar pra perguntar por você — a Valentina declarou, cruzando os braços e erguendo uma sobrancelha na direção de Cris. — Foi pra isso que inventaram o telefone.

Cris abriu a boca indignada, pronta para responder, mas se deteve sem dizer uma única palavra. Duda olhou de Valentina para ela como quem despertava de um sonho, finalmente notando o mundo à sua volta. Por fim, Cris recolheu suas coisas e, com um sorrisinho amarelo, caiu fora dali.

— Duda — chamei então, sentindo o rosto esquentar quando ela olhou para mim. — Tem uma coisa que eu preciso te falar.

Ela me lançou um olhar infinito e indecifrável. De canto de olho, vi Josiane e Valentina arregalarem os olhos, silenciosamente questionando se eu tinha enlouquecido. Talvez tivesse, mas achei que ela merecia saber. Mas, para minha surpresa, Maria Eduarda baixou os olhos e sussurrou:

— Não tem, não.

— Então você... — comecei a falar, mas ela me interrompeu, sem olhar para mim.

— Não quero falar disso. — Ela se ajeitou na cadeira e não disse mais nenhuma palavra. Segui a dica e fiz o mesmo.

Maria Eduarda continuou me acompanhando durante todo o dia. Depois de Cris, outras pessoas vieram saber como ela estava, mas ninguém se demorava mais do que alguns minutos — visita de médico, como mamãe diria. Tentei encorajá-la como pude, tentando ignorar o fato de que até a preocupação no rosto daquelas pessoas era falsa. Valentina estava coberta de razão. Se eles quisessem *mesmo* saber como ela estava, por que não tinham ligado quando ela estava ausente? Se eram amigos dela, por que ninguém apareceu para visitá-la?

Durante o intervalo, Duda me acompanhou enquanto eu comprava algo para comer e depois me mostrou seu lanche: uma barrinha de cereal e uma garrafa de suco de laranja. Parecia bastante inocente, mas, para ela, era um verdadeiro pesadelo. Percebi que, enquanto eu já tinha engolido meu pão de batata, ela ainda estava na segunda mordida da barrinha.

— Você devia terminar isso aí — falei cuidadosamente. Ela torceu o nariz.

— Granola é supercalórica. E tem um gosto horroroso.

— É, tem gosto de remédio. — E então me ocorreu uma ideia. — É tipo um remédio. Vai fazer você ficar saudável de novo. E aposto que você vai perder as calorias só de subir e descer as escadas do colégio hoje.

Por um longo minuto, ela refletiu sobre aquela ideia. Então, devagar, voltou a comer, até terminar. Do suco, no entanto, ela só tomou dois míseros golinhos.

Quando o sinal tocou, Maria Eduarda disse que ia ao banheiro antes de subir. Disfarcei e falei que precisava ir também. Se ela entendeu o que eu estava fazendo, não disse nada. Saímos do banheiro e voltamos para a sala de aula sem nenhum transtorno. Eu me sentia um cão guia, garantindo sua segurança pelo caminho, mas preferia isso a vê-la desmaiando pelos corredores. Além do mais, já estávamos na primeira semana de dezembro. O ano letivo ia acabar e ela não seria mais problema meu.

Toda a estranheza da minha nova companhia acabou sendo amenizada por uma ameaça muito mais importante: a Fuvest se aproximava. E, depois dela, viriam os outros vestibulares em que eu havia me inscrito. O peso da responsabilidade já ameaçava esmagar meus ombros. Eu quase não tinha espaço para pensar em mais nada.

Quase.

Todos os dias, depois que chegava da escola e fazia os meus deveres, eu tentava falar com o Isaac. Mandava mensagens no WhatsApp com comentários aleatórios, mas ele nunca retornava. As mensagens permaneciam visualizadas, mas nunca respondidas. Queria falar com Isaac, perguntar se ele se sentia assim também, sufocado pela imagem da vida adulta. Sua ausência estava em cada pedacinho do meu dia, da hora que eu acordava, até eu me deitar outra vez para dormir. Esperava o tempo todo que ele me ligasse, ajeitasse as coisas, mas isso nunca acontecia. Nem ia acontecer. Isaac não queria mais nada comigo.

— É oficial — declarei, batendo meus cadernos sobre a mesa onde Valentina e Josiane já estavam sentadas. — Não aguento mais estudar!

— Estudar pra quê? — Maria Eduarda surgiu e, sem convite, puxou uma cadeira para si. Depois de vários dias tendo nós três como companhia, ela já se sentia à vontade o suficiente para se aproximar e conversar sem pedir licença.

— Vestibular — respondi, enquanto sentava. — Sério. Mais uma prova e eu vou chorar.

— Graças a Deus pra mim é só no ano que vem — a Josi comentou, erguendo as sobrancelhas.

— Amém! — a Val emendou, torcendo o nariz. — Pra quantos você se inscreveu?

— Três. — Respirei fundo, massageando as têmporas. — A primeira prova é só daqui a duas semanas e eu já não aguento mais.

— E você, Duda? — a Josi perguntou, gentilmente convidando-a a participar. Ela sempre dava um jeito de trazer Maria Eduarda para a conversa sem colocá-la completamente sob os holofotes.

— Dois — respondeu, com um dar de ombros quase imperceptível. — Um já foi, agora o outro é só na semana que vem.

— Vocês são tão sortudas... — a Valentina comentou, emitindo um muxoxo de frustração. — Não vejo a hora de sair dessa escola, se querem saber.

— Nem eu — a Duda concordou, olhando para o próprio colo. Entendi na hora o que ela quis dizer. A faculdade seria um lugar para recomeçar, longe de tudo que a fazia sofrer. Eu a entendia muito bem.

Mesmo assim, quando o último dia de aula chegou, meu coração estava apertado, em um misto de saudade e alegria. Era o dia em que o terceiro ano estaria em festa. Não precisávamos usar uniforme, não teríamos aula nenhuma e passaríamos o dia festejando numa escola quase vazia. Era o mais próximo que tínhamos de uma festa de formatura, algo que não acontecia no meu colégio. Tinha visto turmas e mais turmas comemorarem, mas, agora que era a minha vez, eu estava completamente sem pique.

A Maria Eduarda não apareceu naquele último dia. Quando cheguei, fui imediatamente abraçada por várias garotas da minha turma com quem eu não falava direito desde antes da minha festa de aniversário. Sua alegria, de certa forma, acabou me contagiando, e acenei de longe um pedido de desculpas para Josi e Val enquanto ia me juntar ao restante da nossa sala.

A manhã passou como um borrão. Alguém trouxe um violão, e nos sentamos em roda no pátio deserto e cantamos músicas de despedida. Contamos piadas sobre os professores. Relembramos momentos dos anos de colégio. E, em algum momento, comecei a chorar.

Não tinha reparado até então que, apesar do bullying, de quase não ter feito amigos e de ter passado boa parte dos meus anos ali tentando ser invisível, eu ia sentir falta da escola, daquela turma. Não de tudo, nem de todo mundo, mas de algumas partes. Ia sentir falta daquelas piadinhas clássicas em sala, das colas comunitárias em dia de prova de física, do frio na barriga durante todo o mês de fevereiro. Ia sentir falta de olhar para aqueles muros e rostos familiares, de saber exatamente o que esperar do ano seguinte e de sempre ter a chance de errar e começar do zero.

Olhei para os lados, e vi que muita gente me acompanhava nas lágrimas. Eu me deixei ser abraçada por todo mundo, aceitei, com um sorriso no rosto, aquelas falsas promessas de nunca perder contato e ignorei todo o passado ruim para ficar apenas com as memórias boas. Uma a uma, as pessoas começaram a ir embora. O som do violão sumiu, a cantoria cessou, e o eco vazio do final daqueles dias ficou para trás. Senti então uma mão sobre o meu ombro.

— Não achou que eu ia embora sem me despedir, né? — o Alexandre disse, enquanto eu me virava. Funguei e abri um sorriso.

— Claro que não.

— Não que seja uma despedida! — Ele me puxou e me envolveu num abraço que eu mal senti. — Ainda pretendo ver muito você daqui pra frente.

Fui me soltando, mas ele me segurou, firme agora. Parei a poucos centímetros do seu rosto, mas, apesar de o meu coração acelerar, eu sabia que não tinha nada a ver com sentimento. Não havia eletricidade nenhuma ali. Só estranheza.

— Se você deixar — o Alexandre concluiu muito baixo, para que só eu o ouvisse. Baixei os olhos, sentindo o rosto ruborizar.

— Ah... — foi tudo o que consegui dizer.

Eu queria dizer para ele que eu não podia pensar nisso agora. Que minha vida estava complicada, que eu tinha outros problemas. Aquela, eu sabia, não era a resposta que ele esperava. Depois de ter se declarado para mim e ter me beijado, tudo que ele devia querer escutar era que eu já tinha pensado, que tinha uma resposta, que o queria também. Mas eu não podia mentir. Eu não tinha nada para dizer simplesmente porque *não tinha pensado sobre isso*.

Josi tinha me dito que não era sobre a pessoa que fazia meu coração pirar quando estava por perto, mas daquele que me enlouquecia quando estava longe. Todos aqueles dias, e eu não tinha pensado no Alexandre nem uma única vez. Mesmo estando ali, ao alcance das minhas mãos, ele não tinha sido uma possibilidade nem por um único segundo. Nunca foi. Como podia?

Josi estava certa. Alguém tinha ido embora e me enlouquecido completamente. Alguém em quem eu tinha pensado todos os dias, minutos e segundos, cuja falta era tão tangível que eu sentia a presença em meus sonhos. Eu tinha evitado ver, tinha fugido de sentir, tinha fingido que estava projetando os sentimentos dele por mim, mas não era verdade. Eu não podia dar uma chance ao Alexandre porque meu coração já estava cheio até a tampa com outra pessoa.

— Você pensou sobre o que eu te falei aquela noite? — ele me perguntou, e uma de suas mãos veio segurar a minha. Não me desvencilhei, mas também não me senti confortável com o toque. Era estranho, frio.

— Pensei — respondi, finalmente o olhando. Ele parecia ansioso.

— E...

— E... você tá um pouco atrasado. — Ri comigo mesma, finalmente percebendo como as coisas haviam mudado. — Se você tivesse me dito tudo aquilo uns meses atrás... Eu sonhei durante anos que um dia você ia se apaixonar por mim e você nunca nem me olhou. E, mesmo quando olhou, só viu uma amiga. E agora... — Suspirei e me afastei delicadamente dele. — Agora acho que é só isso que *eu* vejo em você. Um grande amigo, um dos melhores.

— Ah...

Alexandre pareceu decepcionado, mas compreensivo. Ele se afastou, sem soltar minha mão, e assentiu lentamente com a cabeça. Então respirou fundo e disse:

— Então eu sou tipo o Isaac agora? Amigos e nada mais?

A comparação me irritou, mas agora eu sabia o motivo. Era tão óbvio que explodi em gargalhadas, deixando o Alexandre com uma expressão confusa.

Agora que eu me dava conta, a sensação era de alívio e deslumbramento, surpresa e serenidade. Estava entranhado tão fundo em mim que era difícil acreditar que eu nunca tivesse percebido.

— Não, você não é tipo o Isaac — respondi, ainda sorrindo. — O Isaac é que é tipo você. Bom, não tipo você, na verdade. É maior que isso. Mas acho que demorou um pouco pra eu notar.

Ele não pareceu feliz com isso, mas mesmo assim me abraçou, me deu um beijo no rosto e sorriu pra mim.

— Então eu espero que ele saiba disso e te faça muito feliz, Mai. Você merece.

— Obrigada. Ele... — Meu sorriso se desfez conforme me lembrei dos últimos acontecimentos. — Mas ele não quer nada comigo. Não mais.

— Besteira. Vai atrás dele.

16

FUI ATRÁS DELE ASSIM QUE CHEGUEI DA ESCOLA.

Toquei a campainha insistentemente, mas ninguém atendeu. Eu me forcei a não pensar no pior — que ele estava na casa da tal Janaina, que tinha me esquecido — e, de hora em hora, desci os dois lances de escada que separavam nossos apartamentos e tentei de novo. Isso se repetiu até às oito horas, quando finalmente ouvi o familiar tilintar das chaves e a fechadura se abrindo.

— Oi, querida! — a dona Sueli exclamou, sorrindo ao me ver. Tentei retribuir, mas estava aflita demais.

— Oi, tia. Posso falar com o Isaac? — perguntei, entrando sem esperar um convite.

Ela franziu o cenho.

— O Isaac não está, Mai — ela disse, ainda com a mão na maçaneta. — Ele viajou para o Rio hoje de manhã, para passar umas semanas na casa da minha irmã.

— Ah, não! — O maldito curso de fotografia! Como eu podia ter esquecido? Dei uma volta impaciente pela sala, tentando pensar em um plano B.

— Ele volta no comecinho de janeiro, não se preocupe. — Ela veio até mim e deu dois tapinhas carinhosos no meu ombro. — Vai só passar as férias.

— Mas eu preciso falar com ele *agora*.

— Já tentou o celular? Ele me ligou não tem nem meia hora, pra avisar que tinha chegado bem.

— Ele não tá atendendo as minhas ligações — falei frustrada, sentando no sofá. — E eu sei que é culpa minha e que ele tá chateado comigo, mas eu preciso falar com ele.

Dona Sueli fechou a porta, sentou-se ao meu lado e pôs uma mão no meu ombro. Quando a olhei, ela parecia já ter entendido tudo.

— Ele te contou, então? — perguntou, e eu assenti. Ela suspirou e sorriu de leve. — O Isaac sempre gostou muito de você, mas sempre quis respeitar o seu direito de não gostar dele. E ele ainda respeita isso. Você não tem pelo que se desculpar.

— Não, tia, a senhora não entendeu! — Eu ri de um jeito meio maluco. — Eu não quero me desculpar. Quero dizer pra ele que estava errada! Eu fui boba, tia! O Isaac nunca foi só um amigo, e eu só entendi isso agora!

— Tem certeza de que não está confundindo as coisas, querida?

Eu sorri, mais para mim mesma do que para ela. Não precisei nem pensar para responder.

— Eu sinto tanto a falta dele que dói, tia. Eu sei que posso viver sem ele por perto, mas não quero. — Apoiei os cotovelos nos joelhos e pus as mãos sob o queixo. — Eu penso no Isaac o tempo todo, todo dia, fico contando os segundos para a hora de vir até aqui e ficar perto dele. E, quando ele começou a namorar, eu me senti tão... tão...

Nem consegui encontrar uma palavra certa. Só a imagem dele beijando a Janaina no dia da minha festa me deixou nauseada.

— Bom, então sorte sua que ele não está mais namorando — a dona Sueli declarou, e foi como se uma luz se acendesse na minha vida de novo. Olhei para ela, que sorria abertamente. — Vou falar com ele e pedir que atenda sua ligação. Torço muito pra que vocês se entendam.

Sorri em agradecimento, mas não sabia se seria o suficiente.

Quando voltei para casa, decidi que era hora de abrir o presente que Isaac me dera. Eu tinha postergado o momento até ali porque tinha medo do que encontraria. Mas agora percebia que a única coisa que eu temia eram meus próprios sentimentos. Tinha passado tempo demais negando, insistindo que éramos só amigos por medo de perdê-lo. Mas eu já tinha perdido. Então a quem eu estava querendo enganar?

Depois do jantar, fechei a porta do quarto e peguei o scrapbook do canto escondido em meu armário. Eu me sentei na cama, com ele no colo, e encarei a capa por um instante, desenhando as palavras com o dedo. A caligrafia do Isaac era horrível, toda torta e desigual, mas eu percebia que ele tinha se esforçado muito para torná-la legível. Ele até tinha usado aquelas canetas gel coloridas.

Sorri e o abri. Nas primeiras duas páginas, fotos antigas, de quando éramos mais jovens. Dei risada com uma delas, na qual exibíamos um sorriso desdentado, com exatamente o mesmo dente faltando. Logo embaixo, uma clássica de Isaac me carregando de cavalinho no playground do prédio.

256

Ele puxou setinhas coloridas das fotos e fez anotações engraçadas sobre os dias em que foram tiradas. Nos espaços vazios da folha, recortes de desenhos de flores, adesivos de animaizinhos. Cada página foi cuidadosamente plastificada, para preservar seu conteúdo. Sorri ao pensar no trabalho que aquilo devia ter dado. Era a cara dele fazer algo assim para mim. Como eu nunca tinha notado?

Nas duas páginas seguintes, estavam colados dois desenhos muito, muito velhos. Eram duas metades de um mesmo desenho, na verdade. Eu havia desenhado o Isaac, e ele a mim. Em cima, estava escrito, na minha letra infantil e quadrada: "SEMPRE COM VOCÊ".

Será que eu sabia do que estava falando naquela época? Será que Isaac já se sentia de outra maneira?

Acima dos desenhos, ele tinha escrito, com uma caneta vermelha:

Aos nove anos, eu já sabia que queria estar sempre ao seu lado. Se passaram nove anos, e eu ainda estou aqui. Então, prepare-se pra me aturar, mocinha! Você e eu somos um time pro resto da vida!

Meus olhos marejaram, mas não chorei. Em vez disso, virei a página.

Mais fotos. Uma viagem para a praia com a minha família aos doze anos. O aniversário dele de treze. Isaac e eu enterrando Lucca na areia no ano seguinte. Cada foto acompanhada de um recado único que me fazia sorrir ao mesmo tempo em que me dava vontade de chorar.

Tinha de tudo naquele scrapbook, uma retrospectiva infinita dos nossos melhores momentos. Recadinhos com piadas internas que eu havia escrito para ele em um dia qualquer. Um desenho de canto de caderno. Um cartão de aniversário. Ingressos do show do Green Day, o primeiro a que fomos sozinhos. Entradas de quase todos os filmes a que tínhamos assistido nos últimos anos, algumas com as informações reforçadas a caneta, para não sumirem no papel. Coisas que eu jamais esperaria que alguém guardasse, mas que Isaac tinha guardado. É claro que tinha.

A última foto era minha, e eu a reconheci como uma das muitas que ele tirou no dia do fotobook. Eu olhava diretamente para a câmera dele, com um sorriso tão grande e feliz que acabei sorrindo de novo só de ver. E, na contracapa, a última mensagem dele para mim.

Mai. Minha Mai. Dezoito anos, hein?

Eu não sou muito de escrever, você sabe. Nem de falar. Fiquei um tempão fazendo isso aqui e pensando no que ia escrever no final. E aí que cheguei aqui e ainda não sei. O que é uma droga, porque você merece que eu tenha algo legal pra te dizer.

Mas, já que dizem que uma imagem vale mais que mil palavras, e eu te presenteei com várias imagens, acho que não preciso me preocupar tanto com isso.

O que eu quero dizer, Mai, é que não é só porque é seu aniversário que é um dia especial. Todo dia com você é especial, e espero que você saiba disso, porque você tem tornado os meus dias especiais desde sei lá, desde quando a gente se conhece.

Eu sei que às vezes você não enxerga isso, porque tem gente babaca que gosta de pôr você pra baixo, mas você é a garota mais linda, incrível e maravilhosa que eu conheço, e me considero um cara de sorte por ter você na minha vida. Às vezes você é tão cega que me irrita, e às vezes faz de conta que está tudo bem só pra não me deixar preocupado, mas quase sempre você só me dá alegria.

Sei que a essa altura você vai ter me falado trinta vezes que "dezoito anos não é nada de mais", mas mesmo assim. Que venham outros dezoito, melhores do que nunca. O caminho que você tem pela frente é só seu, mas espero estar ao seu lado, como sempre estive, nas horas boas e ruins. Me orgulho muito de você, Mai, e de ser parte da sua vida.

Te amo muito.
Isaac

— Eu te amo também — murmurei.

Em quase uma década de amizade, quantas vezes eu tinha dito isso a ele? Nunca achei que precisasse, porque ele estava ali, e talvez tivesse sido este o meu problema: confiei demais que teria Isaac sempre por perto. Acreditei piamente que não precisava fazer nada para preservar isso, porque seríamos sempre um do outro. Há quanto tempo eu já estava apaixonada sem saber? Por quanto tempo ignorei o que sentia por achar que Isaac era algo definitivo, garantido em minha vida?

Eu devia ter notado. Devia ter visto, sim, como ele se sentia, mas devia ter prestado mais atenção a mim mesma. Se eu tivesse agido de um jeito diferente... Se eu tivesse dito a ele... Se, se, se... O peso das possibilidades me esmagava, e agora eu o tinha perdido. Meu Deus do céu, o que eu ia fazer?

Tomei um susto quando meu celular, soterrado em algum lugar sob minhas costas, vibrou com uma nova notificação. Abri o WhatsApp na esperança de ter notícias dele, mas eram só as meninas conversando.

Valentina
Por acaso eu deixei um casaco preto na casa de alguma de vocês?

Josiane
Na minha não.

Valentina
Mai? Por acaso ficou aí?
Não consigo achar em lugar nenhum!

Não tá comigo.
Gente.
Tô com um problema.

Josiane
Que foi?

Tô apaixonada e não sei o que fazer.

Valentina
Ué, achei que você tinha saído dessa!

Não tô falando do Alexandre.
Tô falando do Isaac

Valentina
Senhor Jesus, eis um milagre!
Aleluia!

Josiane
palmas

Sério, gente.
Ele foi pro Rio visitar a família, não sei o que fazer.
E se ele me esquecer?
E se ele conhecer uma carioca e não voltar nunca mais?
O QUE EU FAÇO?

Valentina
Primeiro, para de gritar e de se desesperar, ok?
Não crio amiga pra isso.

Josiane
(2) na Val!!

Valentina
Segundo. Conta pra ele.

Ele não tá aqui, Val. Tá no Rio.

Valentina
Liga pra ele, ué!

Claro, porque ele tá super me atendendo.

Josiane
Tenta de novo, Mai!
Manda mensagem, e-mail, sinal de fumaça.
Poxa, é VOCÊ, sabe.
Não é possível que ele não vai ver nada que você mandar.

Não sei, não. Ele pareceu bem disposto a me manter longe.

Valentina
Que inferno de garoto teimoso. Parece você.
Pensando bem, vocês dois se merecem.

Josiane
Hahahaha

> **Valentina**
> Agora, sério. Liga. Mil vezes.
> Uma hora ele vai ter que te atender.

> **Josiane**
> A Val tá certa, Mai.
> Você já esperou tempo demais pra enxergar.
> Não espera demais pra dizer pra ele.

* * *

Na manhã de sábado, já acordei com o telefone na mão. Liguei dezessete vezes para o Isaac ao longo do dia. Era interurbano, e eu sabia que, se a minha mãe visse, ela provavelmente me mataria. Mas não estava me importando com isso.

Se ao menos ele me atendesse, eu poderia dizer... mas ele não atendia. Deixei três mensagens de voz e enviei inúmeras mensagens no WhatsApp, mas não tinha muita fé de que ele fosse retornar. E eu sabia por quê. Porque ele precisava ficar longe de mim para não sofrer.

Por outro lado, se ele não me escutasse, nunca saberia como eu me sentia. Ele podia não estar mais com a Janaina, mas e se arranjasse outra menina no Rio? E se voltasse em janeiro e tivesse me superado, talvez decidido que tudo bem sermos só amigos? Pior, e se, quando ele voltasse, não quisesse falar comigo nunca mais? Val e Josi estavam certas. Eu não podia arriscar.

Eu sabia o que tinha que fazer. Era loucura, mas era a minha única opção. Eu não podia esperar. Ou talvez pudesse, mas não queria. Eu precisava vê-lo para ontem, para falar tudo que estava preso em minha garganta e resolver de vez aquela história. E só tinha um jeito de fazer isso.

Então naquela noite, quando mamãe e eu estávamos na cozinha separando pratos e talheres para comer a pizza que estava a caminho, soltei o anúncio:

— Mãe, tenho que ir para o Rio de Janeiro — declarei, segurando garfos e facas com tanta firmeza que o nó dos meus dedos embranqueceram.

— De onde você tirou isso, Maitê? — mamãe perguntou, me olhando com incredulidade enquanto tirava os pratos do escorredor e os secava com um pano.

— É importante, mãe! — insisti, mas sua expressão aborrecida permanecia irredutível.

— E o que a senhora vai fazer lá, posso saber? — ela perguntou, me passando os pratos.

Mordi o lábio. Que droga, por que ela tinha que tornar tudo tão difícil?

261

— Preciso falar com o Isaac. E ele tá no Rio — expliquei, levando tudo para a mesa de jantar.

— Liga pra ele, ué! — ela exclamou lá da cozinha, num tom parecidíssimo com o da Valentina.

— Eu já tentei! — quase gritei, desesperada para fazê-la entender. — Mas ele não me atende. Então vou até lá.

— Quem disse? — Ela pôs a cabeça para fora da cozinha e me virei tão rápido que quase derrubei o que estava segurando.

— *Eu* disse! — me irritei, e então bati com o pé no chão, como uma criança mimada. — Eu tenho dezoito anos. Eu trabalho e faço meu próprio dinheiro, aquele que *você* não me deixou gastar nem um centavo até agora. Eu nunca te pedi nada, então dessa vez estou te *avisando* que vou comprar uma passagem e *vou para o Rio de Janeiro*.

Mamãe me encarou por alguns segundos e eu sustentei seu olhar. Eu esperava que ela rebatesse com um simples "veremos". Mas, em vez disso, ela deu de ombros e voltou para a cozinha.

— Tá bom, então.

Soltei o ar devagar, sem perceber que estava prendendo a respiração até aquele momento. Tive vontade de perguntar "quem é você e o que fez com a minha mãe", mas imaginei que talvez isso a fizesse mudar de ideia.

— Obrigada.

— Mais tarde eu sento com você e a gente compra as passagens.

— Ok.

— E, só pra constar... — Ela veio para a sala e me entregou o porta-guardanapos. — Teria sido muito mais fácil se você tivesse me dito o que de tão importante tem para falar com o Isaac que não pode esperar ele voltar.

Olhei para ela por um instante, ponderando se dizer a verdade seria a melhor escolha. Em algum momento ela saberia, de qualquer forma. Então acabei optando por falar de uma vez.

— Preciso pedir desculpas. — E, após um segundo de hesitação, completei: — E contar que estou apaixonada por ele.

Mamãe me lançou um sorrisinho e disse:

— Já não era sem tempo!

***

No domingo de manhã, já tinha uma passagem comprada para o Rio de Janeiro (tão cara que, se eu não tivesse o dinheiro dos cachês guardado, mamãe jamais me deixaria ir) para segunda à tarde. Liguei para a dona Sueli pedindo o endereço da casa dos tios do Isaac, e ela me passou sem pestanejar. Uma vez com tudo em mãos, me restava só um intenso frio na barriga.

O que eu ia fazer quando chegasse lá? O que eu ia dizer? Caramba, não dava nem para imaginar como o Isaac reagiria só de me ver ali. Eu não conseguia mais prever suas reações. De repente, ele tinha se tornado uma pessoa diferente da que eu conhecia. Não em um sentido ruim, mas agora tudo nele era inesperado.

Eu nunca tinha me declarado para ninguém. Deus do céu, eu nem tinha *gostado* de alguém daquele jeito. Tinha sido diferente com o Alexandre — minha paixonite platônica por ele não chegava nem perto do que eu estava sentindo agora. Eu tinha me contentado em ser só amiga dele, e isso tinha bastado para abafar meus sentimentos até extingui-los por completo; mas, agora que me dava conta do que verdadeiramente sentia pelo Isaac, entendia por que ele não conseguia mais ficar perto de mim: era tudo ou nada. Se eu não pudesse ficar junto dele para valer, também não conseguiria ser só sua amiga. Não mais.

Mas o que aconteceria se eu chegasse lá e Isaac me dissesse que era tarde demais? Que ele tinha desistido, que agora não me queria? O que ia ser de mim sem o Isaac?

Não, eu não podia pensar nisso. Na verdade, eu não podia pensar em nenhuma possibilidade, porque qualquer uma delas me dava vontade de vomitar. Entre o otimismo e o pessimismo, eu preferia ficar com o meio-termo — eu saberia quando chegasse a hora. E não era agora. Não ainda.

O domingo se arrastou enquanto eu folheava pela enésima vez o scrapbook e tentava encontrar as melhores palavras para dizer a ele quando estivéssemos frente a frente. Nada parecia suficiente para expressar. Nada era bom o bastante para ele.

Passei o fim de tarde e a noite de domingo assistindo no YouTube às minhas declarações de amor preferidas de filmes e seriados. Tentei me inspirar em alguma delas para planejar o que ia dizer, mas tudo soava falso — bonito, mas artificial. As mocinhas de comédias românticas faziam parecer tão fácil dizer as palavras certas, quando eu nem conseguia dizer a palavra com A sem sentir que ia desmaiar. Não por não ser verdadeiro, mas porque ela nunca tinha saído da minha boca para me referir a outro garoto. Eu nunca tinha dito aquilo nem mesmo para o Isaac.

Não consegui dormir aquela noite. Meu coração estava constantemente acelerado, e passei a noite em claro, ouvindo músicas da Taylor Swift no celular para me acalmar. Fiquei relembrando cada momento com ele e imaginando o que estaria guardado para nós. Para mim. Tinha prometido a mim mesma não imaginar nada, mas não conseguia evitar. Ali, deitada no escuro, contando as horas para o dia seguinte, não conseguia não pensar, não desejar, não rezar para que desse tudo certo.

— Por que eu não posso ir com você? — Lucca perguntou, andando atrás de mim pelo quarto na segunda.

— Porque não — respondi, um tanto ríspida demais. Minha ansiedade estava me matando, e eu estava revisando a mala pela décima vez, só para ter algo para fazer.

— Mas a mamãe disse que você não vai trabalhar — meu irmãozinho argumentou, fazendo bico e cruzando os braços. — Então por que não posso ir passear com você?

— Eu não vou lá pra passear — eu disse, conferindo roupas, itens de higiene, sapatos e remédios dentro da mala.

— Se você não vai trabalhar nem passear, pra que você tá indo? — ele exigiu saber, e fechei a mala com força.

— Eu tô indo atrás do Isaac, tá bom?

Lucca piscou algumas vezes, como se não estivesse me entendendo. Quando a compreensão finalmente atravessou seu rosto, me arrependi na hora de ter falado. Afinal ele tinha só dez anos e reagiu da forma mais clichê possível.

— Tá namorando! Tá namorando! — provocou, batendo palmas. Tentei lhe dar as costas e fugir para outro cômodo da casa, mas Lucca veio atrás de mim.

— Você é insuportável! — exclamei, tão alto que atraí a atenção da mamãe, sentada no sofá da sala. Ela virou a cabeça e franziu o cenho para nós dois.

— O que está acontecendo aí? — ela perguntou.

— A Maitê tá namorando o Isaac! — o Lucca cantarolou em sua vozinha estridente, estirando a língua para mim. Ruborizei dos pés à cabeça, mesmo desejando que, muito em breve, aquilo se tornasse real.

— Ainda não, filho — a mamãe disse pacientemente. Então consultou o relógio de pulso e se voltou para mim. — Melhor você se trocar, Maitê. Está quase na hora.

* * *

No saguão do aeroporto de Congonhas, esperando meu voo, eu entrava lentamente em pânico. Nas mãos suadas, eu segurava a passagem e meu RG. Na bolsa, estavam o endereço da casa dos tios de Isaac e a confirmação de reserva do hotel onde eu ia ficar. Medo e ansiedade faziam meu coração disparar, e a expectativa me deixava trêmula. Estava quase na hora.

Tantas coisas podiam dar errado. Mas agora não tinha mais jeito. Para o bem ou para o mal, eu estava a caminho. Precisava saber e não aguentava mais esperar. Cada segundo deixava meu coração mais apertado, a respiração mais difícil. Era como participar de uma maratona, contando cada segundo. Meu Deus, o que ia acontecer quando eu chegasse lá?

Faltavam só vinte e cinco minutos para o embarque, mas parecia uma eternidade. Eu tinha insistido em chegar ridiculamente cedo, com medo de perder o voo, e agora achava que tinha sido uma ideia um tanto infeliz — eu estava sozinha no aeroporto, sem nada para fazer. Tinha um livro na bolsa, mas estava impaciente demais para ler. Podia ouvir música, mas todas elas me faziam pensar em Isaac e *pensar* já estava me deixando com náuseas. Estava tamborilando os dedos na tela do celular, quando ele se iluminou com a chegada de uma nova mensagem.

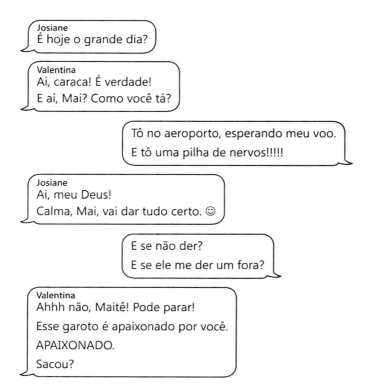

Josiane
É, Mai! Ele te ama <3
Juro, vai ser tão lindo que vai escorrer mel de vocês dois.

Valentina
É, vai ter coraçõezinhos explodindo, fogos de artifício e todas essas coisas.

Josiane
E depois você tem que contar tudo pra gente, ok?
Vou ficar com o celular na mão até você dar notícias!

Valentina
É, mas aproveita primeiro.
Compensar o tempo perdido e tudo mais ;)

Hahaha
Vocês são incríveis <3
Obrigada!

Josiane
Fica tranquila que vai dar tudo certo!
Já sabe o que vai falar pra ele?

Não. Nem ideia.
Inclusive estou aceitando sugestões.

Valentina
Ai, que drama!
É só chegar nele e falar a real, Mai.

Josiane
Diz pra ele que você estava errada quando deixou ele ir embora.
Que você gosta dele pra valer, não só como amigo.

Valentina
Ou não fala nada e só dá um beijo nele.
Mas acho que a versão da Josi é mais a sua cara.

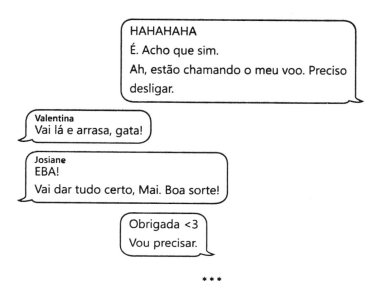

Os quarenta minutos de voo entre São Paulo e Rio de Janeiro me pareceram uma eternidade. Minha náusea só piorou quando o avião começou a descer, e eu não sabia se era por causa do desconforto do voo, ou se pela minha enorme ansiedade. Quando dei por mim, já estava roendo as unhas compulsivamente. Eu sabia que ia ter que fazer uma visita de emergência à manicure quando voltasse para casa, antes das fotos de quinta-feira, mas nada disso era importante naquele momento. Só importava que eu estava chegando, que Isaac estava perto, que eu ia vê-lo de novo. Do resto, eu podia cuidar depois.

Desci no aeroporto Santos Dumont e corri para pegar minha mala, que aparentemente fazia questão de nunca surgir pela esteira. Uma vez com ela em mãos, segui as plaquinhas até a saída e peguei o primeiro táxi disponível. Informei o endereço e voltei a roer as unhas enquanto o carro passeava pelas ruas e avenidas do Rio.

— Não tem outro caminho mais rápido, não? — perguntei, quando percebi que já estávamos parados há uns cinco minutos no trânsito.

— Esse é o melhor caminho, moça — respondeu o taxista, um senhor de uns sessenta anos e cabelos muito grisalhos, com pelos saindo das orelhas e óculos enormes empoleirados no nariz. — Você tá atrasada? Tem alguém esperando?

— Bom... não — disse e mordi o lábio. Ninguém sabia que eu estava indo. Isaac não fazia ideia de que me encontraria naquela tarde. Se soubesse, estaria me esperando ou fugindo de mim?

— Então fica tranquila que uma hora a gente chega — o taxista replicou confiante, mas não senti nem um pingo a mais de tranquilidade. Olhei inutilmente pela janela, como se pudesse sugerir uma rota alternativa, e tentei me acalmar.

Para passar o tempo, liguei o celular. Mandei uma mensagem para minha mãe, avisando que havia chegado bem, e li as últimas mensagens de apoio de Josi e Valentina. Por fim, abri meu Facebook, para me distrair.

Meu feed de notícias estava vazio e sem graça como sempre. Uma foto de Josi com seu golden retriever; Val postando a letra de alguma música; a nova foto de perfil da Verinha... Até que uma coisa chamou minha atenção. Distraída, quase passei por ela, mas voltei quando li o nome dele.

Isaac tinha sido marcado em uma publicação. Uma tal de Isabela Nunes Braga tinha acabado de fazer check-in com ele e um tal Mateus Nunes Braga no Forte de Copacabana. "Fotografando o fim de tarde", dizia a publicação. Tão a cara dele, sair para fotografar em algum ponto turístico. Não esperaria nada diferente.

Olhei pela janela, para o trânsito infernal. O relógio do visor do carro marcava seis da tarde. Quanto tempo até o pôr do sol? Uma? Duas horas? Será que Isaac se demoraria lá depois disso, ou iria para a casa dos tios? E se não fosse, e se decidisse passear pela orla e a gente se desencontrasse?

— Moço, quanto tempo até o hotel? — perguntei, me inclinando para a frente, no espaço entre os bancos do motorista e do passageiro.

— Acho que mais meia hora — o taxista respondeu, coçando o queixo. Ele não parecia nada seguro da aposta, e foi quando tive certeza do que tinha que fazer.

— E quanto tempo até o Forte de Copacabana?

— Uns quinze minutos.

— Então toca pra lá — declarei, me recostando novamente no banco e apertando o celular com força. *Esteja lá, Isaac. Por favor, esteja lá quando eu chegar.*

O motorista alterou a rota, e começamos a seguir mais depressa. Eu podia senti-lo me observar pelo retrovisor, por isso não foi nenhuma surpresa quando ele tornou a falar.

— Desculpa a intromissão, moça, mas o que você vai fazer lá no Forte de mala e tudo? — quis saber, naquele tom peculiar que indicava que ele me achava maluca. Pensei na resposta por um segundo.

— Vou atrás do amor da minha vida — respondi. Um tanto dramático, mas totalmente verdadeiro. Dizer aquilo me deixou um pouquinho mais confiante.

— Ah — o taxista pigarreou e se absteve de qualquer comentário.

Dez minutos depois, o táxi parava em frente ao Forte de Copacabana. Era uma construção antiga de pedra, com homens com farda do exército do lado de fora e uma pequena fila de gente na entrada. Paguei o motorista e saí para a calçada, me sentindo ridícula parada com a minha pequena mala de rodinhas em frente a um ponto turístico.

Quando entrei, eu só conseguia escutar o som dos meus próprios batimentos cardíacos, tão fortes que pareciam querer quebrar minhas costelas. Respirei fundo várias vezes, tentando me acalmar. Passei por um longo caminho de pedras, com o mar de um lado e lojinhas do outro, sem notar realmente o que estava à minha volta. Procurava Isaac em cada rosto, via seu reflexo na lente de cada câmera pendurada no pescoço de um turista. Mas ele não estava em lugar nenhum.

Arrastei a mala por um caminho mais tortuoso, de degraus e passagens um pouco mais estreitas. Por um segundo, me perguntei se seria possível que eu tivesse lido errado. Talvez ele não estivesse ali, e eu tivesse ido até lá à toa. Não, me corrigi; não foi à toa. Pelo Isaac. Por ele, eu reviraria o Rio de Janeiro inteiro, se precisasse.

Por fim, cheguei a um imenso rochedo cinzento, onde dezenas de pessoas se apinhavam, de pé ou sentadas, para apreciar a vista. Dava para ver toda a orla ao longe, o mar e o horizonte além. Mas, mais do que isso, era possível ver Isaac, de costas para mim, a câmera encostada no rosto, concentrado em algum ponto que eu não podia ver. Era assim que eu mais gostava de olhá-lo; quando estava concentrado em alguma coisa que só seus olhos de fotógrafo podiam identificar, quando ele não sabia que eu estava prestando atenção. Gostava das pequenas rugas que se formavam no canto de seus olhos, sinais da concentração, da firmeza com que segurava a câmera ao mesmo tempo em que cada movimento era leve e deliberado. Gostava da forma como ele prendia o cabelo em um rabo meio frouxo para não atrapalhar, e do sorriso que se formava em seu rosto quando ele captava um ângulo extraordinário. Gostava de tudo nele. Na verdade, eu amava.

Dei o primeiro passo em sua direção. Eu não sabia o que ia falar, não sabia como ele reagiria, mas talvez nada disso fosse importante agora. Meu coração ainda palpitava e minhas mãos ainda suavam, mas eu tinha parado de tremer. Ele estava bem na minha frente, e não dava para recuar agora. Era a hora da verdade.

Parei a pouco menos de um metro de distância, mas Isaac não olhou pra trás. Não devia nem ter notado que tinha alguém ali além dele e da paisagem que ele captava pela lente. A câmera, eu reconheci, era uma semiprofissional da Canon que ele sempre levava quando ia viajar. Fiquei me perguntando se isso tornava a viagem menos especial. Dificilmente.

— Isaac — chamei, sem saber de onde vinha a minha voz. Vi sua postura enrijecer, a câmera abaixar lentamente e ele hesitar por alguns segundos antes de enfim se virar.

— Mai? — ele disse, parecendo tão incrédulo quanto se eu fosse um fantasma parado diante dele. Estava vestido a la Isaac; bermuda, um par de tênis surrado e uma camiseta que dizia *Nerd Inside*. Mas, aos meus olhos, aquele era o cara mais bonito do mundo inteiro. — O que você tá fazendo aqui?

— Eu precisava falar com você. — Dei de ombros, torcendo as mãos. Queria me aproximar, tocá-lo, mas estava travada no lugar, imóvel. — E você não atendia o telefone.

— Você podia ter esperado eu voltar pra São Paulo. — Isaac tirou a câmera da mão, cobriu a lente e a pendurou no pescoço, me olhando sem entender.

— Não podia, não! — insisti.

Nenhum de nós disse nada por um longo minuto. Ele parecia confuso, até um pouco desconfortável com a minha presença; balançava as mãos ao lado do corpo, sem saber ao certo o que fazer com elas, e olhava para o chão toda hora. E eu estava... apavorada. As borboletas estavam em festa no meu estômago, e eu já não sabia mais se estava suando de calor ou nervoso. As palavras estavam ali, na ponta da minha língua, mas colocá-las para fora era mais difícil do que eu jamais tinha imaginado. Estava começando a ponderar se não seria mais fácil escrever um bilhete e forçá-lo a ler.

— Eu preciso te dizer... — falei, mas minha voz foi morrendo. Ah, por que tinha que ser tão difícil? — É... eu...

— O quê? — ele perguntou exasperado, e eu soltei um grito de frustração pela minha incapacidade.

— Argh, eu preciso dizer que eu te amo, Isaac!

Cobri a boca com as duas mãos e observei o choque tomar conta do rosto dele, deixando-o boquiaberto. Eu tinha falado. Eu tinha *mesmo* falado.

E agora não ia parar.

— Eu e você... — continuei, e senti os olhos marejarem. Não liguei quando duas pequenas lágrimas caíram. — Somos um time pro resto da vida, lembra?

Ele não respondeu. Tentei não encarar isso como uma coisa ruim e segui em frente.

— Sinto muito por ter sido cega e burra e por não ter percebido antes! Mas, desde que a gente brigou, eu só consigo pensar em você, o tempo todo, o dia inteiro! — Fiz uma breve pausa, arfando. — E, se isso quer dizer que a gente não pode mais ser amigo, então que seja, porque eu não quero mais ser sua amiga. Eu quero ser *sua*. A *sua* Mai.

De novo, silêncio. Mas eu não tinha mais nada para dizer. Só conseguia respirar grandes lufadas de ar, como se tivesse passado muito tempo debaixo d'água e agora meus pulmões implorassem por oxigênio. Então Isaac fechou a boca, piscou várias vezes e balançou a cabeça, como quem acorda de um transe.

— Ótimo — ele disse, assentindo devagar, em um tom totalmente neutro. — Só... ótimo.

— Ótimo? — indaguei, pronta para começar a gritar com ele. — Isso é tudo o que você tem pra me falar?

Ele sorriu, aquele sorriso de Isaac. E todas as minhas defesas, incertezas e inseguranças desapareceram imediatamente.

— Você precisa *mesmo* que eu fale mais alguma coisa, Mai? — Suas mãos vieram até as minhas, e meus braços se arrepiaram com a delicadeza do toque. — *Minha* Mai?

— *Sua* Mai. — Sorri, e entrelacei meus dedos aos dele. Já tinha feito aquilo um milhão de vezes, mas era diferente dessa vez. Eu entendia agora porque suas mãos me deixavam segura, seu perfume tinha cheiro de casa e seu abraço era o melhor lugar do mundo. Eu o amava. Sempre amei e nunca deixaria de amar.

— Pra valer?

— Só se você ainda quiser.

Isaac não precisou responder. Ele só encurtou a distância entre nós e passou a mão livre pela minha cintura. Ele soltou minha mão e seus dedos brincaram pelos fios do meu cabelo enquanto ele sorria. Isaac encostou a testa na minha, e ver seu rosto tão de perto — perfeito, com suas pequenas sardas nas maçãs do rosto, os cílios quase batendo nos meus, o nariz fazendo cócegas na minha pele — me deixou de pernas bambas. Eu queria beijá-lo mais do que qualquer outra coisa que já quis na vida, mas não queria apressar o momento. Tínhamos todo o tempo do mundo.

Passei os braços pelo pescoço dele, a pobre mala esquecida atrás de mim. Senti seu cheiro, sua mistura inebriante de perfume e sabonete, e senti o corpo todo arrepiar quando Isaac me abraçou mais forte, mais perto. Seus braços envolviam meu corpo todo, como se ele não pudesse, não quisesse me soltar. E, quando nenhum de nós podia mais suportar a distância, buscamos um pela boca do outro.

Achei que beijá-lo fosse ser estranho. Por um instante, me perguntei como seria olhar para o Isaac de outra maneira que não aquele melhor amigo que ele sempre tinha sido. Achava que, mesmo estando apaixonada, os anos de amizade que tínhamos fosse de certa forma tornar a coisa toda esquisita.

Mas beijar Isaac era como finalmente encontrar meu lugar no mundo. Sua boca tinha um gosto doce e quente, de felicidade. Ele mordiscou meu lábio, e me vi na ponta dos pés, qualquer resquício de distância sendo insuportável demais. O beijo dele era meigo e firme, tão certo quanto as batidas do nosso coração. Ele era meu, meu, tão meu.

E eu nunca mais ia deixá-lo escapar.

EPÍLOGO

É SÓ QUANDO TERMINO DE FALAR QUE PERCEBO QUE TINHA PASSADO MUITO MAIS tempo contando sobre a minha vida pessoal do que sobre a profissional. Heloísa, a repórter, não parece muito preocupada. Enquanto uma das mãos segura o gravador, a outra está sob o queixo, e ela aparenta estar tão encantada quanto eu estava ao lembrar.

— E o que aconteceu depois? — ela pergunta. Solto um suspiro, tentando afastar a mente de Isaac para pensar com clareza. Eu adoro me lembrar daquele dia, mas sempre torna difícil pensar em qualquer outra coisa depois.

— Depois nós conversamos. Nos entendemos. Começamos a namorar e estamos juntos até hoje — respondo, com um sorriso bobo. — Profissionalmente... muita coisa. No começo do ano seguinte eu fiz as primeiras fotos para a marca que represento atualmente, e, uns meses depois, fechamos um contrato. Comecei a trabalhar mais, ficar mais conhecida, viajar mais... Não sei bem quando foi que eu cresci esse tanto, na verdade.

Nós duas rimos, e a Heloísa anota alguma coisa em um caderninho.

— Eu não cheguei a entrar na faculdade, como o meu pai queria, mas fiz um curso técnico de design — conto, brincando distraidamente com um grande anel de jade no meu dedo. — Acabei centrando a minha vida na carreira. Não tem outra coisa que eu gostaria de fazer.

— Certo... — Ela escreve um minuto, e então hesita um pouco antes de perguntar: — Só por curiosidade, mas o que aconteceu com os seus outros amigos? Você falou tanto deles que fiquei me perguntando...

— Bom, deixa eu pensar... — Suspiro, ajeitando os cabelos. — O Isaac fotografou um tempo no estúdio da minha agência, mas hoje em dia ele tá tentando fazer algo mais autoral, sabe? Quem mais... Bom, eu não ouço falar do Alexandre há anos, na verdade. Ele entrou pra faculdade, engenharia, se não me engano. Mas aí mudou para São Carlos e a gente perdeu contato. A Valentina

273

entrou na faculdade de direito, e a gente ainda se fala bastante, ela revisa todos os meus contratos. E a Josi trabalha com o pai, tocando o negócio da família. Nós ainda somos muito unidas, mas sabe como é a vida, né?

— E a Maria Eduarda? — Heloísa morde a ponta da caneta, e eu sorrio.

— Sabe a Duda Martins?

— A relações públicas da sua marca? É ela? — indaga boquiaberta.

— Pois é. — Para amenizar seu choque, dou de ombros e completo. — A gente se dá bem hoje em dia. Águas passadas.

— Ótimo. E agora, só pra finalizar... — Ela volta a atenção para o caderninho. — Tem alguma coisa que você queira dizer para as meninas que vão ler essa matéria, que talvez queiram seguir os mesmos passos que você?

Reflito por um instante. Há tanta coisa que eu poderia dizer, que eu gostaria de falar. Mas prefiro manter tudo bem simples.

— Acredite em si mesma, mesmo quando ninguém mais acreditar em você — falo, absorvendo a verdade naquelas palavras conforme elas saem. — E corra atrás do que quiser, mesmo que pareça loucura. Nem todos os dias serão fáceis, mas no fim sempre vale a pena.

Heloísa sorri e desliga o gravador, guardando-o na bolsa. Nós levantamos e nos despedimos.

— Eu ligo quando a matéria for sair — ela promete, pouco antes de se virar para ir embora.

Não me preocupo com isso. No caminho para o metrô, ligo para Isaac e pergunto se ele tem tempo para passar em casa e tirar umas fotos nossas. Como sempre, eu mal posso esperar para vê-lo de novo.

♡

Now I believe in me.*

— DEMI LOVATO, "Believe in Me"

---
* "Agora eu acredito em mim."

AGRADECIMENTOS

Amor plus size é um livro escrito a duas mãos, mas há anos se tornou um projeto de várias pessoas. E, por mais que esta seção fique longa e você, leitor, sinta preguiça de ler (eu sentiria), acho uma obrigação e uma *necessidade* dividir este momento com as pessoas que tanto me ajudaram a chegar aqui.

Dedico este livro a mim mesma, porque acho que a gente pouco reconhece o valor que a própria vida tem. Já publiquei alguns livros e os dediquei a várias pessoas maravilhosas que me ajudaram ao longo da minha jornada, tanto pessoal quanto profissional, mas acho que não agradeço a mim e à minha vida o suficiente, então aqui está. Obrigada, Larissa, por ser quem você é, ter passado pelo que passou, ter aprendido o que aprendeu. Você pegou sua dor e a transformou em poesia para todo mundo ver. Não seja modesta. Isso tudo é culpa sua.

Papai e mamãe, obrigada por serem incríveis, nunca duvidarem de mim, mas sempre me cobrarem para crescer. Hoje eu sei que vocês mantiveram meus pés no chão não para me impedir de voar, mas para me ensinar o caminho até o aeroporto mais próximo. Agradeço a Deus por ter colocado os desafios diante de mim, por ter me ajudado a superá-los, por ter criado a vida imperfeita e cheia de tropeços que me moldou em quem sou. Obrigada por ter fechado e aberto as portas certas e por ter colocado as seguintes pessoas em meu caminho:

Meu grupo de melhores betas do mundo: obrigada. Quando implorei que *Amor plus size* virasse livro do mês no nosso clube de leitura, não tinha ideia do tamanho do monstro que eu estava criando e de como vocês me ajudariam. OBRIGADA, DÉBORA (SEU AGRADECIMENTO DEVE VIR EM CAIXA-ALTA), Isabel (possivelmente uma das pessoas cuja opinião literária eu mais prezo), Lorena (cujas ideias, palavras e gostos são mais parecidos com os meus do que a gente às vezes se dá conta), Marcele (que sabia que este seria o livro antes mesmo de mim), Katherine, Mariana, Maria Raquel (minha companheira de aventuras desde a

Nossos Romances Adolescentes, lá no Orkut), Rebeca (que enxerga os ships antes mesmo de eu me dar conta de que estão acontecendo), Fernanda (sempre pronta para comemorar cada conquista), Mel (que nunca terminou de ler, mas tá valendo), Nathália (que me deixou literalmente com vontade de chorar quando me mandou seus comentários), Mônica, Carolina (que me deu os toques necessários para transformar o Lucca no personagem fofíssimo que ele é hoje), Mayra (sempre com conselhos valiosos sobre a vida), Nana (que não superou ainda a Josi de *Rebelde* e descontou isso na *minha* Josi), Bruna, Ariela (ainda estou te devendo um livro), Amanda (suas palavras são um mantra, você sabe em que sentido), Michele, Kleris (me mandando amor do Maranhão!), Clara (ainda não acredito aonde a gente chegou, miga!), Aimée (possivelmente ainda terminando de ler o primeiro capítulo?) e Poliana (de Dora a Maitê, sempre comigo). Obrigada por passarem noites acordadas, me darem sugestões sinceras, se animarem, serem meus olhos e boca e ouvidos e por transformarem esta obra em mais do que um livro. Agradeço por acreditarem tanto em mim, mesmo quando a vida estava um caos.

Um agradecimento especial à minha querida Andressa e a toda a minha família carioca. Obrigada por ter compartilhado comigo os piores e os melhores momentos da minha carreira. Dificilmente alguém pode afirmar que mantém uma amizade depois de pegar um ônibus carregando malas com vinte e cinco quilos de livros, ou depois de colocar os amigos para trabalhar por três dias ao seu lado, mas eu posso. Sua energia me impede de desistir, e, não importa quanto eu tente, jamais poderei substituir você. Juntas para o que der e vier!

Por fim, um agradecimento cheio de mimos para as meninas incríveis da Increasy. Alba (pare de me pedir visual!), Mari (sempre com os comentários mais fofos), Grazi (rainha dos corações), Guta (melhores insights), Lívia (nunca mais ouvirei Bon Jovi da mesma maneira). Vocês foram sensacionais. Obrigada pela dedicação em tornar *Amor plus size* o que é agora, por terem tanta fé em meu talento e em minha história. Obrigada pelos toques, palpites e zoeiras nos comentários do texto. Profissionalmente, cresci mais em alguns meses do que muita gente em anos, e tudo graças a vocês. Muitíssimo obrigada, e que essa parceria ainda nos renda muitos e muitos frutos.

E a você, leitor, muito obrigada. Não sei como você chegou até este livro, mas espero que, como eu, você saia dele diferente. Nunca duvide de quem você é, da sua beleza ou suas capacidades. Coisas incríveis acontecem quando começamos a nos olhar de maneira diferente. Inspire-se. Transborde. Você pode!

E, para não perder o hábito, fica aqui uma notinha que minha Demetria Lovato um dia me ensinou: "Quando perceber que está inseguro, pare na hora e diga: 'Eu acredito em mim mesmo'".

Lembre-se de que eu acredito em você.

Com amor,

LARISSA SIRIANI

Impresso no Brasil pelo Sistema Cameron da Divisão Gráfica da
DISTRIBUIDORA RECORD DE SERVIÇOS DE IMPRENSA S.A.